U0096253

民國新聞專題史研究叢書

方漢奇題

倪延年　主編

第2冊

民國時期的新聞通訊業

萬京華　等著

花木蘭文化事業有限公司

國家圖書館出版品預行編目資料

民國時期的新聞通訊業／萬京華 等著 — 初版 — 新北市：花木
蘭文化事業有限公司，2020〔民 109〕
目 6+242 面；19×26 公分
（民國新聞專題史研究叢書；第 2 冊）
ISBN 978-986-518-119-2（精裝）
1. 新聞史 2. 中國
890.9208   109010118

民國新聞專題史研究叢書
第 二 冊   ISBN：978-986-518-119-2

民國時期的新聞通訊業

作　　者　萬京華等著
叢書主編　倪延年
出　　版　花木蘭文化事業有限公司
發 行 人　高小娟
總 編 輯　杜潔祥
副總編輯　楊嘉樂
編　　輯　許郁翎、張雅淋　美術編輯　陳逸婷
聯絡地址　235 新北市中和區中安街七二號十三樓
　　　　　電話：02-2923-1455／傳真：02-2923-1452
網　　址　http://www.huamulan.tw 信箱 hml810518@gmail.com
印　　刷　普羅文化出版廣告事業
初　　版　2020 年 9 月
全書字數　213647 字
定　　價　共 12 冊（精裝）新台幣 36,000 元

民國時期的新聞通訊業

萬京華 等著

此項研究得到國家社會科學基金重大項目
「中華民國新聞史」（編號：13&ZD154）資助

《中華民國新聞史》學術顧問委員會

主任委員

　　方漢奇　中國人民大學榮譽一級教授，中國新聞史學會創會會長，中國人民大學新聞學院教授，博士研究生導師。

執行主任委員

　　趙玉明　中國傳媒大學教授，博士生導師，中國新聞史學會第二任會長，北京廣播學院原副院長。

副主任委員

　　朱曉進　南京師範大學教授，博士生導師，副校長，中國民主促進會江蘇省主委，政協江蘇省副主席。

　　程曼麗　北京大學教授，博士生導師，中國新聞史學會會長，北京大學華文傳媒研究中心主任。

委員（按姓氏漢語拼音為序）

　　顧理平　南京師範大學教授，博士生導師，南京師範大學新聞與傳播學院院長。

　　黃　瑚　復旦大學教授，博士研究生導師，復旦大學新聞學院常務副院長，中國新聞史學會副會長。

　　李　彬　清華大學教授，博士研究生導師，清華大學新聞與傳播學院學術委員會主任。

　　劉光牛　新華通訊社高級編輯，新華社新聞研究所副所長。

　　劉　昶　中國傳媒大學教授，博士研究生導師，中國傳媒大學新聞傳播學部新聞學院院長。

　　馬振犢　中國第二歷史檔案館副館長，研究員，中國近現代史史料學會副會長。

　　倪　寧　中國人民大學教授，博士研究生導師，中國人民大學新聞學院執行院長。

　　秦國榮　南京師範大學教授，博士研究生導師，南京師範大學社會科學學術委員會秘書長，南京師範大學社會科學處處長。

　　吳廷俊（常設）華中科技大學二級教授，博士生導師，中國新聞史學會副會長，中國新聞史學會新聞教育史分會會長。

二〇一四年三月

《中華民國新聞史》編纂委員會

主任委員

吳廷俊　華中科技大學二級教授，博士研究生導師，中國新聞史學會副會長暨新聞教育史分會會長。項目常設顧問。

執行主任委員

倪延年　南京師範大學教授，博士研究生導師，中國新聞史學會特邀理事，南京師範大學民國新聞史研究所所長。主編《中華民國新聞史》（第1卷），協助主任委員完成項目研究組織協調工作。

副主任委員

張曉鋒　南京師範大學教授，博士研究生導師，中國新聞史學會常務理事，中國新聞史學會臺灣與東南亞華文新聞傳播史研究會副會長，南京師範大學新聞與傳播學院執行院長。協助主任委員完成項目組織協調工作。

委員（以姓氏漢語拼音為序）

艾紅紅　中國傳媒大學教授，博士研究生導師，中國新聞史學會常務理事，主編《中華民國新聞史》（第5卷），負責全書「民國時期的新聞廣播業」特約專題稿和《民國新聞專題史研究叢書・民國時期的新聞廣播業》分冊撰稿。

白潤生　中央民族大學教授，中國新聞史學會特邀理事，負責全書「民國時期的少數民族新聞業」特約專題稿和《民國新聞專題史研究叢書・民國時期的少數民族新聞業》分冊撰稿。

鄧紹根　中國人民大學教授，博士生導師，中國新聞史學會副秘書長。負責全書「民國時期的外國在華新聞業」特約專題稿和《民國新聞專題史研究叢書・民國時期的外國在華新聞業》分冊撰稿。

方曉紅　南京師範大學教授，博士研究生導師。負責全書「民國時期的新聞管理體制」特約專題稿和《民國新聞專題史研究叢書・民國時期的新聞管理體制》分冊撰稿。

郭必強　中國第二歷史檔案館研究室主任，研究員，中國近現代史史料學會常務理事、副秘書長。負責協助有關史料的查閱和審核工作。

韓叢耀　南京大學教授，博士研究生導師。負責全書「民國時期的圖像新聞業」特約專題稿和《民國新聞專題史研究叢書・民國時期的圖像新聞業》分冊撰稿。

何　村　渤海大學教授。協助首席專家完成相關工作。

李建新　上海大學教授，博士研究生導師，中國新聞史學會常務理事。負責全書「民國時期的新聞教育」特約專題稿和《民國新聞專題史研究叢書・民國時期的新聞教育》分冊撰稿。

李秀雲　天津師範大學教授，博士生導師，新聞傳播學院副院長，中國新聞史學會常務理事。參加全書「民國時期的新聞學研究」特約專題稿和《民國新聞專題史研究叢書・民國時期的新聞學研究》分冊撰稿。

劉　亞　南京政治學院教授，博士研究生導師。主編《中華民國新聞史》（第4卷），負責全書「民國時期的軍隊新聞業」特約專題稿和《民國新聞專題史研究叢書・民國時期的軍隊新聞業》分冊撰稿。

劉繼忠　南京師範大學副教授，博士。南京師範大學民國新聞史研究所副所長。主編《中華民國新聞史》（第3卷）。

徐新平　湖南師範大學教授，博士研究生導師，中國新聞史學會常務理事。負責全書「民國時期的新聞學研究」特約專題稿和《民國新聞專題史研究叢書・民國時期的新聞學研究》分冊撰稿。

萬京華　新華通訊社新聞研究所研究員，新聞史論研究室主任，中國新聞史學會常務理事。負責全書「民國時期的新聞通訊業」特約專題稿和《民國新聞專題史研究叢書・民國時期的新聞通訊業》分冊撰稿。

王潤澤　中國人民大學教授，博士研究生導師，新聞學院副院長，中國新聞史學會副會長兼會刊《新聞春秋》主編。主編《中華民國新聞史》（第2卷）。

張立勤　華南師範大學副教授，博士。負責全書「民國時期的新聞業經營」特約專題稿和《民國新聞專題史研究叢書・民國時期的新聞業經營》分冊撰稿。

二〇一八年十二月

《民國新聞專題史研究叢書》序

倪延年

國家社會科學基金重大項目 2013 年度（第二批）「中華民國新聞史」自 2013 年 11 月立項以來，項目組全體同仁歷經五年奮力拼搏，終於如期完成了研究任務，交出了自己的答卷。項目最終成果可分兩個部分：即 5 卷本的《中華民國新聞史》和由 10 個專題 12 個分冊組成的《民國新聞專題史研究叢書》。本序主要就「民國新聞專題史」研究的歷史進程、研究對象、研究組織及研究原則等涉及全套《叢書》的相關問題作一個概括性介紹。

一

從孫中山領導在南京創立中華民國臨時政府（俗稱民國南京臨時政府）的 1912 年元旦，到我們撰寫定稿「民國新聞專題史」各分冊的現在（2018 年底），兩個時間點相距一百多年。回顧這一百多年「民國新聞專題史」研究的歷史進程，真是讓人感慨萬千。這一百多年的歷史進程，從大的方面可以劃分為中華民國時期（38 年左右）和中華人民共和國時期（建國已近 70 年）兩個階段；每一階段又可分成兩個小的階段——這兩個大的階段和四個小的階段，正好構成了「民國新聞專題史」研究發展的完整歷程。

一、「中華民國時期」的 38 年可以日本發動全面侵華戰爭而製造的北平盧溝橋「七‧七事變」為節點劃分為兩個階段。

（一）從孫中山領導創建「中華民國」到「七‧七事變」爆發是中華民國時期「民國新聞專題史研究」的第一個階段。

民國成立近十年後，中國共產黨正式誕生並迅速走上國內政治舞臺。由

於社會主義蘇聯的牽線搭橋，以馬克思主義爲指導思想的中國共產黨和孫中山重新解釋「三民主義」改組執行「聯俄、聯共、扶助農工」三大政策的中國國民黨，合作開展反帝反封建大革命運動，並一起發動了以打倒北洋軍閥、推翻北洋政府爲目標的「北伐戰爭」。就在國共兩黨合作的北伐戰爭勢如破竹推進，共產黨領導組織的上海工人第三次武裝起義成功之後，國民黨右派勢力代表蔣介石、汪精衛等從 1927 年 4 月起先後製造了上海「四·一二政變」、「武漢七·一五政變」，依仗軍隊血腥鎮壓曾經共同反對北洋軍閥的合作夥伴共產黨人。嚴峻的政治環境迫使共產黨人要麼是轉入地下狀態堅持反對國民黨反動派的鬥爭，要麼是到國民黨鞭長莫及的偏遠山區開展武裝鬥爭。儘管共產黨誓言要推翻國民黨政府，但共產黨領導的工農紅軍不但弱小，且處於被國民黨軍隊追擊「圍剿」狀態，難以造成對國民黨統治的直接威脅。以蔣介石國民黨集團主導的「中華民國」獲得了一個相對穩定的發展時期，經濟、文化、教育及科學技術等得到較快發展。

或許因爲人文社會科學研究需要一定時間積累，所以在 1937 年之前的中國學術界，傳統人文社會科學領域對當朝「中華民國」的研究似乎還沒有全面展開。但也有例外。中國學術界在 20 世紀 30 年代中期就出版了一批研究「中華民國」憲政、立法及政治生活等方面的專著。其中最早的是著名歷史學家和法學家吳宗慈所撰《中華民國憲法史》，該書對從 1913 年《天壇憲草》議定到 1923 年《中華民國憲法》正式公布的 10 年制憲歷程做了詳盡記錄，描繪了 1923 年《中華民國憲法》從起草到完成的全過程。後來又先後出版了潘樹藩的《中華民國憲法史》（上海商務印書館，1935 年版），謝振民編著、張知本校訂的《中華民國立法史》（正中書局 1937 年版），吳經熊、黃公覺的《中國制憲史》（上海商務印書館 1937 年版）及郭衛、林紀東的《中華民國憲法史料》等一些著作。儘管中國法史學界出版了多種中華民國「憲法史」或「立法史」著作，但筆者至今沒有發現當時新聞史學界出版名爲《中華民國新聞史》的學術專著或「民國新聞專題史」方面的系列研究著作。或許是因爲新聞史比憲法（立法）史距社會現實政治略遠了一些？或許是新聞史學界研究人才和學術積澱還沒具備出版《中華民國新聞史》的條件？或許是受「新聞無學」慣性思維影響，人們還沒關注到「民國新聞史」學術研究？或許是新聞學人關注點還是在新聞報刊採編發售等「實用」技術總結，而無暇關注相對「虛」一些的「民國新聞史」理論研究？或許是新聞史學界受數千

年「當代人不修當代史」文化傳統習慣制約和影響，認爲不應撰寫當朝「民國新聞史」等，筆者不得而知。儘管沒有明確答案，但可以肯定的是由於上述一種或數種因素的綜合作用，才出現這一階段尚未撰寫出版《中華民國新聞史》或「民國新聞專題史」系列專著的實際結果。

（二）從中華民族全面抗日戰爭爆發，到蔣介石指揮的國民黨軍隊在抗日戰爭勝利後的國共內戰中被共產黨領導的人民解放軍打敗並播遷到臺灣諸島爲中華民國時期的第二個階段。

日本軍隊在中國北平盧溝橋製造「七‧七事變」，發動了對中國的全面武裝侵略。中華民族爲救民族於危亡奮起抵抗，進入以國共合作爲標誌的全民族抗日戰爭階段。歷經八年的全民族艱苦浴血奮戰，中國的抗日戰爭暨世界反法西斯戰爭取得了勝利。抗日戰爭勝利後的國共兩黨關於和平建國的談判因多種因素破裂，兩黨軍隊兵戎相見，最後是國民黨的「國民革命軍」被共產黨領導的「人民解放軍」徹底打敗，一路播遷到中國東南沿海的臺澎金馬諸島。這一階段仍然沒有發現《中華民國新聞史》及「民國新聞專題史」研究系列著作問世。

抗戰時期的「中華民國國民政府」是世界大多數國家承認的中國中央政府。國共合作抗日後，共產黨領導的中國工農紅軍陝北主力部隊改編爲「國民革命軍第八路軍」，南方各省的紅軍游擊隊改編爲「國民革命軍新編陸軍第四軍」。共產黨在江西瑞金創建的中華蘇維埃共和國臨時中央政府長征結束後落腳的「陝甘寧革命根據地」，此時也改稱中華民國「陝甘寧邊區」。由於中華民族在奪取抗日戰爭勝利的同時也爲世界反法西斯戰爭勝利做出了重要貢獻，中國的國際地位得到明顯提高，國際影響力迅速增強。在第二次世界大戰結束前由美國、英國和中國等同盟國設計新的世界秩序並成立聯合國時，國民黨主導的中華民國成爲聯合國的五個常任理事國之一。抗日戰爭勝利後，全國各民主黨派和民眾希望國共兩黨能夠實現孫中山先生「和平建國」遺願。但蔣介石國民黨集團及其主導的「中華民國」政府依仗在抗戰時期撤到大後方保存下來的軍隊和美國巨額軍事援助，在自認爲各項戰爭準備到位之時，撕毀了國共兩黨簽署的《雙十停戰協定》，1946 年 6 月 26 日向中原地區的中共部隊發起進攻，拉開了國共兩黨軍隊公開內戰的序幕。這場內戰一打數年，直到「中華民國」首都南京被人民解放軍「佔領」，中華人民共和國中央人民政府在北京宣告成立，並於 1949 年 10 月 1 日舉行了開國大典。抗

日戰爭前期，日本侵略軍依仗軍事優勢迅速向中國腹地推進，在佔領中國城鄉廣大地區的同時進行滅絕性的文化、文物、文獻及文人的掠奪。為了保存實力堅持長期抗戰，也為了保存數千年的文化遺產，中華民國政府在艱苦和匆忙的情況下，組織了大規模的「南遷」（從北方遷向南方）和「內遷」（從沿海遷向內地）。日本帝國主義侵略戰爭造成的巨大破壞和日本軍國主義的有組織掠奪及大規模遷移對文化、文物造成了難以估量的損失。大批年輕有為的學者作家投筆從戎與外敵血戰，大批學養深厚的專家學者失去了基本的研究條件，大批年輕學生因戰爭和逃難失去正常的求學機會，無數文獻史料由於搬遷損壞或被日本人搶掠不能為國人研究所用，包括新聞史研究在內的學術活動被迫停滯或中斷。在這種動盪和動亂的社會環境下，沒有《中華民國新聞史》和「民國新聞專題史」學術著作問世似乎也在情理之中。

二、中華人民共和國建國後的 70 年可以中共決定實行改革開放政策的十一屆三中全會召開為標誌劃分為兩個階段。

（一）從中華人民共和國中央人民政府在北京宣告成立到中共十一屆三中全會召開前的 30 年是中華人民共和國成立後的第一個階段。

在國共兩黨軍隊內戰中潰敗到臺灣的蔣介石國民黨集團，拒不承認「中華民國國民政府（總統府）」被共產黨領導的人民解放軍推翻（人民解放軍佔領了首都南京，解放了除臺澎金馬諸島以外的絕大部分國土）的現實，仍以「中華民國政府」的名義在臺澎金馬諸島施行統治。在聯合國大會 1971 年 10 月 25 日以壓倒多數通過阿爾及利亞等國提出的「關於恢復中華人民共和國在聯合國的一切合法權利，並立即將臺灣當局的代表從聯合國及其所屬機構中驅逐出去」的提案即「第 2758 號決議」前的相當長時間裏，國民黨臺灣當局在美國等西方國家的支持下用「中華民國」名義佔據中國在聯合國的常任理事國席位及合法權利。為了鞏固在臺灣地區實行的「一黨統治」，蔣家父子及國民黨集團在臺灣實施了長達 38 年的「戒嚴體制」。一方面是臺灣地區的新聞史學研究者身處「中華民國」社會氛圍中，二是當局實施「威權體制」統制和禁錮人們的思想，加上傳統的「當朝人不修當朝史」的史學傳統，因而臺灣地區不可能出現斷代史性質的「中華民國新聞史」，當然也就不可能出版「民國新聞專題史」研究方面的系列著作。臺灣地區新聞史學者如曾虛白、賴光臨、李瞻等人所著（主編）的《中國新聞（傳播）（事業）史》中關於「中

華民國時期新聞史」的有關內容則是作為「中國新聞史」的一個「時期」予以介紹，而不是作為中國歷史的一個「朝代」予以敘述。

中華人民共和國成立剛滿周歲就被迫進行抗美援朝戰爭，國民黨潰敗前潛伏的大批特務和不法地主資本家趁機興風作浪，在臺灣的國民黨當局高調宣稱要「光復大陸」並不時派遣武裝特務騷擾沿海地區；美國在侵略朝鮮的同時把第七艦隊開進臺灣海峽阻擋大陸解放臺灣，不斷在中國邊境地區和周邊國家製造局部戰爭和政治事件，企圖把人民中國扼殺在搖籃中；蘇聯的大國沙文主義做法和蘇聯共產黨在黨際關係上以「老子黨」自居的傲慢態度，使剛剛建國的新中國領導人為維護國家利益和民族尊嚴據理力爭，最後導致矛盾公開化和激烈化。共產黨領導的社會主義中國與美國等西方資本主義國家在意識形態方面勢不兩立，共產黨領導下實行社會主義制度的中國大陸與國民黨蔣介石（蔣經國）集團管治下實行資本主義制度的臺灣地區在軍事政治方面勢不兩立，社會主義陣營內部又因堅決反對蘇聯的霸權主義和蘇聯勢不兩立。階級敵人時刻虎視眈眈，新生政權時刻受到嚴重威脅。為此，共產黨在創建人民共和國後，通過鎮壓反革命、土地改革、三反五反、公私合營、知識分子改造、高校院系調整及專業改造等一系列政治和行政舉措，淡化和消除蔣介石國民黨集團在大陸統治時期的影響和痕跡，以鞏固共產黨和人民政權的執政基礎。「繃緊階級鬥爭這根弦」使一些人片面認為研究「中華民國時期」歷史是意在為蔣介石國民黨「樹碑立傳」、「鼓吹復辟」或「招魂」。在「階級鬥爭年年講、月月講、天天講」的社會氛圍中，人們對研究「中華民國時期新聞史」唯恐避之不及，生怕引火燒身，實際形成諸多學術禁區。在這種社會環境裏，中國大陸地區沒有出版《中華民國新聞史》及「民國新聞專題史」方面研究的系列著作也在情理之中。

（二）從中共十一屆三中全會召開到當前（二十一世紀前二十年左右），可暫且視為中華人民共和國成立後的第二個階段，這個階段還在繼續向前延伸。

中共十一屆三中全會後，中國大陸進入改革開放的「歷史新時期」，包括「民國新聞史研究」在內各方面的學術研究也隨之進入歷史新時期。由於數十年積壓下來的研究課題太多及思想解放的漸進性，直到 2007 年 8 月才在上海《新聞記者》（第 8 期）刊載的《研究民國新聞史的新資料——讀〈胡政之文集〉》（作者王詠梅）一文標題中出現「民國新聞史」這一名詞。儘管這僅

僅是一篇介紹《胡政之文集》的書評，但因其在文章標題中率先使用了「民國新聞史」這一學術概念，同時開始了民國新聞專題史研究（民國新聞史人物專題研究）的探索，因而在「民國新聞史」研究的歷程上具有特別的意義。2008 年 12 月，胡小平所著《民國新聞史》由青海人民出版社出版，這是 1949 年後大陸學者撰寫出版的學術著述中最早在書名中出現「民國新聞史」概念的專著。全書 27 萬字。包括「第一編　北洋時期新聞業的成長」、「第二編　國民政府時期的新聞業」、「第三編　抗戰時期的新聞業」、「第四編　內戰時期的新聞業」）等四編；每「編」設「章」。其中第一編 12 章，第二編 8 章，第三編 10 章，第四編 5 章。「章」下不分「節」，更沒「目」和「點」，全書正文除「章」標題外，以自然段方式一貫到底。附有「主要參考書目」，記載有 21 種圖書有關信息。2011 年 3 月 26 日在北京大學舉行「成舍我與民國新聞史」國際學術研討會是目前所知在中國大陸舉辦的第一個由中國大陸地區學術團體（中國新聞史學會）、臺灣地區學術團體（世新大學舍我紀念館）和美國相關學術團體（柏克萊加州大學東亞研究院）共同主辦，大陸地區高校新聞院系（北京大學新聞與傳播學院）和學術團體（北京大學新聞學研究會）協辦的民國時期重要新聞史人物「成舍我與民國新聞史」的專題學術活動，也是大陸新聞史學界舉辦的第一個由中外學術界人士參加的「民國新聞史」專題學術活動，是中國新聞史學會舉辦的以特定新聞史人物（成舍我）為研究對象的專題學術活動，把「民國新聞專題史」研究向前推進了一大步。

自 2011 年 1 月 10 日《安徽大學學報：哲學社會科學版》第 1 期刊載《論民國新聞史研究的意義、體系和實施》（倪延年）一文後，大陸地區學術刊物不斷有研究「民國新聞史」的論文發表。儘管一些論文標題沒有出現「民國新聞史」，但研究對象、主題或內容都屬於「民國新聞史」研究，其中大部分屬於「民國新聞專題史研究」。2013 年 6 月 10 日，全國哲學社會科學規劃領導小組辦公室（簡稱全國社科規劃辦公室）宣布「中華民國新聞史研究」獲准立項為當年度「重點項目」；同年 11 月全國社科規劃辦公室宣布由南京師範大學作為責任單位，中國人民大學、中國傳媒大學和新華通訊社作為合作單位，及全國 20 多個學術單位 40 多位專家學者組成團隊參加競標的「中華民國新聞史」中標立項為 2013 年度國家社科基金重大項目（第二批）（編號 13&ZD154）。設計的項目成果包括由 10 個專題 12 個分冊組成的《民國新聞專題史研究叢書》，這似乎是大陸新聞史學界「民國新聞專題史」方面第一次

有計劃的系列研究。爲了增強學術界對「民國新聞專題史」研究的關注和重視，中國新聞史學會和南京師範大學聯合主辦，南京師範大學新聞與傳播學院和南京師範大學民國新聞史研究所承辦的「再現歷史探尋規律：首屆民國新聞史研究高層學術論壇」2014 年 5 月在南京師範大學順利舉行。會議籌辦方在所有應徵的論文中評審出 42 篇出版了會議論文集《民國新聞史研究2014》，海峽對岸的新聞史學者跨過臺灣海峽來到南京參加這次學術盛會，並以大會報告向與會同行介紹研究成果；2015 年 11 月舉辦了第二屆民國新聞史高層論壇，評審出 48 篇出版了會議論文集《民國新聞史研究 2015》；2016 年11 月舉辦了第三屆民國新聞史高層論壇，評審出 40 篇出版了會議論文集《民國新聞史研究 2016》；2018 年 11 月舉辦了第四屆民國新聞史高層論壇，評選出 42 位學者在論壇進行論文演講交流——其中絕大部分是進行「民國新聞專題（人物、事件、媒介）史」研究的論文。我們相信，隨著思想解放不斷深入和研究隊伍的不斷擴大，「民國新聞史」專題研究肯定會繼續發展，並且肯定會發展得更快更好。

二

國家社會科學基金重大項目「中華民國新聞史」研究的總體問題是對在特定國際和國內社會環境下，民國時期新聞事業孕育、產生、發展和變化的歷史進程及其內在規律和經驗教訓進行學科的研究、歷史的總結和科學的評價。主要是探討這一階段新聞業發展變化的社會背景，思考新聞業發展對社會環境改變的作用，考察新聞業和社會變革的互動關係，再現民國時期新聞業發展和變化的歷史圖景，盡可能涵蓋完整的民國時期新聞業，包括新聞報刊業、新聞通訊業、新聞廣播業、少數民族新聞業、軍隊新聞業、圖像新聞業、外國在華新聞業以及新聞管理體制、新聞業經營、新聞教育、新聞學研究等諸多側面。

爲充分發揮新聞史學界集中力量辦大事的優勢，提高研究成果的整體水平，項目組在設計了完成最終成果《中華民國新聞史》（5 卷本）研究撰稿任務的五個子課題的同時，設計了對「民國時期新聞史」進行專門研究 10 個特約專門課題即：「民國時期」的新聞廣播業、新聞通訊業、少數民族新聞業、軍隊新聞業、圖像新聞業、外國在華新聞業、新聞教育、新聞學研究、新聞管理體制和新聞業經營。之所以確定上述專題作爲「民國新聞史」的特約研

究專題，主要考慮以下幾方面因素：首先是這些「特約專題」在「民國時期新聞業」中有比較豐富的研究內容即「有內容可以研究」，它們的存在和發展對「民國新聞業」發揮社會功能具有獨特的作用；其次是這些「特約專題」的深入系統研究對構建完整豐滿的「民國新聞史」體系具有重要作用即「應當重點研究」。這些「特約專題」的深入系統研究可使這些民國時期新聞業中的重要領域得以更充分反映，展現更爲客觀全面的民國新聞史體系；三是這些「特約專題」領域已出現具有較深厚學術積澱、豐富研究經驗、較高水平成果並得到學界公認的領頭人即「有人勝任研究」，既爲深入全面研究這些「特約專題」提供了人才支撐，也使實施這一系列工程成爲可能。鑒於中國大陸改革開放後已出版如《中國近代報刊史》和《中國現代報刊發展史》等專門研究民國時期新聞報刊的著作，且作爲「民國時期的新聞報刊」在設計爲 25 萬字左右的《民國新聞專題史研究叢書》分冊中難以充分展開；再如復旦大學黃瑚教授 1999 年 8 月就出版《中國近代新聞法制史論》，主體部分內容就是「民國時期的新聞法制」；2007 年 6 月馬光仁出版的《中國近代新聞法制史》也是主要研究「民國時期的新聞法制」，2007 年立項的國家社科基金重點項目「中國新聞法制通史研究」最終成果《中國新聞法制通史》（6 卷八冊）中設有「近代卷」，也是研究「民國時期的新聞法制」（且已在 2015 年出版）。因此本項目就沒有把民國時期的「新聞報刊業」和「新聞法制」設計爲特約研究專題進行專門研究。

在國家社科基金重大項目「中華民國新聞史」設計的成果體系中，《中華民國新聞史》（5 卷本）是把「民國時期新聞業」放在當時特定的政治、經濟、軍事、科技、文化、教育等諸因素構成的社會環境背景下，探討其孕育、發生、發展、變化的歷史進程、內在規律及經驗教訓，從縱向對民國時期新聞業的發展歷程進行研究，以探討「民國時期新聞業」在不同歷史階段的發展變化及其主要特點，旨在體現新聞業與社會同進互動的思想。由 10 個專題 12 個分冊組成的《民國新聞專題史研究叢書》則是向新聞史學界集中展現民國時期新聞史中此前少有學者深入系統研究的若干側面的專門發展歷史。其研究成果首先是作爲《中華民國新聞史》（5 卷本）的學術支撐，《民國新聞專題史研究叢書》的分冊課題都是「中華民國新聞史」項目的「特約研究課題」。課題負責人角色定位首先是「中華民國新聞史」項目「特約撰稿人」，其次是《民國新聞專題史研究叢書》分冊撰稿人。「特約研究課題」成果的內容精華

將以「特約專題稿」形式納入《中華民國新聞史》各卷，以提高《中華民國新聞史》（5 卷本）的整體水平。這些「特約研究課題」負責人都是在民國新聞史研究特定側面具有領先優勢的專家學者，他們在「中華民國新聞史」整體框架下對各自優勢領域進行深入的專題研究並撰成 20～25 萬字左右的獨立專著納入《民國新聞專題史研究叢書》統一出版，爲讀者深入系統瞭解民國新聞史的重要側面提供可資閱讀的文本。

《民國新聞專題史研究叢書》各分冊從中觀的橫向層面展現民國新聞史若干側面的發展進程，《中華民國新聞史》（5 卷本）則在宏觀的縱向層面展現中華民國時期新聞事業的起源產生以及在不同階段中發展、變化的歷史進程。《民國新聞專題史研究叢書》各分冊著作者在完成分冊書稿後，把該「特約研究專題」的研究成果撰成規定篇幅的「特約專題稿」，成爲 5 卷本《中華民國新聞史》內容的有機組成部分。之所以如此設計，目的是盡可能集中專家學者的集體智慧，提高國家社會科學基金重大項目成果《中華民國新聞史》（5 卷本）的整體水平，爲達到高起點、高標準、高水平、權威性的設計目標提供保障。

三

爲圓滿實現《民國新聞專題史研究叢書》的設計功能，項目組在全國新聞史學界範圍內選聘了一批具有深厚學術積澱、良好學術道德的專家學者，組成了《民國新聞專題史研究叢書》的強大著者團隊。他們（以姓名首字漢語拼音爲序）是：

艾紅紅（《民國時期的新聞廣播業》著者）。女，博士，中國傳媒大學新聞學院教授，博士生導師，中國人民大學新聞學院博士後，兼任中國新聞史學會常務理事。已出版《中國廣播電視史初論》、《新時期電視新聞改革研究》、《〈新聞聯播〉研究》《中國宗教廣播史》及《中國民營廣播史》等著作 5 部；與他人合著《中國廣播電視史教程》、《中國廣播電視圖史》（副主編）等著作 7 部；在《國際新聞界》、《山東社會科學》等發表《從黨派「營地」到民眾「喉舌」：民主黨派報刊屬性與功能之變遷（1928～1949）》、《民國時期基督教廣播特色初探》、《中國廣播電視的歷史發展及其動因考察》等論文數十篇。參與完成國家社科基金課題 2 項，其中之一《中國廣播電視通史》獲教育部科研成果二等獎、吳玉章獎一等獎。參與完成國家廣電總局重點課題 1 項、教

育部人文社科重點研究基地重大課題 1 項。主持完成教育部人文社科項目「中國宗教廣播史研究」，參與教育部馬克思主義理論研究和建設工程第二批重點教材《中國新聞傳播史》編寫。

白潤生（《民國時期的少數民族新聞業》著者）。中央民族大學教授，兼任中國新聞史學會特邀理事、少數民族新聞傳播史研究委員會名譽會長、中國報協民族地區報業分會顧問。曾任中國高等教育學會新聞學與傳播學專業委員會第五屆理事會理事，教育部新聞學學科教學指導委員會第二屆委員，國家民委少數民族語言文字出版、翻譯專業高級職稱評定委員會委員。主持國家「十五」社科基金項目「少數民族語文的新聞事業研究」和北京市高等教育精品教材《中國少數民族新聞傳播史》項目。獨著（或第一作者）出版著作 15 部，五次獲省部級獎。《中國少數民族文字報刊史綱》1996 年獲北京市第四屆哲學社會科學優秀成果二等獎、1998 年獲教育部普通高等學校第二屆人文社會科學研究成果二等獎；《中國少數民族新聞傳播通史》2010 年獲國家民委第二屆人文社會科學成果獎著作類二等獎；2011 年獲北京高等教育精品教材；《當代中國少數民族新聞事業調查報告》獲教育部第六屆普通高等學校科學研究（人文社會科學）優秀成果三等獎。另外，2014 年出版的《守護好我們的精神家園——白凱文少數民族文化文選》獲 2016 年中國新聞史學會「新聞傳播學會獎第二屆組委會特別獎」。參與編撰的著作 14 部，任副主編的 3 部（其中有一部負責通稿）、任編委的 3 部，任特約撰稿人的 1 部、任第二作者的 1 部。發表 140 餘篇學術論文。其中《承載民族夢想：中國少數民族文字報刊的百年回望》譯成英文發表在《中國民族》（英文版）2017 年第 4 期上，這是我國學者第一次面向國外介紹中國少數民族文字報刊的歷史概況。這既象徵著白潤生治學「三十年如一日」的辛勤耕耘，更代表了一位學者在少數民族新聞傳播研究領域所能達到的學術高峰。自 1995 年開始《中國青年報》、中央人民廣播電臺、《人民日報》及《中國民族報》、《中國文化報》、人民網等國家級媒體先後發表《鬧中取冷白潤生》、《使歷史成為「歷史」——訪韜奮園丁獎獲得者白潤生》、《薪火不斷溫自升——記少數民族新聞學學者白潤生》等專訪 10 餘篇，是中國少數民族新聞史研究的開創者和帶頭人。其生平被收入《中國新聞年鑑》（1997 年版）「中國新聞界名人」專欄及《中國新聞界人物》等 20 多部辭書。

鄧紹根（《民國時期的外國在華新聞業》主編及主要著者）。博士，中國

人民大學新聞學院教授，博士生導師、中國人民大學馬克思主義新聞觀研究中心主任、中國新聞史學會聯席秘書長，長期從事中國新聞傳播史論研究，主持國家及省部級課題 10 餘項，參與重大課題 3 項；先後在《新聞與傳播研究》《國際新聞界》《現代傳播》《新聞大學》等新聞傳播學術刊物發表論文 100 餘篇，其中論文《論民國新聞界對國際新聞自由運動的響應及其影響和結局》（《新聞與傳播研究》2013 年第 9 期）榮獲「2012～2013 年廣東省哲學人文社會科學優秀成果論文類一等獎」；參與的教改項目《馬克思主義新聞觀指導下新聞人才培養「六結合」模式的創建與實踐》先後獲得「2017 年廣東省教學成果獎一等獎」和「2018 年國家級教學成果獎二等獎」；出版有《新聞學在北大》（增訂本）、《中國新聞學的篳路藍縷：北京大學新聞學研究會》《美國在華早期新聞傳播史 1827～1872》等學術書籍八部，其中《中國新聞學的篳路藍縷：北京大學新聞學研究會》（清華大學出版社 2015 年）獲得「第七屆吳玉章人文社會科學青年獎」。

方曉紅（《民國時期的新聞管理體制》主編兼主要作者）。女，復旦大學新聞學院博士後，南京師範大學新聞與傳播學院教授、博士生導師，曾任南京師範大學新聞與傳播學院院長兼任中國新聞史學會常務理事、教育部高等學校新聞學學科教學指導委員會委員、中國新聞教育學會理事、武漢大學媒介發展中心研究員、鄭州大學新聞傳播研究中心研究員、江蘇省新聞傳播學重點學科帶頭人。主要從事中國新聞史、大眾傳媒與農村研究。出版有《中國新聞史》、《報刊·市場·小說》、《大眾傳媒與農村》、《農村傳播學研究方法初探》等，獲江蘇省哲學社會科學優秀成果二等獎 1 項、三等獎 2 項。在《新聞與傳播研究》、《新聞大學》、《江蘇社會科學》等發表《抗日戰爭與解放戰爭時期中國報刊事業的特點》、《論梁啟超的報刊理論與小說理論之關係》等數十篇。主持完成國家社科基金項目 2 項、江蘇省社科基金項目 2 項，目前主持國家社科基金項目和江蘇省高校社科基金重點項目各 1 項。

韓叢耀（《民國時期的圖像新聞業》主編兼主要著者）。南京大學新聞傳播學院／歷史學院教授，博士生導師；中華圖像文化研究所所長，法國歐亞印象交流協會（ISASES）顧問。長期從事圖像史學與視覺傳播領域的研究與教學工作，在國內外發表專業學術論文 100 多篇，出版學術專著 20 餘部。代表性成果有《新聞攝影學》、《圖像傳播學》、《中國近代圖像新聞史》（6 卷）和《中國現代圖像新聞史》（10 卷）、《中華圖像文化史》（40 卷，主編）。獨

立主持國家級科研項目 6 項，國際科研項目 2 項，省部級科研項目 10 項。主持完成國家社科基金項目 2 項：「中國近代（1840～1919）圖像新聞出版史研究」（07BXW007）和「中國現代（1919～1949）圖像新聞傳播史研究」（11BXW005）。國家社科基金重大招標項目「中國新聞傳播技術史」（14ZDB129）首席專家；以色列 SIP 研究項目首席專家；澳門「澳門視覺形象傳播譜系研究」首席專家。曾兩次獲得中國攝影金像獎；國家級教學成果二等獎。學術研究成果獲第四屆中華優秀出版物圖書獎、第七屆高等學校科學研究優秀成果獎（人文社會科學）二等獎。

李建新（《民國時期的新聞教育》著者）。上海大學新聞傳播系教授、博士生導師、上海大學國際新聞傳播教育研究中心主任、《棋友》雜誌社副總編、《中國新聞傳播教育年鑒》編委會副主任委員、長三角象棋聯誼會常務副主席兼秘書長、上海大學象棋協會會長。中國新聞史學會常務理事，中國新聞史學會新聞傳播教育史研究委員會副會長。工學學士、哲學碩士、教育學博士、新聞傳播學博士後，美國密蘇里大學新聞學院訪問學者。曾任太原理工大學學報編輯部主任、執行主編，兼任《中國改革報・新財富週刊》執行主編、《中國企業報・新聞週刊》副主編等職。在新聞史、新聞理論、新聞業務等新聞學三個主要學科領域有突破性、首創性研究成果，《人民日報》記者以「新聞學研究的全能專家」為題進行過報導。學術成績被《人民日報》、新華社、《中國社會科學報》、《中國新聞出版報》、《文匯報》、《新華每日電訊》、人民網、光明網、新浪網等進行過報導。長期研究國內外新聞傳播教育，三次入選教育部新聞傳播教育研究的課題組；在新聞與哲學、新聞與社會、國家形象的塑造與傳播、中華文化的對外傳播、突發事件報導、文體報導、人物專訪、媒介戰略、新聞評論、企業媒介應對、媒介融合教育、新媒體環境下的新聞實務等方面均有獨到的研究成果。承擔國家社科基金重大子項目、重點及省部級項目多項；完成其他橫向課題 30 多項；發表學術論文 150 餘篇；獨立出版新聞傳播學專著 10 部，合作出版相關專著 9 部，在《人民日報》、《聖路易新聞報》等發表各類新聞類作品 300 多篇。獲得哲學人文社會科學省部級獎、全國優秀圖書獎、全國徵文比賽一等獎等 30 餘項。

李秀雲（《民國時期的新聞學研究》主要作者），女，歷史學博士，天津師範大學新聞傳播學院院長、教授、博士生導師、天津地方新聞史研究所所長，中國新聞史學會常務理事、中國新聞史學會地方新聞史研究委員會副會

長。天津市「131」創新型人才培養工程第一層次人選、天津市宣傳文化「五個一批」人才、天津市高等學校學科領軍人才、天津市高等學校創新團隊帶頭人。長期從事中國新聞學術史、中國新聞思想史研究。主持國家社科基金項目《以學刊爲中心的新聞學術思想史研究》、《中國當代新聞學研究範式的轉換》，教育部基金項目《中國當代新聞學術史》，天津社科基金項目《民國新聞學刊與新聞學術》、《〈大公報〉專刊研究》等 12 項。出版《中國新聞學術史（1834～1949）》（2004）、《中國現代新聞思想史》（2007）、《〈大公報〉專刊研究（1927～1937）》（2007）、《留學生與中國新聞學》（2009）、《中國當代新聞學研究範式的轉換》（2015）等五本專著，在《新聞大學》、《國際新聞界》等期刊發表《黃天鵬對中國新聞學術研究的貢獻》、《梁啓超輿論觀之演變及其成因》等論文 60 餘篇。專著《中國新聞學術史》獲天津市社會科學優秀成果獎三等獎（2008）。

　　劉亞（《民國時期的軍隊新聞業》著者）。原解放軍南京政治學院軍事新聞傳播系教授，博士研究生導師。1975 年 7 月畢業於復旦大學新聞系。1984年 6 月參加軍隊新聞教育工作，致力於新聞史教學與研究。講授大專、本科、碩士和博士研究生不同學歷等級課程。作爲第四完成者的《深化軍事新聞教學改革，全面構建輿論戰課程教學體系》獲國家級教學成果二等獎、軍隊級教學成果一等獎。發表《中國軍事新聞事業的產生與發展》《新中國我軍新聞事業 50 年》《加強軍事新聞宣傳的發展戰略研究》《20 世紀中國軍事新聞學研究》等 30 多篇論文。出版與參與編撰 10 部論著與教材。參加 5 項國家社科基金課題研究，主持的國家「十一五」規劃課題《中國人民軍隊新聞史研究》以全優結項。

　　萬京華（《民國時期的新聞通訊業》主編兼主要作者），女，新華社新聞研究所新聞史研究室主任，高級編輯（研究員），中國新聞史學會常務理事，長期從事新聞史研究工作。參與《新華通訊社史》第一卷、《新華社 80 年輝煌歷程》、《新華社烈士傳》、《中國名記者》叢書等重點圖書編撰。在國內學術期刊發表《毛澤東與新中國的新聞事業》、《周恩來與新華社駐外記者》、《鄧小平與新聞工作》、《解放戰爭時期新華社軍隊分社的創建與發展》、《從紅中社到新華社》等論文 140 多篇。參與國家社科基金重大項目 1 項，國家出版基金重點項目 1 項，新華社國家高端智庫重大項目 1 項。《在敵後抗日根據地創建的新華分社及其歷史貢獻》獲中直工委紀念抗戰勝利 60 週年徵文二等

獎。參與編輯製作的十集電視紀錄片《新華社傳奇》獲第六屆「記錄·中國」三等獎。參與研究的 3 項成果先後獲新華社社級好稿、新華社社長總編輯獎等。

徐新平（《民國時期的新聞學研究》主編兼主要作者）。湖南師範大學新聞與傳播學院教授，博士生導師，傳媒倫理與法制研究所所長，兼任中國新聞史學會常務理事。先後主持完成國家社科基金項目「中國新聞倫理思想的演進」、「晚清時期新聞思想研究」，湖南省社科基金項目「新聞倫理學研究」、「中國近代新聞思想史」和「中國現代民營報人新聞思想研究」等，參與教育部人文社科研究基地重大項目「中國共產黨新聞思想史」的研究，遴選爲教育部馬克思主義理論研究和建設工程第二批重點教材《中國新聞傳播史》骨幹成員。已出版《維新派新聞思想研究》、《新聞倫理學新論》、《中國新聞倫理思想的演進》等專著，在《新聞與傳播研究》《新聞大學》等學術刊物發表《晚清時期中國對外新聞傳播思想》、《論維新派新聞自由觀》、《中國新聞人才觀的變遷》等新聞學論文 70 餘篇。有關論文被中國人民大學複印報刊資料《新聞與傳播》全文轉載。專著《維新派新聞思想研究》獲湖南省第 11 屆哲學社會科學優秀成果三等獎，參著《中國共產黨新聞思想史》獲第五屆吳玉章社會科學成果優秀獎。

張立勤（《民國時期的新聞業經營》著者）。女，華南師範大學新聞傳播系副教授，碩士生導師。武漢大學文學士，復旦大學媒介管理學博士。美國北卡羅來納大學教堂山分校訪問學者，南京師範大學民國新聞史研究所特約研究員。有過近十年的新聞從業經歷，曾任《南風窗》雜誌社記者，先後出版 3 部新聞紀實作品，在《中國青年報》、《南風窗》、《南方週末》等媒體發表了數十篇深度報導。2006 年至今從事新聞傳播教學與研究，對媒介經營管理、新聞史等領域有著持久的學術興趣。主持國家社科一般項目 1 項、國家社科重大項目子課題 1 項、省部級課題 2 項，已出版學術專著 2 部，曾在《國際新聞界》、《新聞大學》等核心期刊發表二十餘篇學術論文。

上述專家學者來自北京、上海、廣州、天津、長沙、杭州和南京等地 10 多個教學研究單位，其中既有德高望重的學術界前輩帶頭人如中央民族大學白潤生教授，又有一批「70 後」的朝氣蓬勃「新生代」學者，團隊主體則是從事新聞史教學研究數十年既有豐富經驗又有豐碩成果的「50 後」學者專家；他們中間既有來自國內著名高等學院的教授，也有國家通訊社研究單位的學

者；既有擅長研究新聞廣播史、新聞通訊業史、新聞經營史、新聞學術史及新聞管理史的專家，更有擅長研究新聞教育史、少數民族新聞史、軍隊新聞史、圖像新聞史及外國在華新聞史等方面的專家，整個團隊專長互補、信息共享、精誠合作、攜手同進，為特約專題研究順利推進及「特約專題稿」如期高質量完成和《民國新聞專題史研究叢書》分冊撰稿提供了堅實的保障。

四

在特約專題研究和《民國新聞專題史研究叢書》分冊撰稿過程中，特約專題負責人（分冊撰稿者）認真貫徹實事求是的思想路線，堅持尊重歷史存在、尊重文化傳統、尊重不同學派的原則；遵循歷史唯物主義和辯證唯物主義原則和方法，既看到「民國新聞史上的確發生、存在過不少與現代文明和民主法制不合拍的歷史事實」，也看到「民國新聞業在科學技術普及、進步力量努力、世界民主潮流推動以及新聞事業規律的共同發力下有了長足的發展」的客觀存在；努力探尋「民國新聞業」有關側面在近四十年中的發展規律，以「新聞」、「新聞人」、「新聞媒介」「新聞活動」及「新聞事業」為中心，突出「民國新聞史」的階段和時代特點，努力再現中國新聞業在「中華民國時期」近四十年間的發展概貌。以嚴肅認真和對國家負責的態度，敬業踏實進行項目研究。

作為國家社科基金重大項目「中華民國新聞史」特約研究專題負責人、《民國新聞專題史研究叢書》分冊撰稿者及項目首席專家，我們當然希望這套《民國新聞專題史研究叢書》能反映 21 世紀 20 年代新聞史學界「民國新聞專題史」研究和認識的整體水平，基本能滿足新聞史學工作者、新聞業務工作者及對這一段新聞史感興趣的讀者瞭解叢書所涉及民國時期新聞史不同側面較詳細歷史情況的需要。毋庸諱言，這套《民國新聞專題史研究叢書》肯定還有諸多不足和遺憾之處：首先是首席專家設計「特約研究專題」時考慮未必十分妥當，可能使一些更重要的民國新聞史「側面」沒有列入「特約研究專題」研究以致留下缺憾；二是各分冊由不同專家學者分頭執筆，各人表述習慣和行文風格不盡一致，整套叢書各分冊在行文及語言風格上難以完全統一；三是因為各位執筆者的社會閱歷、學術積澱、人文素養及研究重點等不盡相同，在某些問題的認識全面性、分析科學性及表述嚴密性等難免參差不齊，甚至有些評價不一定全面正確，有些觀點不一定十分妥當；四是受各種

目次

《民國新聞專題史研究叢書》序

導　論 1

　一、民國時期新聞通訊業研究的現狀 1

　二、民國時期新聞通訊業研究的難點 2

　三、民國時期新聞通訊業研究的學術價值和
　　　意義 4

第一章　民國時期新聞通訊業發展的歷史背景 7

　第一節　晚清時期國內近代報業環境的形成 7

　　一、西方文化滲透與外國人在華創辦報刊 7

　　二、中國人自辦近代報刊的開端 9

　　三、近代中國資產階級報刊的興起 9

　第二節　西方新聞通訊業對華擴張勢力的開始 10

　　一、世界主要通訊社的誕生及初期發展 10

　　二、西方主要通訊社對外擴張勢力、瓜分新聞
　　　　市場 12

　　三、路透社獨佔中國新聞通訊業市場 13

第三節　電報傳入中國及對新聞傳播的影響 ········ 15

　　一、電報的發明及早期應用 ················ 15

　　二、電報傳入中國 ···················· 17

　　三、中國電報業的初期發展及對新聞業的影響

　　　　···························· 17

第四節　中國人自辦新聞通訊社的開端 ········· 19

　　一、國人對於新聞通訊業的初步認識和探索 ··· 19

　　二、中國人在境內最早創辦的通訊社 ······· 21

　　三、中國人在海外最早創辦的通訊社 ······· 22

第二章　民國時期國民黨系統的新聞通訊業 ········ 27

第一節　國民黨早期的新聞通訊社 ············ 27

　　一、孫中山等在上海創辦的通訊社 ········· 27

　　二、孫達仁在太原創辦的通訊社 ·········· 28

第二節　中央通訊社的創辦及初期發展 ········· 28

　　一、在國民革命背景下的建立與發展 ······· 28

　　二、中央社的機構獨立和重要改組 ········· 32

　　三、全國性通訊社的初步形成 ············ 34

第三節　全面抗戰時期的中央通訊社 ·········· 38

　　一、戰爭環境下的社址遷移與業務格局調整 ··· 38

　　二、戰地新聞報導的加強 ··············· 40

　　三、繼續推進機構和業務建設 ············ 42

　　四、中央社在抗戰中的地位與影響 ········· 45

第四節　抗戰勝利後的中央通訊社 ············ 47

　　一、中央社總社遷回南京 ··············· 47

　　二、重新布建國內外通訊網 ············· 47

　　三、戰後業務迅速恢復和發展 ············ 49

　　四、中央社在大陸業務的終結 ············ 50

第五節　國民黨、民國政府和軍隊等系統的其他通

　　　　訊社 ························· 51

　　一、國民黨在大革命時期創辦的通訊社 ······ 51

　　二、國民黨在全面抗戰爆發前創辦的通訊社 ··· 53

　　三、國民黨在全面抗戰時期創辦的通訊社 ····· 56

　　四、國民黨在抗戰勝利後創辦的通訊社 ······ 61

第三章　民國時期共產黨領導的新聞通訊業 ………… 65
　第一節　共產黨初創時期的新聞通訊社 …………… 65
　　一、中國共產黨早期組織領導創建的通訊社 … 66
　　二、中國共產黨建立初期領導創建的通訊社 … 70
　　三、中國共產黨在大革命高潮中領導創建的
　　　　通訊社 ……………………………………… 72
　第二節　土地革命時期的紅色中華通訊社 ………… 76
　　一、紅色中華通訊社在中央蘇區創立 ………… 76
　　二、紅中社新聞的傳播與影響 ………………… 79
　　三、紅中社在陝北恢復廣播和更名新華社 …… 82
　第三節　全面抗戰時期的新華通訊社 ……………… 85
　　一、新華社機構的調整 ………………………… 85
　　二、新華社報導業務的發展 …………………… 87
　　三、戰鬥在敵後的新華分社 …………………… 90
　　四、延安整風中的《解放日報》和新華社 …… 92
　　五、通訊技術工作的改進 ……………………… 93
　　六、迎接抗戰勝利到來 ………………………… 96
　第四節　抗戰勝利後的新華通訊社 ………………… 96
　　一、抗戰勝利後的形勢與任務 ………………… 97
　　二、新華社戰時體制的建立 …………………… 98
　　三、新華社的戰鬥轉移 ………………………… 99
　　四、反對「客裏空」運動 …………………… 101
　　五、通信技術事業的發展 …………………… 103
　　六、新華社國內外分支機搆的創建與擴展 … 104
　　七、迎接新中國的誕生 ……………………… 111
　第五節　中國共產黨領導的其他新聞通訊社 …… 115
　　一、中共在國統區領導創建的通訊社 ……… 115
　　二、中共在革命根據地領導創建的通訊社 … 120
第四章　民國時期的民營新聞通訊業 ……………… 125
　第一節　民國初年的民營通訊社 ………………… 125
　　一、空前的報刊出版高潮爲新聞通訊業起步
　　　　提供了市場 ……………………………… 126
　　二、民營通訊社迎來第一個發展高潮 ……… 127

三、民營通訊社在「癸丑報災」影響下陷入
沈寂 ………………………………………… 129

四、中國留學生在海外創辦的通訊社 ……… 130

第二節　民國北京政府時期的民營新聞通訊社 … 131

一、民營通訊社再次出現創辦高潮 ………… 131

二、民營通訊社進入全面發展時期 ………… 135

三、首個初具全國性通訊社發展規模的國聞
通信社 ………………………………………… 138

四、最早向國內報導巴黎和會消息的巴黎通
信社 …………………………………………… 145

第三節　民國南京政府前期的民營新聞通訊社 … 147

一、民營通訊社發展進入鼎盛時期 ………… 148

二、出現一批略有成就的專業化通訊社 …… 152

三、民國時期國內最具規模和力量的申時電
訊社 …………………………………………… 154

第四節　民國南京政府中後期的民營新聞通訊社 · 166

一、全面抗戰時期民營通訊社的發展 ……… 166

二、抗戰勝利後民營通訊社的發展 ………… 169

第五章　日偽政權統治下的新聞通訊業 …………… 175

第一節　偽「滿洲國」的通訊社 …………………… 175

一、日滿當局對新聞通訊業的壟斷 ………… 176

二、偽「滿洲國通訊社」 …………………… 177

三、偽滿其他通訊社 ………………………… 179

第二節　汪偽政權統治下的通訊社 ……………… 179

一、汪偽對新聞通訊業的控制 ……………… 180

二、汪偽「中央電訊社」 …………………… 182

三、汪偽政權統治下的其他通訊社 ………… 187

第三節　華北淪陷區的偽通訊社 ………………… 188

一、蒙疆新聞社 ……………………………… 188

二、華北淪陷區的其他通訊社 ……………… 192

第六章　民國時期在華外國通訊社及業務發展 …… 195

第一節　民國初年的在華外國通訊社 …………… 195

一、路透社在華業務的拓展 ………………… 196

　　二、日本在華通訊社的興起 ………………… 197

第二節　民國北京政府時期的在華外國通訊社…… 198

　　一、西方各大通訊社群雄逐鹿 ……………… 198

　　二、蘇俄／蘇聯發展在華通訊社業務 ……… 199

　　三、日本在華通訊社積極為侵華政策服務…… 201

　　四、外國通訊社在華業務體現國際政治鬥爭· 202

第三節　民國南京政府前期的在華外國通訊社…… 204

　　一、日本通訊社的在華新聞活動 …………… 205

　　二、西方通訊社的在華新聞活動 …………… 206

第四節　民國南京政府中後期的在華外國通訊社· 208

　　一、日本及法西斯軸心國通訊社的在華新聞
　　　　活動 ……………………………………… 209

　　二、西方反法西斯同盟國通訊社的在華新聞
　　　　活動 ……………………………………… 211

結語：民國時期新聞通訊業發展歷程的得失思考· 223

　　一、新聞通訊業發展歷程中的中西文化交流
　　　　與碰撞…………………………………… 223

　　二、社會政治環境對新聞通訊業的深刻影響· 225

　　三、新聞通訊業對自身發展規律的艱難探索· 229

引用文獻 …………………………………………… 233

後　記 ……………………………………………… 239

導　論

　　通訊社，亦稱新聞社，是從事採集、加工和提供新聞信息，爲其他新聞媒體和各類用戶服務的新聞機構。早期也曾稱爲通信社。世界上最早的有影響的通訊社是 1835 年創立於巴黎的哈瓦斯通訊社，即法新社的前身。通訊社業務進入中國，其歷史最早可以追溯至晚清時期，英國路透社是最早在中國開展業務的通訊社，並且曾長期壟斷中國新聞市場。國人自辦通訊社始於清末民初，而民國時期則是中國通訊社業務發展勃興的一個重要時期。民國成立後至新中國成立前，國內先後出現的通訊社爲數非常多，有的省份如四川省就曾出現過 590 多家通訊社。除國民黨中央通訊社、共產黨新華通訊社外，民營的國聞通訊社、申時電訊社也產生過較大社會影響。但總體來說，大部分通訊社存在的時間都比較短，影響也較爲有限。

一、民國時期新聞通訊業研究的現狀

　　在關於新聞傳播史的一些教材和專著中，將「新聞通訊業」作爲新聞通訊社的通稱，泛指各類新聞通訊機構及其業務活動。

　　民國時期新聞業的發展基本是以報業發展爲主線的。以往，在相關的新聞史研究著作中，學者們更多將視角集中於報業史研究方面，對於新聞通訊業則只是作爲一個專題穿插其中或放在其他新聞事業發展情況中予以簡單介紹，其內容所佔比例很少，只能概略反映出新聞通訊業發展的大致脈絡。

　　新聞通訊社的發展可以說貫穿了民國時期 37 年歷史，且數目非常多，但專門以此作爲研究對象的新聞史專著卻是非常少的，其中多爲個案研究爲主，即比較詳細地敍述某一家通訊社的發展史。這裡面有不少圖書都是以回

憶或概述為主的,而並非學術意義上的研究專著,如周培敬著《中央社的故事》、劉雲萊著《新華社史話》,以及《新華社回憶錄》《國際新聞社回憶》等。還有一些圖書屬於紀念畫冊性質,圖文並茂,可讀性強,但文字表述方面相對比較簡略,如《中央社六十年》《中央社,一部中華民國新聞傳播史》《新華社六十年》《新華社 80 年輝煌歷程》等。迄今為止關於民國時期中國通訊社發展歷史比較翔實的研究成果,當屬 2010 年出版的《新華通訊社史》第一卷(1931~1949),該書主要圍繞新華通訊社創建與發展歷史展開,其出版可謂意義重大,受到學界業界好評。可以看出,以上研究成果多出自業界,作為中國歷史上最有影響的兩家通訊社——中央通訊社和新華通訊社,都比較注重回顧與總結自身歷史。當前這些研究著作總體而言還是從媒體史研究的視角來撰述的,而對新聞通訊業整體歷史發展卻缺乏深入研究。

我們從網上下載了關於通訊社的論文約百餘篇,其中涉及的主要是一些較有影響的通訊社,如中央通訊社、新華通訊社、申時電訊社、國聞通訊社、全民通訊社、國際新聞社等,也有一些規模較小的通訊社如遠東通訊社、巴黎通訊社、中俄通訊社等。但記述一般都比較簡單,而且大多夾雜於其他一些研究中,往往淺嘗輒止,真正能夠深入研究、史料比較充沛的成果較少。關於通訊社歷史的資料,還體現在一些地方新聞史志類圖書中。大部分地方在編撰新聞史志時,對於通訊社歷史都有一定記載,但總體上敘述相當簡單,僅能為研究者提供一些線索。曾有人將通訊社發展史作為博士或碩士論文的選題,但一般都缺乏後續的深入研究和關注。

如前所述,關於民國時期新聞通訊業的研究成果相當分散,深入程度也還不夠,其中個案研究較多,綜合研究較少,尚未形成一個完整的體系,特別是缺乏宏觀的有影響的綜合性研究專著。

二、民國時期新聞通訊業研究的難點

民國時期我國新聞通訊社數量雖然非常多,但大多規模較小、存在時間較短,在新聞史上猶如曇花一現,沒有留下太多痕跡。即使是一些當時在國內有一定規模和影響的通訊社,對自己的發展歷史也缺乏足夠的總結和審視,很快便湮滅於歷史的洪流中了。新中國成立後,經過接管和改造以後,我國僅有新華通訊社、中國新聞社兩家通訊社,而中國新聞社成立於 1952年。儘管通訊社是新聞事業的重要組成部分,但相較於報業等行業而言,通

訊社在新聞業發展中的影響仍是有限的。由於通訊社在新聞業中所處的這種特殊地位，使得關於通訊社的歷史研究社會關注度並不太高，因而在以往的新聞史研究中也未受到足夠的重視。

文獻史料的缺失和不易查找，是通訊社歷史研究的最大難點。史料是歷史研究的基礎。目前看到的有關通訊社的史料，大多見於一些當事人的回憶，雖然也相當寶貴，但由於缺乏原始文獻史料來相互印證，其史料的真實性就不易判定。因為通訊社主要業務是對報紙等媒體發稿，所以人們更多都是從報紙上刊載的署名消息知道通訊社的存在，而對其自身發展卻鮮有瞭解的渠道。另外，雖然也有一些關於通訊社的零散消息偶見刊載於個別與它們關係比較密切的報刊，但由於過於分散，查閱起來難度也比較大。與之相比，報社則可以經常通過自己的報紙發布有關的信息，而且報社出於發行和廣告等需要，一般都比較注意通過發布信息擴大自身影響。如果是保存比較完整的老報刊，研究起來史料自然相對比較集中，再輔之以回憶錄、紀念文章等其他文獻，以及對老報人的採訪，基本可以得出較為全面的研究成果。

另一方面，因為通訊社的供稿多為簡短的消息，且沒有固定的載體，這就使得對於通訊社宣傳報導的研究缺乏足夠的史料支撐。國內一些主要通訊社，雖然在新聞史上有一定影響，但通訊社的新聞稿留存較少，且很不完整。由於缺乏版權意識，民國時期報刊上刊載的消息有些即使來自通訊社也並未注明來源，這就使得對於通訊社宣傳報導的研究更為困難。如果僅根據已有的報紙採用情況進行研究，材料肯定相當分散，基本不能全面反映通訊社宣傳報導的實際情況。

與史料匱乏同樣突出的問題，還在於研究成果的不足和滯後。關於民國時期新聞通訊業的研究雖然已有一些成果，但其中涉及的個案研究較多，整體研究較少；回憶、回顧類的作品較多，闡述、論述類的研究較少。研究成果的分散和浮於表面是一個比較突出的問題。不可否認，通訊社史是新聞史研究中的一個重要的專門領域，但這一研究還尚未形成比較完整的體系。比如，目前尚沒有一部關於近代以來中國新聞通訊業整體發展史的研究專著，而在廣播史研究等領域，早已有相關成果問世。

通訊社在新聞業發展中屬於一個專門的領域，其主要面向報紙等媒體供稿的業務特點，使得其社會認知程度較弱。很多普通民眾只知有報紙而不知有通訊社的存在，而部分研究者對通訊社業務發展也缺乏足夠瞭解，導致在

研究中出現一些誤區，如有人將通訊社播發的文字廣播與廣播電臺的口語廣播相混淆，有人對通訊社一些業務機構的名稱產生歧義等等。

新聞通訊社史研究中的這些難點，使得不少人在面對相關研究時產生困惑，很難將選題深入做下去。

三、民國時期新聞通訊業研究的學術價值和意義

民國時期新聞通訊業的發展史是這一時期中國新聞史的重要組成部分，在中國新聞事業通史中也佔有重要地位。這一研究具有重要的學術價值和意義。

首先是爲研究中國新聞史提供了新的視角。通訊社的業務有其特殊性與獨立性，同時又依存於報紙等媒體，與報業的發展息息相關。報業繁榮則通訊社事業亦有廣大的生存空間。民國時期，通訊社不僅數量眾多，而且在業內具有一定影響力，爲報業發展提供了重要支撐。民國時期，很多通訊社在機構和業務上都是獨立的，但也不乏與報社關係密切的範例，有的通訊社則與報社同屬一個組織體系。從通訊社發展歷史這一新的視角來看民國新聞史，其涉及的背景和內涵比單純的報業史更加廣泛和深入。

其次是豐富了中國新聞史研究的內涵，填補了學術空白。由於此前研究的一些不足，也使得關於民國時期新聞通訊業發展目前還存在著很多學術研究的空白，不僅整體研究缺乏系統梳理，而且個案研究也還很不完善，即使是一些在歷史上曾產生過較大影響的通訊社，也尚有可以進一步深入研究的空間。因而，民國時期新聞通訊業的研究雖有較大難度，但卻具有很高的學術價值，從一定意義上來說將填補以往新聞史研究領域的空白。

再次是爲當今我國新聞通訊業發展提供歷史經驗和借鑒。民國時期的中國社會經歷了諸多滄桑巨變與動盪不安，新聞通訊業的發展也起起落落，雖然整體來說通訊社的數量眾多，但種種複雜因素使得多數通訊社最終都走向衰亡。在戰爭年代中，共產黨領導的新華通訊社在艱苦環境中誕生，跟隨黨中央幾度輾轉遷移，在對敵鬥爭中不斷發展壯大，爲宣傳抗戰和民族解放做出了突出貢獻，新中國成立後成爲我國的國家通訊社。從宏觀上重新審視民國時期新聞通訊業的整體發展過程，就會更加理解今天建設國際一流的新型世界性通訊社的重要性與必要性。

作爲「中華民國新聞史」專題史叢書中的一本，本書主要在中國新聞史

研究一些既往成果和廣泛收集查閱史料的基礎上，系統梳理了民國時期我國新聞通訊業的歷史發展，突出反映了民國時期幾種不同類別和屬性的通訊社在中國的發展歷程及特點，對近代中國新聞通訊業的歷史源起也進行了簡要追溯。

第一章 民國時期新聞通訊業發展的 歷史背景

　　探究民國時期新聞通訊業的發展，必須先溯其本源。我國的新聞通訊業發端於晚清時期，最早開展新聞通訊業務的是英國路透通訊社 1872 年在上海設立的遠東分社，而由中國人自己創辦的通訊社則於 1904 年誕生在廣州。新聞通訊業的發展與中國經濟社會特別是近代報業和電信業的發展息息相關。本章將主要探討民國時期新聞通訊業發展的歷史背景，包括民國成立前中國新聞通訊業的早期發展。

第一節　晚清時期國內近代報業環境的形成

　　進入 19 世紀後，清王朝已逐步走上衰敗之路，政治腐朽，財政拮据，國防虛弱，危機四伏。在清政府閉關鎖國的外交政策之下，中國和外部世界接觸很少；而在其內部，由於清政府實行嚴酷的封建專制主義統治和愚民政策，使得國內信息極度閉塞、根本沒有言論出版自由。封建統治者所控制的邸報、官報等宣傳工具，內容形式僵化，時效慢，難以滿足社會發展的需要。隨著西方的殖民擴張，外國人開始在中國進行文化滲透，並把近代報刊帶入中國，進而促進了中國人自辦近代報刊的興起，這些也為後來新聞通訊社的出現奠定了基礎。

一、西方文化滲透與外國人在華創辦報刊

　　中國近代報刊是由外國人首先創辦的。18 世紀，西方資本主義有了迅速

發展，迫切需要開拓海外市場，把勢力伸向全球。剛剛完成工業革命的英國，在爭奪殖民地的新熱潮中，很快壓倒了西班牙、葡萄牙、荷蘭等老牌殖民主義國家，成為頭等海上強國，並將亞洲視為其主要侵略目標。

英國在向中國擴張勢力時遇到了很大阻力，當時中國政府實行閉關鎖國政策，僅開放了廣州一地作為通商口岸，並且對外國商人在華活動作了很多限制規定。英國人想要打破清政府的閉關政策，搶佔中國廣大市場。他們一方面積極籌劃依靠武力征服中國，另一方面也加緊了對中國的文化滲透。

進入 19 世紀後，中國陸續出現了一批近代化報刊，主要是由外國傳教士首先創辦起來的，其目的是傳播宗教知識和教義。最早來中國傳教的英國人是馬禮遜，他是基督教（新教）的傳教士。由於清政府禁止外國人在中國印書和傳教，馬禮遜最初只得以重金秘密印刷一些經他和朋友翻譯的宣傳基督教教義的小冊子。後來，英國倫敦佈道會又派了另一傳教士米憐來華工作。馬禮遜和米憐決定，將對華傳教和出版基地設在與廣州來往較為方便、已經成為荷蘭殖民地的馬六甲。米憐擔負起建立這個基地的任務。在出版宗教書籍的同時，1815 年 8 月米憐在馬六甲編輯出版了最早的近代中文報刊《察世俗每月統記傳》。由此拉開了中國近代報刊發展的序幕。

到了 19 世紀二三十年代，外國人在華商業活動日漸頻繁，他們迫切希望擴大與中國人的自由交往，打破清政府的閉關政策，轟開中國大門。鴉片戰爭前中國境內出版的報刊中，中文報刊已有 3 種，外文報刊則達 17 種，主要集中在廣州和澳門，出版者包括英國人、美國人、葡萄牙人等，內容涵蓋政治、經濟、社會、宗教等多方面。

鴉片戰爭後，外報在中國的發展有了很大變化。外國殖民主義者憑藉不平等條約，突破了原來清廷所加的種種限制，取得了在中國境內隨意辦報的權力，而殖民主義勢力在中國的發展，也大大地刺激了他們出版報刊的需要。[1]報刊數量急劇增加，商業性報刊迅速興起，繼廣州、澳門之後，香港和上海成為報紙出版的新的中心，而中國的很多沿海城市甚至內陸地區和清政府的首都北京都陸續出現了外國人所辦的近代報刊。外國人將近代報刊這種先進的新聞傳播媒介帶到了中國，形成了相當規模的報刊出版網絡。在外國人所辦的報刊中，還大量使用中國人參加編輯、發行等工作，為後來中國人自辦

---

1 方漢奇主編：《中國新聞事業通史（第 1 卷）》，中國人民大學出版社，2000 年版，第 288 頁。

報刊積累了一定的人才基礎和經驗。

二、中國人自辦近代報刊的開端

外報在中國境內的迅速發展，對中國社會造成了多方面的影響。兩次鴉片戰爭後，中國城市資本主義經濟有了重要發展，西方文化思想對中國知識界的影響不斷加強，中國人出版近代報刊的條件初步形成。[1]

19 世紀中期，中國人開始出版近代報刊的嘗試。在華僑聚居的一些國家和地區，如美國和東南亞，首先出現了華文報刊，1856 年 12 月在美國創刊的《沙架免度新錄》，由廣東籍華僑司徒源創辦，這是第一份真正的華僑報紙，也是世界上第一份華文日報。

19 世紀 70 年代初，中國人自辦報紙終於在漢口、香港、廣州、上海等地誕生。辦報人主要是洋務派官員、商人和要求改革的知識分子。1873 年 8 月在漢口創辦的《昭文新報》被認為是中國人在國內創辦的第一張報紙，創辦人為艾小梅。

在中國第一批自辦報紙中，歷史最為悠久影響最大的是王韜主編的香港《循環日報》，該報由中華印務總局主辦，於 1874 年 2 月創刊。中華印務總局由王韜與友人黃平甫、溫清溪等人集資開設。《循環日報》除刊登新聞消息外，還以政論著稱。報紙上幾乎每期刊登論說文 1 篇，有時 2 篇甚至 3 篇，主要以中國內政外交等重要時事為題材。王韜也成為中國第一個傑出的報刊政論家。

三、近代中國資產階級報刊的興起

19 世紀 90 年代，康有為、梁啓超等為代表的資產階級維新派在國內發起變法維新運動，他們將辦報作為其宣傳變法維新主張的主要方式。

1895 年 8 月，中國資產階級維新派創辦的第一家報紙——《萬國公報》在北京創刊。不久更名為《中外紀聞》，作為維新派政治團體強學會的機關報。隨著維新運動在全國各地的開展，戊戌變法前後，中國掀起了第一次辦報高潮。據不完全統計，從 1895 年到 1898 年，全國出版的中文報刊有 120 種左右，其中約 80%是中國人自辦的。維新派創辦的報刊，數量最多，影響最大，推動了維新運動的發展。此時，中國人自辦報刊已逐漸打破了外報在華出版

1　方漢奇主編：《中國新聞事業通史（第 1 卷）》，中國人民大學出版社，2000 年版，
　　第 449 頁。

的優勢，成為中國社會興論的一支重要力量。其中影響較大的還包括《時務報》《知新報》《湘學報》《國聞報》等。

戊戌變法失敗後，康有為、梁啓超等為首的資產階級維新派繼續在海外創辦《清議報》《新民叢報》等，宣傳他們變法維新和君主立憲的主張。

到 19 世紀末 20 世紀初，以孫中山為首的中國資產階級民主革命派興起，他們在進行武裝鬥爭的同時，也展開了廣泛的興論宣傳活動，並把出版報刊作為主要的宣傳方式。

1894 年 11 月，孫中山在檀香山發起創立了中國第一個資產階級革命團體興中會，揭開了資產階級民主革命的序幕。他們在一些報刊上發表文章、政論等，開展興論宣傳擴大影響。1900 年 1 月創刊於香港的興中會機關報《中國日報》，是中國資產階級革命派出版的第一份報紙。1905 年 8 月，興中會、華興會、光復會共組的中國同盟會在日本成立。11 月，中國同盟會機關報《民報》在日本東京創刊。資產階級革命派和改良派在海外辦的報刊上展開大論戰，以革命派的勝利告終。為了擴大革命思想的影響，資產階級革命派在海外和國內先後建立起一系列興論陣地，開展宣傳活動，逐漸成為報刊活動的主角。與此同時，國內各種勢力所辦的各類型報刊又重新活躍起來，出現了《大公報》《東方雜誌》《時報》等一批有影響的民營報刊。這一時期，報刊的政治性和黨派色彩更加濃厚，形成了一個新的辦報高潮，報刊業務有了長足的進步。

中國近代報刊的興起與初步發展，為成立以為報紙提供信息服務為主要業務的新聞通訊社，提供了必要的生存條件和基礎。

第二節　西方新聞通訊業對華擴張勢力的開始

中國近代報業的勃興，也使作為新聞批發商的通訊社有了廣闊的市場。通訊社誕生於 19 世紀 30 年代的歐洲。它和商業報刊一樣，都是工業革命的產物，都是適應資本主義的發展應運而生的。中國新聞通訊事業發端於 19 世紀 70 年代，最早在中國開展新聞通訊業務的是英國路透社，在後來很長一段時間內，路透社都是在中國最具影響的通訊社。

一、世界主要通訊社的誕生及初期發展

世界上最早建立的四家主要通訊社，分別是法國的哈瓦斯社、德國的沃

爾夫社、英國的路透社和美國的港口通訊社（現在的美聯社）。其中哈瓦斯通訊社是世界上第一家通訊社。

1835 年，查理‧哈瓦斯（Charles Havas）在法國巴黎正式創辦了哈瓦斯通訊社（Agence Havas），招聘記者、採集新聞並開辦迅速翻譯外國報紙新聞文章的業務。爲了提高服務的時效性，哈瓦斯社不斷利用新的技術手段來改進其新聞傳遞系統，擴大業務範圍。1840 年，哈瓦斯開始使用信鴿，開闢了布魯塞爾到巴黎、倫敦到巴黎等信鴿傳訊線路。通過這種方式，比利時或英國早報上的新聞，巴黎的晚報就可以刊出，從而使巴黎幾十家報紙以及許多機關、公司和個人陸續成爲了他的訂戶。大文豪巴爾扎克曾將哈瓦斯稱爲「控制法國報紙的巨頭」。[1] 1845 年哈瓦斯社開始使用電訊手段傳稿，並在羅馬、布魯塞爾、維也納、馬德里及美國等地設立分社。19 世紀 50 年代後，哈瓦斯社已經普遍使用電報向法國各地和歐洲許多城市傳遞新聞。70 年代，該社通過海底電纜把新聞業務擴展到拉丁美洲。

1848 年，包括美國《太陽報》在內的紐約 6 家報紙爲了減少在港口向歐洲船隻採集新聞的費用，聯合組建了港口新聞聯合社（Harbour News Association）。1857 年，港口新聞聯合社與當地另一家新聞社「電訊與一般新聞社」（1850 年建立）合併，組成紐約新聞聯合社（New York Association Press），同時將業務擴展到國內其他地方的報社，參加的成員不斷增多。之後，它先後與美國晚些時候成立的幾家通訊社聯合。至 1880 年，紐約新聞聯合社所屬會員已有 355 家報紙。1892 年正式改組爲美國聯合通訊社（Association Press），即美聯社。

1849 年，德國人伯納德‧沃爾夫（Bemard Wolff）在柏林創辦了沃爾夫通訊社（Wolff Telegraphen Bureau）。沃爾夫曾於 1848 年在哈瓦斯社工作過。回到柏林後先是擔任一家報社社長，1849 年從柏林到邊境城市亞琛的電報線路開通，沃爾夫便成立了以自己名字命名的通訊社，利用電報收集和發布股票行情和經濟信息，爲報社提供新聞稿。1855 年起逐步增發政治新聞和其他非經濟類信息，成爲德國報刊重要的新聞供應者。沃爾夫通訊社還與路透社、哈瓦斯社以及美國聯合通訊社合作，互換政治、經濟新聞和信息。

英國的路透社（Reuters Ltd）成立於 1851 年，由德國人朱利葉斯‧路透（Julius Reuter）在倫敦創辦。路透曾於 1848 年在哈瓦斯社短期做過譯員。1850

---

1 程曼麗：《外國新聞傳播史導論》，復旦大學出版社，2007 年版，第 73 頁。

年，他在亞琛設立了一個營業所，利用信鴿向布魯塞爾傳遞商業信息和股票行情。1851 年，聯接英倫三島和歐洲大陸的海底電纜開始啓用。路透將其營業所遷到倫敦，開始從事電訊業務。19 世紀 50 年代，隨著大眾化報紙和地方報紙的發展，路透開始採集和發布政治、經濟、軍事等方面的新聞，向報界供稿。取得報界支持後，路透社開始積極向海外拓展業務，並且常常以時效性強的獨家新聞在同行競爭中取勝。

19 世紀後半期，世界各地還陸續建立了一些新聞通訊社，如 1853 年成立的意大利斯蒂法尼通訊社、1866 年成立的丹麥通訊社、1867 年成立的西班牙法布拉通訊社、1879 年成立的新西蘭報聯社、1892 年成立的日本帝國通訊社、1894 年成立的俄國通訊社、1900 年成立的阿根廷新聞通訊社等，它們的活動範圍一般都在國內。

二、西方主要通訊社對外擴張勢力、瓜分新聞市場

在早期通訊社之中，歐洲三大通訊社路透社、哈瓦斯社、沃爾夫社規模和影響最大。隨著英國、法國和德國殖民擴張的不斷推進，這三家通訊社也竭力擴大採集、發布新聞的範圍。19 世紀 60 年代末時，他們已基本把世界新聞市場分割完畢。

1870 年 1 月 17 日，路透社、哈瓦斯社、沃爾夫社和美國紐約新聞聯合社四家通訊社共同簽訂協議，在世界範圍內劃分「勢力範圍」，每家通訊社在各自範圍內獨自採訪和發布新聞，並規定互換採集到的新聞。這個協訂史稱「連環同盟」協定或「三社四邊協定」。

根據這個協定，哈瓦斯社的勢力範圍包括：法國、瑞士、意大利、西班牙、葡萄牙、埃及（與路透社共享）、中美洲、南美洲；路透社的勢力範圍包括：大英帝國、埃及（同哈瓦斯社共享）、土耳其、遠東；沃爾夫社的勢力範圍包括：德國、奧地利、荷蘭、斯堪的納維亞諸國、俄國和馬爾干各國；紐約新聞聯合社的勢力範圍爲美國，由於它在競爭中處於相對弱勢，因而主要以參加者身份出現。

通過「連環同盟」的締結，四大通訊社在世界範圍內壟斷了新聞市場。它們憑藉自己各方面的優勢，限制和排斥其勢力所在國的新聞採集、發布活動，迫使眾多的新聞機構只能通過它們這唯一的渠道獲取新聞，從而達到更好地爲本國殖民政策服務的目的。[1]

---

1 程曼麗：《外國新聞傳播史導論》，復旦大學出版社，2007 年版，第 78～79 頁。

根據「連環同盟」協定，遠東被劃入路透社的勢力範圍。準備大力開拓遠東市場的路透社，將目光投向了當時中國對外貿易的中心——上海。這裡不僅商業相對發達，而且也是中國重要的文化中心和新聞出版基地。由於上海租界的特殊地位，很多報刊都在這裡創辦，爲通訊社的發展提供了良好的基礎。

1871 年，路透社派遣亨利・科林斯（Henry W. Collins）到新加坡、上海推廣業務，並在日本橫濱、長崎建立分社。由於交通、通訊的便利，尤其大北電報公司已將電報線路擴展至上海，從上海往北、往南都能通過電報與英國本土發生聯繫，1872 年就在上海成立路透社遠東分部，最盛時期，遠東分部轄區除中國外還包括俄國的西伯利亞、朝鮮半島、日本、中南半島、婆羅洲（今馬來西亞）等地區。[1]路透社開始在中國從事新聞傳播活動，成爲第一家在我國開展新聞通訊業務的外國通訊社。

三、路透社獨佔中國新聞通訊業市場

路透社遠東分社成立於 1872 年，社址位於上海英租界愛多亞路（今延安東路）120 號，初期的主要任務是爲總社收集遠東、主要是中國的情況，並向英文報紙《字林西報》等發稿。

《字林西報》（North China Daily News）是中國境內第一家獲得路透社電訊獨佔權的英文報紙。其前身爲《北華捷報》（North China Herald），曾經是在中國出版的最有影響的一份英文報紙。《北華捷報》由英國商人奚安門於 1850 年 8 月 3 日在上海創辦。1864 年改名爲《字林西報》。《字林西報》在刊載路透社電訊時，都要加注「專供字林西報」的字樣。憑藉路透社豐富、全面的新聞報導，它成爲當時上海最受歡迎、銷量最大的英文報紙。

當時上海另外三家英文報紙《益新西報》《捷報》和《文匯西報》，在與《字林西報》的競爭中始終處於弱勢，不得不採取非常手段以獲得路透社消息的供應。《文匯西報》曾公開將《字林西報》上刊登的路透社稿件加以轉登，《字林西報》即以侵犯版權起訴，《文匯西報》敗訴。當時，《文匯西報》總董克拉克正在倫敦，他當面同路透社總社進行交涉，路透社總社同意擴大供稿。從 1900 年起，上海 4 家英文報紙都可以採用路透社電訊稿。

1　來豐、張永貴：《路透社遠東分社的創辦及對中國新聞通訊事業的影響》，載《新聞界》2002 年第 3 期。

　　路透社來華初期，僅向一些英文報刊供稿，內容以國際新聞為主。《字林西報》曾將路透社電訊翻譯成中文，在附屬的中文報紙《字林滬報》上刊登，與英文《字林西報》同一天見報，希望藉此打開中文讀者市場。《字林滬報》創刊時適逢中法戰爭爆發，該報刊登的消息時間均比上海一般報館要早幾天，比素以報導迅速見長的《申報》新聞也要早一天。這使它一度成為當時上海與《申報》競爭最劇烈的一家商業報紙。但隨著中法戰爭的結束，一般國際新聞並不為讀者所注意，該報利用外文譯稿的優勢日益見弱，經營每況愈下，最終只能轉讓給日本人經營的東亞同文會。

　　除發布國際新聞外，路透社也採集中國新聞。當時，英文報紙大量採用路透社新聞電訊稿，不僅擴大了新聞來源，豐富了報紙內容，而且時效性強，使得它們在報業競爭中處於非常有利的位置。在這樣的形勢之下，中文報紙也逐漸認識到通訊社新聞稿的重要性，於是部分中文報紙開始與路透社遠東分社洽談建立供稿關係。最早採用路透社電訊的是維新運動時期的《國聞報》，戊戌政變前後，該報開闢《路透電報》專欄登載路透社電訊，從 1898 年 9 月 23 日到 11 月 13 日，該報就有 19 天採用路透社電訊，不過採用的都是路透社的國際新聞報導。[1]

　　著名報人的汪康年較早留意到路透社在中國的活動及其在世界範圍的影響力。他指出：「路透電報今風行各國，自都城及大城鎮無不達到，其訪員亦遍全球。」[2] 當時路透社電報在北京每日僅銷 9 份，其中 8 份為外國人所購，中國只有清政府外務部購買一份，當汪康年得知外務部擬於 1909 年 5 月停止購買路透社電訊的消息，頗感憂慮，覺得堂堂中國都城竟連路透社新聞都看不到，他呼籲國人多訂購路透社電報，以免路透社中止向北京提供電報，但卻沒人響應，因而不禁感慨：「吾國人不願討究外事，一至於此，可歎也。」[3]

　　從遠東分社成立後，路透社獨佔中國新聞通訊市場達幾十年之久。一方面，它將先進的新聞通訊業務帶到中國，開闊了人們的視野，促進了新聞業的競爭，並由此揭開了中國新聞通訊業發展的序幕；另一方面，它通過對中國新聞通訊市場的壟斷，在報導中維護英國利益、表達英國立場，控制輿論、混淆視聽，也引起國人警醒。總之，不可否認，路透社在中國新聞史上佔據

1　來豐：《中國通訊社發展史》，復旦大學博士學位論文，2002 年 5 月。
2　汪康年：《汪穰卿筆記》，中華書局，2007 年版，第 45 頁。
3　汪康年：《汪穰卿筆記》，中華書局，2007 年版，第 45 頁。

了非常獨特的地位和深遠的影響。

圖 1-1　汪康年（1860～1911）

第三節　電報傳入中國及對新聞傳播的影響

　　電報是工業社會的一項重要發明，它使得不同國家和地區之間的信息傳遞更加迅速便捷，也為新聞通訊業的快速發展提供了必要物質條件。西方主要通訊社的發展，都得益於通過電報手段傳遞新聞電訊和消息。電報通信技術傳入中國之後，也大大加速了我國近代新聞業的發展。

一、電報的發明及早期應用

　　電報是通信業務的一種，包括有線電報和無線電報，是最早使用電信號傳遞書面信息的方法。早期的電報是有線電報，開始只能在陸地上通訊，後來使用了海底電纜，開展了越洋服務。而無線電報的發明，則使電報業務基本上可以抵達地球上大部分地區。

　　19 世紀初，歐美的一些發明家便開始利用電磁感應現象研製通信裝置。1837 年，美國人莫爾斯（S.F.B.Morse）研製的有線電報機通報實驗成功。幾年後，他們完成了華盛頓至巴爾的摩之間電報線路的架設。

　　莫爾斯還發明了用點、劃和空白的組合來表示字母的一種編碼，只要發出兩種電符號就可以傳遞信息。在這個電碼中，點、劃和空白是三種基本符號，點就是「嘀」的短音，劃是「嗒」的長音，空白是沒有聲音。莫爾斯規定了點劃組織所表示的各種字母、數字和標點符號。這就是著名的「莫爾斯電碼」。

　　1844 年 5 月 24 日，莫爾斯在美國國會大廳裏，親自按動電報機按鍵。隨著一連串嘀嘀嗒嗒聲響起，電文通過電線很快傳到了數十公里外的巴爾的摩。他的助手準確無誤地把電文譯了出來。電文的內容是：「主啊，你創造了何等的奇蹟！」莫爾斯電報的成功轟動了美國、英國和世界其他各國，他的電報很快風靡全球。

　　1851 年，橫跨多佛爾海峽聯接英、法的海底電纜成功。以後，歐美國家的大電報公司迅速將電報線路向全世界擴展，形成了遍布全球的電報網。[1]1865 年，在巴黎召開了國際電報大會，簽署了第一個國際電報公約，成立了國際電報聯盟，莫爾斯電碼被指定為國際電報通信的符號。

　　在無線電通信方面做出突出貢獻的是意大利人吉列爾莫‧馬可尼（Guglielmo Marconi）。1895 年，他將電磁波理論首先運用到無線電通信上，發明了無線電報機，使通信擺脫了依賴導線的方式。1896 年，他將自己發明的裝置帶到英國，並取得了無線電報系統世界上第一個專利。在英國，馬可尼建立了自己的公司，他不斷改進通信裝置，使無線電報進入實用階段。1899 年，馬可尼建立起跨越英吉利海峽的法國和英國之間的無線電通信。1901 年，他使無線電波成功穿越大西洋。馬可尼被人們稱為「無線電之父」，他的一系列發明和實驗，使無線電事業到達了一個高峰。

　　電報通信技術的日臻完善，使得時空對於傳遞信息的障礙度大大減低了。而當時新興的通訊社事業，緊緊抓住了電報通信技術發展帶來的機遇，先後借助有線電報和無線電報的傳輸，將通訊社的電訊稿傳遞到世界各地。法國的哈瓦斯通訊社於 1845 年便開始使用新建的巴黎至里昂的電報線路傳送新聞，1851 年哈瓦斯社已成為在巴黎和歐洲各國首都之間用電報傳送新聞的電訊社。德國沃爾夫社和英國路透社緊隨其後，他們借著德國境內電報線路的聯接開通以及英國和歐洲大陸間海底電纜開始啟用而成立，很快發展為具有相當規模通訊社。隨著電報線纜在美國很多城市的延伸，美國紐約新聞聯合社（美聯社前身）也在國內不斷擴大服務範圍，在美國南北戰爭期間他們利用剛裝置好的電報系統，滿足了不同政治觀點的報社對有關信息的需求，並確立了新聞的客觀性原則。先進的電報通信技術，無疑是這些世界大通訊社賴以生存、發展和對外擴張勢力的基本物質條件。

<hr>

1　閔大洪：《傳播科技縱橫》，警官教育出版社，1998 年版，第 65 頁。

二、電報傳入中國

電報自發明使用以來，很快為西方資本主義各國廣泛使用，它促進了資本主義世界市場的形成和發展。隨著西方資本主義國家不斷對外進行殖民擴張，能夠快速傳遞信息的通訊工具成為迫切需要，電報很快傳到了中國。

19 世紀中期，西方列強曾多次嘗試與清政府洽商在中國建立電報線路，均遭到拒絕。1868 年，英國組織了東方電報公司，憑藉海上霸權，他們開始建設從英國經地中海、紅海、印度洋直達香港的水線（海底電纜），待建成後再伺機向中國沿海城市擴展。1870 年，英國又專門組織了一個「中國水線電報公司」（即後來的「大東電報局」），加速將水線向東南亞和中國延伸。1869 年，北歐一些水線公司合併改組為丹麥大北電報公司，也企圖鋪設從俄國到到日本和中國的水線。為平衡利益關係，大北公司與大東公司經過秘密協商，於 1870 年 5 月簽訂合同劃分了各自的勢力範圍：上海以北包括日本的水線歸大北公司經營，香港以南的水線歸大東公司經營，至於上海、香港間的水線則為雙方共同經營的「中立區」，約定由大北公司出面興辦滬港水線，經營所得利益雙方均分。[1]

儘管清政府明確規定海底電纜線端不得上岸，但在 1871 年大北電報公司還是將電纜擅自在上海引上岸，連接到該公司設在租界內的報房，造成了既成事實。這是外國在中國敷設的第一條收發電報的海底電纜。隨後，大北電報公司進一步加快步伐，終於實現了上海經日本與俄羅斯、歐洲的通報，以及經香港與歐洲、美洲的通報。中國與世界各地的電信聯繫由此開始，但中國的電信主權也不明不白地喪失了。[2]

三、中國電報業的初期發展及對新聞業的影響

雖然清政府對電報通信最初是抵制的，但當時已有不少中國的官員、知識分子、商人在對外交往中認識到電報的先進功能，他們在國內倡導和建議興辦電報事業。當電報傳入中國後，中國自己的電報通信事業也開始逐步發展起來。

1875 年底，在福建巡撫丁日昌的鼓勵和支持下，福建船政學堂附設了中國第一所電報學堂，聘請大北電報公司代為培訓電報技術人員。1877 年，丁

---

1 郵電史編輯室編：《中國近代郵電史》，人民郵電出版社，1984 年版，第 45 頁。
2 閔大洪：《傳播科技縱橫》，警官教育出版社，1998 年版，第 68 頁。

日昌積極推動在臺灣建成全長 95 里的由中國人自己修建、自己掌管的第一條電報線，開創了中國電信的新篇章。

1879 年，國內外戰事頻起，清朝政府爲了溝通軍情，派李鴻章與大北電報公司交涉，由中國出錢，委託其修建大沽（炮臺）、北塘（炮臺）至天津，以及從天津兵工廠至李鴻章衙門的電報線路。這是中國大陸上自主建設的第一條軍用電報線路。1880 年，李鴻章在天津設立電報總局，派盛宣懷爲總辦。同時，在天津設立電報學堂，聘請丹麥人博爾森和克利欽生爲教師，並委託大北電報公司向國外訂購電信器材，爲建設津滬電報線路作準備。1881 年，全長 3075 里的津滬電報線路全線竣工，並正式開放營業，收發公私電報，全線在紫竹林、大沽口、清江浦、濟寧、鎮江、蘇州、上海七處設立了電報分局。這是中國自主建設的第一條長途公眾電報線路。中法戰爭期間，爲加強軍事指揮和聯絡，先後建成了京津、長江、廣州至龍州幾條重要的電報線路，使全國通信系統在戰爭期間形成了一個統一的整體。中法戰爭結束後，中國電報業進入了一個迅速發展的時期。

在當時的臺灣巡撫劉銘傳的主持下，花費重金敷設了長達 433 里的福州至臺灣的電報水線——閩臺海纜，於 1887 年竣工。它使臺灣與大陸聯通一氣，對臺灣的開發起了重要作用。這是中國自主建設的第一條海底電纜。

我國最早使用無線電通信的地區是廣州。早在 1899 年，就在廣州督署、馬口、前山、威遠等要塞以及廣海、寶壁、龍驤、江大、江鞏等江防軍艦上設立無線電報機。1906 年因廣東瓊州海纜中斷，在瓊州和徐聞兩地設立了無線電報機，在兩地間開通了民用無線電通信，這是中國民用無線電通信之始。1908 年，英商在上海英租界的匯中旅館私設了一部無線電臺，與海上船舶通報。後由清政府收買，移裝到上海電報總局內，這是上海地區最早的無線電臺。

中國電報事業的創辦，加強了與世界的聯繫，逐步改變了與世隔絕的狀態，在清末社會發展中發揮了重大作用。電報的使用也對中國報業產生了深刻的影響。當 1871 年上海、香港和歐洲接通有線電報後，中國報紙便開始刊登電訊新聞。電報總局准許報館發送新聞電報，當有重大新聞事件發生時，訪員可以通過電報向報館及時發出新聞稿，大大提高了新聞時效。電報傳入中國和在中國的發展，也爲通過電報傳遞新聞電訊的通訊社提供了機遇，路透社遠東分社正是借助於此而在中國開展其業務的。

第四節　中國人自辦新聞通訊社的開端

　　晚清時期，在中國眞正具有規模和影響的通訊社，主要是英國路透社遠東分社一家，而且當時也不向華文各報發稿。但當時隨著世界通訊社事業的發展，特別是路透社在華擴張勢力及影響不斷深入，國人對通訊社的職能和作用已有一定瞭解。在 20 世紀初，中國的廣州首先開始出現了國人自辦的通訊社，雖然存在時間短，規模和影響都有限，但卻由此開啓了國人自辦通訊社的歷史，在一定程度上爲民國成立後我國新聞通訊業的發展奠定了基礎。

一、國人對於新聞通訊業的初步認識和探索

　　儘管晚清時期中國社會經濟文化的發展仍非常落後，但新聞通訊社這一新興業務傳入中國後，卻也使一些有識之士逐漸認識到，通訊社的設立不僅僅在於可以爲報紙提供更多豐富、客觀、眞實的新聞，而且從某種意義而言事關國家前途和民族命運。

　　歐洲通訊社事業的發展引起時任清政府駐比利時使館隨員王慕陶的關注，他認爲通訊社對於各國的內政外交具有不可忽視的重大影響和作用。王慕陶與著名報人汪康年關係密切，受汪康年所託，1907 年王慕陶赴歐後兼任汪主編的上海《中外日報》歐洲新聞採編，積極爲汪的報刊提供消息。他在給汪康年的信中談到對通訊社的認識：「歐美日本於報館外有所謂通信社者，率皆政黨中人所組織，故能與政府及政治家密切，消息亦最靈通，而確實各報皆恃通信社爲新聞之機關，政黨亦即持此以操縱各報」，「縱橫捭合爲外交惟一方案，然達之亦有術焉，在古代則舌辯之士、間諜之使，今重複之以報館及通信社，其用益廣，非有此種機關，則以上二者將無所施其技，征諸各國，大致然也。」[1]王慕陶後來在海外創建了遠東通信社，成爲最早在海外開辦通訊社的中國人。

　　作爲清廷要員的熊希齡，在擔任東三省清理財政正監理官期間，也熱心於通訊社事業。他指出，通訊社的影響要大於報館，「報館者，發抒其言論於自辦之報者也，通信社者，發抒其言論並操縱人之言論於人已辦成之報也。兩者辦法雖異，而其宗旨相同。惟辦報之事，驟言之實非易易，蓋以各國報紙之發達，每國皆不下數十百種。彼對於其社會價值信用，決非一朝所能得。

1　《王君說帖》，見汪詒年《汪穰卿先生傳記·年譜三》卷四，1938 年鉛印本，第 21〜24 頁。

吾僑東方人，驟辦一報於其間，必難與之相抗，銷路不廣，勢力即微，且所費甚巨，或非吾國今日財政所能堪，又萬難同時遍設於各國。偏重一方，即使得力，亦不足爲全局之影響。而通信社者，倘使辦成，則既可收無窮之益，復可免驟進之弊。故以兩者利害比較而言，與其辦報，又勿寧辦通信社之爲得也」。[1]熊希齡曾擬在上海創辦「環球通報社」，作爲與國外通信聯絡的總機關，但最終並未實現。

圖 1-2　熊希齡（1870～1937）

　　通訊社的發展也得到了新興的資產階級民主革命派的關注。1909 年 8 月至 10 月，孫中山在流亡倫敦期間，曾經和一些朋友商量過在歐洲籌辦通訊社一事。他在《致子匡[2]函》中提到，留學英國的楊篤生[3]曾找他「談通訊社一事」，「弟甚贊同其意。此事關於吾黨之利便者確多，將來或可藉爲大用，亦未可定。……蓋吾人若不理之，必致落於他人之手，則此物又可爲吾人之害也，幸爲留意圖之。」[4]1911 年廣州黃花崗起義失敗後，楊篤生憂憤不已而在利物浦投海自殺，籌辦通訊社一事也暫時作罷，但由此可知孫中山等人已經意識到通訊社之重要作用。

　　與此同時，國內諸多報業同仁也深感在中國建立通訊社之必要。1909 年11 月 3 日，上海《民吁日報》曾發表《今日創設通信部之不可緩》的社論，

1　周秋光：《熊希齡與近代新聞事業》，吉首大學學報（社會科學）1990 年第 3 期。
2　即王子匡，湖北人，同盟會會員，當時在布魯塞爾。
3　即楊守仁，湖南人，同盟會會員，曾任上海《神州日報》主筆。
4　《中國人自辦通訊社之始》，《新聞大學》1982 年第 5 期。

主張立即創辦「通信部」即通訊社，配合革命報刊，爲民主革命派宣傳。[1]
1910 年由上海《時報》《神州日報》等發起，聯合全國 43 家報館，在南京召
開「全國報業俱進會」成立大會。有人在大會上提出《請成立通訊社案》，指
出：「報館記事，貴乎詳、確、捷。今日吾國訪員程度之卑劣，無可爲諱。報
館以採訪之責付諸數輩，往往一事發生，報館反爲訪員所利用，顛倒是非，
無所不至。試問各報新聞，能否適合乎詳、確、捷三字？吾恐同業諸君，亦
不自以爲滿意，而虛耗訪薪，猶其餘事。同人等以爲俱進會者，全國公共團
體，急宜乘此時機，附設一通信機關，互相通信，先試行於南北繁盛都會及
商埠，俟辦有成效，逐漸推行，俾各報館得以少數之代價，得至確之新聞，
以資補助而促進步。是否有當，應請公決。」[2]會議討論通過了「設立各地通
信社案」，準備先從北京、上海、東三省、蒙古、新疆及歐美入手以次推及內
地，但後來由於種種原因並未實現。

綜上所述，至 20 世紀初期民國成立之前，國人對於通訊社已形成一些
初步認識，希望建立自己的強有力的通訊社，突破外國通訊社對新聞的壟斷。

二、中國人在境內最早創辦的通訊社

中國人自辦通訊社始於 20 世紀初，是從譯報、剪報、通信工作發展起來
的，報業相對比較發達的廣州成爲中國人自辦通訊社的最早的發祥地。

中國人自辦的第一個通訊社，是 1904 年初在廣州創辦的「中興通訊社」。
中興通訊社屬於民營通訊社性質，社址位於廣州市中華中路回龍里 32 號，
駱俠挺是發行人兼編輯。1 月 19 日，中興社發出了第一篇稿件，它的主要發
稿對象是廣州和香港地區的報紙。中興通訊社雖然存在時間較短，影響有
限，但卻踏出了國人自辦通訊社的第一步。其後，楊實公也於 1911 年 2 月
在廣州創辦了展民通訊社。晚清時期，中國境內最早的這兩家通訊社都誕生
在廣州。

與此同時，廣州、上海、武漢等地也出現一些類似通訊社的機構和相關
業務活動。1908 年，廣州報界公會成立後，廣州各家報紙一般都採用報界公
會的新聞稿件和公電。廣州報界公會起了通訊社的作用。報界公會發給各報

1　方漢奇主編：《中國新聞事業通史（第 1 卷）》，中國人民大學出版社，2000 年版，
　　第 1021 頁。
2　戈公振：《中國報學史》，中國文史出版社，2015 年版，第 242～243 頁。

的各地新聞，多數是由政府機關與各界送來的。[1]1909 年上海報刊上出現署名「生生社」的稿件，所發稿件有《勸銅錫業》《勸四鄉苳園業》《勸木器業》等，就稿件內容來看所發的乃是一組帶有提倡實業意味的文章，並不是報導新聞的消息或通訊。但從發稿方式來考察，已是通訊社式的活動。[2]1909 年 6 月間，上海還曾成立過一所中國時事通訊會社，但它是新聞信息諮詢機構，並不發稿。1911 年武昌起義前夕，共進會會員胡祖舜以他在武昌胭脂巷 11 號的寓所爲基點，聯繫一些志同道合的人創辦了一家「靠採訪新聞維持生活」的機構，撰寫揭發清廷黑幕的稿件分送各報，實際上已具有通訊社的性質。

　　中國人自辦通訊社的出現，是我國新聞事業發展到一定階段的必然產物，也標誌著我國新聞事業發展到了一個嶄新的高度。中華民國成立後不久，很快就出現了國人自辦通訊社的高潮。

三、中國人在海外最早創辦的通訊社

　　中國人在海外最早創辦的新聞通訊社是 1909 年在比利時首都布魯塞爾創設的遠東通信社。該社主要創辦者爲王慕陶，時任清政府駐比利時使館隨員。

　　王慕陶曾任駐日使館三等參贊，與國內新式知識分子群體交往較多。到歐洲後，他一面積極爲汪康年的報刊提供消息，一面以中國各報全歐通信員的名義，與英、法、德、俄、奧、意、荷、比、西班牙、瑞士等國的報社往來，數年間「已遍識各國政黨及報館重要人物」，對各國情況多有瞭解。在歐期間，他耳聞目睹通訊社對於各國的內政外交具有不可忽視的重大影響作用，遂產生創辦通信社之意。1909 年 3、4 月間，王慕陶以私人名義出面，在布魯塞爾創辦遠東通信社，隨後在比利時首都、俄國首都電局以英文掛號登記爲 EX——ORIENT。

　　遠東通信社的創設得到了駐比利時公使李盛鐸的資助和支持。雖然遠東通信社是以王慕陶私人名義創辦的，但實際上有著相當程度的官方背景。李盛鐸曾將通信社成立的事情密奏外務部存案，並設法取得外務部、郵傳部的經費支持。時任東三省清理財政正監理官的熊希齡也爲籌款及疏通人事關係等提供了幫助。1909 年 10 月李盛鐸卸任回國後，仍繼續支持和幫助遠東通

1　《廣東省志・新聞志》，廣東人民出版社，2000 年版，第 86 頁。
2　馬光仁主編：《上海新聞史》，復旦大學出版社，2014 年版，第 367 頁。

信社。

　　參與創辦遠東通信社的另一個主要人物是汪康年。汪康年曾先後創辦或主持《時務報》《中外日報》《京報》《芻言報》等報刊，是近代中國著名報刊活動家。王慕陶與汪康年關係密切，王的老師陶在寬與汪康年交情匪淺，曾將他介紹給汪康年，遠東通信社成立後，汪康年是國內的主要內容提供者和推廣人。

　　遠東通信社的人事組織與機構設置：王慕陶任總理（社長），在比利時，總書記竇米茫（比利時人），中國書記吳徵，英文書記華池及法、德、俄等各種文字的書記；在國內，上海通信由雷奮、陳景韓擔任，北京通信由汪康年、黃遠庸擔任，李盛鐸綜理國內事務。[1] 遠東通信社在國內的東京、西京、南京、湖北、天津等處設立了機關。國外的分支機構推及倫敦、巴黎、聖彼得堡、維也納、海牙等地，與之往來的報紙有九百多家。[2]

　　遠東通信社的發稿模式主要是向外國報刊提供有關中國的通信和電報，並向國內傳播外電外刊內容。作為北京負責人和廣有人脈的報人，汪康年是遠東通信社國內消息的主要來源，由他選擇並將具有新聞價值或反駁外報的國內政治、外交事務寫成稿件，寄給王慕陶譯成法文轉達各國報社。王慕陶則選擇並編譯外稿發回國內，其重點為兩類，一是關於中國的熱點問題和歐洲輿論對於中國時局的看法，二是歐美重要國家之間的大事和外交事務。[3]

　　遠東通信社活動最直接的目的在於協助外交，對此王慕陶、汪康年都曾有所表述。遠東通信社成立後，在澳門劃界交涉、哈爾濱交涉、南滿鐵路交涉、西藏問題、粵漢借款、錦璦借款、東三省日俄問題、湖南饑民問題等與中國外交相關的事件中，都起到了一定的輿論協助作用。遠東通信社還向各級「大吏」提供各省交涉事件的信息，實際上充當著官方駐外情報機構的角色，為外交策略的制定發揮作用。

　　1910 年 7 月 24 日，世界新聞記者公會在比利時首都布魯塞爾召開「萬國記者大會」。王慕陶參加了會議並應邀出任常年會員。這是中國記者參加國際

1　周元：《清末遠東通信社述略》，《近代史研究》1997 年第 1 期。

2　許瑩、吳廷俊：《中國第一家海外通信社「遠東通信社」的理念與實踐》，《國際新聞界》2009 年第 8 期。

3　李禮：《近代知識精英影響國際輿論的嘗試——遠東通信社成立與解散的幕後》，《新文學史料》2015 年第 1 期。

新聞會議和有關組織的一次較早記錄。後來，王慕陶又介紹曾任《時務報》總理的汪康年、《北京日報》主筆朱淇、著名記者黃遠庸（遠生）、上海《申報》主筆陳景韓等人參加世界新聞記者公會。

圖 1-3　《遠東通信社叢錄》第四編

正當遠東通信社業務順利發展的同時，也遇到一些困擾。特別是 1910 年熊希齡欲在上海設立環球通報社，以上海為總社，將遠東通信社納入其中，變成其在歐洲的分社，這一計劃引起汪康年、王慕陶的不滿和反對。當時熊希齡在政界有強大的影響力，遠東通信社之前的籌款多仰仗於他。由於熊希齡的退出，遠東通信社出現了財務上的困難。1910 年底，王慕陶在比利時出版法文刊物《黃報》，印數達一萬份，雖然引起相當關注，但也增加了經費支出。1911 年，遠東通信社的核心骨幹人物汪康年去世，使其業務大受影響。辛亥革命後，清政府退出歷史舞臺，王慕陶雖一度仍署理比利時使館二等秘書，但民國政府政局跌宕，國內支持的經費更難以為繼。1913 年，發

生新聞史上著名的「癸丑報災」，中國報業客觀上出現大蕭條，通信社的空間大爲縮減。以上這些原因最終導致遠東通信社的徹底停辦。

　　關於遠東通信社的具體終止時間尚無據可查，王慕陶編纂的《遠東通信社叢錄》最後一冊即第四冊收錄了民國二年正月至十月的歐洲通信，可見至少在 1913 年，通信社還在發稿。[1]

　　遠東通信社在中國新聞對外交流史上具有重要意義。它是中國第一家總部設在海外和首家向海外發稿的通訊社，對於幫助國人瞭解眞實的歐美世界和讓國際社會客觀認識中國、爲國際輿論增加中國聲音發揮了一定作用。此外，遠東通信社也爲國人開展對外新聞交流積累了初步經驗。

1　許瑩、吳廷俊：《中國第一家海外通信社「遠東通信社」的理念與實踐》，《國際新聞界》2009 年第 8 期。

第二章　民國時期國民黨系統的新聞通訊業

　　辛亥革命的勝利，摧毀了君主專制制度，結束了中國兩千多年來的封建統治，使中國社會發生了質的變化。1912 年 1 月 1 日，孫中山在南京宣誓就職中華民國臨時大總統，中國歷史上第一個資產階級共和國由此誕生。民國時期，中國出現了創辦通訊社的高潮，新聞通訊社的數量劇增，其中不乏一些由政府、政黨和軍隊主辦的官方通訊社。國民黨歷來重視宣傳和輿論的重要作用，特別是在成為中國的執政黨後，國民黨系統的新聞事業發展迅速，其中包括其黨營的機關通訊社中央通訊社在全國一家獨大，還有中央、各級黨部、地方政府以及軍隊所辦的為數眾多的新聞通訊社。全國解放前夕，隨著國民黨政權在中國大陸的潰敗，國民黨系統的通訊社也陸續停辦或遷往臺灣。

第一節　國民黨早期的新聞通訊社

　　民國初期，國內政局動盪多變，後來形成軍閥割據的局面。新聞事業雖然出現短暫快速發展，但很快受到嚴重摧殘和抑制。這一時期，新聞通訊社一度在國內興起，雖然數量可觀，但大多存在時間短，規模和影響也都比較小。

一、孫中山等在上海創辦的通訊社

　　儘管在辛亥革命前，孫中山等資產階級民主革命派人士就曾有過籌辦通

訊社的想法，但國民黨實際開始創辦通訊社事業卻是在民國成立以後，並且主要集中於上世紀 20 年代中期以後。

1918 冬，孫中山、林煥庭在上海創立國民通訊社。該社每日選輯全國各地主要報紙要聞和國民黨活動情況，印成《國民通訊》向海外華僑報紙發稿，也接受華僑個人訂戶。20 年代初，孫中山還曾與其他反直系軍閥一起資助在上海創辦的民營的國聞通訊社，該社在創辦初期成爲反直系軍閥的某種聯合勢力的宣傳工具。

二、孫達仁在太原創辦的通訊社

在山西太原，1923 年 1 月 24 日，由孫達仁創辦了三五通訊社，以宣傳孫中山的三民主義、五權憲法爲宗旨。國民黨山西省黨部是這個通訊社的後臺。

民初到大革命前夕，我國新聞通訊業雖有一定發展，但總體還很不成熟，傳播效果有限。另外，儘管當時已不乏一些帶有政黨或政治背景的通訊社，但由於國民黨在國內政治格局中處於相對弱勢，其組織機構也比較鬆散，所以這一時期尚未開始形成真正的有影響力的黨營通訊社。

第二節　中央通訊社的創辦及初期發展

上世紀二三十年代，我國的通訊社雖然數量很多，但大多規模較小、影響有限。在很長一段時間內，路透社等外國通訊社幾乎壟斷了中國新聞通訊市場。直到國民黨中央通訊社創建並逐漸成爲全國性通訊社後，這種情況才有了一定改觀。中央社的發展經歷了一個比較長的過程，在 20 年代創辦初期時，它的規模和影響都很小，隨著國民黨勢力的不斷擴大和南京政府地位的日益穩固，作爲國民黨主要宣傳機構之一的中央社，在改組後實現了獨立經營，並且受到蔣介石的重視和大力扶持，它的機構和各項業務迅速發展起來，成爲國內其他通訊社遠遠無法與之抗衡的全國性規模的通訊社。

一、在國民革命背景下的建立與發展

1924 年到 1927 年，中國爆發了反對帝國主義、反對封建軍閥的大規模革命運動，史稱「大革命」或「國民革命」。這場革命是在中國國民黨和中國共產黨兩黨合作、共同努力下推動形成的。大革命時期，國民黨加強了宣

傳活動，先後改組和創辦了一系列報刊等出版物，中央通訊社也是在這一時期建立的。

1924 年 1 月，孫中山在廣州主持中國國民黨第一次全國代表大會，確立了聯俄、聯共、扶助農工的政策，確認共產黨員以個人身份加入國民黨的原則，標誌著國民黨改組的完成和第一次國共合作的正式形成。會議選舉產生了國民黨中央執行委員會，並決定加強國民黨的宣傳工作，戴傳賢任宣傳部長。中央宣傳部主要負責黨內宣傳、文宣及對外發言等工作。

此後，國民黨的宣傳機構逐步健全，在改組原有報刊的基礎上，中央、各省市黨部以及軍隊還相繼創辦了一些新的報刊，新聞活動空前活躍起來。國民黨在加強報刊建設的同時，也著手建立通訊社的工作。1924 年 3 月 8 日，國民黨中央執行委員會發出第 29 號通告，內容為：「本委員會為求新聞確實宣傳普及起見，特由宣傳部組織中央通訊社。凡關於中央及各地黨務消息，與社會、經濟、政治、外交、教育、軍事，以及東西各國最新之要聞，足供我國建設之參考者，靡不為精確之調查，系統之紀述，以介紹於國人」，並規定「各地黨部及黨員均有供給中央社新聞資料之義務」。[1] 在國民黨中宣部的主持下，中央通訊社於 4 月 1 日正式開始發稿。

中央社是國民黨第一個黨營通訊社，後來成為全國性通訊社。成立之初，中央社的規模很小，它附屬於國民黨中央宣傳部，社址位於廣州越秀路 53 號國民黨中央黨部（惠州會館），僅在樓下收發處房間劃出一部分作為辦公地點。中央社首任主任梅恕曾，工作人員多由中宣部調用，當時有編輯 1 人，記者 1 人，寫鋼板 1 人，工友 1 人，每天發稿一次，油印，多者不過五六頁（不足 2000 字），少者僅消息數條。

雖然中央社在創辦之初的規模和影響都很小，設備也極其簡單，但它將廣東革命根據地以及各地的消息向全國發布，從而在一定程度上打破了當時一些重要新聞和國際消息被外國通訊社壟斷的局面。

1925 年 7 月 1 日，廣州國民政府正式改組成立後，國民政府的重要文告和消息，也都交由中央社對外發布。此時，中央社每日發布新聞稿已增加至二到三次，除供應廣州報紙外，還通過電信局向省外拍發新聞電訊。

1925 年，廣州革命政府兩次組織東征軍討伐舉兵進犯的軍閥陳炯明部。東征開始後，政府軍事委員會的通令、所有東征軍報，皆由中央社發布。1926

1　《中央社六十年》，中央社六十週年社慶籌備委員會，1984 年版，第 7 頁。

年 7 月，國民革命軍正式出師北伐，軍中若干政治工作人員遂成為中央社特約隨軍記者，每當北伐軍攻克一地，記者立即以急電報告廣州總社，經過編輯後發出新聞。中央社隨軍記者還用隨身攜帶的油印機，按日在各軍中即發軍事通訊，詳細報導各地的戰鬥及工農群眾熱烈支持北伐軍的情形。

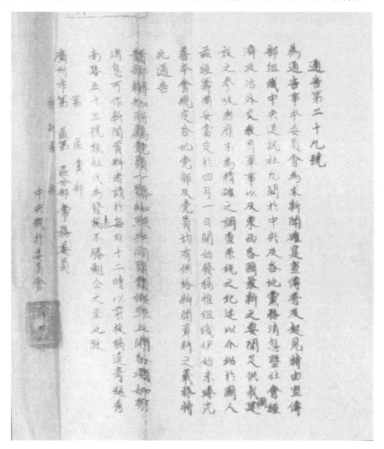

圖 2-1　1924 年 3 月 8 日國民黨中央執行委員會發出第 29 號通
　　　告（圖片來源：《中央社六十年》）

　　隨著北伐的勝利，中央社的作用和影響也逐漸凸顯，受到各方面的重視，規模和業務都有了不小的進步。1926 年 9 月，國民黨中央常委會決議指出，中央社的稿件應向全國各地報社廣泛供應。[1]

　　1926 年 11 月，國民黨中央政治會議決定中央黨部和國民政府遷到武漢。1927 年 2 月，武漢國民政府正式開始辦公。在此之前，中央社也已遷到漢口

1　《中央社六十年》，中央社六十週年社慶籌備委員會，1984 年版，第 3 頁。

國民黨中央黨部內。武漢時期，國民黨中央宣傳部長爲顧孟餘，中央社主任爲朱一鴞，中央社的發稿仍以中央黨部的文告、宣言、通電及黨務消息爲主。國民革命軍進入武漢後，代表各黨派、各階層的通訊社先後誕生，其中人民、血光等通訊社發稿非常活躍，相較而言中央社在武漢的影響反而不大。

另一方面，1927 年 4 月 12 日，蔣介石在上海發動武裝政變，大肆開展「清黨運動」，捕殺共產黨員和革命群眾。4 月 18 日，南京國民政府成立，形成與武漢國民政府對峙的局面。國民黨內部的爭權奪位、國共兩黨關係的惡化日益明顯。不久，由國民黨中央宣傳部部長胡漢民主持策劃，在南京重新改組成立中央社，社址位於成賢街國民黨中央黨部內，年僅 30 歲的國民黨中央宣傳部出版科長尹述賢以「主任」身份主持中央社，於 5 月 6 日發稿。編輯有：程中行（滄波）、李晉芳、楊幼炯，記者張超，連同文書、譯電、書記，全社共有 10 人。其中張超是中央社第一位女記者。

此時，「清黨」成爲南京中央社報導的主要內容，由於正處於「寧漢分裂」時期，中央社發稿非常謹慎，國民黨中宣部部長胡漢民每晚都到中央社參加發稿。中央社還報導了軍閥孫傳芳等向南京方向進攻、國民黨軍進行抵抗的消息，其間中央社工作人員隨時將戰報用通訊稿形式乘汽車在南京各地散發，以安定人心。

中央社主要的消息來源是國民黨中央黨部會議及國民政府會議，各報採用中央社稿件免付稿費，但必須標明「中央社」。在此期間，平津京滬駐南京記者曾派代表向國民政府控告尹述賢包辦新聞，國民黨中宣部遂透過南京國民政府向全國公開說明中央社成立的意義、地位和功能。7 月 12 日，南京國民政府發出通令，指出中央社爲國民黨中宣部籌設，總社設在南京，分社設在國內外各大埠，該社爲中央通訊機關，對於黨國要政，以及各方面消息，不但具有迅速宣傳之能，而且負有精密審查之責。對於一切新聞，哪一則應暫時保密，哪一則應立即公開，如何措詞，均可自行負責，審慎辦理。希望軍政各機關，以後所有新聞消息，優先供應中央社。[1]

在這一時期內，由於「寧漢分裂」局面的形成，國民黨在武漢和南京曾出現兩個中央通訊社。直到汪精衛發動七一五政變後，國民黨實現「寧漢合流」，第一次國共合作最終破裂，武漢的中央社也即取消。而武漢時期的中央社後來在歷史上也不被承認。

---

[1] 《中央社六十年》，中央社六十週年社慶籌備委員會，1984 年版，第 4 頁。

二、中央社的機構獨立和重要改組

從 1927 年「寧漢合流」後到 1932 年 5 月，中央社的業務發展仍然較為緩慢。1927 年 9 月，中央社社址隨國民黨中央黨部遷至丁家橋，工作人員增加到 25 人。1928 年 1 月，王啓江擔任中央社主任，6 個月後由余唯一繼任。除南京總社外，中央社先後在北平、武漢設立分社，在上海設立電訊處。這時的中央社還不是真正意義上的全國性通訊社，它沒有自己的無線電臺，要依靠交通部電信局拍發電訊，信息傳遞很不靈活；中央社的機構一直附屬於國民黨中央宣傳部，消息宣傳味較濃，採用率不高，在國內的影響非常有限。此時，在華外國通訊社基本壟斷了國際消息在中國的傳播，而民營的國聞通訊社和申時電訊社等在國內新聞的傳播方面也有較強的影響力。

1931 年起，隨著蔣介石集團在中央的領導地位的鞏固，國民黨內暫時統一，開始加強了黨營新聞事業，尤其是大力進行中央新聞事業的建設。[1]國民黨的中央新聞事業主要包括《中央日報》、中央通訊社和中央廣播電臺。因為通訊社在宣傳上的影響遠超過一兩家報紙，因而很受國民黨中央的重視。1931 年召開的國民黨第四次全國代表大會前夕，國民黨第三屆中委執行委員會召開臨時全體會議，通過了「改進宣傳方略案」，要求國民黨新聞事業適應形勢需要，擴大宣傳內容的範圍，改變宣傳策略，擴大宣傳效果，並提出：「務於最短期內設立一有力之通訊社，藉以完成國內及邊境通訊網，並逐漸造成為有國際信用之通訊社」。[2]決議還規定，中央新聞事業劃出中宣部，直屬中常會。蔣介石此時在中常會已擁有絕對權力，因而對於中央新聞事業的人事任命握有主導權。他接受原中宣部部長葉楚傖的推薦，決定由時任國民黨中央宣傳部秘書的蕭同茲擔任中央社社長。

蕭同茲時年 38 歲，湖南常寧人，1917 年畢業於長沙湖南工業專科學校，1924 年在上海加入國民黨，之前並無新聞從業背景，但他從 1929 年冬開始在國民黨中宣部工作，主管新聞宣傳，很受當時中宣部部長葉楚傖的賞識。1932 年 1 月，葉楚傖出任國民黨中央政治會議秘書長，不久他向中央建議由蕭同茲擔任中央社社長。

---

1 方漢奇主編：《中國新聞事業通史（第 2 卷）》，中國人民大學出版社，2000 年版，第 375 頁。

2 方漢奇主編：《中國新聞事業通史（第 2 卷）》，中國人民大學出版社，2000 年版，第 377 頁。

圖 2-2　蕭同茲（1853～1973）（圖片來源：《中央社六十年》）

　　蔣介石十分看重通訊社在宣傳方面的重要作用。1932 年 4 月 27 日下午，他親自召見了蕭同茲，在闡述了通訊社工作的重要意義後，要蕭同茲接替余唯一負責中央社工作。蕭同茲雖然是學工出身，但對於中央社的發展卻很有自己的想法，他向蔣介石提出了三點建議：

　　第一，使中央社成為一個社會事業，機構獨立，一改過去冗長而色彩鮮明的「中國國民黨中央執行委員會宣傳部通訊社」名號，直接稱為「中央通訊社」，顯示其服務範圍既遠且大。

　　第二，當時中央社的電訊只賴交通部的有線電報，消息傳遞頗不靈活，應當自設無線電臺，建立遍及全國的大通訊網。

　　第三，在不違背國法和黨紀的原則之下，能有獨立處理新聞的自由。[1]

　　蕭同茲的建議，其核心是中央社雖然仍要受國民黨的領導，但應相對獨立地開展新聞通訊業務，這樣才能發揮更大的作用。這三點建議，與國民黨中央改進和強化中央新聞事業的若干指導意見基本相吻合，新聞事業相對獨立並實行企業化經營，有利於進一步擴大宣傳效果和輿論影響。於是，蔣介石同意了蕭同茲提出的要求。1932 年 4 月底，國民黨中常委決定中央社改為社長制，並獨立經營，由蕭同茲任社長。接受中央社社長任命後，為加強與新聞界的合作關係，蕭同茲曾前往上海等地，拜訪並徵求新聞界知名人士對改進中央社業務工作的意見，作為經營中央社的參考。他在中宣部任職時便和新聞界有著密切的聯繫，這次以中央社社長身份進行的訪問取得了較好的社會效果。

1　周培敬著：《中央社的故事》，三民書局，1991 年版，第 3～4 頁。

　　1932 年 5 月 1 日，蕭同茲到任後立即開始改組中央社。總社設編輯、採訪、事務三組，分別由劉正華、馮有眞、王商一擔任主任，並建立新聞專業電臺，後設電務組，高仲芹任主任。中央社辦公地點也從南京丁家橋國民黨中央黨部內遷入新街口洪武路壽康里三棟二層樓。蕭同茲還擬定了《全國七大都市電訊網計劃》和《十年擴展計劃》，並提出「工作專業化」、「業務社會化」、「經濟企業化」的目標，使中央社的發展進入一個新的階段。

　　蕭同茲非常重視全國電訊網的建設。他上任後派人與交通部接洽建立中央社新聞無線電通訊網，很快獲得建臺許可。改組後第二個月，中央社開播了「甲種廣播」（CAP），每天從下午一時至午夜一時，發稿三次，供給南京幾家報社。再把新聞稿簡編成電訊，譯成電碼，通過自設電臺，向全國播發，日發 1 萬至 1.2 萬字。[1]

　　中央社最早用於播發新聞的電臺來自接收路透社的電臺。自清末以來，外國通訊社就開始在華擴張勢力，最早在中國開展業務的是英國路透社，後來美國合眾社、法國哈瓦斯社等也陸續進入中國，並向各報發稿。其中路透社通過自備電臺收發電訊。中央社曾在 1931 年 10 月與路透社、合眾社、哈瓦斯社訂立交換新聞合約，收回他們的在華發稿權，但這一合約一直沒有落實。蕭同茲上任後派人與路透社洽商，要求接收路透社在南京、上海的兩座電臺。後來這兩部電臺分別轉入中央社南京總社和上海分社使用。1932 年 7 月，路透社在北平、天津的中文發稿權也由中央社收回。蔣介石也很支持中央社建立自己的新聞電臺，在他的指令下「軍委會」等軍事部門都曾撥給中央社電訊器材，國民黨中央也幾次撥款讓中央社自行購置以充實電訊器材。至 1933 年 7 月，中央社在南京、上海、漢口、北平、天津、西安、香港七個城市的無線電訊網已全部完成。中央社開始使用無線電向各分社播發新聞，由分社在當天轉發各報社，初步實現了新聞當天傳送各地。

三、全國性通訊社的初步形成

　　在國民黨的大力扶持下，中央社實力不斷上升，其組織機構和業務規模日益擴大，逐漸控制了國內的新聞通訊市場，成爲當時中國最強大的通訊社，各地報紙登載中央社消息明顯增多。

　　從中央社改組初步完成至全面抗戰開始前其發展大致可以概括爲以下幾

1　曉霞：《中央社在大陸的日子》，《民國檔案》1995 年第 2 期。

個方面：

1、組織機構和體系的完善

中央社的組織機構分爲總社、分社兩個層面。

總社的最高首長是社長蕭同茲。秘書協助社長處理日常事務，相當於副社長，擔任秘書一職的先後有范乃賢、曹蔭稉。至 1936 年，總社設編輯、採訪、英文編輯、徵集、電務、事務六部，職員達 350 人[1]。

中央社還在各地設立分支機構，建立全國通訊網。抗戰全面爆發前，中央社在國內分支機構計有 35 處，包括上海、北平、天津、西安、武漢、南昌、重慶、成都、貴陽、廣州等國內分社，杭州、徐州、濟南、開封、鎮江、牯嶺、福州、昆明、張家口、西寧、安慶、蘭州、歸綏、洛陽、榆林、廈門、長沙、清江浦、保定、鄭州、太原、蚌埠、康定、綏德、青島等通訊員辦事處。此外，爲開闢海外業務，中央社還在香港建立了分社，在東京設立特派員辦事處，在日內瓦、新德里設通訊員辦事處。

除一些大城市的分社外，中央社在國內的很多分社、辦事處，都是在蔣介石對蘇區的軍事圍剿以及對北上抗日的紅軍圍追堵截的過程中設立起來的。爲配合前方的軍事行動，蔣介石經常下「手令」叫中央社在某地迅即設立分社，或派遣記者隨同某軍某部「採訪戰地新聞」，他還命令當地的行營、省府或某軍等軍政部門，按月補助中央社經費。所以，短短三五年間，中央社就在各省市都設立起了它的分支機構，「特派員」「記者」遍及全國各地。[2]

2、業務活動及職能拓展

中央社在南京每天除發行油印新聞稿外，還編發各種新聞廣播，通過無線電臺發到各地分社，轉發當地報社。沒有分社的中小城市，由訂戶自備收報機抄收。爲了適應電訊網逐漸擴充的需要，中央社還在南京成立了一個小型無線電發報機製造廠，由黃履中負責。

1934 年春時，中央社每天發稿 4 次，分別在下午 4 時、9 時、12 時及凌晨 2 時發出。當時中央社自發和譯發外國通訊社電訊時用不同顏色的紙分類油印，中中社電訊用白紙，譯發路透社電訊用紅紙，哈瓦斯社電訊用黃紙，後來海通社電訊用藍色紙。

中央社的廣播從早到晚不斷播出，呼號爲 CAP。1935 年冬又增設乙種廣

1　馮志翔：《蕭同茲傳》，臺北傳記文學出版社，1975 年版，第 182 頁。
2　左東樞：《我所知道的國民黨中央通訊社》，《新聞研究資料》1982 年第 5 期。

播 CBP，選擇重要新聞 6000～7000 字，從下午 6 時播到午夜 2 時。1935 年 1
月，中央社建成 1000 瓦發報機，廣播的效果大大加強。

除中文電訊外，中央社還對外發布英文新聞稿 CSP。1933 年 8 月，蕭同
茲從北平英文時事日報找來任玲遜協助創建英文部，首先在天津分社發行英
文新聞稿，油印，一天出 3 次，很快在天津打開局面。於是 1934 年夏，任玲
遜到南京組建中央社英文編輯組，9 月 11 日正式成立，在南京向各地發稿。
1936 年改稱英文編輯部。中央社從南京發出的英文稿，通過無線電廣播，發
到上海、北平、天津的分社，再由分社轉發給當地的英文報刊。各地分社也
陸續成立英文編輯部門，除發通稿外，也將當地新聞譯成英文，由電臺發至
總社。

圖 2-3　南京中央通訊社總社舊址（圖片來源：《中央社六十年》）

這一時期，中央社在拓展國內業務的同時，也開始邁出向國外發展的步
伐。中央社香港分社於 1933 年 4 月成立，最初 4 年只轉發中文稿給當地的中
文報紙。1933 年，著名記者、新聞學家戈公振以中央社特派記者名義出席在
西班牙馬德里召開的國際新聞會議，隨後到日內瓦做研究工作，中央社社長
蕭同茲便請他擔任駐日內瓦特派員，常有英文新聞電訊發回總社。1934 年 2
月在印度設特約通訊員。1936 年，中央社聘請著名報人、原《北平晨報》總
編輯陳博生任駐日本特派員，並籌設中央社東京分社，他駐日本期間發回很

多分析中日問題的報導。1936 年 6 月，第 11 屆世界運動會在德國柏林舉行，中央社採訪部主任馮有眞隨同中國代表隊前往。他利用世運會現場的廣播設備，以口語向國內播報中國隊參加各項比賽的情況和成績，受到國內各界人士好評。至抗戰爆發前，中央社已在東京、日內瓦、新德里和香港建立了四處海外辦事機構。

3、收回外國通訊社在華發稿權

中央社收回外國通訊社在華發稿權也經歷了一個比較長的過程。繼先後收回路透社在南京、上海、北平、天津的發稿權後。1934 年 1 月中央社又收回路透社在上海以外各地的中文發稿權。但直到 1937 年 2 月 1 日，路透社才將上海的中文業務交由中央社代發，哈瓦斯社也於 1937 年 3 月 1 日將在上海所發中文稿交由中央社接辦。而路透社在上海仍廣播中文電訊，直至抗戰初期上海陷落後被迫停止。1937 年 1 月，中央社與合眾社訂立新聞合約，在南京編發合眾社中文稿。1939 年 11 月，中央社還接收了德國海通社的電臺，並代編發該社新聞廣播。從 1932 年至 1939 年，中央社用了 8 年時間，終於收回外國通訊社在華發稿權。

收回外國通訊社在華發稿權，確立了中央社作爲國家通訊社的地位。中央社先後和一些在華外國通訊社建立合作關係，通過訂立新聞交換合同，使外國通訊社在華傳遞國際新聞必須先通過中央社過濾後再傳向全國各地，維護了國家利益，也大大豐富了中央社的稿件內容。同時，中央社也向在華外國通訊社提供大量國內新聞。由於中央社的稿件時效、信息量都遠勝於國內其他通訊社，因而逐漸成爲當時國內最強大的通訊社。

從 1924 年成立到 1937 年全面抗戰爆發前，經過 10 餘年的發展，中央社已從最初成立時默默無聞的小機構，逐漸成爲具備全國性規模的通訊社。通過無線電通信網的傳播，中央社提供的新聞時效、信息量都遠勝於國內其他通訊社，大大方便了各地報紙的出版，當天的國內外新聞當天就能發出，各報遂大量採用中央社的消息。據統計，1927 年全國報紙有 630 家，到 1937 年已增至 1030 家，這些報紙絕大多數都是中央社的訂戶。中央社的電訊經常佔據上海、北平、天津、漢口、香港等各地報紙的一版頭條。即使是國內偏僻地區的報紙，由於獲得中央社充分的新聞供給，新聞版面所刊載的消息與平、津、滬各大報同天的內容並無遜色。胡適曾說：「有了中央社的電訊廣播，我

的故鄉安徽省績溪縣也辦了報紙，使全縣人民在當天早晨，可以看到和上海、南京報紙上登載的同樣的新聞。有了中央社，才使國內各地報紙改換了新面目，這是中央社最大的成就。」[1]由於中央社的業務發展，促使中國報業重心南移，以前以北方為新聞重鎮，漸漸移向南方。中央社的迅速崛起，一方面打破了外國通訊社對中國新聞信息的壟斷，使全國報紙與之發生了密切的依存關係，另一方面也相對擠佔了國內其他通訊社的生存空間，有的民營通訊社因業務萎縮最終只得被迫關門。從政治意義上來說，通過強力扶持中央社的發展，國民黨在相當程度上控制了國內新聞界、掌握了輿論主導權，這為其實施政治統治和思想控制發揮了重要作用。

第三節　全面抗戰時期的中央通訊社

1937 年盧溝橋事變之後，中國進入全面抗戰時期。戰爭初期，日本侵略者依仗其軍事上的優勢，對華北和華中等地展開了大規模的戰略進攻，中國軍隊雖經英勇奮戰，也取得了一些勝利，但由於軍事上敵強我弱，加之國民黨統治集團執行片面抗戰路線和單純防禦的戰略方針，致使大片國土相繼陷落。隨著戰事的發展和時局的變化，國內新聞事業發展受到很大影響，淪陷區很多報紙和通訊社紛紛被迫關閉或遷址，國民黨政府也以維護國家利益為由加強了對新聞事業的控制。戰爭期間中央社的業務也發生了很大的變化，由於戰前已經部分完成了全國通訊網計劃，中央社通過其在全國各地的分支機構將各地的戰訊匯總到總社，再向全世界發布有關中國戰場的消息。「於是，中央社在抗戰期間反而逆勢而上，有了進一步的發展。」[2]

一、戰爭環境下的社址遷移與業務格局調整

隨著全面抗戰的爆發，中央社總社和部分分社都面臨著社址被迫遷移和業務調整的命運。

1937 年 8 月，北平、天津等城市相繼淪陷。中央社天津分社在城市攻陷後即轉移到租界內，直到 1942 年 8 月分社秘密電臺被日軍抄獲沒收，天津分社工作才告停止。北平分社則因電臺領班梁靜被捕業務被迫停頓。八一三淞

1　曉霞：《中央社在大陸的日子》，《民國檔案》1995 年第 2 期。

2　來豐：《中國通訊社發展史》，復旦大學博士學位論文，2002 年 5 月。

淞戰爭爆發後，中央社上海分社成為上海新聞報導的中心。中央社上海分社設在公共租界，當時記者不到十人。上海分社主任馮有真、記者陳萬里等，皆被分派到軍隊和戰區各要地採訪。為及時報導戰訊新聞，記者曾每天用電話與信鴿傳遞消息，再由分社改寫發出。1937 年 11 月上海淪陷後，上海分社被迫停止公開活動，仍以租界為掩護通過地下電臺與總社聯絡，報導敵偽消息，直至 1942 年 5 月。

與此同時，中央社南京總社也已開始部署遷移事宜。1937 年 8 月 20 日，總社秘書曹蔭稑帶領部分員工前往湖南，籌設長沙分社及第二預備電臺總臺，抄收 CAP 甲種廣播供給長沙當地報紙；同時總社派出隨軍記者分赴石家莊、太原、大同等地採訪。9 月 25 日上午，中央社南京總社遭到日軍轟炸，對外聯絡一度中斷，經搶修後與上海、重慶等電臺恢復聯絡，對全國的新聞廣播 CAP 遂由上海分社電臺播出，總社與各地分社的聯絡則由重慶分社轉接。南京總社被炸後，全體人員轉移到中山東路馥記大樓繼續工作。11 月 23 日，南京總社全體員工及家屬約二三百人，分批向長沙、漢口轉移。12 月初，中央社總社遷至漢口保華街二十六號武漢分社內辦公，但大部分器材則運至了長沙。漢口總社負責編發國際新聞及一部分電訊，長沙分社負責編發國內新聞，並將所有電訊由長沙第二預備電臺向全國播出。1938 年 1 月，中央社電訊移至漢口播發。同年 10 月，中央社總社由漢口遷往重慶。

1938 年底蕭同茲和中央社人員陸續抵達重慶。1939 年 1 月，蕭同茲任命陳博生擔任中央社第一任總編輯，並設置總編輯室，新聞採編業務由總編輯負責，秘書曹蔭稑負責行政事務。重慶總社最初設在鐵板街二號，5 月社址遭日軍飛機轟炸，後暫遷至上清寺工作 2 個月，7 月遷至兩路口，直到抗戰勝利。

隨著戰事的發展，中央社原有的一些國內外分社在城市淪陷以後，人員有的撤退轉移到其他地方繼續堅持工作，有的被重新安排工作。如漢口分社遷至恩施，廣州分社先後遷至連縣、龍川，長沙分社先後遷至沅陵、耒陽，上海分社遷至安徽屯溪，南昌分社先後遷至贛州、寧都等。同時，中央社加強了以前關注較少的西北、西南地區分社的建設。中央社在境外的分社也經歷了曲折發展。東京分社在全面抗戰爆發後被迫撤銷。香港分社於 1941 年 12 月香港淪陷後被迫撤銷。1942 年 2 月新加坡淪陷後，新加坡分社移至蘇門答臘繼續工作。為適應對外報導的需要，中央社在境外陸續又增設了一些分支機構。

二、戰地新聞報導的加強

全面抗戰爆發後，抗戰新聞成為國內新聞界最重要的宣傳中心，特別是有關戰訊報導的需求量很大。中央社在戰訊報導中有著獨特的優勢，一是中央社具有先進的無線電通訊網和相關設備，可以更為及時傳遞消息，二是中央社記者與軍隊的關係一直較之其他一些媒體要更為密切，可以更方便地深入前線採訪。因而，隨著戰事發展，中央社的戰地新聞報導逐漸在全國產生了較大影響。

戰爭期間，中央社陸續向各戰區派出大量戰地特派員和「隨軍組」分赴各戰區採訪。每個隨軍組由一個戰地特派員率領，包括1～3個電務人員，並攜帶小型無線電收發報機。他們深入各戰區隨軍採訪，每天按時向總社或分社傳播電訊。除採訪前方戰訊、新聞及時報告總社外，他們還抄收總社發出的乙種廣播電訊新聞稿，免費發送給當地的軍政部門供出版《戰地日報》《陣中日報》《隨軍日報》等中小型報紙。抗日戰爭期間，總社和分社分別派遣的隨軍組，總數在30個以上。中央社將報導重點聚焦於抗戰宣傳，對外播發了大量的戰場消息和通訊，從盧溝橋事變爆發到抗日戰爭勝利，中央社的抗戰報導從未間斷，先後報導了淞滬會戰、徐州會戰、忻口會戰、武漢會戰、長沙會戰、上高會戰、桂南會戰、湘西會戰等戰況。1938年4月臺兒莊大捷時，中央社調集 5 個隨軍組，包括記者胡定芬、丁繼昶、張明烈等，分別分布在徐州及周邊戰區，每日報導戰況消息，發出了很多戰訊和特稿。各報競相採用中央社的報導。當時國內其他報紙和通訊社也曾派記者或通訊員到前方採訪，雖然亦有情文並茂的傑作，但是受環境和條件所限，他們發回的報導一般都是間斷且零碎的，更談不上時效性。由於中央社戰地記者自帶電臺深入前線進行報導，相較於其他報社和通訊社的記者，他們能以最快的速度將新聞發出，所以中央社的新聞稿件成為當時報紙最主要的新聞來源。著名報人張季鸞曾說：「戰訊的供給，主要的是要靠中央社。」[1]

隨著中、美、英等結成同盟國，中央社的戰地新聞採訪也從國內擴大到國外，包括印緬戰區、太平洋島嶼和西歐戰場，特派員多達二十餘人。[2]中央社記者李緘三 1942 年隨軍入緬，後又轉移到印度，期間地方郵電曾完全斷絕，軍郵後來也停止，軍方電臺則忙碌難以供用，且電力過小，無法直接與重慶

---

1 《1924：中央社，一部中華民國新聞傳播史》，中央通訊社編，2011 年版，第 39 頁。
2 《1924：中央社，一部中華民國新聞傳播史》，中央通訊社編，2011 年版，第 68 頁。

通報，他克服種種困難採寫發回了數篇通訊。攝影記者俞創碩隨軍渡過怒江，採訪了國民黨軍隊從滇西反攻入緬擊退日軍的新聞。在滇緬地區隨軍採訪的記者還有彭河清、黃印文、曾恩波等。中央社記者宋德和1943年被派駐中印緬戰區史迪威總部，成為第一位隨機採訪轟炸任務的中國記者，同年11月調到西南太平洋戰區，報導逐島反攻的戰況，他先後採訪了新幾內亞、塞班島、硫磺島等戰役。中央社記者曾恩波從1943年夏被派往美國陸軍部採訪，先後採訪了美國第十四航空隊、第十一轟炸大隊、緬北之戰、北呂宋戰役等，跑遍亞洲各戰場，報導了盟軍反攻勝利的消息。中央社總編輯陳博生，記者曾恩波、宋德和、關宗軾還參加了1945年9月2日盟軍在密蘇里號軍艦上的接受日本投降的儀式。中央社記者彭河清、陳叔同參加了芷江受降典禮。

圖 2-4　1941 年 11 月珍珠港事件後中央社張貼號外報導太平洋戰爭爆發的新聞（圖片來源：《中央社六十年》）

　　中央社將中國戰場的消息源源不斷地傳向四面八方，向世界宣傳了中國軍民積極抗戰的英勇事蹟和頑強精神，在中國的抗戰宣傳中發揮了重要作用。

三、繼續推進機構和業務建設

由於日軍的侵略，中國半壁河山相繼淪入敵手。儘管戰時的新聞工作環境面臨諸多艱難和危險，但中央社和各地分支機構，仍然繼續擴展，業務也不斷推進。中央社的地位和影響比戰前更加提高。

1、總社組織機構擴大為七部四室

全面抗戰前，中央社總社組織機構在社長之下設編輯部、採訪部、英文編輯部、徵集部、電務部、事務部六個部門。

全面抗戰爆發後，中央社於 1939 年 1 月增設總編輯室，內設總編輯一人，總司該室各項事務。總編輯由陳博生擔任。總編輯室的職責主要是負責中央社編採工作的指示與計劃、各類新聞稿件的審核、專特稿的編纂與研究、新聞資料的登記和工作記錄、參考資料的編譯和整理、各國國情的搜集與研究等。

1938 年 5 月，中央社增設攝影部，主要負責新聞圖片的攝製、圖片說明的撰寫與翻譯、攝影器材的保管與登記等。

中央社還於 1944 年 4 月成立編譯部，專門負責密碼電本的編製及密電的翻譯工作。

此外，還分別於 1942 年 7 月增設人事室，1943 年 1 月增設會計室。

這樣，總社組織機構擴大為七部四室，包括總編輯室、編輯部、英文部、採訪部、攝影部、電務部、事務部、徵集室、人事室、會計室、編譯部。

2、增設國內外分支機構

全面抗戰期間，為適應戰爭形勢發展的需要，中央社加強了通訊網建設，陸續增設了一些國內外分支機構。

從 1937 年 9 月至 1944 年 3 月，中央社先後設立了 10 個國內分社，其中包括 1937 年 9 月設立的長沙分社（後移沅陵），1938 年 12 月設立的蘭州分社，1939 年 1 月設立的桂林分社和昆明分社，1941 年 5 月設立的恩施分社，1941 年 9 月設立的洛陽分社，1941 年 11 月設立的福州分社（後遷往永安），1943 年 4 月設立的沅陵分社，1943 年 9 月設立的迪化（今烏魯木齊）分社，1944 年 3 月設立的寧夏分社等。此外，中央社還在衡陽、宜昌等地設立了通訊處。

中央社還在海外增設了一些國外分社或國外辦事處。如 1941 年 7 月在

新加坡設立分社，1942 年 8 月在新德里設立分社，1943 年 9 月在倫敦設立分社，1943 年 10 月在紐約設立分社。中央社還曾在倫敦、華盛頓、新德里設辦事處，並在仰光、里斯本、莫斯科、巴黎、柏林等地設特派員或特約通訊員。全面抗戰期間，中央社駐外機構由戰前的 4 個增至 12 個。

儘管戰爭環境異常嚴峻，但中央社憑藉自身擁有的資源和國民黨的支持，在國內外廣建通訊網，這是當時很多媒體所力不能及的，由此更加鞏固了中央社作爲國家通訊社的地位。

3、加強通信技術力量

中央社在戰前已初步建成全國無線電通訊網。爲適應戰事發展需要，中央社進一步調整和完善戰時通訊網，利用其先進的通信技術和手段服務於各地報社，受到廣泛歡迎。

中央社總社撤離南京前，僅留下大小發報機各一架，收報機兩架，以維持最後工作，其餘設備機件全部拆卸西運，後分別裝設於漢口、長沙、重慶等地。據 1937 年 12 月電務部工作報告統計，當時重慶、長沙、漢口三地共有從 10 瓦到 1000 瓦發報機 25 部，收報機 19 部，大部分爲功率 100 瓦、200 瓦、400 瓦、500 瓦的電臺。1938 年 3 月，中央社將重慶無線電臺、長沙無線電臺、漢口無線電臺合併，組成聯合無線電臺。他們擁有全國最先進的收發報機，能夠及時將中央社電訊發往國內外。中央社還爲派到前線採訪的隨軍通訊組配備小型電臺，大大方便了戰地新聞的傳送。

全面抗戰時期，中央社積極建設廣播通訊網。至 1937 年 12 月爲止，中央社初步建成了以長沙、重慶、漢口爲中心，遍及西安、廣州、南昌、成都、鄭州、徐州、天津、貴陽、臨汾、金華等軍事重地，並與國外廣播電臺緊密相連的戰時廣播通訊網。除戰前已經開通的甲種廣播（CAP）、乙種廣播（CBP）、英文廣播（CSP）、專電廣播（CNG）外，爲加強對淪陷區與前線戰地的宣傳，還於 1938 年 1 月增加提供簡明新聞廣播 COP。由長沙分社編寫，每天把國內新聞擇要改寫成一千字左右，以新的呼號與波長，每天上午七時到八時播出。「有了 COP 後，前方可由軍中政工人員抄收，編爲油印簡報，分發各部隊；淪陷區游擊部隊、地下工作同志和地下報紙則可利用這唯一的消息來源，用各種方法予以傳播。」[1]

---

[1] 《1924：中央社，一部中華民國新聞傳播史》，中央通訊社編，2011 年版，第 37 頁。

　　爲適應對國外宣傳的需要，中央社還決定籌建國際電臺。1942 年，在國民政府和美國政府的幫助下，中央社順利完成國際電臺的建設，不僅可與英美各大通訊社進行直接聯絡，而且通過添設無線電傳影通訊設備，使得中外新聞圖片可以互相傳輸。

4、推進與外國通訊社的合作

　　全面抗戰期間，中央社加強了與外國通訊社的合作。如上海分社曾派人到路透社工作，以編發路透社中文電的名義爲掩護，每天或隔天在路透社電訊中，夾發中央社上海電訊。這項工做到 1938 年 7 月底被日方發覺，路透社被迫停止發中文電。中央社還於 1939 年 9 月接收了哈瓦斯社在重慶的英文發稿權，11 月與美國合眾社續訂新聞合作合約。此外還接收德國海通社電臺，抄收海通社柏林總社發的新聞電訊至 1941 年 12 月太平洋戰爭爆發爲止。

圖 2-5　1938 年 9 月中央社在漢口舉辦新聞圖片展覽（圖片來源：《中央社六十年》）

5、出版發行刊物

　　除發行中央社通訊稿外，中央社還曾於 1939 年 1 月開始在重慶出版發行面向外國讀者的英文刊物《中國》半月刊。由於承印該刊的印刷所被日機轟炸，被迫暫時停刊，同年 12 月移至香港編印發行。1941 年 12 月香港淪陷時停刊。

　　抗戰時期，中央社還利用自身資源優勢和遍布各地的通訊網進行情報搜

集工作，並編發「參考消息」，供國民黨及政府、軍隊高層參考。這項業務始於 1938 年 8 月。當時中央社收到的新聞和電訊中，有不宜發表，但有參考價值的，就把它匯成《參考消息》和《參考電報》發給各級負責人員。其中《參考消息》由總社油印，函封郵寄給外地各負責人，約兩三天寄發一次，每次約 2000〜3000 字。《參考電報》用密碼通過「專機」直接發給外地各單位，每週一次，每次約 1000〜2000 字。中央社記者在採訪戰事新聞的同時，還負責搜集當地軍事情報向總社報告。中央社總社曾向各地分社發出指令，要求「距前線較遠的分社，要竭力搜集各種建設情報隨時報告總社」「距前線及淪陷地區較近的分社，應經常採訪敵人的政治經濟措施、戰區及淪陷區中民眾動態、經濟政治情況、文化與宣傳工作之實況等等。」[1]1939 年 5 月，中央社戰地記者胡雨林在江西採訪時撰寫的軍事報告書《反攻南昌戰役》《贛北鄂南前線敵後視察報告書》，全面闡述了當地地理位置和敵我力量對比情況，並提出了具體建議，體現了戰地記者的職業敏感性和敏銳洞察力。

6、舉辦新聞圖片展

新聞圖片報導在抗戰宣傳中能夠發揮更爲直觀、震撼的效果。中央社記者拍攝的大量新聞圖片，除用於新聞報導外，還用於全國性新聞圖片展覽會，引起全國關注。抗戰期間中央社多次在國內組織新聞圖片展。如 1938 年 9 月曾在漢口舉辦新聞圖片展、1939 年 1 月曾在桂林舉辦新聞圖片展。同時，中央社還爲其他抗日宣傳圖片展和抗日畫冊提供許多由前線記者拍攝的珍貴照片。

四、中央社在抗戰中的地位與影響

全面抗戰時期，中央社原有的一些基礎建設設施在日本侵略過程中大多毀於一旦，但隨著它的西遷，其在大後方又有了新的發展。中央社的新聞報導來源廣泛、收發迅捷，很快成爲戰時全國報紙、廣播的主要新聞來源，在國內外的地位和影響日益擴大。

中央社實際上是國民黨中央和中央政府最主要的「喉舌」，因而它擁有著其他新聞媒體無法替代的政治地位和資源優勢。在國民黨中央和中央政府的大力支持下，中央社有著當時國內最龐大的國內外通訊網，以及最先進的

---

1 中央通訊社檔案：《中央通訊總社內部工作計劃、宣傳要點和辦法規章》，中國第二歷史檔案館藏，全宗號：六五六（4）/5289。

通信器材和技術，能夠及時快捷地採集和收發新聞。通過與外國通訊社訂立合約，中央社也掌控了國際新聞在中國的發稿權。中央社很多戰地記者和報務人員，冒著生命危險深入到抗戰前線隨軍採訪，發回了大量有價值的軍事報導，他們當中有很多犧牲在戰場上。當時，無論是中央還是地方、無論屬於何種政治派別的報紙和廣播電臺，都廣泛採用中央社的新聞稿。中央社的國際宣傳亦取得顯著效果，其報導不僅向世界介紹了中國的抗戰，還使中國軍民及時瞭解世界反法西斯戰爭的最新進展，對爭取國際社會對中國的支持與援助以及提高中國的國際地位起到了重要作用。美國共和黨領袖威爾基來華訪問後在他所著《天下一家》書中曾說：「中央通訊社以專業的方式，收集並分發新聞稿件，頗堪和我們自己的通訊社及英國的路透社相媲美。」[1]

儘管中央社的新聞報導在抗日宣傳方面發揮了非常正面和積極的作用，但也不可否認，由於它的政治屬性和立場所限，中央社在某些報導內容上喪失了新聞應有的真實全面客觀公正。出於政治層面的原因，中央社必須堅決執行國民黨的宣傳政策和主張，而國民黨在抗戰中雖然表面上接受了團結抗日的主張，但是其主要當權者並沒有放棄反共方針，表現在新聞輿論上就是大肆進行反共宣傳。這一時期中央社的報導中也包含了大量反共、反民主的言論，尤其是在「皖南事變」爆發後這種傾向就愈加明顯。國民黨的一系列反共言論使得抗日民族統一戰線面臨著破裂的危險，中央社在反共報導中不惜造謠中傷、顛倒是非、蒙蔽群眾，因而被中共方面稱為「造謠社」。此外，中央社的抗戰軍事報導總是以國民黨軍隊的重大勝利為主要基調，即使在國民黨軍隊大潰敗的情況下，報導中也幾乎看不到潰敗的跡象，這使其報導的真實性客觀性遭到質疑。甚至連日軍報導部長馬淵逸雄也認為：「雖然他們（指中國）在武力戰爭中總是遭受慘敗，但是在宣傳戰中卻表現得似乎自己在戰爭中獲勝了一樣。」[2]

總而言之，全面抗戰時期，中央社在時代要求和各種內外因素的推動下，實現了自身的進一步發展和壯大，成為全國實力最雄厚的通訊社，同時也是名副其實的國家通訊社。正如曾虛白所說：「戰爭激發了群眾的鬥爭情緒，群眾在戰事進行中對傳播的要求是多了還要多，快了還要快，是永遠沒有厭足的時候的」，於是通訊事業也就「應運而起，在戰火中得到了空前的發展」。[3]

---

1 《中央社六十年》，中央社六十週年社慶籌備委員會，1984 年版，第 41 頁。
2 馬淵逸雄：《報導戰線》，改造社，1941 年 11 月 30 日，第 193 頁。
3 曾虛白：《中國新聞史》，（臺北）三民書局，1984 年版，第 18 頁。

第四節　抗戰勝利後的中央通訊社

抗戰勝利後，中央社總社從重慶遷回南京。在接收各地日偽新聞通訊業資產、人員、設備的同時，中央社的各項業務迅速恢復，特別是大力推進全球通訊網建設，增設國內外分支機構，欲建成一定規模的世界性通訊社。但隨著國民黨當局在軍事上潰敗，中央社的發展計劃未及實現，便又迅速走向衰落。中央社於1949年遷至臺灣，從而結束了其發展歷史上一個「輝煌」的時代。

一、中央社總社遷回南京

1945年日本投降後，中央社首先要做的事情就是籌劃將總社遷回首都南京，並且恢復在全國各地的分社。

1945年8月15日，日本政府宣布無條件投降。南京同盟社的華籍職員及電務人員即自動抄收中央社的 CAP 新聞發稿，中央社的人還沒到南京，中央社的新聞廣播即已在南京傳播。[1]中央社部分編輯與電務人員隨國民黨軍隊先遣部隊由重慶轉芷江飛抵南京，接收了在南京的日本同盟社和偽「中央電訊社」，與重慶總臺建立通報聯繫。9月5日，中央社總社秘書曹蔭稑率領少數人員抵達南京，成立了中央社南京辦事處，並開始發稿。此時，中央社總社雖然仍設在重慶，對全國的 CAP 廣播也繼續在重慶播發，但編輯、採訪兩部人員陸續回到南京，編輯業務逐漸由南京辦事處承擔。

至1946年4月，中央社總社才正式由重慶遷回南京。

二、重新布建國內外通訊網

抗戰勝利後，中央社即派出大批人員，分赴各收復地區接收日偽通訊社，恢復和增設分支機構。根據國民黨政府制定的由各單位接收相同業務日偽機構的原則，原日偽佔領區新聞通訊業由國民黨中宣部交由中央社負責接收，所接收的房產、器材等均歸中央社全權使用。

1945年8月21日，馮有真以國民黨東南戰區戰地宣傳員兼中央通訊社上海分社主任身份，首先接管了汪偽「中央電訊社」上海分社，改組為中央社上海分社，當晚發稿，成為戰後國民黨在上海的第一個官方新聞機構，馮有真任主任，總編輯胡傳厚。9月初，又接收了日本同盟社設在上海外灘17

1　馮志翔：《蕭同茲傳》，臺北傳記文學出版社，1975年版，第230頁。

號的華中總分社及設在海寧路的附屬電臺等設備，同時還接收了德國海通通訊社。[1]不久，中央社上海分社遷往圓明園路 149 號新址辦公。1948 年 12 月，馮有眞因飛機失事遇難，上海分社主任由南京總社秘書曹蔭穉兼任。

　　1945 年 8 月，中央社恩施分社撤銷，工作人員回到漢口恢復武漢分社工作，並負責接收日本同盟社和汪僞「中央電訊社」在漢機構。主任徐怨宇，下設編輯組長 1 人，管轄編輯、攝影、電務、事務 4 室；採訪、譯電、繕寫 3 組由編輯室領導。分社電臺發射功率大，擔負華中幾省分社電訊轉發任務。[2]1946 年夏秋，名報人石信嘉接任武漢分社主任，其弟石玉圭任編輯組長。1948 年，石信嘉被派往臺北，分社主任由石玉圭代理。

　　1945 年 9 月，國民政府從日本人手中收復北平，中央社北平分社新任主任丁履進隨北平前進指揮所人員一起乘飛機抵達北平，開始恢復中央社在北平的業務。北平分社於 1945 年 9 月 23 日在東堂子胡同同盟社舊址恢復發稿。由於當時北平無線電通信沿未完全恢復，丁履進遂按事先計劃找到北平廣播電臺，請播音員在短波廣播中念出要發出的新聞電碼，然後由重慶總社的電臺人員接收編譯，保證了電訊的正常播發。1946 年 7 月，北平分社搬到石碑胡同戰前分社舊址大樓裏辦公。

　　1945 年 9 月，中央社派特派員劉問渠到濟南，接收日本人的同盟社，成立中央社駐濟南特派員辦事處。11 月，正式成立濟南分社，劉問渠任主任。1946 年底，劉問渠調往南京國民黨中央社總社，由原中央社駐徐州特派員沈琢吾繼任主任。人員有 40 人，設有編輯組、電務組。[3]

　　1945 年 10 月 5 日，中央社派往臺灣負責接收工作的特派員葉明勳隨臺灣前進指揮所第一架專機從重慶過上海飛抵臺北。由於位於博愛路的日本同盟社舊址遭戰火炸毀已成廢墟，他只得向臺灣行政長官公署商借西寧南路原日本商人的一棟木製三層樓房使用，新聞電訊的播發則先依靠空軍電臺轉發重慶總社。1945 年 11 月，中央社已從臺北開始發稿，包括中文、日文兩種新聞稿。1946 年 2 月，臺北分社正式成立。後來又先後在基隆、花蓮、臺南、臺中、高雄設辦事處。

1　馬光仁：《上海新聞史（1850～1949）》修訂版，復旦大學出版社，2014 年版，第 993 頁。
2　《武漢市志・新聞志》，武漢大學出版社，1991 年版，第 229～230 頁。
3　《山東省志・報業志》，山東人民出版社，1993 年版，第 426 頁。

中央社太原分社成立於 1945 年 12 月 1 日，社址設在太原市樓兒底街路南 57 號四合院內，無線電新聞發射臺設在柳巷附近的唐家巷 2 號。太原分社主任爲郭從周，後由張夷行（張文德）代理。採編電務行政人員共 50 多人。這個通訊社當時在太原各通訊社中人員最多、機構最大。[1]

戰後中央社恢復和增設的國內重要分支機構有：上海分社、北平分社、天津分社、廣州分社、南昌分社、桂林分社、杭州分社、青島辦事處、濟南分社、長春分社、臺北分社、重慶分社、西安分社、蘭州分社、昆明分社、長沙分社、漢口分社、福州分社、寧夏分社、瀋陽分社、鎮江辦事處等。海外的分支機構有：華盛頓分社、紐約分社、舊金山辦事處、倫敦分社、印度辦事處、巴黎特派員、柏林特派員、東京分社、馬尼拉分社、土耳其特派員、西貢特派員、香港分社等。

經過三年發展，到 1948 時，中央社除南京總社外，在國內已有 52 處分支機構，國外有 25 處，全社員工達到 2653 人，這是中央社歷史上最鼎盛的時期。[2]中央社抗戰勝利後迅速恢復業務和擴大規模，其組織、規模均大大超過了國內其他新聞機構。

三、戰後業務迅速恢復和發展

爲進一步提高通信技術水平，蕭同茲決定用歷年結餘的外匯，從美國訂購 300 瓦發報機 30 臺，交流電收報機 70 多臺，20 千瓦巨型短波發報機 2 臺，自備發電設備三套，2.5 千瓦短波發報機 10 臺，及其他電訊設備。

這些設備投付使用後，中央社發稿較之以前更加方便迅捷。1946 年冬，中央社原來由人工發報的各種廣播，一律改爲自動發報機，發報速度大大加快。如對全國播發的甲種廣播 CAP 就由原來每天 12000 字增加到 20000 字。

1947 年，中央社又增設爲海外中文報紙提供的專播，內容以國內新聞和華僑新聞爲主，每天字數不超過 6000 字，由曼谷、新加坡分社抄收後發稿給當地報社，其他地區華僑報紙自行抄收。1947 年 10 月，中央社又應共同社要求對日本發出新聞專播供媒體採用。

1948 年春，中央社在南京興建完成國際發報臺，裝置了對歐美、東南亞、

1　《山西通志·新聞出版志·報業篇》，中華書局，1999 年版，第 356～357 頁。
2　《1924：中央社，一部中華民國新聞傳播史》，中央通訊社編，2011 年版，第 96 頁。

南美等地的定向與不定向天線，可向這些地區播發英文和中文新聞。中央社還在對日發稿中使用了發明不久的條式文字傳真。另外，原擬在南京興建國際收訊臺，由於國民黨的敗退這一計劃最終未能實現。

抗戰勝利後，中央社國內外分支機構增加，每天總社所收到的新聞稿約有四五萬字，經過編輯後播發的約兩三萬字。新聞稿的內容也注意增加國內新聞的比例，多發一些長篇通訊稿和國內各地的專題報導。

為配合業務的迅速發展，中央社還於 1948 年 1 月開始在南京中山東路上乘庵一帶興建新的 7 層辦公大樓，其中預留兩層供中外記者辦公和接待來南京工作的中外記者，以期使中央社成為中外記者彙集的中心。

中央通訊社的國際影響力逐步提升，蜚聲海內外，當時美軍公共關係處曾將中央社列為與美聯社、合眾社、路透社和國際社齊名的世界五大通訊社之一。[1]

四、中央社在大陸業務的終結

戰後中央社各項業務迅速恢復和發展，但受國內政治環境影響，它的輝煌時期未能持續多久。

在新聞報導上，尤其是軍事新聞的發布方面，國民黨軍隊在戰場上連連失利，而國防部透過中央社所發布的戰訊，經常謊報編造消息，已然失去讀者的信心。

由於國內戰爭和政府財政的原因，1948 年 10 月以後，駐外機構的外匯經費被停發，於是中央社決定裁撤部分駐外單位，留任的海外人員也只能勉強維持。

隨著解放戰爭形勢的迅猛發展，濟南、長春、瀋陽、武漢、上海、西安、長沙、福州、杭州、蘭州等城市相繼解放，中央社在這些地方的分支機構也先後關停，其設備資產等多為中國共產黨領導的新華社所接收。

1949 年 1 月，中央社總社隨國民黨政府遷至廣州。南京改設辦事處，由編輯部主任唐際清主持南京辦事處業務。當年 5 月至 10 月間，中央社一些主要工作人員先後撤往臺灣，少部分向廣州集中。1949 年 7 月，中央社在臺北成立了總社辦事處，由秘書曹蔭稗主持。總編輯陳博生主持編輯業務。社長蕭同茲則往返於臺北、廣州之間，部署有關遷臺事宜。國民黨政府後來先後

---

1 白慶虹：《蕭同茲與中央通訊社》，《蘭臺世界》2013 年 1 月上旬。

遷至重慶、成都，中央社僅派出少數工作人員隨行。

　　1948 年底，中央社已開始將重要電訊器材，包括巨型發報機和收報設備，分別拆運至臺北、廣州與重慶，其中以臺北爲中心。電務部工作人員大部分也被分派到廣州和臺北。1949 年 3 月，中央社 CAP 電訊移至廣州播發，臺北則接替和各分社的電訊聯絡。5 月間，廣州的電訊器材大部分也運至臺北。至 1949 年 12 月底，中央社總社正式遷至臺北，其國內分支機構，除臺北分社外，都相繼撤銷。中央社工作人員 2000 多人，最後撤到臺北的只占很小的比例。

第五節　國民黨、民國政府和軍隊等系統的其他通訊社

　　民國時期，中央通訊社無疑是代表國民黨和民國政府的最權威、最具影響的新聞通訊社。除中央社外，國民黨、民國政府和軍隊等系統還曾創辦其他一些新聞通訊社。這些通訊社雖然數量不少，但多屬地方性通訊社，其規模和影響一般都比較小。由於國民黨內不同政治勢力和派系紛爭，也使得這些通訊社一般都帶有明顯的政治傾向，爲一定的利益集團所控制。

一、國民黨在大革命時期創辦的通訊社

　　1924 年 1 月，國民黨在廣州召開第一次全國黨代表大會，各級組織和宣傳機構逐漸健全。中央設立宣傳部，負責黨內宣傳、文宣及對外發言的工作，並成立中央通訊社。在中央黨部之下，分別設省及特別市黨部、縣市黨部、區黨部及區分部，省及特別市黨部與新聞有關的機構包括黨報和通訊社等。第一次國內革命戰爭期間，隨著在國內的勢力和控制區域日益擴大，國民黨爲擴大宣傳，漸漸在國內一些重要城市建立了通訊社。

1、北伐軍進入武漢和國民黨系統通訊社的興起

　　1926 年 7 月，國民革命軍在廣州誓師，北伐戰爭正式開始。戰事首先在湖南、湖北展開，北伐軍接連克復長沙、武漢等重要城市。隨著北伐軍攻佔武漢和武漢國民政府成立，很多國民黨中央機關和共產黨重要人員陸續來到武漢，這裡逐漸成爲全國的政治中心和全國輿論的中心。各種革命報刊和通訊社應時而出。

1926 年 9 月和 12 月，國民黨在武漢先後建立了人民通訊社、血光通訊社。這兩個通訊社都是國共合作的產物。人民通訊社是中國共產黨人以國民黨漢口特別市黨部宣傳部名義創辦。血光通訊社隸屬於國民黨湖北省黨部宣傳部，初期領導權掌握在中國共產黨人手中。這兩家通訊社在當地都較有影響。

此外，武漢當時還有 1927 年創辦的三民通訊社，由國民黨漢口市黨部主辦；勞工通訊社，由國民黨中央工人部主辦；婦女通訊社，由國民黨湖北省黨部婦女部主辦；四軍通訊社，由國民革命軍第四軍政治部主辦，等等。

1927 年 7 月寧漢合流以後，武漢的左派通訊社或被迫解散，或被迫改組，代表國民黨右派的通訊社和軍隊通訊社相繼成立。

2、國民黨在上海建立通訊社，加強輿論控制

上海是近代中國的新聞中心，歷來都是各種政治力量爭奪的重要輿論陣地。1927 年 3 月，國民革命軍進抵上海。不久，蔣介石在上海發動 4‧12 反革命政變，並在南京另立國民政府。國民黨為加強對上海的輿論控制，先後在上海建立起一系列新聞宣傳機構，其中也包括通訊社。

1927 年 5 月 5 日，由國民黨中宣部駐滬辦事處與國民黨上海特別市黨部宣傳部聯合創辦的國民通訊社在上海成立，並正式發稿。初由張靜廬任社長，後由陳德徵兼任，副社長楊德民，社址設在四馬路望平街 95 號。1931 年改組，陳德徵辭去社長職務，由杜剛接任。

1927 年 6 月 4 日，國民黨政府外交部駐滬交涉署也在上海創辦了國民通訊社，為國民黨對外宣傳的官方通訊社。後改名為國民新聞社。社長李才。社址在三馬路鼎豐里 160 號。該社是適應國際宣傳需要，及補救外國記者所發消息之錯誤與遺漏而設。曾與美國合眾社、德國海通社簽訂交換新聞協定，對國外編發中文稿和「對外譯文」等。

3、國民黨在國內其他省區建立的通訊社

這一時期，國民黨在國內其他省區主要城市創辦的一些通訊社，在當地也有一定影響。

1927 年 3 月，國民黨浙江省黨部宣傳部所轄國民通訊社在杭州創辦。這是浙江最早出現的官辦通訊社，也是國民黨在浙江的重要宣傳機關。國民通訊社壟斷了浙江黨政消息的發布，每天向省內各報社供給稿件，收取費用。它的經費由國民黨「黨費」供給，擁有較多的電訊設備和人員。歷任社長有

魏金枝、張仲孝、李和濤、朱茸英、王惠民。社址最初在杭州浙江省黨部宣傳部內。1937 年遷金華，在塔下寺前街 34 號。後隨國民黨省黨部西遷永康、雲和。抗戰勝利後回遷至杭州。1949 年 5 月停辦。[1]

　　辛亥革命以後，閻錫山逐漸掌握了山西的軍政大權。在北伐軍節節勝利的形勢下，閻錫山 1927 年 6 月就任國民革命軍北方總司令，之後受到蔣介石的拉攏。1927 年，在閻錫山的第三集團軍總部交際處曾附設成立山右通訊社，這是山西創辦較早的三個通訊社之一，在當時有一定影響，但規模不大，成立時間很短的停辦了。

　　4、國民黨在海外創辦通訊社

　　這一時期，國民黨亦開始在海外創辦通訊社。1926 年 3 月，國民黨駐法總支部在德國柏林創辦歐洲國民通訊社，設有中文部和西文部，為國內外報刊提供有關中國方面的中西文新聞稿件。

二、國民黨在全面抗戰爆發前創辦的通訊社

　　1927 年 4 月，南京國民政府成立後，國民黨內部紛爭不斷。隨著寧漢合流的完成，內部派系鬥爭初步實現整合，至 1928 年初逐漸形成了由蔣介石實際控制國民黨與國民政府的局面。與此同時，國民黨大力興辦新聞事業，其中通訊社的數量也不斷增加，各地黨部、政府紛紛開始興辦或資助通訊社，很多通訊社成為國民黨政治派系鬥爭的工具。

　　1、江蘇通訊社

　　由於南京是國民政府所在地，因而這裡擁有具有全國影響的中央級的通訊社——中央通訊社。而江蘇省內也建有當時比較有影響的地方通訊社，它就是國民黨江蘇省黨部所辦的江蘇通訊社。該社 1930 年 9 月 22 日創辦於江蘇省政府所在地鎮江。負責人周化鵬、胡玉章。社內設編輯、記者、總務三部，編輯記者由省黨部宣傳部人員兼任。每日發油印新聞通訊稿一至兩次，每期發行 245 份，內容以通訊和本埠新聞為主。該社在抗戰全面爆發後停辦，抗戰勝利後恢復，1949 年春人民解放軍渡江戰役前停辦。[2]

　　2、廣東通訊社和廣西通訊社

　　國民黨在兩廣地區創辦的地方性通訊社，主要受到兩廣軍閥勢力的控制

1　據《浙江省新聞志》，浙江人民出版社，2007 年版，第 540 頁。
2　據《江蘇省志・報業志》，江蘇古籍出版社，1999 年版，第 381 頁。

和扶持。

1927 年到 1930 年，陳濟棠在廣東的統治地位得到鞏固。1929 年 3 月，由國民黨廣東省執行委員會宣傳部創辦廣東通訊社，社址在大東路國民黨省黨部內，發行人先後為陸舒農、張蔚文。

新桂系李宗仁、黃紹竑、白崇禧統治廣西初期，提出「建設廣西，復興中國」的口號。為宣傳廣西建設成績，1930 年冬在當時省會南寧成立廣西通訊社，社址南寧府前街附近鐘鼓樓處。由廣西省黨務整理委員會宣傳部主辦，部長陸宗騏主管。社長雷動。通訊稿為 8 開油印，訂成 1 貼（每期 5～10 頁）。每天印發 100 份，寄發給全國及香港、澳門各大報社或通訊社，以宣揚「廣西模範省」的政績。[1]

3、和平通訊社與河南通訊社

隨著 1930 年蔣介石、馮玉祥、閻錫山軍隊中原大戰的展開，蔣介石勢力逐漸控制了中原地區，國民黨的黨、政、軍、團等各級機關也開始在河南開辦通訊社業務。

1930 年冬，劉峙任河南省主席和陸海空軍總司令開封行營主任後，為了對外宣傳其政績，建立了和平通訊社，負責人是劉峙的秘書彭家荃。1931 年 2 月 16 日開始發稿。該社隸屬開封行營（後改駐豫綏靖主任公署），擁有電臺，可收發報。派出記者可以「行營（綏署）隨軍記者」身份進行戰地採訪。所發新聞稿件有本埠訊、外埠訊。該社與南京中央通訊社建有電訊聯絡，每日向南京中央社拍發有關河南的黨政消息，由專人負責編輯，同時抄收中央社的電訊新聞稿印發各報，並抄收中央社密碼參考電報供黨政軍要員參閱。1938 年 2 月駐豫綏署撤銷，和平社停止發稿。[2]

河南省內還有一個河南通訊社，是直屬國民黨河南省黨部的新聞機構，1931 年 2 月 24 日開始發稿。社址設在開封貢院街國民黨省黨部內，全面抗戰期間隨省黨部多次遷移。該社創辦時，由省黨務指導委員、宣傳部長楊一峰為名譽社長，後由蕭灑繼任。之後，段醒豫、高照臨、梅之美等先後擔任社長。省黨部執行委員、書記長張玉麟也曾兼任社長。1941 年 11 月停辦。[3]

---

1 據《廣西通志‧報業志》，廣西人民出版社，2007 年版，第 156 頁。
2 據《河南省志‧新聞報刊志》，河南人民出版社，1994 年版，第 146～147 頁。
3 據《河南省志‧新聞報刊志》，河南人民出版社，1994 年版，第 147 頁。

4、大同通訊社、民信通訊社和太原通訊社

在山西太原，閻錫山及其代表的政治勢力對創辦通訊社一事亦表現得十分熱衷。

1931 年 3 月 1 日成立的大同通訊社，社址先後設在太原新道街、二府巷和樓兒底。該社設有董事會，8 名董事中有 6 人都是閻錫山軍隊高級將領，由進山中學校長趙乙峰擔任董事長兼社長，總編輯先後爲梁伯弘、牛青庵。這個通訊社成立時，正是閻錫山下野到大連，晉軍的高級將領很需要依託這個通訊社，以加強聯繫和互通情況，團結一致維護山西的局面，並採取新聞報導的形式，宣傳他們的觀點。他們發行的新聞稿，是當時各通訊社供給各報刊稿件最多的一家。[1]至 1937 年抗戰全面爆發前停辦。

閻錫山從大連返回太原，出任太原綏靖公署主任後，於 1933 年 11 月 25 日在上肖牆街成立了民信通訊社。該社由閻錫山主導的「建設救國社」所辦。社長張至心，總編輯王正平。民信通訊社以宣傳閻錫山提出的「建設救國」爲主要宗旨，奉行蔣介石「攘外必先安內」的對日不抵抗政策。1936 年 2、3 月間，中國工農紅軍渡過黃河東征抗日時期，國民黨統治區各報刊登載的誣衊紅軍的所謂「剿匪」消息，多來自民信通訊社。這個通訊社實際上是太原綏靖公署和山西省政府的機關通訊社。[2]1936 年 6 月，隨著「建設救國社」的結束，民信通訊社也停辦了。

1936 年 10 月創辦的太原通訊社，是繼民信通訊社之後，太原綏靖公署和山西省政府的機關通訊社。社址設在太原橋頭街。主要宣傳閻錫山的「勞資合一」、「土地公有」主張和唯中學說。社長先後由山西公報館館長方聞、徐培峰兼任。每天發行的新聞稿件，太原各報採用較多。1937 年 10 月底，太原淪陷前停辦。

這 3 家通訊社在當地較有影響。此外，閻錫山軍隊高級將領還資助當地的新新通訊社等，爲閻錫山「合理負擔」、「十年建設」和「特產證券」等主張做宣傳。這一時期，山西國民黨系統的通訊社還有 1933 年由山西國民黨黨員通訊處主辦的雙十通訊社等。

5、成都新聞編譯社和四川通訊社

這一時期國民黨系統在四川創辦的通訊社，主要有四川省政府主辦的成

1　馬明主編：《山西新聞通訊社百年史》，新華出版社，1999 年版，第 3 頁。
2　馬明主編：《山西新聞通訊社百年史》，新華出版社，1999 年版，第 4 頁。

都新聞編譯社和四川省黨部主辦的四川通訊社。

　　成都新聞編譯社於 1934 年 3 月 15 日開始發稿，由四川省政府主辦。日發新聞稿一次。社長王白與。省府每月供給經費 150 元。社址位於成都新街後巷子 9 號，後遷到總府街民亨里 90 號。該社主要為省府發布新聞，分送成都各報登載，宣傳政令，同時也兼發社會新聞稿。1935 年，四川省政府對各報社、通訊社宣布，「以後省府政訊及其他消息，一律由新編社發布」，其他通訊社、報館不得自由登載。便有的報館，往往通過私人關係，直接向省府探訪消息，爭先披露，這又引起其他報館的不滿。《成都快報》為此於 9 月 7 日發表社論《為成都新編社進一言》，呼籲恢復省府「消息統發制度」，「杜絕各報操縱」。該社於 1939 年 6 月停止發稿，改由省府編譯室發《每週情報》，並注明「不得在報端披露」。[1]

　　1934 年 8 月，國民黨四川省黨部郫縣黨部黃伯君、施清宇等為進行派系鬥爭，加強聯絡，發起組織四川通訊社。次年 1 月開始發稿。董事長陳清輿，社長黃伯君、張治平。社址在成都東華門街 56 號。1935 年 10 月，四川省黨部書記魏廷鶴接辦四川通訊社，作為省黨部聯絡通訊機構，並指定盧起勤、魏晉軒、陳映輝等人負責。1940 年因經費無著停辦。1941 年，省黨務幹部人員訓練班學員周壁城、吳右瑜等擬組織同學會，並接辦四川通訊社，擴大組織，歷屆省黨訓班受訓人員均為社員。周壁城任社長。1943 年 10 月 28 日，四川通訊社更換登記後，社長為余成勳。四川通訊社所發稿件側重地方消息，多係黨務方面的新聞。每日發通訊稿一份。辦社經費來源，除由國民黨四川省黨部補助一部分外，多由黨訓班畢業人員籌集，以及省府每月配售的 3 石新聞米。四川通訊社雖為國民黨四川省黨部的發言機關，但主持該社工作的主要人員多是「復興社」成員，實際上為「復興社」所掌握。社址遷至祠堂街西口後，因鄰近《新華日報》成都分館，又成為特務分子的據點，經常有人來往其間，搜集中共和愛國民主人士、救亡團體，甚至這條街的書店、出版社等的活動情報。該社於 1949 年成都臨近解放時停辦。[2]

三、國民黨在全面抗戰時期創辦的通訊社

　　全面抗戰爆發後，由於日軍的侵略，我國大片國土相繼淪陷。在惡劣的

1　《成都市志・報業志》，四川辭書出版社，1999 年版，第 191 頁。
2　據《四川省志・報業志》，四川人民出版社，1996 年版，第 153 頁。

戰爭環境下，國內很多通訊社紛紛停辦，能堅持發稿的很少。除中央通訊社外，國民黨還創辦了一些新的通訊社。

1、川康通訊社和建軍通訊社

國民政府遷至重慶後，國民黨中央社總社、外國通訊社駐華機構、以及國內其他一些通訊社也相繼西遷入川，重慶成爲國內政治文化中心。同時，成都的新聞通訊業也有了進一步發展。全面抗戰期間，國民黨在四川新創辦的通訊社中較有影響的是在成都創辦的兩家軍隊通訊社，分別爲川康通訊社和建軍通訊社。

1937 年秋，時任川康綏署主任的劉湘授命他的侍從室主任曾偉瀾出面組織成立了川康通訊社，11 月 1 日開始發稿。曾偉瀾任幹事長，主持工作。開辦時，劉湘給了 1000 元作經費，以後每月撥給 300 元。川康通訊社社址先後在成都東玉龍街 30 號、紅石柱街和華興正街 20 號。社長先後爲傅常、劉東父、甘鑒斌，總編輯劉克俊。劉湘設立通訊社的目的主要是爲宣傳川軍對日作戰情況、反映川康地區輿論和向國民黨中央解釋地方政策。其編採方針爲：「求實不華，側重地方新聞。對於具有社會性、重要性、進步性的，尤其對於抗日救亡運動，爭取民主、反對獨裁，要求進步、要求團結的群眾運動的新聞，都大力採擷，予以報導。」[1]

該社初創時有編輯、記者四五人，並在川康各軍旅以上單位聘請特約記者。其軍事消息由川康綏靖公署及第七戰區司令部供給。自己採寫的消息和通訊，主要爲地方新聞。該社成員多爲中共領導的中國青年記者學會成都分會會員，報導了很多民眾抗日救亡、爭取民主、要求進步和團結的新聞。抗戰中，爲發展工商經濟以利抗戰，該社曾特聘周懋成等 20 餘人採寫「經濟快訊」，於每日午後 3 時發出，受到歡迎。[2]

1938 年劉湘率軍出川抗戰病故，鄧錫侯繼任川康綏署主任。川康通訊社經費雖較前拮据，但得到一些進步川軍將領的支持，尚可維持運轉。該社於1949 年底成都解放時停止發稿。

建軍通訊社於 1941 年 3 月發稿，10 月 14 日獲准登記。[3]該社由蔣介石的親信、時任國民黨中央軍校政治部主任和成都行轅政治部主任的鄧文儀組

1　據《四川省志‧報業志》，四川人民出版社，1996 年版，第 154 頁。
2　據《成都市志‧報業志》，四川辭書出版社，1999 年版，第 193 頁。
3　據《成都市志‧報業志》，四川辭書出版社，1999 年版，第 194 頁。

建，主要組成人員爲他主持的軍校政治研究班第六期畢業生和戰時幹練團部分成員。鄧文儀組建通訊社主要有三個目的：一是藉通訊社名義，便於對外開展活動；二是建立私人派系，培植個人勢力，鞏固既得地位；三是以新聞宣傳爲掩護，搜集川康地方部隊情報。[1]該社開辦經費由成都行轅按月撥付和募捐所得，其後改由國防部新聞局按月補助 50 萬法幣。1947 年後，每月由省府補助新聞米 3 石。

建軍通訊社組建前期，人員較多，機構也較爲健全。設有社務委員會，鄧文儀自兼社長，下設總務、編輯、通訊、服務 4 個股。每日發稿一次，供成都各報選用，按月收取稿費。稿件內容有軍事消息，亦有地方新聞。負責人還有發行人章明澈，副社長駱德榮，總編輯廖傳新、張登旭等。社址先後在南校場軍管區司令部、長順上街 178 號、東珠市街 49 號等多處。

1945 年，鄧文儀調離成都，但社長名義不變，仍和建軍通訊社保持密切聯繫。1946 年 4 月，該社內部改組後，機構和社長迭經變更，人員減少。1949 年冬成都解放前夕停辦。

2、民族革命通訊社

民族革命通訊社，簡稱民革社，是全面抗戰時期較爲活躍的一個通訊社。它是國民黨第二戰區文化抗敵會下屬的一個單位，也是山西當局官辦的新聞機構，由第二戰區司令長官閻錫山撥款創辦。1938 年 4 月 15 日，在山西省吉縣古縣村成立並發稿。1939 年春遷到陝西省宜川縣秋林鎮。社長梁綖武，總編輯曲詠善。下設編輯、採訪、電務和總務 4 部。採編及行政人員最多時達 60 餘人。除總社外，民革社先後在第二戰區岢嵐、上黨、五臺、呂梁、平陸、榆林、河口、雁北等地，以及重慶、成都、香港，設有 12 個分社。原計劃設立的武漢、廣州兩分社，後因兩地淪陷而未實現。

民革社總社備有 50 瓦汽油動力發報機，分社也備有 15 瓦手搖發報機。每日兩次定時收發新聞電訊，由總社拍發各分社，再由分社印發當地報社，重要電訊直接電傳國內各大報，通訊稿則航寄發出。總社編印《民革通訊》，刊載本社記者、編輯撰寫的戰地通訊和述評稿，三四天一期，分寄各報社和當地黨政機關、文化單位與群眾團體。分社也發行《上黨通訊》《呂梁通訊》等新聞稿，供各報採用。總社還編有《互勵》的業務刊物，以加強總社與分社之間的聯繫。民革社在香港的分社，把山西抗日戰場的電訊發給香港各

---

1 據《四川省志‧報業志》，四川人民出版社，1996 年版，第 154 頁。

報,並將在香港採訪的新聞發給中文報刊,他們的發稿範圍包括東南亞、美國、拉丁美洲和一些歐洲國家。

全面抗戰初期,由於實現了國共合作,山西的抗日民族統一戰線形勢迅速發展,出現了大好局面。民革社提出「鞏固團結,抗戰到底」的總原則和「在各戰區,各地方,各抗日根據地,以及各淪陷區建立縝密的通訊網」的計劃,[1]並逐步推行,因而業務發展迅速。不少進步青年參加該社工作,有的地區的分社就是依託中共領導的八路軍、犧盟會組建起來的,因而民革社初期所發稿件,尚能真實反映抗日前線的面貌。他們所編發的稿件,在報導閻錫山軍隊情況的同時,對八路軍、山西新軍、抗日游擊隊對敵作戰的戰績,和中共領導下創建的太行山、五臺山和呂梁山地區的抗日根據地情況,都作了比較客觀公正的報導,起到了有利於團結抗戰的作用。[2]

1939 年 12 月,閻錫山發動「晉西事變」,山西政治形勢逆轉,抗日民族統一戰線受到破壞。受其影響,民革社大批進步青年紛紛離去,不少分社也先後與總社斷絕聯繫,總社業務逐漸處於癱瘓狀態,後來名存實亡。

抗戰勝利後,民革社總社遷到太原,社址在師範街太原師範學校院內。每日油印新聞稿一次,分發各報社。新聞來源主要是閻錫山山西省政府新聞處提供的軍政機關和要人活動的消息等。1949 年 4 月太原解放前,民革社正式結束。[3]

3、民族通訊社、新潮通訊社和建國通訊社

全面抗戰時期,國民黨在浙江地區創辦的通訊社約為八家,其中有三家較有影響,分別是浙西的民族通訊社、浙東的新潮通訊社和浙南的建國通訊社。

民族通訊社,1940 年 1 月開始發稿,正式成立於 5 月 5 日,社址最初在臨安西天目山恢廬,後先後遷至昌化龍崗湯家灣和杭州。社長鄭小傑,總編輯趙鶴汀,主持者先後還有曹天風、蔣荣、汪煥鼎、袁微子、高流、何鶴南、羅越崖等。該社隸屬於浙西行政公署民族文化館,以「浙西行署主任賀揚靈為背景」。其任務是向全國新聞機構和文化學術團體發行新聞稿,同時與國內外一些報館及通訊社建立聯繫,互相交換新聞稿。其新聞稿分為甲種、乙種、

1　方漢奇主編:《中國新聞事業通史》,中國人民大學出版社,1996 年版,第 749 頁。
2　《山西通志·新聞出版志》,中華書局,1999 年版,第 354 頁。
3　《山西通志·新聞出版志》,中華書局,1999 年版,第 354 頁。

丙種和丁種，甲種新聞稿除按日油印或複寫寄發國內各大報館採用外，還通過無線電臺播發電訊消息，東南各省均可收錄；乙種新聞稿以長篇通訊爲主，初爲油印，後改爲鉛印，內容主要是揭露敵僞陰謀，報導和闡揚對敵鬥爭事蹟；丙種爲時論稿，包括各種譯著，半月 1 次，每次字數 1 萬字左右；丁種稿爲特稿，以油印或複寫形式寄送各大報社。該社還經常印發一些重大參考材料。民族通訊社規模較大，編採、翻譯陣容較整齊，設有社本部、採訪部、編輯部、發行部 4 部，擁有一座無線電臺和兩家印刷廠。該社在金華、桂林兩地設有通訊處。1940 年 10 月，曾向浙西、浙東、蘇南、皖南、江西、福建及後方諸省廣泛徵求特約通訊員，建立了較爲廣泛的通訊網。

新潮通訊社，1942 年創辦於寧海深畎冠莊，抗戰勝利後遷到寧波城南大路聚奎巷，發行人兼社長王伯川（又名王興藻）是寧波警察局長俞濟民的情報參謀，實際上是俞濟民下屬的宣傳機構。其名稱係借用寧波淪陷前由三青團人士洪道鏞主辦的新潮通訊社。該社創辦時由 9 人組成，但基本都是兼職，1943 年才增加一名專職記者。該社經費曾列入鄞縣縣政府預算，後成立由朱桂棠、於風園等組成的董事會，經費歸董事會負責。新潮通訊社主要採寫浙東各地（包括淪陷區）稿件，分寄國內各大報及寧波所屬各報，多數被刊用。1943 年秋以後，在鄞縣、慈谿、餘姚、奉化、寧海、三門、天台等縣陸續設有兼職記者。編輯部除每日編發甲種新聞稿 50 份外，還不定期編發乙、丙通訊稿和專題論述稿。抗戰勝利時，新潮通訊社分布在浙東各縣及寧波市區各界的兼職記者和通訊員達 90 多人。還曾辦過油印《新潮三日刊》，分送給各鄉鎮長和淪陷區民眾。1947 年，新潮通訊社還辦了一份《寧波晚報》，發行 2000 份，後因經費困難，僅發行一個月就停刊了。新潮通訊社於 1949 年 2 月停辦。

建國通訊社創辦於抗日戰爭期間，由國民黨浙江省政府主辦，發布省府消息。負責人章襄伯。抗戰勝利後，省政府遷回杭州，成立浙江省新聞處（處長孫義慈），負責發布省政府消息，建國通訊社撤銷。[1]

4、西南新聞社

廣西桂林在全面抗戰期間也成爲著名的文化名城，不僅國內一些知名新聞機構在此設立分館，而且還匯聚了當時很多文化名人。國民黨系統在桂林設立的通訊社主要是西南新聞社，它是廣西綏靖公署政治部與三青團桂林分

---

1 據《浙江新聞志》，浙江人民出版社，2007 年版，第 540～542 頁。

團、廣西日報社等單位於 1940 年 5 月聯合創辦的。社址先後在廣西日報院內、桂西路棠梓巷 34 號。6 月 1 日起，隔日發稿 1 次，稿件內容偏重抗戰前方通訊。社長莫寶堅（《廣西日報》總編輯）。該社除自行採寫稿件外，還發展一批通訊員為之投稿。[1]此外，廣西省政府編譯室、省政府教育廳電化教育輔導處也曾將接收的消息編印成新聞稿供各報採用，起到通訊社的作用。

5、西北通訊社

全面抗戰期間，胡宗南任第八戰區副司令長官兼第 34 集團軍總司令，他屯兵西北，封鎖、侵犯陝甘寧邊區，號稱「西北王」。1942 年由胡宗南的情報官員劉慶曾在西安創辦了西北通訊社。抗戰勝利後，胡宗南為擴展其勢力範圍，他把西安的西北通訊社改為總社，在全國許多城市設立了分社，這些機構表面上是為溝通文化和報導新聞而設，但其實際任務則主要是為胡宗南收集情報。

6、復興通訊社

復興通訊社，由國民黨河南省黨部組織成立，1942 年 5 月 11 日開始發稿，社址在魯山縣城。省黨部宣傳科長趙培五兼任該社主任，具體負責人為楊凌寒。1944 年春，該社停止活動。抗戰勝利後，復興通訊社於 1946 年在開封恢復，設在貢院街省黨部內，發行人劉心皇。

7、泛太平洋通訊社（中國新聞社）

全面抗戰時期，國民黨政府專門設立國際宣傳處，負責指導對外宣傳。國宣處在國外設有一些辦事處，實際起到海外通訊社的作用。其紐約辦事處曾成立泛太平洋通訊社，後來更名為中國新聞社，除紐約總社外，還有舊金山、芝加哥、華盛頓、加拿大蒙特利爾和墨西哥 5 個分社。

四、國民黨在抗戰勝利後創辦的通訊社

抗戰勝利後，國內政治矛盾加深，不久全面內戰爆發。國民黨加強了反共宣傳，軍事新聞成為媒體報導的重點。這一時期，國民黨系統新成立的通訊社主要為其內戰宣傳服務，還有一些通訊社實則為國民黨特務機構。

1、國民黨軍方的喉舌——軍事新聞通訊社

國民黨政權發動全面內戰後，國防部新聞局（後改稱政工局）於 1946 年

---

1 據《廣西通志·報業志》，廣西人民出版社，2007 年版，第 156 頁。

7月1日在南京設立軍事新聞通訊社，簡稱軍聞社，社長先後爲楊光凱、張六師。這是繼中央社後又一家全國性的國民黨官方通訊社。[1]

軍聞社總社設在南京林森路75號，設有總管理處、編輯部、採訪部，編制爲40人。它在上海、北平、瀋陽、鄭州、蘭州設有5個分社，在徐州、濟南、海州、天津、海口、西安、長春、張家口、西寧、寧夏、青島、承德、迪化設有13個通訊站。分社編制爲10～15人，通訊站編制爲4～6人。

軍聞社的主要業務是採寫和對外發送軍事新聞通訊稿。總社每晚發行10餘頁的油印新聞通訊稿，分送南京各報和外埠各大報駐南京辦事處，也提供給電臺廣播，共約數十份。新聞通訊稿的內容以軍事新聞爲主，也包括政治、經濟方面較爲重要的新聞。南京各報在刊登該社消息時，一般冠以「軍聞社訊」字樣，外埠報紙採用時則冠以「軍聞社南京×日電」字樣。各地分社除負責向總社拍送電訊外，還可以向當地報紙發稿，通訊站則無權在當地發稿。其新聞來源主要是駐地軍事機關和軍政首腦，包括一些獨家採訪的消息。

軍聞社是國民黨軍方的喉舌，始終爲國民黨政府發動和擴大內戰的軍事行動服務。1947年8月，因軍聞社記者在報導中過早洩漏了國民黨總參謀總長陳誠將赴東北主持軍事的動向，被勒令暫停對外公開發稿，進行整頓。其業務轉向對內，負責編寫《一周戰況》《答記者問》等，供國防部政工局或國防部發言人對外發布新聞和召開記者招待會時使用，並爲政工局下設的軍中之聲電臺提供《中外要聞》廣播稿，還負責編寫絕密的《匪行週報》供國民黨高層軍政首腦參閱。1948年4月，軍聞社獲准恢復對外公開發稿。

1948年底，隨著戰爭形勢發展，軍聞社長江以北各分支機構已不復存在，另在廣州設立了分社。1949年，總社先後由南京遷往重慶、臺北。

2、國民黨在一些省區建立的通訊社

國民黨在這一時期內建立的通訊社，多以造謠誣衊中國共產黨、搜集情報和從事特務活動爲主。

晨曦通訊社，1947年3月1日發稿，由四川省黨政軍聯席會議（原省特種工作委員會）主辦，社長楊蔭池。社址在成都過街樓街27號。辦公在將軍衙門省聯席會議駐地。稿件主要從國民黨中央宣傳部秘宣資料和聯席會議宣傳組所辦的不定期四開小報《瞭望》中摘抄，各報極少採用。其供記者

1　《江蘇省志·報業志》，江蘇古籍出版社，1999年版，第379頁。

採訪佩帶的長方形藍色白字證章，常爲特務活動時冒用。該社經費靠特務組織供給，也享受省政府每月配售的平價「新聞米」。[1]

　　漢潮通訊社，1946 年 8 月成立於武漢，12 月 1 日發稿。它由國民黨軍事委員會調查統計局湖北站漢口第二情報組所辦，實際是這個組織進行特務活動的掩護體。該社每日發稿 16 開油印新聞稿 1～2 次。1947 年初公開建立電臺。1948 年夏，增設宜昌、應城、黃陂 3 個分社和江陵、鄂北兩個辦事處。漢潮通訊社按甲級特務組織建立機構，配備人員，開支經費。工作人員均由特務兼任。1947 年夏成立董事會，由漢口市參議會議長張彌川任董事長，而所有董事都是當時武漢軍警憲機關的負責人。[2]

　　此外，在閻錫山統治的山西，國民黨還先後建立了 10 來家通訊社，如 1946 年 10 月創辦的民眾通訊社，社長由閻錫山的點檢參事徐培峰（健三）兼任；還有 1946 年成立的國民通訊社，是國民黨山西省黨部的宣傳機構；1947 年初成立的晉民通訊社，由一些國民黨員聯合創辦，社長爲原國民黨山西省黨部督導員張季華。此外，還有青年通訊社、正義通訊社、建國通訊社、戰鬥通訊社、軍聞通訊社、建設通訊社、西北通訊社等等。這些通訊社基本上是國民黨、閻錫山黨政軍團體的宣傳機構。它們每天向太原市各報社編發的新聞稿或社稿，除一般社會新聞是各自採編的以外，政治、軍事消息都是由閻錫山山西省政府新聞處和太原綏靖公署新聞處嚴格控制統一發布的。這些通訊社到太原解放前夕陸續停辦。除上述通訊社外，閻錫山政權的特務機關——太原綏靖公署特種警憲指揮處下，還設立了黃河通訊社和華北通訊社，專門發布誣衊中國共產黨的反動消息，並且廣泛搜集中共地下黨組織、派遣人員和社會進步人士活動情報，從事破壞活動。

1　據《成都市志・報業志》，四川辭書出版社，1999 年版，第 194～195 頁。
2　據《武漢市志・新聞志》，武漢大學出版社，1991 年版，第 230～231 頁。

第三章　民國時期共產黨領導的新聞通訊業

五四運動後，馬克思主義在中國得到廣泛傳播，並逐漸與中國革命的具體實踐相結合。隨著中國共產黨的誕生，內憂外患不斷、社會危機空前深重的中國，終於迎來了徹底改變前途命運、實現民族偉大復興的新的革命力量。中國共產黨從成立起就重視運用新聞媒體來傳播眞理、組織群眾、推動工作，黨的很多早期領導人都曾親身參與新聞宣傳工作。中國共產黨領導的新聞通訊業，最初始建於黨較早開展活動的一些大中城市，如上海、北京、廣州、武漢等，受環境和條件所限，這些通訊社當時的規模和影響都較小。後來，雖在國統區大中城市也創辦過一些通訊社，但受到國民黨當局的種種限制和迫害，最終都被關停了。隨著中國共產黨領導的革命力量在中國農村的興起，黨的新聞事業也在農村革命根據地建立和發展起來。中國共產黨在革命根據地最早建立的通訊社，是 1931 年 11 月誕生於江西瑞金的紅色中華通訊社，1937 年初在延安更名爲新華通訊社，其組織規模和業務範圍隨戰局發展不斷擴大，逐漸成爲中共最主要的通訊社和中央新聞機關，並於 1949 年 10 月新中國成立後成爲我國的國家通訊社。

第一節　共產黨初創時期的新聞通訊社

從中國共產黨創立前夕到大革命時期，爲了宣傳黨的主張，動員民眾參加革命鬥爭，中國共產黨人先後創辦了一批新聞媒體，其中除報紙、期刊等外，也包括通訊社。早在中國共產黨創立之前，黨的一些早期革命者就曾通

過創辦通訊社開展革命活動，如毛澤東 1919 年 12 月曾在北京創辦平民通訊社，配合他和何叔衡等領導的湖南各界人民驅除軍閥張敬堯運動，撰寫文章，發表通電，編發消息，通過驅張宣傳，平民通訊社聲名大振，最終張敬堯被逐出湖南。由中共黨組織領導建立的通訊社始於 1920 年夏，上海共產黨早期組織和共產國際代表團曾合辦中俄通訊社，後來中共黨組織又先後創辦人民通訊社、勞動通訊社、國民通訊社等，這些通訊社的稿件多爲油印後供給當地報紙或郵寄給國內外媒體，對於擴大革命輿論宣傳起到了一定作用。

一、中國共產黨早期組織領導創建的通訊社

五四運動後，馬克思主義在中國的傳播逐漸與中國工人運動相結合，陳獨秀、李大釗等人開始醞釀在中國建立共產黨組織的問題。1920 年 2 月，陳獨秀從北京秘密轉移到上海。《新青年》雜誌也遷至上海出版，後來陳獨秀還主持創辦了《勞動界》《夥友》等刊物，向工人宣傳馬克思主義。

正當中國先進知識分子積極籌備建黨的時候，共產國際也派出代表來華，瞭解中國革命發展情況和能否建立共產黨組織的問題。1920 年春，俄共（布）遠東局海參崴（今符拉迪沃斯托克）分局外國處派出全權代表維經斯基（化名吳廷康）來華，與維經斯基同來的還有他的翻譯楊明齋等。

楊明齋是山東平度縣人，1901 年輾轉到海參崴做工謀生，1908 年以後在西伯利亞地區邊做工邊讀書，積極參加了布爾什維克黨領導的工人運動，並被推選爲華工代表。十月革命前加入列寧領導的布爾什維克黨。入黨後，他先後從事秘密工作和華工動員等工作，後入莫斯科東方勞動者共產主義大學學習。1920 年被派回當時日本人佔領的海參崴，以華僑負責人的公開身份從事黨的秘密工作。1920 年 3 月，參加以維經斯基爲代表的共產國際工作組到中國活動。1920 年 8 月，陳獨秀等率先在上海建立了中國共產黨早期組織，並積極推動各地共產黨早期組織的建立，實際上起著中國共產黨發起組的作用。來自俄共（布）的維經斯基等人對中國共產黨的建立給予了支持和幫助，在維經斯基的指導下，1920 年 7 月間在上海設立了中俄通訊社（當時報載消息稱中俄通信社），具體業務由楊明齋負責，地址設於上海霞飛路（今淮海中路）漁陽里 6 號。中共上海共產黨組織建立後，楊明齋成爲上海發起組的重要成員之一，並參與了黨的一些理論宣傳和教學、工會等工作。通訊社的工作也由中共上海發起組和俄共（布）代表團共同領導，漁陽里 6 號也是楊

明齋任校長的外國語學社的所在地，外國語學社也是中共上海發起組與俄共（布）代表團聯合創辦的，主要是準備輸送革命青年赴俄留學，培養革命幹部。這裡還是中國社會主義青年團中央所在地。青年團書記俞秀松任外國語學社秘書，學社的部分青年學生承擔了中俄通訊社的繕寫、油印、收發等工作。漁陽里 6 號是以楊明齋名義租下的，它也是中國共產黨上海發起組的一個重要活動場所，與漁陽里 2 號《新青年》編輯部相隔不遠。

中俄通訊社的主要任務是向共產國際和蘇俄發送通訊稿，報導中國革命消息；同時，向中國國內人民介紹十月革命後蘇俄的眞實情況。早期中共黨員邵力子時任上海《民國日報》經理及副刊《覺悟》的編輯，所以《民國日報》的「世界要聞」專欄刊登了中俄通訊社的大量通訊稿。1920 年 7 月 2 日，《民國日報》刊載了《遠東俄國合作社情況》，這是中俄通訊社最早見報的稿件。之後又先後刊發《勞農俄國之新制度》《俄國勞動合作小史》《勞農俄國之新教育制度》《列寧與托洛次基事略》《勞農俄國底重要人物》等，向國內讀者介紹俄國革命和社會制度。

圖 3-1　中俄通訊社舊址

1920 年 10 月 1 日出版的《新青年》月刊第 8 卷第 2 號也曾發表中俄通訊社的稿件《關於蘇維埃俄羅斯的一個報告》。《新青年》上還先後刊登了楊明齋翻譯的有關蘇俄的文章。當時中國各地報紙關於世界新聞的報導,多來自於西方通訊社,它們對於列寧領導的社會主義國家都抱敵視態度,中俄通訊社有關蘇俄的報導,對於人們客觀瞭解俄國革命和建設的眞實情況、宣傳共產主義思想起到了重要作用。

1921 年 4 月,楊明齋返回俄國,從此脫離了中俄通訊社的工作。據查,中俄通訊社在上海《民國日報》登出的最後一篇稿件是 1921 年 5 月 4 日的《俄國貿易之過去與現在》,截至於此它在該報總計發表新聞稿和電訊稿近 70 篇。[1]

從 1920 年 11 月底開始至 1925 年 8 月,上海《民國日報》等報刊上還曾出現華俄通訊(信)社或上海華俄通訊(信)社的稿件。有人認爲華俄通訊社即中俄通訊社的改稱和延續,但也有人對此持不同觀點,認爲二者不能劃等號,更不能混爲一談。

從一些史料和回憶看來,華俄通訊社與中俄通訊社確實有一定的歷史淵源。1920 年 8 月,維經斯基給俄共(布)中央西伯利亞局東方民族處的信中說:他在上海成立了革命局,下設三個部,出版部、宣傳報導部和組織部,宣傳報導部成立了俄華通訊社,現在該社爲中國 31 家報紙提供消息[2]。參加過中共「一大」會議的包惠僧也指出,當時的華俄通訊社、社會主義青年團、外國語學校都是中共臨時中央(上海發起組)成立之初所設的工作部門。[3]由此可見,華俄通訊社和中俄通訊社在某些史料中指的就是同一機構,而蘇俄和中共方面都曾把中俄(華俄)通訊社當成自己事業的一部分。

中俄通訊社和華俄通訊社都有共產國際的背景,是蘇俄在中國開展活動的一部分。所不同的是中俄通訊社的創辦工作同時也是在中共黨組織的領導和支持下開展的,其負責人楊明齋同時也是中共上海發起組成員,而中俄通訊社的工作實際上也是中國共產黨創建時期事業發展的一部分,所以新聞史上一直把中俄通訊社稱爲中國共產黨創辦的第一個通訊社。而繼之而起的華俄通訊社,則完全由蘇俄所辦,與中共再無直接關係了。

1　朱少偉:《我黨創辦的第一個通訊社》,原載《人民政協報》2010 年 7 月 9 日。

2　《聯共(布)、共產國際與中國國民革命運動(1920～1925)》,北京圖書館出版社,1997 年版,第 32 頁。

3　《一大回憶錄》,知識出版社,1980 年版,第 27 頁。

這一時期，由中國共產黨早期組織領導的新聞通訊社，還有陳潭秋在武漢創建的湖北人民通訊社。

繼上海、北京中共早期黨組織成立後，武漢、長沙、廣州、濟南等地的先進分子以及旅日、旅法華人中的先進分子，也相繼建立了共產黨早期組織，並紛紛通過創辦報刊、組織學會等方式傳播馬克思主義。在上海共產黨早期組織直接指導下，1920 年 8 月，「共產黨武漢支部」在武昌成立。

陳潭秋，湖北黃岡人。青年時代積極參加五四運動，與惲代英、林育南組織武漢學生聯合會，聲援北京學生進行的反帝愛國運動。武昌高等師範學校英語部畢業後，他曾爲《大漢報》《漢口新聞報》等撰寫新聞稿件，並應邀到董必武創辦的湖北私立武漢中學任教，聯絡各校進步學生，研究馬克思主義，是武漢共產黨早期組織的創始人之一，曾與董必武一起出席中共第一次代表大會。

關於陳潭秋創辦湖北人民通訊社的時間目前有多種說法，一般認爲其創立時間爲 1921 年春[1]，還有一種說法認爲其創立時間是 1920 年底[2]，另外也有史料稱 1919 年陳潭秋武昌高師畢業後便創辦了人民通訊社，以記者身份，走街串巷，深入工人住宅區，進行社會調查和新聞報導[3]。在一些史料和回憶文章中，偶見有關湖北人民通訊社工作的內容，大多是隻言片語，語焉不詳，但從中可以看出它與中共武漢早期黨組織的活動有密切聯繫。該社由武漢共產黨組織領導，主要發布有關工運、學運的消息及評論，其發行的通訊稿初爲手抄，後油印，共一二十份，除供給武漢及湖北各報外，還郵寄至上海、北京、廣州等地各大報紙，在當地有一定影響。先後參加湖北人民通訊社採訪和編輯業務的概有陳蔭林、劉子通、包惠僧、王平章等。陳潭秋等人還於 1921 年共同創辦了公開發行的鉛印刊物《武漢星期評論》，宣傳革命精神，啓發民眾覺悟。1921 年夏經陳潭秋推薦吳德峰接任湖北人民通訊社社長。該社 1922 年 5 月被湖北督軍蕭耀南以「言論過激」爲由查封。

1　鄭德金：《中國通訊社百年歷史回顧》，《中國記者》2004 年 12 月。

2　胡雲秋、陳乃宣、劉耀光、張安慶、劉友渙：《陳潭秋生平活動年表》（一八九六～一九四三），《武漢大學學報》（社會科學版），1981 年第四期。

3　中共黨史人物研究會編：《中共黨史人物傳》第九卷，陝西人民出版社，1983 年版，第 4～5 頁。

二、中國共產黨建立初期領導創建的通訊社

中國共產黨成立後，非常重視報刊宣傳工作，曾把出版雜誌、日報、週報等內容寫入黨的「一大」決議之中。從中央到地方先後創辦了一批機關報刊和群眾性報刊，初步形成了黨的新聞宣傳網，新聞通訊社事業也有了新的發展。

1922 年 9 月，廣東共產黨組織創辦了愛群通訊社，創辦人包括馮菊坡、阮嘯仙、劉爾崧、周其鑒、馮師貞等，社址設在惠福路（今解放中路）玉華坊，這裡也是中國勞動組合書記部南方分部所在地。馮菊坡、阮嘯仙、劉爾崧等都曾是進步青年學生，在校期間就積極組織和參加學生運動，後來先後加入中國共產黨，很快成為廣東共產黨組織的骨幹成員，馮菊坡時任中國勞動組合書記部南方分部主任。他們以通訊社記者的身份，經常深入到工廠、學校、農村和群眾團體中「採訪新聞」，進行革命宣傳，秘密發展青年團員，動員廣大青年起來參加反帝反封建鬥爭。曾以通訊社名義出版發行《共產主義 ABC》等油印小冊子，擴大馬列主義在青年中的傳播。他們還編輯出版《愛群報》《星期報》《新學生》等報刊，宣傳革命思想，指導工人、學生運動。

1923 年中國共產黨北京黨組織創辦了勞動通訊社，它是中國勞動組合書記部北方分部機關刊物《工人週刊》編委會附屬的一個宣傳機構。勞動通訊社另設有編委會，成員先後有高君宇、王有德、韓麟符、於方舟、繆伯英、楊明齋、李梅羹、吳容滄、黃日葵等。發稿負責人劉銘勳。該社在全國各地聘有特約記者和通訊員，其中有阮嘯仙、王英皆、李鳳池、高步安、金太璇、許興凱、孟冰等。[1] 主要報導各地工人運動的情況，反映工人群眾的生活和鬥爭。稿件為手寫油印，除供給《工人週刊》選用外，還向北京《晨報》、上海《申報》等全國大報發稿。北方勞動組合書記部成立後逐漸成為國內外革命工作的聯絡樞紐和實際鬥爭中宣傳、組織、募集罷工基金的中心機關。當時「各國工會與職工國際經常派人來遠東活動中必來北京訪問，與北方書記部雙方交換政治情報、革命書刊，並由勞動通訊社發布有關新聞稿」[2]。勞動通訊社後期與邵飄萍主持的《京報》及新聞編譯社關係密切，在業務上

---

1 方漢奇主編：《中國新聞事業通史（第 2 卷）》，中國人民大學出版社，2000 年版，第 155 頁。

2 羅章龍：《記北方勞動組合書記部》，《社會科學戰線》1983 年第 3 期。

得到邵飄萍的指導，是北京有影響的通訊社。1926 年 4 月，邵飄萍被奉系軍閥殺害後，該社也被迫停止了活動。

　　1923 年 9 月 16 日，中國共產黨人在黑龍江創辦的第一家通訊社——哈爾濱通訊社成立，地址在哈爾濱道里區中國十四道街（今西十四道街）52 號。社長由《哈爾濱晨光》報社長韓迭聲擔任，中共北京區委派到哈爾濱從事秘密建黨工作的共產黨人陳為人（陳濤）、李震瀛（駱森）分任編輯主任、新聞主任，《東三省商報》總編輯吳春雷任叢刊主任，後來參加通訊社工作的還有中共黨員彭守樸、張昭德等。哈爾濱通訊社在成立公告中說：「我們想應付一切事情，解決一切問題，自然要先明白一切事情及問題的真相。」「滿洲即東三省，位當日俄之衝，為遠東問題的焦點的地方。聲等對於此地國際上的糾葛的解決，工業商業農業的調查，民治的提倡，各地文化的輸入，日俄消息及風俗的介紹，社會問題的討論，欲盡我們一份子的任務。所以，我們在哈爾濱成立哈爾濱通訊社。」同時發布的《哈爾濱通訊社簡章》中稱：「本社以宣傳消息，介紹文化，擁護輿論，編纂各項統計調查為宗旨。」「除按日發新聞稿外，每星期贈送一次有系統的記載，每月贈送關於社會問題之譯著數次，如有緊要問題發生時，特發號外」。哈爾濱的訂戶，「除星期例假外，按日專人送遞。每月收現大洋十元。外埠照加郵費，個人訂閱者則減輕」。在《哈爾濱通訊社職員辦事細則》中要求，「每日晚 5 時以前發稿，各人須於 3 時以前將新聞材料交給編輯主任陳濤」，「稿件的好歹，由編輯主任負責」，「新聞的好歹真假，由新聞主任負責」。[1]哈爾濱通訊社的創辦還得到哈爾濱無線電臺總代理臺長劉瀚的幫助，該社與東北三省無線電臺哈爾濱分臺合作，利用現代通訊設備收發新聞稿，大大提高了稿件的時效，這在當時國內各報界是少有的。陳為人、李震瀛將電臺收到的日、俄、英新聞稿譯成中文，編輯後傳送到本埠的報刊、電臺使用，他們還以通訊社記者身份積極開展革命活動，深入工廠、學校、機關團體中採訪，廣泛接觸各界人士和勞動群眾，擴大反帝反封建的宣傳和影響。哈爾濱通訊社還在國內外各地聘請特約通訊員和社員，以廣泛搜集新聞，吸引了廣大青年和知識分子。哈爾濱通訊社既是中共在哈爾濱的宣傳陣地，也是在當地開展黨的組織工作的基地，中共三屆一次中央執委會文件中對哈爾濱通訊社的工作情況有記載。該社於 1924 年 2 月 28 日停辦。

1　關力、莊力：《共產黨人創辦的哈爾濱通訊社》，《學理論》2001 年第 6 期。

三、中國共產黨在大革命高潮中領導創建的通訊社

中國共產黨成立後，重視在各地組織、發動、領導工人運動，工人階級日益成長爲具有全國影響的重要政治力量。1925 年爆發的五卅反帝愛國運動，對於中華民族的覺醒和國民革命運動的發展起了巨大的推動作用，標誌著大革命高潮的到來。五卅運動期間，爲加強宣傳工作，中共中央在上海創辦了中國共產黨歷史上第一張日報《熱血日報》，與此同時，還創辦了國民通訊社。

國民通訊社於 1925 年 6 月 1 日在上海成立，其編輯部與通訊處均同《熱血日報》在一起，社址位於上海虹口中州路德康里。參與《熱血日報》編輯工作的何味辛（何公超）最初曾負責國民通訊社工作，但不久他調到上海總工會擔任宣傳工作，中共即從浙江杭州調來邵季昂任國民通訊社社長。邵季昂，又名邵駒，浙江省杭州市進化鎮邵村人，五四運動時期就讀於杭州醫藥專門學校，1924 年先後加入中國國民黨、中國社會主義青年團和中國共產黨，參與組織學生運動和工人運動，建立杭州勞工協會，並曾任浙江省國民會議促成會委員、共青團杭州特別支部書記。

國民通訊社的主要任務是編發各類稿件，供全國報紙以及外國報刊採用，它協同《熱血日報》一起積極進行反帝愛國宣傳，團結教育人民，揭露帝國主義的陰謀與反動輿論。

國民通訊社創辦後不久曾在上海《民國日報》與《申報》等報刊登招聘全國各地通訊員的啓事，稱：「本社現添聘北京、廣州、天津、漢口、重慶、福州、九江、南京、杭州、鄭州、開封、哈爾濱、奉天、安慶、濟南、青島等處訪員。薪金通信訂定，特別從豐。應聘者須先投稿三次，本社認爲合格時，當回書接洽。」[1]

五卅慘案中，邵季昂被捕，國民通訊社工作暫由宋雲彬代管，邵季昂出獄後繼續主持工作。五卅慘案發生後，國民通訊社記者曾訪問前來中國考察事實眞相的全俄職業聯合會代表團，向各報發出《俄工會代表對國民社記者之談話》的報導，稱：「俄國工會爲赤色職工國際之會員，與中國工會同屬於一國際組織，對於中國工人之生活狀況、勞動條件，及其職工組織，尤其注意」，全俄總工會認爲「此次發生之事件，異常重大，有世界的歷史的意

---

1 《申報》，1925 年 6 月 22 日。

義。」[1]國民通訊社的報導有力地打破了外國報刊對五卅慘案的歪曲宣傳和惡意攻擊，鼓舞了中國人民的鬥爭精神。

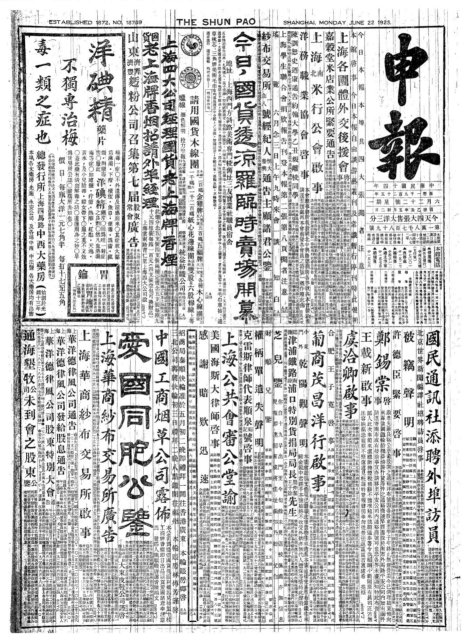

圖 3-2　《申報》刊登的《國民通訊社添聘外埠訪員啟事》

1　《申報》，1925 年 8 月 4 日。

《熱血日報》僅出版 24 期，即在 1925 年 6 月創刊當月被當局強行查封而被迫停刊。《熱血日報》停刊後，國民通訊社仍堅持對外宣傳工作，直至 1926 年 9 月被上海淞滬警察廳查封，邵季昂及其他工作人員被捕，該社才被迫暫停活動。

1927 年 3 月，中國共產黨領導的第三次上海工人武裝起義取得勝利。此時，國民通訊社恢復活動，何味辛任社長。何味辛，江蘇松江（今屬上海）人，1924 年加入中國共產黨，曾參加《民國日報》《熱血日報》的編輯工作。國民通訊社恢復活動後，參加發起組織上海通訊社記者公會，何味辛被選爲執行委員。該社積極報導上海工人武裝起義的消息，中共中央爲加強該社的力量，將原上海黨組織領導的市民通訊社併入。國民通訊社成爲上海工人武裝起義主要對外宣傳機構，迅速、及時地向全國傳遞工人鬥爭的眞實情況，擴大了武裝起義的影響。蔣介石發動「四一二」反革命政變後，該社被國民黨當局查封。

由於 1920 年 7 月創辦的中俄通訊社是由俄共（布）代表團和中共上海發起組共同領導的，所以也有學者認爲：從嚴格意義上說，中共在上海最早創辦的通訊社是國民通訊社。[1]

這一時期由中共領導創建的通訊社，還有 1926 年 9 月創辦於湖北武漢的人民通訊社，它與建黨前夕由中共武漢早期黨組織創建的人民通訊社僅是恰好名稱相同而已。第一次國共合作開始後，大多數共產黨員和青年團員加入國民黨，國民革命的影響很快從中國的南部擴大到中部和北京，形成反對帝國主義和封建軍閥的革命新局面。在國共合作的情況下，很多以國民黨名義出版的報刊實質上主要由中國共產黨人和國民黨左派人士主持。北伐軍光復武漢和武漢國民政府成立後，武漢成爲國內輿論中心，各種革命報刊和通訊社應運而生。人民通訊社是中國共產黨人以國民黨漢口特別市黨部宣傳部名義創辦的，它的主要任務是宣傳革命形勢，報導北伐革命軍的勝利消息和武漢國民政府、國民黨部及當地工運、農運等有關新聞。社長邵季昂，編輯主任鄧瘦秋，記者帥元鍾、張家駒等。1926 年 11 月漢口《民國日報》創刊，擔任總編輯的是中共湖北地方執行委員會執行委員宛希儼，他經常指導人民通訊社的活動，當時在漢口《民國日報》上曾刊載很多署名「人民社」的消息。1927 年 3 月，人民通訊社曾與漢口《民國日報》等共同發起組織武漢新聞記

---

[1] 任武雄：《漫談國民通訊社》，《上海黨史研究》1999 年第 6 期。

者聯合會，宛希儼等 3 人被選爲主席，宛希儼、邵季昂、鄧瘦秋等 9 人被選
爲執行委員。3 月 22 日，《民國日報》刊登了人民通訊社發出的消息《武漢新
聞記者聯合會成立大會盛況》，詳細報導了 3 月 20 日武漢新聞記者聯合會成
立大會的情形。同年，汪精衛發動「七一五」反革命政變後，人民通訊社停
止活動。

　　與人民通訊社同時期創建於武漢的還有血光通訊社，它創辦於 1926 年
12 月，隸屬國民黨湖北省黨部，是國共第一次合作的產物，初期領導權掌握
在中國共產黨人手中[1]。中共早期黨員錢介盤（錢亦石）曾兼任該社社長。其
名稱取「革命烈士之血，必將奪取革命的勝利，它將黑暗的世界改造成光明
的世界」之意。該社起初每日發稿 60 份，1927 年初增加到 200 份。1927 年
寧漢合流以後，經過改組繼續發稿，完全成爲國民黨的新聞機構，刊有反共
消息。

　　從創黨前夕到大革命時期，隨著革命形勢的發展，中國共產黨領導的通
訊社主要集中於上海、北京、武漢、廣州、哈爾濱等大中城市，總體數量不
多，各自存在時間也都不長，規模和影響有限。由於鬥爭環境的複雜多變，
這些通訊社當時的隸屬關係各不相同，除國民通訊社、愛群通訊社、勞動通
訊社等外，還有與共產國際代表團合辦、以國民黨地方黨部或以私人名義創
辦的情況，但實質上都是由中國共產黨人主要負責，是黨的事業的一部分。
限於當時的環境和條件，中共早期通訊社的組織機構和業務建設大多比較簡
單，工作人員不僅人數少，而且多爲兼職，發稿數量不多。作爲中國共產黨
的早期宣傳機構，通訊社不僅通過向報紙發稿宣傳革命形勢、工農運動等，
而且還爲中國共產黨人開展革命活動提供場所和身份掩護。此外，他們一般
都與革命報刊或進步報刊保持密切的聯繫，如中俄通訊社與上海《民國日
報》，勞動通訊社與北京《工人週刊》，國民通訊社與《熱血日報》，人民通
訊社與武漢《民國日報》等。1927 年大革命的失敗，使中國共產黨和中國革
命事業遭受了慘重的損失，在國民黨的高壓政策和殘酷迫害下，中共領導的
新聞事業（包括通訊社）幾乎損失殆盡，或被查封、改組，或被迫停刊、停
止活動，有些則由公開轉入秘密，在「地下」繼續進行革命鬥爭，宣傳中國
共產黨的政治主張。

1　據《武漢市志‧新聞志》，武漢大學出版社，1991 年版，第 229 頁。

第二節　土地革命時期的紅色中華通訊社

　　1927年大革命失敗後，中國共產黨所領導的人民革命鬥爭進入最艱苦的土地革命時期。由於國民黨當局的嚴酷鎮壓，共產黨辦的報刊和通訊社在國民黨統治區處境艱難，大多只能以各種方式秘密存在。而另一方面，中國共產黨緊緊依靠農民，在農村逐步建立起武裝力量和革命根據地，深入開展土地革命，使中國革命得以堅持和發展。1931年11月，中華蘇維埃第一次全國代表大會在中央革命根據地的中心江西瑞金舉行，選舉產生了同國民黨政權性質根本不同的工農民主專政的新型政權——中華蘇維埃共和國臨時中央政府。11月7日大會召開的當天，紅色中華通訊社（簡稱紅中社或紅色中華社）成立，這是中國共產黨在革命根據地創建的最早使用無線電臺對外播發新聞的通訊社，也是今天中國國家通訊社新華通訊社的前身。

一、紅色中華通訊社在中央蘇區創立

　　20世紀二三十年代，路透社、塔斯社、哈瓦斯社、同盟社等世界主要通訊社，以及國民黨中央社，都已開始使用無線電臺播發新聞，供報刊等媒體採用。中國共產黨雖然於1929年在上海建立第一部無線電臺，之後又先後在廣東、天津等地建立無線電臺，並且初步培養了一批無線電技術人才。但鑒於當時的革命形勢，黨的早期無線電工作也都是秘密進行的，因而並未用於通訊社業務。大革命失敗後，中共在國民黨統治區陸續建立了一些通訊社，其中以1931年春成立於上海的中國工人通訊社較有影響，當時發稿主要通過印發或寄送。

　　隨著井岡山等一系列革命根據地的創建，中國的工農革命力量開始轉入農村，在艱苦的戰爭環境和物資匱乏的條件下，根據地和紅軍部隊陸續創辦起一些革命報刊，中共領導的新聞事業由此獲得新的發展，這也使創辦以無線電臺播發新聞的通訊社逐漸成為可能。

　　毛澤東、朱德領導創建的贛南閩西根據地，是當時力量最強、影響最大的一塊農村革命根據地。1930年末至1931年初，紅一方面軍在第一次反「圍剿」戰鬥中，先後繳獲了兩件不同尋常的戰利品，這就是紅軍歷史上著名的「一部半電臺」。之所以有半部電臺之說，是因為在繳獲過程中，由於紅軍戰士不懂無線電臺的用途，把其中一部電臺的發報機部分砸壞了，只剩下收報機還可以用。這件事情反映到毛澤東那裡，他當即指示，各部隊打掃戰場時

必須十分重視裝備和器材，對於不懂的東西不得自行拆毀，必須妥送總部。[1]

第一次反「圍剿」的龍岡戰役結束後，剛剛從國民黨部隊加入紅軍的原電臺人員王諍、劉寅等，受到了毛澤東、朱德等紅軍領導人的接見。在毛澤東、朱德等的關懷和支持下，紅軍很快在江西寧都的小布組建了第一個無線電隊，王諍任隊長，馮文彬任政委。後來，中共中央又派伍雲甫、曾三、涂作潮從上海來到中央蘇區，加強了無線電隊的力量。當時，中央蘇區還專門開辦了無線電訓練班，培訓無線電通信技術人員。紅軍電臺的建立，為紅軍領導人及時瞭解國內外情況和敵軍動向，制定正確的作戰方針，提供了極大的便利。

隨著紅軍在戰鬥中繳獲敵人電臺數量的增多和無線電技術人員隊伍的壯大，紅軍部隊中的無線電通信聯絡逐漸建立起來。特別是 1931 年 5 月，紅軍在第二次反「圍剿」戰鬥中繳獲了一部功率為 100 瓦的大功率電臺。無線電技術人員通過這部電臺，與上海中共中央取得了通信聯絡。

紅一方面軍連續三次反「圍剿」鬥爭的勝利，使贛南閩西根據地得到鞏固和發展。與此同時，鄂豫皖、湘鄂贛、湘贛、湘鄂贛等根據地也都發展到相當規模。中共中央決定，以贛南閩西根據地為依託，建立蘇維埃中央政府。

1931 年 11 月 7 日至 20 日，中華蘇維埃第一次全國代表大會在瑞金葉坪村舉行，來自閩西、贛東北、湘贛、湘鄂西、瓊崖、中央等根據地，紅軍部隊，以及國民黨統治區的全國總工會、全國海員工會的 610 名代表出席大會。大會通過《中華蘇維埃共和國憲法大綱》《中華蘇維埃共和國土地法令》等一系列法律文件。選舉產生了 63 人組成的中央執行委員會，宣告了中華蘇維埃共和國臨時中央政府的成立。11 月 27 日，中央執行委員會舉行第一次會議，選舉毛澤東為中央執行委員會主席，決定中華蘇維埃共和國臨時中央政府設在江西瑞金。

為了報導大會的盛況，擴大中國共產黨和工農紅軍的影響，會議期間成立了紅色中華通訊社，並開始通過無線電臺對外播發文字新聞。當時的無線電文字廣播使用的是莫爾斯電碼，即通過人工擊鍵的方式將文字轉換成「滴滴答答」的無線電信號播發出去，收報的一方則通過收聽信號，將不同的「滴答」聲記錄成「點」或「劃」的符號，再把這些符號譯成可閱讀的文字。紅中社播發新聞使用的呼號為 CSR，即中華蘇維埃無線電臺（Chinese Soviet

---

1　劉寅：《紅軍電臺的誕生》，《新華社回憶錄》，新華出版社，1986 年版，第 4 頁。

Radio）的英文縮寫，這個呼號一直被新華社沿用 20 多年，直到 1956 年改用
漢字模寫廣播爲止。

圖 3-3　紅色中華通訊社電臺舊址（圖片來源：《新華社六十年》）

　　擔任紅中社新聞稿件編輯工作的，是在大會秘書處負責宣傳工作的王觀
瀾，他曾任閩粵贛特委代理宣傳部長、主編特委機關報《紅旗》，到中央蘇區
後曾協助王稼祥編輯蘇區中央局機關刊物《鬥爭》。

　　承擔無線電臺文字廣播工作的是紅軍電臺的技術人員王諍、劉寅、曾三
等。新聞廣播電臺設在離會場約七八十米遠的一戶老鄉家裏，土牆瓦房，堂
屋沒有窗戶，特地從後牆開了一扇窗，把天線伸出去高高地架到屋頂上。向
全國播發新聞的電臺，就是之前紅軍繳獲的那部功率爲 100 瓦的無線電臺。
在 11 月 7 日大會召開的當晚，便以紅色中華通訊社名義首次播發新聞，報導
了「一蘇」大會勝利召開的消息，「我們黨第一次越出了敵人的『銅牆鐵壁』，
向全國人民傳播了勝利的佳音」。[1]

　　紅中社的無線電廣播，衝破重重封鎖，把中華蘇維埃共和國成立的消息
傳遞出去，在國內引起了一定反響。

　　當時，中央蘇區的電臺已與上海的中共臨時中央建立了無線通信聯絡，

1　劉寅：《紅軍電臺的誕生》，《新華社回憶錄》，新華出版社，1986 年版，第 10～11 頁。

紅中社的新聞播發後，首先被上海中共中央機關刊物《紅旗週報》刊用。在11月27日出版的《紅旗週報》第24期上，刊登了兩條來自中央蘇區的新聞，分別是《中華蘇維埃第一次全國代表大會告全中國工人與勞動民眾書》和《中華蘇維埃共和國臨時中央政府對外宣言》。

在此期間，國民黨第26軍的中共地下組織，也抄收到紅中社播發的蘇維埃第一次全國代表大會的消息，他們從中瞭解了共產黨和蘇維埃政府堅決抗日和土地革命的主張，堅定了起義的決心。1931年12月，26軍在江西寧都起義加入紅軍，後來毛澤東還陪同起義將領一起參觀了紅中社。

二、紅中社新聞的傳播與影響

1931年12月11日，中華蘇維埃共和國臨時中央政府機關報《紅色中華》在江西瑞金創刊。剛剛誕生一個多月的紅色中華通訊社，遂與《紅色中華》報成為一個組織機構，對外一般稱紅色中華社或紅中社，也曾用過紅中通訊社等名稱。

臨時中央政府內務人民委員周以栗，兼任《紅色中華》主筆，他曾協助毛澤東創辦中央農民運動講習所，後任中共河南省委書記、中共中央長江局軍事部長、紅一方面軍總前委委員等，在中華蘇維埃第一次全國代表大會上當選為中央執行委員會委員。1931年12月18日出版的《紅色中華》第2期，刊登了《中華蘇維埃共和國中央執行委員會委任政府人員》的消息，其中包括周以栗任《紅色中華》主筆的任命。

《紅色中華》創刊時負責日常編輯工作的仍是王觀瀾。除他之外，紅中社最初的編輯人員還有楊尚昆的夫人李伯釗，她曾在莫斯科中山大學學習，1931年秋從閩西根據地到達瑞金，不久即被分配到《紅色中華》編輯部工作。

《紅色中華》創刊時為週刊，後先後改為三日刊、週三刊等。報紙為四開，除創刊號為兩個版外，一般四到八個版，最多時為十個版。在蘇區時由中央印刷廠鉛字印刷。《紅色中華》是中華蘇維埃臨時中央政府的機關報，中間有一段時間曾改為中國共產黨蘇區中央局、中國共產主義青年團蘇區中央局、中華蘇維埃中央政府、全總蘇區執行局合辦的中央機關報。《紅色中華》是中央蘇區發行量最大、影響面最廣的報紙，它的發行量最初為3000份，到1933年至1934年間增加到四五萬份，超過了當時在國內頗有影響的民營報紙《大公報》。

　　在出版報紙的同時，紅中社堅持每天對外播發文字新聞，先是通過中央軍委電臺，後來是通過蘇維埃中央政府電臺。由於發報能力有限，初期每天只能播發二三千字的新聞，後來逐漸增加。播發稿件的主要內容有：受權發布的中華蘇維埃共和國臨時中央政府的文件，包括聲明、宣言、通電、文告、法律、法規；革命根據地建設的新聞和紅軍部隊的戰鬥捷報；也播發一些根據電臺抄收的國民黨中央社等媒體新聞電訊選編的國民黨統治區消息和國際新聞。[1]紅中社播發的新聞，儘管傳播範圍有限，但其影響是深遠的。

　　隨著中央蘇區與各蘇區之間無線電聯繫的逐步建立，各地紅軍勝利的消息和蘇維埃政權建設等方面的新聞不斷彙集到紅中社，而紅中社播發的新聞也越來越多地被刊載到各蘇區的報紙上。當時的湘贛、贛東北、鄂豫皖、湘鄂西、川陝、閩浙贛等蘇區都有電臺抄收紅中社的新聞。目前，在《紅色湘贛》《紅色東北》《工農報》《紅色閩北》《紅色閩贛》《共產黨》《蘇維埃》《紅軍》《川北窮人》《少年先鋒》《戰場日報》等部分蘇區報刊上已陸續發現刊登的紅中社電訊 130 餘條。這些報紙大多為油印，新聞稿的電頭常注明為「紅色中華社電」或「紅中社電」。其中，1933 年 12 月 1 日出版的《紅色湘贛》刊登紅中社電訊 24 條，是迄今為止發現的刊用紅中社電訊最多的一期報紙。

　　紅中社播發的電訊還曾傳播到國民黨統治區甚至中國以外的區域。如從1931 年開始中央蘇區即通過電臺和在上海的中共臨時中央建立了無線電聯絡，紅中社播發的新聞「上海中央局是抄收的」[2]，當時的中共中央機關刊物《紅旗週報》上刊登的關於蘇區的材料，很多都是紅中社播發的。在天津的中共北方局也曾抄收紅中社電訊，新中國成立後，劉少奇在對胡喬木、吳冷西、朱穆之等人的一次談話中也曾提到：「過去我們在天津做秘密工作的時候，總要收聽塔斯社的新聞，收聽紅色中華社的新聞，並且還要油印出來。因為從這些新聞裏可以瞭解一些真實情況。那時帝國主義國家的記者也對紅色中華社的新聞非常注意，收到了就發新聞。」[3]中共在國民黨第十七路軍的地下電臺也曾抄收紅中社播發的新聞。另據史料記載，中共在蘇聯出版的《蘇維埃中國》一書和在巴黎出版的《救國時報》上，都曾刊載紅中社播發的新聞。此外，當時的一些外國駐華記者也曾接觸到紅中社新聞，並據此對外發稿。

1　新華通訊社史編寫組：《新華通訊社史》第一卷，新華出版社，2010 年版，第 11 頁。
2　任質斌：《回憶紅中社》，《新華社回憶錄》，新華出版社，1986 年版，第 14 頁。
3　新華通訊社史編寫組：《新華通訊社史》第一卷，新華出版社，2010 年版，第 71～72 頁。

　　紅中社擔負的另一重要任務，是抄收國民黨中央社及外國通訊社播發的新聞，編印成「參考消息」，提供給蘇維埃中央政府和紅軍領導人參閱。「參考消息」在江西瑞金編印時先後名爲《無線電材料》和《無線電日訊》，該刊爲油印，逐日出版，每期約 2～8 頁，發行量約四五十份。早在 1931 年 11 月，中華蘇維埃第一次全國代表大會在瑞金召開期間，紅中社和軍委電臺就曾向與會代表提供抄收到的國內外新聞，特別是國民黨在南京召開的第四次代表大會的相關消息。紅中社成立初期，抄收和播發新聞均由軍委電臺兼爲承擔，1933 年 5 月，成立了專門抄收新聞電訊的新聞臺。新聞臺行政領導歸中央軍委，業務領導歸紅中社，負責人先後爲岳夏、黃樂天。「這部新聞電臺可稱是我黨我軍的第一部新聞電臺」[1]，其任務是抄收國民黨中央通訊社每天播發的電訊，直接送紅色中華社，由該社譯電員李柱南很快譯成中文，然後油印出來，送給中共中央、中央軍委負責同志參閱。

　　紅中社還非常重視培養工農通訊員和建立通訊網的工作，曾建立專門負責與通訊員聯繫的通訊部，並出版了指導通訊員寫作的新聞業務刊物《工農通訊員》。對於通訊員來稿，如不採用，及時退稿，並說明不登載的理由，有時還給通訊員寄發紀念品，從而保護和調動了通訊員的積極性。1933 年 5 月 2 日，《紅色中華》報 75 期第四版上刊登了題爲《告通訊員同志》的一封信，信中指出通訊工作中需要注意和改進的問題，要求「把通訊工作健全起來，使我們的通訊員成爲一支有力軍隊，在各地參加和領導實際鬥爭，把各地消息像電一樣快的反映到紅色中華上面來。」[2]這封信的結尾署名爲「紅中通訊社」，這是目前發現的最早以「紅中通訊社」署名的文獻史料。在編輯部的努力下，前線的紅軍指戰員，蘇維埃中央政府機關和團體的工作人員，後方的青年工人和農民，都踴躍向紅中社投稿，報告基層的最新消息和工作經驗。紅中社的通訊員網在 1933 年底已初具規模，到 1934 年時，通訊員隊伍已發展到近千人。

　　中共中央、蘇區中央局和蘇維埃中央政府的領導人對紅中社工作非常重視。中央政府主席毛澤東對紅中社工作經常「親自過問」，「他每天都到編輯部來看消息，對工作要求很嚴格」[3]。在《紅色中華》創辦初期，時任中央政

1　岳夏：《我黨我軍的第一部「新聞電臺」》，《新華社回憶錄》，新華出版社，1986 年版，第 22～23 頁。
2　《紅色中華》，1933 年 5 月 2 日。
3　李伯釗：《我的回憶》，《李伯釗文集》，解放軍出版社，1989 年版，第 242 頁。

府副主席的項英曾管過一段報紙的工作。博古、張聞天、周恩來等領導同志也經常指導和過問報社的工作，爲《紅色中華》撰寫社論、專論。當紅中社記者前往採訪時，他們都熱情接待，耐心回答記者提出的問題或提供材料。

紅中社這個報紙和通訊社合一的新聞機構，是在土地革命戰爭時期艱難困苦的條件下創建和發展起來的。1931 年至 1934 年間，曾在紅中社工作過的負責人或編輯人員，除以上提到的周以栗、王觀瀾、李伯釗外，還有梁柏臺、李一氓、楊尚昆、沙可夫、任質斌、徐名正、韓進、賀堅、瞿秋白、謝然之等。紅中社的工作人員，初期僅有兩三個人，最多時曾達到十餘人。

三、紅中社在陝北恢復廣播和更名新華社

1934 年，由於黨內「左」傾錯誤的進一步發展，紅軍在第五次反「圍剿」鬥爭中遭受重大損失和傷亡。這年 10 月，中共中央和中央紅軍主力踏上了戰略轉移的征途，開始了著名的長征。留下的部分紅軍部隊和黨政工作人員，在項英、陳毅等領導下，在中央根據地堅持鬥爭。

時任紅中社負責人的瞿秋白，留在中央蘇區，任蘇區中央分局宣傳部長。在他的領導下，《紅色中華》報繼續出版，編輯有韓進、賀堅等。報紙仍爲鉛印。由於環境惡化，報紙刊期加長，數量減少，最後僅印有兩三千份。紅軍主力長征後，《紅色中華》報在中央蘇區堅持出版約 4 個月，共 24 期。

1935 年 2 月，瞿秋白在一次轉移突圍中被俘。這年 6 月 18 日，在福建長汀西門外就義，犧牲時年僅 36 歲。曾任紅中社主筆的周以栗，還有曾任紅中社秘書長的徐名正，也先後在蘇區犧牲。

紅軍開始長征後，原擔任播發紅中社新聞的蘇維埃政府電臺及其人員隨軍長征，紅中社的新聞廣播暫時停止，但紅軍電臺的抄報工作仍繼續進行。紅中社工作人員除留在中央蘇區堅持鬥爭的瞿秋白等同志外，還有一部分人被調到部隊，隨軍長征。

1935 年 10 月，紅一方面軍抵達陝甘根據地。11 月初，中共中央政治局在下寺灣召開常委會議，決定在陝北成立中華蘇維埃共和國臨時中央政府西北辦事處，同時成立了中國工農紅軍西北革命軍事委員會。11 月 7 日，中共中央機關到達陝甘根據地的中心瓦窯堡。

1935 年 11 月 25 日，紅中社文字廣播與《紅色中華》報在瓦窯堡同時恢復，廣播呼號仍爲 CSR；同時，繼續抄收國民黨中央社的電訊，出版參考刊

物《無線電日訊》。擔任紅中社負責人的，是時任中華蘇維埃共和國臨時中央政府駐西北辦事處秘書長的任質斌，他在瑞金時期曾任紅中社秘書長，後調到紅軍第九軍團政治部並參加了長征。紅中社的專職編輯人員有白彥博等，譯電員是在瑞金就擔任紅中社譯電工作的李柱南。

此時的紅中社，同長征前在瑞金時一樣，仍同時兼負通訊社與報社的任務。紅中社文字廣播任務由軍委三局二分隊承擔，隊長陳士吾，報務主任申光。發報機是陝北紅軍在戰鬥中繳獲的，功率為 50 瓦。

《紅色中華》復刊後，報頭仍署為「中華蘇維埃共和國中央政府機關報」。因為沒有鉛印機，這一時期的《紅色中華》為油印，西北辦事處的油印科負責報紙刻鋼板、印刷等工作。由於尚不知道瞿秋白等同志在中央蘇區繼續編輯出版《紅色中華》報的情況，《紅色中華》復刊時仍接續了長征前的期碼，為第 241 期。這也使得《紅色中華》歷史上出現了若干刊期相同，內容和出版地卻完全不同的兩個版本。

1936 年春，任質斌調到紅軍總政治部，紅中社工作由向仲華接替。當時，紅中社與《紅色中華》報是同一個組織機構，地址在陝北瓦窯堡。由於人員很少，經常是白天採訪搜集材料，晚上編寫刻印，比較緊張。[1]

隨著軍事鬥爭的不斷勝利和抗日民族統一戰線工作的開展，紅中社的工作條件逐漸改善，工作內容也逐漸增多。1936 年 7 月初，中共中央、蘇維埃中央政府由瓦窯堡遷往保安，紅中社隨之遷至保安。

1936 年 10 月，中國工農紅軍第一、二、四方面軍在西北勝利會師，完成了跨越十幾個省、總行程達數萬里的長征。與此同時，紅中社也迎來了新生力量。首先是紅軍第一、四方面軍新聞臺合併，抄收電訊的工作大大加強。接著，在周恩來的干預下，被張國燾關押的廖承志等人獲釋。12 月，廖承志抵達保安，參加了紅中社工作。

廖承志曾在日本、德國、蘇聯等國學習、工作、生活過，通曉幾種外語，在長征途中，紅四方面軍新聞電臺曾抄收到一些外國通訊社的電訊，他與一起被張國燾關押的羅世文、朱光，曾擔任這些外文電訊的翻譯工作。

紅中社當時由中華蘇維埃中央政府西北辦事處領導，時任西北辦事處主席的博古親自主持召開了紅中社工作會議，決定由廖承志負責翻譯全部國外

1　向仲華：《新華社的初創時期》，《新華社回憶錄》，新華出版社，1986 年版，第 34～35 頁。

電訊；向仲華負責國內報導，每天發 2000 字廣播稿，同時負責編輯《紅色中華》報；李柱南負責全部中文譯電。

1936 年 12 月，發生了震驚中外的西安事變。張學良、楊虎城為停止內戰、一致抗日，在多次進諫蔣介石無效反遭斥責後，被迫在西安扣留了蔣介石，實行「兵諫」。事變發生後，周恩來等作為中共中央代表於 12 月 17 日飛抵西安，參加了和平解決西安事變的談判工作。

為加強中國共產黨在西安的宣傳工作，12 月 19 日，周恩來致電毛澤東、博古：「決定在西安設紅中通訊社，請注意廣播宣傳，並將所有公開電報、信件及宣傳品均用廣播發出，布置發報散佈（播）時有補（充）者亦編入。」[1]

西安的紅中通訊社，即紅中社西安分社，是新華社歷史上第一個分社。它的主要任務是向西安各報社和社會團體印發紅軍駐西安辦事處電臺抄收的陝北紅中社新聞和我黨文告、宣言等。西安分社的負責人為時任中共陝西省委宣傳部部長的李一氓，工作人員有陳克寒、陳養山和布魯（陳泊）。1937 年3 月，隨著李一氓、陳克寒等先後離開西安，西安分社的工作也即停止。

1937 年 1 月中旬，紅中社隨中共中央機關從保安遷駐延安，初期社址在延安城內南大街，一座天主教堂的斜對面。此時，為適應全國抗日民族統一戰線的新形勢，中央決定，紅色中華社改名為「新中華社」，簡稱「新華社」，《紅色中華》改名為《新中華報》。通訊社和報紙仍是一個組織機構。社長由博古兼任。紅中社西安分社亦更名為新華社西安分社。

1 月 29 日，《新中華報》在延安出版，此時仍接續了原來《紅色中華》報的期碼，為第 325 期。報紙仍注明為蘇維埃中央政府機關報，油印出版。這一期的《新中華報》，在頭版頭條位置刊登了一篇新聞稿，題為《和平解決有望，前線無大動作，紅軍力求和平》，末尾署名為「新華社二十五日」。這篇稿件報導了蔣介石被釋放回南京後，國民黨中央軍同東北軍、十七路軍的對峙有所緩和的情況。這是至今見到的以新華社名義播發的最早的一條消息。

同一天的《新中華報》第二版還刊登了新華社 1 月 27 日發的一條消息，題為《紅軍堅持和平統一救亡禦侮之政策　聞土地政策亦將有改變》，強調了紅軍堅持抗日民族統一戰線的堅定立場。

當時，新華社是延安獲取國內外新聞信息的主要來源，除繼續抄收國民黨中央社的新聞外，新聞臺已可以抄收到不少外國通訊社的電訊，如日本同

---

1 新華通訊社史編寫組：《新華通訊社史》第一卷，新華出版社，2010 年版，第 110 頁。

盟社、法國哈瓦斯社、蘇聯塔斯社、美國合眾社、德國海通社等。這些消息不斷匯總到新華社，再從這裡被編印成供中央參考的內部刊物，同時提供給報紙和通過無線電臺對外播發消息。

從 1931 年 11 月在江西瑞金成立，到 1937 年 1 月在延安更名爲新華社，紅中社走過了一段艱難的歷程。它的組織機構非常簡單，工作人員也很少，通訊社與報紙合爲一個編輯部。紅中社負責人經常還同時兼任其他職務，工作十分繁忙。而通訊社與黨報共一個組織機構，依託黨報而成長壯大，這是革命戰爭年代新華社歷史發展的一個重要特色，後來在延安初期以及戰爭年代新華社地方分社的發展也都是如此。從紅中社到新華社，只是名稱變了，組織機構和人員沒有變，工作性質和內容也沒有變，紅中社播發新聞使用的呼號「CSR」，新華社一直沿用到 1956 年。紅中社這段歷史，反映了新華社事業從無到有、從小到大、從弱到強的發展歷程，因而它是新華社歷史不可分割的一部分。

第三節　全面抗戰時期的新華通訊社

全面抗戰時期是新華社歷史發展的一個重要階段。在這個時期，新華社對組織機構進行了調整，與《新中華報》分開成爲獨立的組織機構，辦起了抗戰時期的參考報紙《今日新聞》，與中共中央機關報《解放日報》並肩戰鬥；宣傳報導內容豐富，宣傳了中國共產黨的抗日綱領和各項政策主張，報導了中國人民英勇抗戰的事蹟和巨大貢獻，揭露了日本侵略者的罪行和反映敵後根據地軍民的戰鬥事蹟；報導業務獲得迅速發展，抄收世界上重要國家通訊社的電訊廣播，逐步統一了各抗日根據地的新聞廣播，同時在各抗日根據地形成了強大的通訊網。來自各地的新聞信息每天源源不斷地匯總到延安新華總社，又從這裡通過電波發往全國和世界。

一、新華社機構的調整

抗日戰爭時期，新華社先後經歷了與《新中華報》的合與分，與《解放日報》並肩戰鬥的歷程，新華社的組織機構進行過多次調整，幹部隊伍不斷壯大，爲以後的發展奠定了基礎。

「七七事變」之後，隨著抗戰形勢的迅速發展，新華社擔負的任務也越來越重。由於原來聯合組織的形式已不適應黨的宣傳工作，1939 年 2 月，

中共中央決定新華社與《新中華報》分開，單獨成立組織機構，直接歸中央黨報委員會領導，至此結束了「報、社一家」的歷史。向仲華任新華社社長，李初梨任《新中華報》主編。新華社的辦公地點曾於 1938 年春從延安城內遷到清涼山，此時又與《新中華報》編輯部一起搬到了楊家嶺。楊家嶺是中共中央所在地，毛澤東等中共領導人也住在這裡。

1939 年 6 月，新華社進一步調整組織機構與增加人力，分別設立了編輯科、通訊科、和譯電科。社長向仲華兼任編輯科科長，譯電科科長李柱南，新聞科科長楊逢春。這時，新華社的組織已略具雛型，不僅有翻譯部門，而且有了自己的編輯採訪部門，有自己的通訊記者網和分社組織，也有能保證需要的印刷機構。它的業務主要包括收發編譯電訊、編印《今日新聞》、及時反映重大事件輿情和撰寫評論等。毛澤東對新華社收譯電訊的工作非常重視，多次批示新華社要重視搜集和反映國內外重要情況。[1]

1941 年春，中共中央作出籌備出版黨中央機關報《解放日報》的決定，同時對延安原有部分報刊作適當調整。5 月 15 日，毛澤東為中共中央書記處起草關於出版《解放日報》和改進新華社事業的黨內通知，全文為：「5 月 16 日起，將延安《新中華報》《今日新聞》合併，出版《解放日報》，新華通訊社事業亦加改進，統歸一個委員會管理。一切黨的政策，將經過《解放日報》與新華社向全國宣達。」[2]5 月 16 日，中國共產黨在革命根據地的第一張大型日報延安《解放日報》正式創刊，毛澤東為報紙題寫報名，並撰寫了發刊詞。

此時，新華社也由楊家嶺遷至清涼山，與解放日報社一起，統歸以博古為首的編委會管理。新華社社長向仲華參加編委會。不久，向仲華調走。博古於 1941 年至 1946 年間擔任解放日報社社長兼新華社社長。重上清涼山後，新華社機構又作了調整，下設翻譯科和廣播科，丁拓和陳笑雨分別擔任兩科科長，原通訊科及人員併入解放日報社。兩社行政後勤機構是合一的。

新華社與《解放日報》在業務上各自獨立又緊密聯繫：新華社抄收的大量中外電訊和分社來稿首先提供《解放日報》採用，而《解放日報》刊登的很多重要消息和文章，則由新華社對外廣播。解放日報社記者，同時也是新華社記者。記者下去採訪，介紹信往往以解放日報社和新華社兩社的名義開出。

---

1 新華通訊社編寫組：《新華通訊社史》第一卷，新華出版社，2010 年版，第 125 頁。
2 《毛澤東新聞工作文選》，新華出版社，2014 年版，第 72 頁。

抗日戰爭中後期，根據業務發展需要，新華社先後增設英文廣播部、電務科等機構，廣播科後來改組爲編輯科，人員不斷增強。

圖 3-4　延安清凉山新華社和解放日報編輯部窰洞
（圖片來源：《新華社 80 年輝煌歷程》）

二、新華社報導業務的發展

全面抗戰時期，新華社的規模和業務不斷擴大，在各方面工作都取得了重大發展和進步。

（一）外文翻譯工作的改進和加強

新華社的國際新聞報導主要靠抄收和編譯外國通訊社的電訊。這些來自國外通訊社的消息是中共中央和根據地軍民瞭解國際形勢的重要渠道。

蘇德戰爭爆發後，由於形勢發展需要，新華社逐漸加強了電臺抄報和翻譯人員的力量，以便隨時報導戰局的進展情況。在副社長吳文燾及有關人員的努力下，新華社很快建立了外文翻譯的校對制度。校對制度的建立，使新華社外電翻譯工作有了顯著改進，減少了新聞的錯漏現象。隨著抗戰形勢的發展，新華社在中共新聞宣傳中的地位和影響也與日俱增。毛澤東曾指出：「中央瞭解國內外情況，有許多來源，但主要還是靠《解放日報》和新華社。」[1]

（二）不斷提高編輯工作水平

隨著抗戰形勢的發展，新華社新聞廣播在中國共產黨的新聞宣傳中的地

1　王敬主編：《延安〈解放日報〉史》，新華出版社，1998 年版，第 54 頁。

位不斷提高，編輯工作的重要性日益顯現。經過努力，新華社播發的稿件逐漸形成了嚴謹規範、通俗流暢、簡潔明快的文風和特色。在編發稿件的同時，廣播科的編輯人員平時還注意積累材料，培養對國際國內事件及其發展動向的觀察分析能力，撰寫述評稿件。根據中共中央和新華社領導的指示精神，廣播科還在加強對各抗日根據地新華分社的業務指導和聯繫等方面發揮了積極作用，開展了一系列工作。到抗日戰爭勝利時，新華社每天播發的稿件已超過一萬字。

（三）參考報導發展的新階段

新華社參考報導業務也始於紅中社時期。到延安後，新華社參考刊物的名稱先後爲《無線電日訊》《今日新聞》《參考消息》等。《解放日報》創刊後，新華社抄收的中外電訊有些不適合公開發表、但有重要參考價值的須專門提供給中央領導及有關同志參閱，因此恢復了《參考消息》的出版。1942 年 12 月 1 日，新華社和《解放日報》社合編的《參考消息》鉛印第一號在延安創刊，由《解放日報》和新華社共同編輯。

《參考消息》作爲專供中共中央領導幹部參閱的材料，版面較之前的參考報導大大壓縮，從《今日新聞》時期的四開兩版壓縮爲小十六開的兩頁紙，每期不到 4000 字。《參考消息》上刊登的稿件，大部分都是新華社抄收的當時不宜公開發表的電訊，其中有很多德國海通社和日本同盟社等法西斯國家通訊社的電訊，報導內容多爲歐洲、非洲、亞洲戰場消息，還曾刊登《希特勒致貝當函全文》《墨索里尼演說全文》等，具有很強的參考性質。

隨著形勢的進一步發展，《參考消息》上刊登的稿件內容也日漸豐富起來。除海通社、同盟社外，路透社、合眾社、塔斯社、美國新聞處、英國官方通訊社等外國通訊社的電訊，以及國民黨中央社和國民黨統治區一些報刊上刊登的消息等，都越來越多地出現在《參考消息》上。內容主要是國內外大事，也有戰報新聞。《參考消息》在刊登這些電訊時，內容基本保持原文不變，標題處理體現以我爲主的風格，具有很強的參考性。

《參考消息》上也刊載少量新華社播發的電訊，如 1944 年 7 月 28 日《頑軍不斷騷擾淮北根據地》（新華社華中十八日電）等。

延安時期，《參考消息》無論在印製規模和質量，還是在發揮參考報導職能和作用等方面，都取得了長足的進步，爲新華社參考報導以後的發展奠定了基礎。

（四）開創口語廣播事業

1940 年，中共中央決定籌建口語廣播電臺。承擔具體建臺任務的是軍委三局 9 分隊。1940 年 12 月 30 日，延安新華廣播電臺開始播音，呼號為 XNCR。這是中國共產黨領導的第一座廣播電臺，它標誌著中國人民廣播事業的誕生。

延安臺編制屬軍委三局，業務歸新華社，廣播稿由新華社廣播科供給。延安臺開始時每天播音 1 次 2 小時，後增至 2 次 3 小時和 3 次 4 小時。播音內容有：中共中央重要文件、《新中華報》《解放》週刊和《解放日報》的重要社論和文章、國際國內的時事新聞、名人講演、科學常識、革命故事等，此外還有音樂戲曲節目，主要是演播抗日歌曲。

1941 年 12 月 3 日，延安臺開辦了日語廣播，對象主要為侵華日軍。廣播的主要內容是揭露和瓦解敵軍，闡明中國人民抗日戰爭的正義性和日本侵華戰爭的非正義性，號召日軍起來反戰。

1943 年 3 月，由於設備故障延安臺不得不停止播音。延安臺的廣播打破了國民黨當局的新聞封鎖，產生了較大影響，對於推動抗日戰爭勝利起到了一定作用，並且從實踐中培訓了人民廣播的第一批編播、技術人員，奠定了人民廣播事業的基礎，為 1945 年 8 月延安臺恢復廣播準備了必要的條件。

（五）早期的對外宣傳工作及創建英文廣播

1944 年 8 月，新華社英文廣播部在延安成立，英播部主任由吳文燾兼任。8 月 8 日，開始試播英文文字廣播，9 月 1 日正式開播，定向美國舊金山，呼號為 CSR DE XNCR。這是中國共產黨領導的新聞機構第一次使用無線電通信技術向國外播發英文新聞。英文廣播創建初期，每天廣播兩次，每次一個半小時至兩個小時，共合打字紙 5～8 頁，相當於中文 1800～3000 字左右。新華社英文廣播雖然信號較弱，傳播範圍有限，但在國外產生了一定的影響。經過英播部及有關工作人員的不懈努力，新華社英文廣播的業務不斷改進，規模擴大，逐步發展成為中國共產黨領導的對外宣傳中的一支主力軍。

（六）建設新華社通訊網

延安時期，新華社逐步發展通訊員工作。1939 年 3 月 11 日，中共中央書記處發出關於建設《新中華報》的邊區通訊網的通知。10 月 1 日，新華社在延安中央大禮堂組織召開了通訊員大會。12 月 1 日，新華社通訊科創辦的新

聞業務刊物《通訊》創刊號出版，毛澤東爲該刊題寫刊頭。此後，新華社不斷加強對通訊員的業務指導，推進通訊員工作的開展。1940 年 6 月，延安《新中華報》也參加了《通訊》編委會，《通訊》從此成爲新華社、《新中華報》和青年記者學會延安分會三家聯合編輯出版的新聞業務刊物。

1942 年春開始，《解放日報》先後在延屬、綏德、三邊、隴東、關中五個分區設立了常駐通訊處。一批青年記者被派往各分區通訊處工作。通訊員工作得到進一步加強。新華社各地分社也積極發展通訊員隊伍。

至抗日戰爭結束，遍布各解放區的新聞通訊網已初步形成。延安時期通訊員隊伍的成長壯大，爲黨的新聞事業進一步發展奠定了堅實的基礎。很多當年的通訊員後來都逐漸成爲新聞戰線的骨幹力量。

（七）新聞廣播的統一和加強分社管理

隨著抗日戰爭的進行，敵後根據地新聞事業蓬勃發展，各地相繼成立了一些新華分社和地方性通訊社組織，通訊工作空前活躍。

1941 年到 1942 年，中共中央多次發出指示，要求各中央局、中央分局、省委和區黨委加強對宣傳工作的領導，並指出各地通訊社「應同延安新華社直接發生通訊聯繫，並一律改爲新華社某地分社」，各地報紙「應經常發表新華社廣播」。[1]根據中央的要求，新華社採取具體措施，加強了對各地新華分社的業務指導和管理，逐步把具有全黨、全軍和全國性質的重大新聞的發布權集中到總社，統一了各根據地的新聞廣播。這是新華社事業發展上的重大轉折，加強了新華社在黨的宣傳系統中的重要地位和作用。

1941 年 7 月建成了通報臺，它的成立爲加強總社與分社的聯繫，指導分社業務，建立統一的發稿網絡奠定了基礎。

1943 年後，新華社把加強分社建設提到經常性的議事日程。1945 年 3 月 4 日新華社致電各分社並各地黨委，提出了加強分社建設的具體意見。通電發出後，敵後抗日根據地各新華分社的組織建設和業務建設進一步加快。

三、戰鬥在敵後的新華分社

在抗日戰爭中，除陝甘寧邊區外，中國共產黨領導的八路軍、新四軍，挺進敵後，創建了一批抗日民主根據地。根據地的地方黨組織、軍隊等先後出版了自己的報紙刊物，新華社地方分社也開始在各地建立起來。地方分社

---

1 新華通訊社編寫組：《新華通訊社史》第一卷，新華出版社，2010 年版，第 209 頁。

基本上是與當地黨報合在一起的，組織上附屬於報社，業務上與延安總社發生關係，分社社長多由地方黨報的社長或總編輯兼任。當時的地方分社，主要有：

華北總分社，成立於 1941 年初，社長先後爲何雲、陳克寒。前身爲 1939年 10 月成立的華北分社，也曾稱晉東南分社。華北總分社與中共北方局機關報《新華日報》（華北版）機構合一。1943 年《新華日報》華北版改爲太行版，新華社華北總分社亦改爲新華社太行分社。分社負責人先後爲蔣慕岳（江牧岳）、安崗、史紀言。

晉冀豫分社，1941 年 7 月成立，由原民族革命通訊社上黨分社改建而成。同時也是中共晉冀豫區黨委的機關報《晉冀豫日報》的記者部。社長先後爲安崗、何微。1941 年 12 月，併入華北總分社。

晉西北分社，1942 年 7、8 月間在山西興縣高家村成立，社長郁文兼任《抗戰日報》採訪通訊部副主任。

太岳分社，1942 年 3 月 1 日在《太岳日報》通聯科基礎上組建，由中共太岳區黨委直接領導。社址位於山西省沁源縣閻寨村西嶺。金沙任分社社長。1944 年春，《太岳日報》準備改爲《新華日報》（太岳版），區黨委決定分社和報社合署辦公。由《新華日報》（太岳版）社長、總編輯魏克明兼任分社社長，何微任副社長。

晉察冀分社，1945 年 6 月成立，中共晉察冀分局宣傳部長胡錫奎任分社社長。分社下轄冀晉、冀察、冀中三個支社。晉察冀分社的前身爲 1939 年成立的晉察冀通訊社，後併入北方分局機關報《抗敵報》和《晉察冀日報》，以新華社晉察冀分社名義向延安發稿。

冀中分社，前身爲冀中通訊社。1941 年冀中通訊社與延安新華社取得通報聯繫，並改爲新華社冀中分社。《冀中導報》社長范瑾兼任分社社長。1945年在新華社晉察冀分社領導下，改稱新華社冀中支社。

山東分社，1941 年 6 月成立，前身爲大眾通訊社。分社社長由山東分局宣傳部長兼《大眾日報》社長李竹如兼任，1942 年春由陳沂接任。山東分社始終與大眾日報社一起，分社就是報社的通訊部，分社、報社一家。分社在山東抗日根據地先後建立起膠東、渤海、魯中、魯南 4 個支社，在各縣建立了通訊員制度。

華中分社，1942 年 9 月江蘇阜寧成立，與華中局和新四軍軍部機關報

《新華報》同屬一個機構。范長江任分社社長。先後建立淮北支社（主任張景華，1944 年後負責人先後為莊方、唐為平）、蘇南支社（主任戈揚）、蘇中分社（社長謝冰岩）、淮南分社（社長先後為唐為平、於毅夫，1944 年後為包之靜）、蘇北分社（社長戈揚）、浙東分社（社長於岩）、皖中南分社（即皖江分社，社長舒文）等。蘇南支社因戈揚離去而停辦。淮北支社不久改稱淮北分社。1945 年 3 月，華中分社升格為華中總分社。

　　隨著抗日根據地對外宣傳的統一，各地新華分社的建設逐步走向正軌。在當地中共黨組織的領導和總社的指導下，新華分社的業務發展很快，影響和作用日益加強。其中，山東、華中等分社的建設初具規模，報導業務也開展得比較好。各地分社在接受來自新華總社的業務指導的同時，自己也以多種方式開展業務研究活動。如在整風運動中各地分社普遍認真檢討在新聞寫作上的八股文風等陋習，努力創立新的文風。各地分社和支社非常重視建立通訊網的工作。晉察冀和華中各分社依靠當地中共黨組織，在各級機關成立了通訊小組。一些分社舉辦通訊工作會議，交流經驗，在新聞業務和新聞理論方面給通訊員以具體指導。

　　敵後環境是異常殘酷的，在日偽軍隊頻繁的「掃蕩」和「清鄉」中，新華社地方分社的新聞工作者，堅持在戰火中採寫新聞和收發電訊，很多同志獻出了寶貴的生命。在山東地區，1941 年冬，日軍調集 5 萬兵力，向沂蒙山根據地進行歷時 70 多天的大規模殘酷「掃蕩」。11 月 30 日，新華社山東分社的戰時新聞小組 28 人在向魯中蒙山西南轉移途中，遭敵襲擊，郁永言等 20 多人在戰鬥中壯烈犧牲。在太行，1942 年 5 月下旬，日軍以 3 萬之眾對太行山區八路軍首腦機關所在地實行所謂「鐵壁合圍」，瘋狂「掃蕩」，戰鬥持續到 6 月 5 日結束。在這次反「掃蕩」鬥爭中，《新華日報》華北版和新華社華北總分社何雲等 40 多人為國捐軀。在晉察冀根據地，《晉察冀日報》和新華社晉察冀分社共有安適等 30 餘名記者、編輯和工作人員在反「掃蕩」戰鬥中犧牲。據不完全統計，新華社在抗日戰爭時期犧牲的烈士共有 110 餘人，其中絕大部分都是戰鬥在敵後抗日根據地的地方分社的人員。

四、延安整風中的《解放日報》和新華社

　　1942 年 3 月，中共中央宣傳部發出《為改造黨報的通知》，要求根據毛澤東整頓三風的號召來檢查和改進報紙。根據中共中央的指示和有關精神，《解放日報》和新華社開始整風運動。《解放日報》改版成為整風的重要組

成部分，改版工作在中共中央直接領導下，在毛澤東具體指導下進行。

　　1942 年 4 月 1 日《解放日報》發表了社論《致讀者》，被認爲是改版的宣言，標誌著改版的開始。這篇社論從黨性、群眾性、戰鬥性和組織性四個方面檢查了報紙的缺點，提出報紙「要貫徹黨的路線，反映群眾情況，加強思想鬥爭，幫助全黨工作的改進」。[1] 改版以後，《解放日報》很快改變了過去重國際、輕國內的脫離實際、脫離群眾的做法，體現了以我爲主的宣傳方針。《解放日報》的改版，帶動了各個抗日根據地、各級黨報和軍報的改版。

　　與《解放日報》戰鬥生活在一起的新華社，也進行了一系列的新聞改革，不僅在報導及文風方面有了很大的改進，而且在辦社方針、管理制度、幹部隊伍培養等方面，都取得了很多成功的經驗。

　　在改版過程中，還確立了中國共產黨新聞事業的基本原則、方針和工作方法，奠定了中國無產階級新聞學理論的基礎。此次改版，在中共新聞史上具有里程碑性質，並帶來深遠的影響。

圖 3-5　博古（原名秦邦憲，1907～1946）
（圖片來源：《新華社 80 年輝煌歷程》）

五、通訊技術工作的改進

　　新華社早期的通訊技術人員歸屬於軍委三局，業務上則由新華社和軍委三局共同領導。1943 年 6 月，新華社成立電務科，科長張可曾，下轄新聞臺和通報臺。此後，通訊技術人員的編制劃歸新華社。

1　新華通訊社編寫組：《新華通訊社史》第一卷，新華出版社，2010 年版，第 230 頁。

（一）收訊工作的加強

1937 年初，新華社只有兩部三燈機，其中一部抄收國民黨中央社的文字廣播，另一部抄收同盟社和哈瓦斯社的部分廣播。七七事變後，新華社的收報機增加到五部三燈機，於是增抄了意大利斯蒂芬尼社、倫敦路透社和馬尼拉合眾社的新聞。汪精衛投降日本及後來在南京建立傀儡政權後，又增抄了汪僞政府中華社的新聞。

1941 年 6 月，新聞臺遷到清涼山，改變了過去稿件傳送困難的情況，大大加快了國際新聞編發的時效。器材方面，軍委三局又把新華社用的三燈機大部分換成了四燈機，數量從 6 部增加到 10 部，收訊情況大爲改善。

新聞臺的發展壯大，是和國際形勢風雲突變、國內革命勢力的發展同步前進的。每逢五一節和十月革命節，新聞臺總要抄收斯大林演講的新聞。當時的新華社副社長吳文燾總是要到電臺來，將重要新聞及時報告黨中央。

（二）廣播業務的拓展

新華社文字廣播的發報任務一直是由軍委三局承擔的。全面抗戰初期，發報任務由三局 55 分隊負責。發報機的功率是 100 瓦，呼號爲 QST DE CSR。發稿量每天約 2000 多字。

1938 年 11 月，新華社文字廣播轉由軍委三局 120 分隊發報。1939 年 8 月，新華社文字廣播任務轉由軍委 10 分隊負責。

1940 年，中共中央決定籌建口語廣播電臺，軍委三局成立 9 分隊，著手籌建延安新華廣播電臺。延安新華廣播電臺於當年 12 月 30 日開始廣播。1943 年春停播。

1941 年 6 月，新華社文字廣播改用 500 瓦發射機，該機是由軍委三局材料廠克服困難，自力更生裝配成的，機殼是木結構的。1942 年，又增加一部 100 瓦的發射機，發報由每天 4 小時增加到 6 小時。

1944 年夏，爲了開展對外英文文字廣播工作，在英國友人林邁可的幫助下，軍委三局的工作人員經過多次研究和試驗，進行發報設備改裝和架設天線等工作。兩個多月後，最早曾用於新華社口語廣播的那部已破損的發射機被修好了，定向美國舊金山的天線也架了起來。新華社英文文字廣播於 9 月 1 日正式開播。

1945 年，抗日戰爭勝利，中央決定盡快恢復新華社口語廣播。這時，廣

播電臺的機房已遷到延安西北 10 多公里的鹽店子村寨子峁山上。這裡距離三局機關所在地——裴莊只有兩公里。寨子峁高約 50 米，山頂上一間平房被用做發射機房。山腰中的幾排窯洞，有的做播音室，有的做宿舍。經過 9 分隊的日夜奮鬥，1945 年 9 月 11 日，延安新華廣播電臺經過 20 多天試播後終於正式恢復播音。

這樣，新華社對外發布新聞的渠道，擁有中文文播、中文口播和英語文播三種形式。

（三）通報臺的建立與發展

1941 年 5 月，中共中央發出關於統一各根據地對外宣傳的指示。當時博古向中央提出建立自己的通報臺，加強總社與分社間的工作聯繫和業務指導。

在軍委三局的積極支持下，這年 7 月，建立起新華社第一個通報臺，地點設在清涼山的山腰。通報臺的聯絡對象有：華北新華分社（CSR1），華中新華分社（CSR2），晉綏新華分社（CSR6），晉察冀新華分社（CSR4），山東新華分社（CSR8）。通報臺的任務是，負責與各抗日根據地的新華分社進行通訊聯絡，一方面爲文字廣播稿給各地新華分社補漏糾錯，另一方面抄收各分社的來稿，並向各分社發報導提示和業務通報。

隨著新華社事業的發展，1942 年底建立起第二個通報臺。聯絡對象增加了蘇北分社（CSR3），太嶽分社（XTYC），還有陝甘寧邊區四個通訊處電臺，即新華社關中通訊處電臺，呼號爲 CPS；新華社三邊通訊處電臺，呼號爲 CPW；新華社慶陽通訊處電臺，呼號爲 CPN；新華社綏德通訊處電臺，呼號爲 CPT。1945 年上半年又組建了第三個通報臺。抗戰勝利後不久，又組建了第四個通報臺。通報對象又增加了西滿總分社，電臺呼號 CSRO；東北總分社，電臺呼號 CSRM；晉冀魯豫總分社，電臺呼號 CSP；東滿分社，電臺呼號 CSRA。

1945 年夏，根據新華總社決定，通報臺開始向分社發「參考消息」，呼號爲 XQW DE XOY。

通訊技術人員在抗日戰爭的艱苦環境下，苦練抄報技術，不斷進步。通過他們的努力，當時世界上主要國家的通訊社發出的新聞電訊，新華社基本上都能抄收到。

六、迎接抗戰勝利到來

1945 年上半年，世界反法西斯戰爭勝利形勢進展迅速。8 月 9 日，新華社播發了毛澤東的重要聲明。聲明指出：對日戰爭已進入最後階段，最後的戰勝日本侵略者及其一切走狗的時間已經到來了。8 月 15 日，日本宣布無條件投降，新華社編發了日本投降的急電，對外播發。9 月 3 日，新華社播發了日本簽字投降的消息，並轉發了《解放日報》社論《慶祝抗戰最後勝利》。

在此前後，新華社連續播發了多篇抗戰勝利消息，並反覆播發了朱德總司令簽署的、勒令敵偽軍向八路軍、新四軍投降的命令。為了適應日本投降前後形勢的發展，進一步做好宣傳報導工作，新華總社於 8 月 11 日致電各分社，要求：一、整個新聞工作，應適應新形勢，作適當轉變和部署；二、目前各分社應集中報導日寇要求投降後所引起的影響；三、創造新的作風，立即派遣所有記者隨軍行動，加強電務工作，密切與總社的電訊聯繫，新聞報導要快、短、確實。[1]

遵照新華總社的指示，各地新華分社的記者紛紛深入戰鬥前沿，發回了很多振奮人心的報導。當抗戰勝利結束時，新華社的機構、人員和業務範圍，與抗戰初期相比都有較大的發展，已成為在國內有地位有影響的新聞機構。

第四節　抗戰勝利後的新華通訊社

抗日戰爭勝利後，由於國內外形勢的變化，新華社的宣傳任務和工作重心由過去主要面向解放區轉而面向全國，原有的組織形式和人力已經不能適應當時工作的要求。為此，新華社採取一系列有力措施，擴大和充實總社的編輯部門，並整頓和新建了一批分社和總分社。根據中共中央提出「全黨辦通訊社」的精神，新華社進行了大改組，業務力量大大加強。解放戰爭時期，新華社組織隊伍建設和業務建設都得到了迅速發展。中共中央撤離延安後，新華社肩負起中央黨報、通訊社、廣播電臺三位一體的重任。1948 年秋，中共中央抽調新華社的主要幹部到西柏坡集訓，從思想、政策到業務進行嚴格訓練，提高了新華社幹部的政治素質和業務水平。為了加強對外宣傳，新華社開始在境外創建一批分社和出稿站，邁出了走向世界的步伐。

---

1 新華通訊社編寫組：《新華通訊社史》第一卷，新華出版社，2010 年版，第 258 頁。

一、抗戰勝利後的形勢與任務

　　1945 年 10 月前後，新華總社編輯科陸續調進了一批有經驗的新聞幹部，下設國內新聞、國際新聞、英文廣播、口語廣播 4 個編輯組，使編輯部門的分工更加合理和健全。在各解放區，新華社採取各種措施，發展和健全分支機構，並在各大戰略區設立了分社。新華社還相繼在國民黨統治區的重慶、北平和南京成立分社，加強了與國統區人民的聯繫，擴大了中國共產黨的影響。

　　1946 年 1 月 1 日，延安新華總社給各地總分社和分社發出一封指示信，題目是《把我們的新聞事業更提高一步》。這是為適應新形勢和完成新任務，總社對分社工作提出的新的要求和措施。其中指出，1946 年新聞宣傳的中心任務是介紹和指導解放區的群眾運動和建設，報導中央指示的重大任務的推行和經驗，以便與人民和實際運動更密切結合，更能起到推動實際運動的作用。總社在信中及時地提出了新華社業務上的一個重要指導思想，即全國觀點，強調：「地方報紙和分社應有若干分工。報紙以供應當地讀者，指導本地實際工作為主，而分社供應總社稿件，則必須照顧各個解放區和更廣大的讀者，雖仍立足於報導本地區的新聞，但內容須對其他解放區均有意義，能有助於他區的運動和建設，在寫法上需更多注意系統和完整，多作說明和解釋，以便他區報紙采用，並使讀者易於理解接受。同時在報導上，還需適當照顧對全國的意義和影響。」[1]這封信的主體部分，是對於改進和提高新華社業務工作的闡述。它分別從組織業務、新聞報導、新聞寫作和業務學習等四個方面，提出了明確而具體的要求。

　　1946 年初，中央決定派博古到重慶協助周恩來工作，擔任政協憲草小組委員會中共委員。2 月 10 日，博古在編委會上對他赴重慶參加政協憲草審議後報社、新華社工作做了具體安排，由《解放日報》總編輯餘光生暫代報社工作，新華社工作主要由副社長陳克寒負責。博古還在會上提出了報社和新華社下一步的發展思路。他指出，報紙與新華社目前處於過渡階段，只能維持現狀，但要準備將來成為全國的報紙和通訊社。[2]4 月 8 日，博古同王若飛、葉挺、鄧發等從重慶返回延安途中，因飛機失事在山西興縣黑茶山遇難。博古是新中國成立前任職時間最長的一位新華社社長，他對新華社事業發展做

1　新華通訊社編寫組：《新華通訊社史》第一卷，新華出版社，2010 年版，第 276 頁。
2　《解放日報》、新華社編委會記錄，《新聞業務》專輯 1989 年 6 月 5 日。

出了極大的貢獻。在他任職期間，新華社業務建設有了很大的發展，規模不斷擴大，在國內輿論界具有重要影響。

博古犧牲後不久，中共中央任命餘光生為解放日報社和新華社代理社長，兼總編輯。

二、新華社戰時體制的建立

1946 年春，國民黨已逐步完成發動全面內戰的軍事部署。在戰爭條件下，如何把中共中央的方針、政策和指示迅速及時地傳播到各個解放區和全國人民中去，動員和鼓舞人民群眾，指導和推進革命鬥爭，是宣傳戰線必須解決的一個迫切問題。在這方面，新華社的無線電廣播和全國通訊網，具有報紙無法比擬的優勢。因此，中共中央提出了「全黨辦通訊社」的決策。

1946 年 5 月，按照「全黨辦通訊社」的有關指示和精神，解放日報和新華社編委會經過多次討論，提出了改組新華社、解放日報社的具體方案，制訂了《新華社、解放日報暫行管理規則》上報，得到了毛澤東、劉少奇的批准。這是新華社歷史上的一個重要文件，它對新華社的性質和隸屬關係作了明確的規定。《管理規則》中關於新華社與解放日報的性質與隸屬關係，規定如下：新華通訊社及解放日報為中央之機關通訊社與機關報。解放日報並為中央所在地最高黨委（現為西北局）之機關報；新華通訊社及解放日報社隸屬於中央宣傳部，並在重大問題上受中央書記處之直接指揮。關於兩社內部組織機構，規定如下：（一）新華通訊社與解放日報社合設社長一人，總編輯一人，副總編輯二人。社長在中央指導下，負責領導兩社事務。正副總編輯在社長指導下負責領導兩社編輯事務。（二）新華通訊社及解放日報社合設秘書長一人，在社長指導下負責兩社經理及行政工作。（三）為籌劃及討論全社社務，社長應按期舉行社務會議。社務會議由社長、正副總編輯、秘書長、解放日報編輯室正副主任及其他必要人員組成之。[1]《管理規則》中還列出了兩社主要負責幹部的配備情況。

隨後，在余光生主持下，社委會具體實施了兩社組織機構的改組和人員調整工作。改組工作於 1946 年六七月間基本結束。改組後，新華社主要部門包括：解放區新聞編輯部、國民黨統治區新聞編輯部、國際新聞編輯部、口語廣播部、英文廣播部、英文翻譯科、資料室、採訪通訊部、電務處、幹

---

1 新華通訊社編寫組：《新華通訊社史》第一卷，新華出版社，2010 年版，第 287 頁。

部科等。這是一次具有重大歷史意義的改組。改組的重點，是加強新華社。報社與通訊社雖然還是統一領導，但是，社委會的領導重心和主要編輯力量轉移了，從過去以解放日報社爲主轉變爲以新華社爲主，解放日報社的一大批采編人員調入新華社，加強了新華社的業務力量。這次大改組，使新華社的新聞通訊事業進入了一個新的發展階段。

此後不久，廖承志被任命爲新華社社長，總編輯仍爲餘光生（1947 年 1 月離開延安去北平，後轉赴東北）。新華社副總編輯除原來的艾思奇、陳克寒外，先後又增加了陸續從北平、南京、上海撤退到延安的范長江、石西民、梅益、徐邁進和錢俊瑞。爲更直接、迅速地把中國革命的形勢和解放區的情況介紹給關心中國共產黨的國內外進步人士，新華社於 1946 年秋在延安開辦了英語口語廣播。

1946 年 6 月，全面內戰爆發，軍事報導成爲新華社整個宣傳報導的重心。新華社各地總分社和分社紛紛派出記者進行戰地報導，後來發展成爲新華社在各野戰軍中的前線分社和支社。同時，爲加強對外宣傳，充分介紹解放區情形，新華社還派出特派記者分赴全國各地採訪。根據 1946 年 4 月 5 日解放日報社、新華社編委會通過的《關於編輯、記者的任用、培養、提拔暫行辦法》，記者的最高級別爲特派記者。在解放戰爭中，新華社不斷完善特派記者機制，使特派記者成爲國內軍事宣傳報導的重要力量。1946 年 9 月 3 日和 14 日，新華總社先後發出《關於特派記者工作的指示》和《新華社特派記者工作條例》，明確了特派記者的職責、任務、報導內容、寫作方法等。最早的一批特派記者包括晉冀魯豫朱穆之，華中陳笑雨，東北楊賡，晉綏穆欣，晉察冀倉夷、楊朔。後來增聘華山爲駐冀熱遼的特派記者，另派劉白羽、李普、魯明爲特派記者，分別出發至指定地區進行採訪工作。新華社的特派記者工作是適應全國解放戰爭的新形勢需要而建立起來的。特派記者全部由資深記者擔任，政策水平和業務能力都較強，機動靈活，直接由總社指揮。先後擔任過特派記者的還有莊重、周而復、安崗、穆青、李千峰等。在解放戰爭時期，特派記者深入各個戰場，隨軍轉戰，寫出了不少有影響的新聞名篇，出色地完成了重大報導任務。

三、新華社的戰鬥轉移

在戰爭的條件下保證新華社的廣播不中斷，這是中央對宣傳戰線提出的

要求。1946 年 11 月和 1947 年 1 月，中共中央軍委副主席周恩來兩次主持召開戰備會議，研究和落實新華社戰備問題。會上，周恩來強調，新華社的廣播（包括中文廣播、英文廣播和口語廣播）在任何情況下都不能中斷，而且對外廣播的功率還要加強。根據會議決定，新華社在延安東北的子長縣（原名瓦窯堡）建立第一線戰備電臺，在黃河以東建立第二線戰備電臺。

1947 年 3 月，國民黨軍進攻延安。新華總社隨中共中央撤出延安，子長縣戰備點的電臺接替了延安的全部廣播業務。新華社播發新聞的電頭由「延安」改爲「陝北」。延安新華廣播電臺改名爲陝北新華廣播電臺繼續播音。不久，新華社的隊伍兵分兩路：一部分人由范長江率領，組成一支精幹的工作隊，代號「四大隊」，跟隨中共中央轉戰陝北；其餘大部分人員在廖承志率領下，長途跋涉，轉移到晉冀魯豫解放區太行涉縣。還有一部分人員去西北野戰軍總部進行戰地報導工作。

與此同時，中共晉冀魯豫中央局調集人員，在太行山區涉縣籌建新華社臨時總社，以接替轉移中的新華總社的工作。包括編輯、翻譯、電務、經營管理人員，主要來自《人民日報》和新華社晉冀魯豫總分社，由《人民日報》總編輯吳敏（楊放之）總負責。4 月 1 日設在太行山涉縣西戍村的臨時總社，正式接替轉移行軍中的總社所有文字及口語廣播。新華社的文字和口語廣播及收訊業務，一天也沒有中斷。

1947 年 7 月上旬，新華總社到達太行山新址涉縣。這次長途大轉移，歷時 3 個多月，行程 3000 多里。行軍途中，新華社還抄收中外電訊，油印出版《今日新聞》和《參考消息》。新華總社抵達太行後，臨時總社也完成了歷史使命，總社機構再度調整，領導機構爲社務委員會，由廖承志、陳克寒、石西民、梅益、徐邁進、祝志澄 6 人組成。編輯部門包括：解放區部、國民黨區部、國際部、英譯部、口播部、英文廣播部等。太行時期，由於中共中央的機關報《解放日報》已經停刊，新華社集黨報、通訊社、廣播電臺的任務於一身，報導任務十分繁重。

而范長江率領的「四大隊」，由編輯、翻譯、電務和後勤工作人員組成，最初 40 餘人。後來，在行軍過程中陸續有人員調出調進，至 1947 年 11 月全隊發展到 107 人。「四大隊」跟隨中共中央轉戰陝北期間，新華社許多重大新聞和重要社論、評論，都是由「四大隊」電臺發到太行，再轉播全國的。1948年 3 月下旬，全國和西北戰場的戰局發展很快。爲適應解放戰爭勝利發展的形勢，中共中央決定東渡黃河，向河北平山縣西柏坡轉移。

圖 3-6　河北省平山縣西柏坡村新華通訊社總編室舊址

（圖片來源：《新華社 80 年輝煌歷程》）

　　根據中共中央指示，地處太行的新華總社也北遷至河北平山。1947 年 6 月 15 日，從涉縣轉移來的總社最後一批人員抵達平山縣。從延安撤出後的兩支隊伍，經過長期轉戰，終於勝利會師。當時，新華總社各部門分散住在西柏坡附近的 16 個村子裏。編輯部住在陳家峪（同年冬搬到通家口）。中共中央任命胡喬木兼任新華社總編輯。社務委員會擴大爲管理委員會，由廖承志、胡喬木、范長江、石西民、梅益、徐邁進、徐健生、祝志澄、吳冷西、溫濟澤組成。1948 年 10 月，總社管委會決定成立統一的編輯委員會，負責處理宣傳方針、編輯業務及對各總分社的領導。西柏坡時期，總社編輯部門設兩個部，分別爲編輯部和廣播管理部。另增設社務辦公室。全社總計工作人員 743 人，其中編輯部人員 129 人，電務人員 215 人，行政人員包括印刷廠在內 399 人。

四、反對「客裏空」運動

　　這一時期，中共中央領導人非常重視新聞宣傳工作。1948 年 4 月 2 日，毛澤東在山西興縣蔡家崖村接見《晉綏日報》和新華社晉綏總分社記者與編輯人員，發表《對晉綏日報編輯人員的談話》，闡述了黨報的任務、方針和作用。1948 年 10 月 2 日，劉少奇在西柏坡接見華北記者團，就新聞工作問題發表講話，闡明了黨的新聞工作的重要性，它的作用和任務，以及新聞工

作的基本原則和記者的修養等問題。這兩篇重要講話，對解放區新聞工作發揮了指引和推動作用，是解放區新聞經驗的理論總結和中國共產黨新聞工作的重要文獻。

新華社在太行時期，由晉綏日報和晉綏總分社發起，經過新華總社的推動引導，解放區新聞界曾普遍開展過一次反對「客裏空」的運動。這是我國新聞史上的一次大規模的反對弄虛作假、以維護新聞真實性為內容的教育運動。

1947 年 6 月 25 日、26 日，《晉綏日報》分兩日連續發表了署名「本報編輯部」的長篇文章《不真實新聞與「客裏空」之揭露》，公開檢查該報自1946 年 5 月以來登載的嚴重失實的新聞報導。以後，又連續刊登記者、作者、通訊員的自我檢查和揭露的失實報導材料，從而揭開了反「客裏空」運動的序幕。

晉綏解放區開展的反「客裏空」運動，引起新華總社的重視。1947 年 8月 28 日，新華社發表署名總社編輯部的文章《鍛鍊我們的立場與作風——學習晉綏日報檢查工作》，推廣《晉綏日報》反「客裏空」運動的經驗，文中號召：「各解放區的新聞工作單位部門及個人，均應普遍在公開的群眾性的方式下，徹底檢查自己的立場與作風，要由此開展一個普遍的學習運動。」[1]

8 月 29 日，新華社發表題為《學習晉綏日報的自我批評》的社論，進一步指出：「晉綏日報的自我批評，是土地改革中的一個收穫，它必將使新聞工作更加向前推進一步。這種自我批評，不僅各解放區的新聞工作者要學習，而且一切工作部門都應當向他學習，以便更加改進自己的工作。」[2]

9 月 1 日，新華社再次發表社論，題目是《紀念「九一」，貫徹為人民服務的精神》，對人民新聞事業的特點作了深刻闡述，指出這種特點，即是明確的人民的立場，為人民服務的極負責的態度與實事求是的作風。

11 月 9 日，中共中央宣傳部發出反「客裏空」運動的指示，指出：「由晉綏發動的反客裏空運動，是土改中的一個重要收穫。中央已號召應將此種自我批評的精神應用到各種工作中去，使我們的各種工作，都能有帶有根本性質的某種改變，以適合於改變了的土地政策，徹底消滅封建與半封建制度。」[3]

---

1 新華通訊社編寫組：《新華通訊社史》第一卷，新華出版社，2010 年版，第 338 頁。
2 新華通訊社編寫組：《新華通訊社史》第一卷，新華出版社，2010 年版，第 338 頁。
3 《中央宣傳部對反客裏空運動的指示》，原載《中國共產黨宣傳工作文獻選編》，學習出版社，1996 年版，第 672 頁。

在中宣部和新華總社的號召和推動下，反對「客裏空」運動迅速在全國各個解放區開展起來。各解放區的黨報和新華總分社紛紛聯繫實際，對照檢查採寫和編發的稿件，查找錯誤，分析原因，總結經驗教訓，維護了新聞真實性原則，密切了與群眾的關係。但是，反「客裏空」運動是在當時土地改革運動發生「左」傾錯誤進程中開展的，因而帶有一定的「左」的思想偏向，有的幹部因此受到傷害。

五、通信技術事業的發展

延安時期，新華社的通信技術事業機構分散，管理也分散。電臺實行雙重領導，業務上歸新華社管，技術上由軍委三局管。顯然，這種狀況不適應迅速發展的形勢要求，分散的電臺需要集中起來管理，統一領導。1946 年 6 月，經過新華社和軍委三局研究，決定成立新華社電務處，把新聞臺、通報臺、文字廣播臺與口語廣播臺集中起來管理。這些措施有力地加強了新華社的通信技術力量，爲在戰爭中保證廣播不中斷做了組織和技術上的準備。

1947 年 3 月，新華社隨黨中央撤出延安後，隊伍分成兩部分，大部分人員隨廖承志轉移到太行山區；一部分人員由范長江率領跟隨中央機關轉戰陝北。電務處抽調一部分人員加入了范長江率領的新華社工作隊。新華總社到太行後，電務處組織人員和器材設備都有所改善。1947 年 9 月新華社英語口語廣播恢復播音。

爲了改善通信技術條件，加強對國民黨統治區的宣傳，中共中央決定在窟窿峰西南的天戶村，建立一座大型廣播電臺。這是一座短波發射臺，共有 5 副天線，分別向南京、上海、歐洲、美國方向廣播。爲了防止轟炸，專門修建了地下發射機房。這裡距井陘煤礦不遠，可以利用煤礦的電力。此臺於 1948 年 12 月底建成，交付新華社，供文字廣播、口語廣播（陝北新華廣播電臺）和英文廣播使用。天戶臺發射功率爲 3000 瓦，是當時解放區最大的發射臺。1948 年 8 月 13 日，中央發出通知，由新華社密臺發送黨內文件、指示。從此，新華社又設一部 500 瓦的電臺，以密臺通報形式，專門播發中央的黨內指示、決定等文件。

1948 年 10 月，新華社的通信技術事業已有較大的發展。在收訊方面，共計可抄收全世界 30 家電臺的新聞電訊；在通報業務方面，總社爲了及時報導前線的勝利消息，不僅與各野戰軍的前線分社和總分社電臺聯絡，還和前方各獨立作戰的兵團分社建立通報聯繫。1948 年 11 月統計，總社通報臺

已聯絡 19 個單位，即明臺 6 個，密臺 13 個。通報臺的報務員也增加到 50 人左右。

1949 年 3 月，新華社隨中共中央遷入北平西郊香山。隨著長江以南廣大地區的相繼解放，電務處通報聯絡對象逐漸增多，8 月份增加到 23 家。每月抄報和發報的總字數，共計 106 萬餘字；通報臺用的發射機有 10 餘部，交流外差收訊機 20 餘部。進城後，口語廣播業務從新華社分離出去，成立中央廣播事業管理處，下轄北平新華廣播電臺（後改爲中央人民廣播電臺），新華社專職發展通訊社業務。這個時期，新華社的文字廣播業務有較大的發展，對國內外文字廣播的能力和發射機的數量都有提高。9 月電務處統計，每日對國內播發新聞 22 萬字，還有參考消息摘要、業務通報及專門文章等近 12 萬字，總計 34 萬字左右。6 部發射機分兩條線同時廣播。新聞臺有收訊機 20 部，抄收 23 家通訊社的電訊稿，每日總計抄收 141 小時。[1]

六、新華社國內外分支機構的創建與擴展

（一）解放戰爭時期新華社地方分社的發展

解放戰爭時期，隨著解放區規模的不斷擴大，新華社的地方分社建設與抗戰時期相比有了進一步的發展，一些大戰略區的分社先後升格爲總分社，下設若干分社、支社，總分社與大的戰略區黨報基本上是同一機構，兩塊牌子，擔負著採訪報導新聞、向總社發稿和管理各分社的工作，總分社社長多由報社負責人兼任。當時的總分社主要有：

華中總分社，原爲華中分社，1945 年 3 月改爲華中總分社。范長江、包之靜、惲逸群先後擔任社長。抗戰勝利後，華中總分社社址由阜寧遷至淮陰，與新創辦的《新華日報》（華中版）是一個聯合機構。華中總分社設編輯、通訊、研究三個部，總分社的電臺負責收電和發電。1946 年華中總分社隨華中分局向北遷移，宿北大捷後，華中總分社和新華日報社人員隨軍向山東省轉移。1947 年 2 月，華中總分社與山東總分社合併，成立華東總分社。

晉察冀總分社，原爲晉察冀分社。1945 年 10 月，更名爲晉察冀總分社，社址在剛解放不久的張家口，中共晉察冀中央局宣傳部副部長、《晉察冀日報》社長鄧拓，同時也兼任新華社晉察冀總分社社長。下轄察哈爾、冀中、冀晉等分社以及晉察冀前線分社。1946 年 10 月，報社、總分社隨軍政領導機關一

---

1 新華通訊社編寫組：《新華通訊社史》第一卷，新華出版社，2010 年版，第 452 頁。

起轉移至河北阜平一帶。1948 年 4 月，又由阜平遷往平山。同年 5 月，晉察冀總分社與晉冀魯豫總分社合併為華北總分社。

山東總分社，原為山東分社，1946 年 2 月改稱山東總分社，社長匡亞明，社址位於魯南重鎮臨沂。下轄魯南、魯中、濱海、膠東、渤海五個分社。1946 年底，山東總分社與華中總分社合併，新組建新華社華東總分社。1949 年，華東總分社隨中共華東局南下上海後，留下的一部分同志又在濟南重組了新華社山東總分社。社長包之靜，下轄魯中南、渤海、膠東、青島、徐州（當時徐州歸山東管轄）五個分社。

晉綏總分社，原為晉西北分社。1946 年 7 月在山西省興縣高家村正式改為晉綏總分社，社長郁文。總分社下轄呂梁、雁門、綏蒙、晉中四個分社。晉綏總分社於 1949 年 5 月 1 日，從興縣南移到臨汾辦公後，不久宣布結束。

華東總分社，1946 年底山東總分社與北撤山東的華中總分社合併，新組建新華社華東總分社，社長匡亞明。華東總分社與大眾日報社暫時分開，成立了獨立的編輯部、採訪部、通訊部，通訊設備也增加了很多。編輯記者百餘人。總分社內部還設立了軍事組、政治組、生產組、土改組、支前組等。所轄分社除原山東解放區的魯中、魯南、濱海、膠東、渤海分社外，又增加了江淮、鹽阜、淮北、皖江分社，以及剛成立的兩個前線分社，一個支前分社。華東總分社社址開始設在臨沂，不久隨華東黨政領導機關進駐濱海解放區的莒南縣、五蓮縣山區，1948 年時又遷駐到昌沂平原上的益都縣（今青州市）城南農村，1949 年又先後遷到濟南、上海。

東北總分社，1946 年 2 月在吉林海龍縣成立，社長先後為吳文燾、廖井丹、高戈。總分社機構最初為編譯、通訊、電務三科，後為編輯、翻譯、電務三部。所轄分社先後有熱河、冀熱遼、冀東、遼東、西滿分社等。社址先後設在長春、哈爾濱、瀋陽。

晉冀魯豫總分社，1945 年 11 月成立，由安崗主持。1946 年 3 月總分社進入邯鄲。1946 年 5 月，中共晉冀魯豫中央局機關報《人民日報》創刊，中共晉冀魯豫中央局宣傳部副部長張磐石，同時兼任報社總編輯和總分社社長，總分社同時擔任報社的採訪通訊工作。報社和總分社社址先後在邯鄲、武安、平山等地。下轄冀南、冀魯豫、太行、太嶽分社。1948 年 5 月，晉察冀總分社與晉冀魯豫總分社合併為華北總分社。

西北總分社，原為西北新聞社，1947 年 5 月 27 日改組為西北總分社，社

長李卓然。1948 年 6 月初，西北總分社進駐延安，並建立西北新華廣播電臺。1949 年 5 月，西安解放，西北總分社進駐西安。

華北總分社，1948 年 5 月由晉察冀總分社與晉冀魯豫總分社合併而成，社長由張磐石擔任，下轄十多個分社。社址設在河北平山，建國前夕遷至北平。

中原總分社，成立於 1948 年 7 月 1 日，以中原野戰分社爲基礎在河南伏牛山下的寶豐縣建立。中原總分社社長由中原局宣傳部副部長陳克寒（1948 年 12 月陳克寒調回總社，他的職務由熊復接替）擔任。社址先後設在禹縣、鄭州。下轄豫西、江漢、桐柏、陝南、鄂豫、皖西、豫皖蘇（原屬華東，此時歸中原）等分社和豫陝鄂野戰分社。1949 年 5 月下旬，中原總分社遷至武漢，改爲華中總分社，由熊復任社長。

抗戰勝利後，新華社在國民黨統治區的重慶、北平、南京曾相繼成立分社，加強了新華社與國統區人民的聯繫，擴大了中國共產黨的影響。重慶分社成立於 1946 年 2 月 1 日，社長宋平，後由《新華日報》總編輯熊復兼任。北平分社成立於 1946 年 1 月中旬，錢俊瑞任社長。南京分社成立於 1946 年 5 月 3 日，社長先後爲宋平、范長江、梅益。由於國民黨當局的阻撓以及國共談判破裂，這些分社先後於 1947 年 2 月至 3 月被封閉或停止工作，有關人員撤回延安。

隨著解放戰爭形勢的迅猛發展，國內很多省會城市先後解放，新華社的地方分社也從解放區迅速擴展到了大城市。除前面所提到的一些大戰略區的總分社紛紛入駐城市外，新華社的有關人員隨解放軍進入大城市後，也肩負著接管國民黨通訊社部分資產，在當地建立新華分社的任務。與此同時，原有的部分解放區分社也面臨著進一步合併、調整和重組，有關幹部被調往新成立的分社或其他工作崗位。

濟南分社：1948 年 10 月成立，由中共濟南市委機關報《新民主報》社長兼總編輯惲逸群兼任分社社長。

北平分社：1948 年 12 月在良鄉成立，分社社長由李莊擔任。1949 年 1 月底，分社人員隨軍進入北平。

天津分社：1948 年 12 月成立，中共天津市委宣傳部長、《天津日報》社長黃松齡兼任分社社長。

太原分社：1949 年 4 月成立，《山西日報》社長、總編輯史紀言兼任分社社長。

南京分社：1949 年 4 月成立，分社與《新華日報》是一套班子，兩塊牌子，石西民任社長。

湖北分社：1949 年 5 月成立，由原江漢分社和鄂豫分社合併成立，地點在湖北孝感縣，社長雷行，6 月遷到武漢。

浙江分社：1949 年 5 月成立，由省委宣傳部副部長陳冰兼任《浙江日報》和分社社長。

河南分社：1949 年 6 月，豫西分社與開封分社合併，在開封成立河南分社，史乃展任分社社長。

江西分社：1949 年 6 月成立，分社社長戴邦，兼任《江西日報》副社長。

陝西分社：1949 年 7 月成立，社長張帆，分社業務隸屬西北總分社領導。

湖南分社：1949 年 8 月成立，當時分社與《新湖南報》合在一起，《新湖南報》社長李銳兼任分社社長。

河北分社：1949 年 8 月成立，由原冀中、冀南、冀東三個分社組建，社長朱子強。分社與《河北日報》採取統一的組織形式。

福建分社：1949 年 8 月成立，社長由《福建日報》社長何若人兼任。

甘肅分社：1949 年 9 月成立，當時分社與《甘肅日報》是合在一起的，《甘肅日報》社長阮迪民兼任分社社長。

這些分社有的是以省會城市的名稱命名的，有的是以省的名稱命名的，從解放區分社到在各省建立分社，新華社地方分社體系的這一發展變化，為新中國成立後建設集中統一的國家通訊社奠定了組織上的基礎。由於新中國成立後，全國解放的戰鬥尚在進行，同時有些省份建國後又進行了合併重組或重新調整，還有一些大區總分社與當地分社就是同一機構，因而新中國成立前夕新華社各省分社的格局只是初具雛形。解放戰爭時期，新華社地方分社的建設經歷了大發展的時期，無論是規模還是影響都大大增強，在新華社的組織體系中發揮了重要的作用。在新華總社播發的新聞中包含了大量來自第一線的報導，生動、鮮活地反映了解放戰爭的進程和解放區各項建設的情況。

（二）解放戰爭時期新華社軍隊分社的創建與發展

解放戰爭時期，為適應戰爭形勢發展和要求，新華社在人民解放軍部隊陸續建立起分支機構，從最初的記者團、野戰前線分社，發展到各野戰軍總分社、兵團分社和軍支社，逐漸形成了強大的軍事新聞報導體系。軍隊分社體系的建立和逐步完善，為新華社軍事報導的大發展提供了組織上的保障，也為新華社培養了一批有影響的軍事記者和優秀新聞人才。

1946 年春，在解放區軍民粉碎國民黨軍隊進犯的戰鬥中，就有新華社記者在前線進行軍事報導。解放戰爭全面爆發後，新華社各地總分社和分社紛紛向部隊派出記者、記者組或記者團，進行戰地採訪，及時報導戰局的發展。當時較有影響的前線記者團主要有：晉察冀前線記者團、冀魯豫前線記者團、太岳前線記者團等。

以前線記者、記者組、記者團為基礎，一批野戰軍前線分社先後在部隊成立，使得新華社軍事報導的力量和組織大大加強。最早建立的軍隊分社為1946 年底成立的淮北前線分社，即山東野戰軍前線分社，社長康矛召。隨後，鄂豫皖野戰分社（劉鄧大軍前線分社）、豫陝鄂野戰分社、晉察冀前線分社、西北前線分社、東北前線分社等先後建立。

1949 年 3 月以後，根據中央軍委、總政治部、新華總社的要求，各野戰軍分社擴充為野戰軍總分社，直接與總社聯絡，各兵團設分社，軍設支社。軍隊分社組織體系更加完整而獨立了。當時的幾個野戰軍總分社及其歷史沿革情況主要如下：

第一野戰軍總分社，負責人魯直。最早是 1947 年 3 月成立的西北前線分社，1947 年 6 月擴建為西北野戰分社，1949 年擴充為第一野戰軍總分社。

第二野戰軍總分社，負責人先後為陳斐琴、王敏昭，最早是 1946 年 8 月成立的冀魯豫前線記者團，之後先後改組為劉鄧大軍前線分社、中原野戰分社，1949 年擴充為第二野戰軍總分社。

第三野戰軍總分社，負責人先後為陳冰、鄧崗，最早是 1946 年 6 月底成立的淮北前線分社，即山東野戰軍前線分社，之後先後改組為華中野戰軍前線分社、華東野戰軍前線分社，1949 年擴充為第三野戰軍總分社。

第四野戰軍總分社，負責人先後為蕭向榮、王闌西，最早是 1947 年 5 月成立的東北前線分社，後為東北野戰分社

關於野戰分社的任務和組織體制，中央軍委、總政治部、中宣部、新華

總社等都曾發文作出規定。1947 年 8 月 10 日，新華總社發出《反攻部隊野戰分社工作條例（草案）》，要求「前線反攻部隊設立隨軍野戰分社」，並對野戰分社的任務、組織和體制等作了明確規定。條例指出，當前主要任務為：（1）負責前線軍事報導，在戰地地方通訊工作未建立及健全前，兼顧並協助報導地方情況與工作。（2）與部隊報紙共同努力建設部隊通訊工作，培養部隊新聞幹部，使軍事宣傳工作成為群眾性活動。（3）開闢戰地地方新聞工作，建立新解放地區的地方報紙與新華總分社。體制方面，野戰分社為野戰部隊政治部的一個組成部分，受部隊首長或由部隊首長指定若干同志組成的報導委員會負責領導，行政、供給、生活均由政治部管理，業務上受總社直接指導。野戰分社之內部組織，人員編制，具體分工，均由部隊首長或報導委員會決定之，一般以精幹為原則，並宜將大部力量配置於新聞採寫方面。[1]

1948 年 6 月 24 日，中央軍委和中宣部聯合發出《關於建立野戰兵團新華分社、改進發布戰報辦法的指示》，重申「各野戰兵團均須成立新華分社」，尚未成立者應由「各總分社負責於短期內選派可靠的適當的人員建立，在未建立前先指派專門、合格記者與總分社聯絡。」「各野戰兵團分社的工作，由總分社與野戰兵團首長共同領導。」[2] 在中央軍委和總社的重視與督促下，在野戰兵團的新華分社普遍建立起來，軍事報導的隊伍迅速擴大。

1949 年 3 月，中央軍委、總政治部、新華總社共同發出的《中央軍委、總政治部及新華總社關於野戰軍各級新華社名稱、任務的規定》中規定了軍隊新華分社應承擔的任務，如及時報導軍事新聞，進入新區後，在地方分社未建立前，同時負責地方的報導工作，並幫助建立地方通訊工作等。同年 10 月，總社在給東北總分社並華北總分社的業務電中也指出：前線分社之任務除報導新聞外，並可編輯前線政治部報紙，收聽新華社文字口頭廣播與參考消息廣播供首長參考，及建立部隊中通訊採訪攝影等工作。[3]

軍事報導是新華社解放戰爭時期新聞報導的重點。為迅速準確深入報導人民戰爭與人民軍隊，反映部隊戰鬥、工作、學習、生活各方面的情況和經驗，新華總社在戰爭中就軍事報導向各分社發出了大量業務函電，及時提出具體要求，通報稿件採用情況，指出其中的不足和改進之處，為改進和加強

1　新華通訊社史編寫組：《新華通訊社史》第一卷，新華出版社，2010 年版，第 352 頁。
2　新華通訊社史編寫組：《新華通訊社史》第一卷，新華出版社，2010 年版，第 352 頁。
3　新華社新聞研究所編：《新華社文件資料選編》第一輯，第 291 頁。

軍事報導提供了有效的業務指導。總社還及時轉發各地分社和記者活動的經驗，加強了對於戰役報導的總結分析，因而使得新華社軍事報導逐步深入。這一時期，新華社發出的業務指示電的內容包括：《關於軍事報導的幾點意見》（1946 年）、《關於提高勝利信心，動員一切力量爭取勝利的報導意見》（1946）、《加強瓦解敵軍的宣傳》（1948）、《改進軍事報導與加強對敵鬥爭的指示》（1948）、《要有系統地宣傳解放軍的優良傳統》（1949）、《迅即報導大軍南下消息》（1949）、《對渡江報導的意見》（1949）、《對渡江後的報導意見》（1949）等。

解放戰爭時期，新華社圍繞戰局發展播發了大量軍事報導，有戰報、消息、通訊、述評等多種形式，真實、充分地反映了解放戰爭的勝利歷程，記錄了人民英雄可歌可泣的戰鬥業績和祖國解放的不朽歷史，書寫了軍事報導史上的輝煌篇章。前線記者團和前線分社的軍事記者，深入戰地，在炮火硝煙中採訪，出色地完成了報導任務。新華總社、各地方分社的記者，以及部隊通訊員和指戰員等，也都採寫了不少軍事方面的報導。

（三）最早建立的一批境外分社

解放戰爭時期，為了加強對外宣傳，新華社開始在境外建立分社。第一個境外分社，是於 1947 年 5 月 1 日成立的香港分社。

1946 年夏，周恩來做出在香港建立香港分社的部署。一大批著名文化人士和學者，如夏衍、章漢夫、喬冠華、劉思慕等，來到香港創辦報刊，加強對外宣傳工作。

當年 10 月，喬冠華抵達香港後，在香港中共地下黨的幫助下，負責籌建新華分社。他以個人名義提出建立新華分社的申請，取得了港英當局的同意。

香港分社於 1947 年 5 月 1 日成立。喬冠華負責對外聯繫和其他事務，分社出版《新華社電訊》，提供給《華商報》和香港其他報刊，後來發行範圍逐步擴大到島外中文報刊。還以香港分社名義發行英文刊物《遠東通訊》。

1947 年 2 月，黃作梅前往英國倫敦，奉命籌建新華社倫敦分社。經過多方努力，倫敦分社在 6 月 10 日成立。同日，《新華社新聞稿》（英文）出版。刊頭注明為「新華通訊社倫敦和歐洲分社」。這是新華社在海外出版的第一份英文新聞稿。

當時，倫敦分社的主要任務是抄收和發行新華社的新聞稿，介紹中國革

命戰爭和解放區的情況，讓世界瞭解中國的局勢和變化，擴大中國共產黨和解放區的影響。

1949 年 6 月，黃作梅調回香港，擔任香港分社社長。倫敦分社的出稿工作由陳天聲負責，仍堅持出版新聞稿。

1947 年 7 月初，吳文燾到達布拉格，捷共中央國際聯絡部立即介紹他去政府宣傳部門辦理了常駐記者的手續。這樣，吳文燾就以新華社記者的身份留在布拉格，與當地記者和東歐各國駐布拉格的記者以及西歐的進步記者建立了聯繫，逐步開展了活動。

初期，吳文燾主要是依靠從國內帶去的材料，編寫一些介紹中國解放區情況和革命形勢的稿件，他作爲電通社的通訊員，給電通社提供中國解放區消息和稿件，通過它向世界各國廣播。1948 年夏天，黨組織派胡國城去布拉格，協助吳文燾工作。他們發現南斯拉夫的通訊社抄收到了總社播發的英文新聞稿，於是積極設法購置收報機，準備建立收報臺。

當年 11 月，布拉格分社正式成立，社長吳文燾，秘書胡國城。分社當時主要有兩項任務：對外宣傳和對國內報導。此外，它還承擔著對外聯絡的任務。

平壤分社成立於新中國建立前夕。1949 年 9 月 16 日，中宣部致電東北局：「派丁雪松同志爲新華社特派員，劉桂梁爲記者，前往朝鮮工作。」9 月 21 日，平壤分社成立，丁雪松任特派記者。1950 年初，丁雪松被正式任命爲社長。最初，分社只有 4 人，向總社發回了多條消息，報導中朝友誼和朝鮮人民生活情況。

新中國成立前，新華社的境外分社雖然只有 4 處，人員很少，但他們在困難的條件下艱苦創業、開拓進取，爲發展新華社的對外報導事業，作出了重要貢獻。

七、迎接新中國的誕生

（一）西柏坡的「小編輯部」

1948 年秋，爲了迎接全國即將解放的新形勢，中共中央加強了對新華社的領導及業務骨幹的培養。其中一條重要措施，就是把新華社的一批主要幹部，集中到西柏坡，就近接受中央領導同志的指導和訓練。負責具體領導工作的是胡喬木。

　　西柏坡位於晉察冀解放區河北省平山縣（當時屬建屏縣，新中國成立後建屏縣撤銷，併入平山縣），是中共中央所在地。當時，胡喬木除擔任新華社總編輯外，還擔負著中央的其他工作，不能到新華總社駐地陳家峪辦公。因此，中央決定抽調一部分業務幹部組成一個精幹的編輯班子，到西柏坡胡喬木領導下的總編室（大家稱為「小編輯部」）集體辦公，並接受政治和業務訓練。從 1948 年 5 月開始，新華總社除負責幹部外，還有各編輯部門人員，總計 20 餘人先後調去小編輯部工作。總編室的主要任務是，根據各地分社和前線分社的來稿，編寫新聞和評論，並就近接受中央領導人的日常指導。新華社的文字廣播、口語廣播和英語廣播的主要稿件，都在這裡編發。

圖 3-7　河北省平山縣西柏坡村新華通訊社總編室舊址
（圖片來源：《新華社 80 年輝煌歷程》）

　　西柏坡時期，是人民解放戰爭勝利形勢快速發展的時期。總編室從各地來稿和編輯工作中發現了一系列帶有普遍性的問題，並及時地提出了解決這些問題的意見。從 1948 年 10 月起，至 1949 年 3 月進入北平止，總社（有些是與中宣部聯名）發出了許多有關新聞工作的指示。這些指示大多是胡喬木起草或者是根據他的意見寫的，經過中央領導人審閱後發出。其中比較重要的有：《關於糾正各地新聞報導中右傾偏向的指示》《關於改進軍事報導與加強對敵鬥爭的指示》《關於改善新聞通訊寫作的指示》《關於改進新聞報導的指示》等。這些指示對於新華社以至全國的新聞工作，發揮了重要的指導作用。

　　西柏坡小編輯部工作了半年多時間。在西柏坡後期，1949 年 1 月 5 日，

胡喬木宣布由陳克寒任總編輯。這次集訓是選擇在人民革命事業即將取得全國勝利的前夕。它爲全國勝利後新華社作爲國家通訊社的勝利發展，也爲全國新聞事業的勝利發展，在思想建設和人才建設上作了準備。

（二）調整機構培養幹部

1948 年 12 月，總社派出范長江、徐邁進爲首的先遣隊，離開西柏坡，前往北平郊區良鄉集中，接受平津戰役報導任務，並準備進城接管國民黨的新聞機構，同時籌備辦理總社遷社事宜。1949 年 1 月 31 日，傅作義部主力全部移出北平，人民解放軍進入北平，范長江、徐邁進率領的新聞隊伍隨軍入城。

3 月 25 日，中共中央由西柏坡遷往北平。新華社總社工作人員分批向北平西郊香山轉移。進入北平後，陝北新華廣播電臺改名北平新華廣播電臺，當晚開始播音。原北平新華廣播電臺改名北平人民廣播電臺（即北平市臺），新華社發稿電頭由「陝北」改爲「北平」。6 月 5 日，中共中央發出關於成立中央廣播事業管理處的通知。從此，口語廣播電臺就從新華社分離出去，成爲獨立的機構，即後來的中央人民廣播電臺。

爲了迎接新中國即將成立的新形勢，擔負起國家通訊社的責任，經黨中央批准，新華社的領導機構進行了一次新的調整。1949 年 6 月 24 日，經毛澤東、周恩來批准，新華社社務委員會成員爲：胡喬木、范長江、陳克寒、徐健生、吳冷西、朱穆之、陳適五、陳翰伯、黃操良、廖蓋隆、黎澍、紀堅博、湯寶桐、耿錫祥、丁拓。胡喬木兼任新華社社長；范長江、陳克寒爲副社長。陳克寒兼總編輯。總社的組織機構包括：總編室、秘書室、國內新聞編輯部、國際新聞編輯部、外文翻譯部、參考消息編輯組、資料研究室、電務處、行政處、幹部處、機要科、中譯科、校對科、發行科、印刷廠等。全社工作人員共計 700 餘名。

香山時期，新華總社繼續抓緊進行培訓新聞幹部的工作。新華總社曾於 1948 年 9 月在西柏坡開辦新聞訓練班。總社遷到香山後，開始籌辦第二期新聞訓練班。學員畢業後，絕大多數分配到新華總社工作，解決了戰爭時期和新中國成立初期新聞幹部十分短缺的燃眉之急，其中許多人後來成爲新華社採編部門的業務骨幹。

（三）向國家通訊社轉變

從農村進入城市後，新華社的工作面臨著很多新的考驗和挑戰，特別是如何適應城市報導工作的複雜性和艱巨性，如何順利實現從農村到城市的轉

變，真正擔負起國家通訊社的任務。1949 年 3 月進駐北平香山後，周恩來對新華社負責人談話，指出：新華社是黨的通訊社，也是國家的通訊社，同時也是人民的通訊社。新華社的編輯、記者，都要明確認識新華社是黨和人民的耳目喉舌這個根本性質，無論寫報導或評論，都要記住新華社的這個身份。[1]

為盡快擔負起國家通訊社的職責，新華社採取一系列重大措施，狠抓了幾個方面的工作：一是加強政策學習和紀律教育；二是熟悉新的報導對象和讀者對象；三是面向全國，改進新聞寫作；四是組織上社、報分開。

新華總社要求各分社進入城市後，深入調查研究，掌握黨的各項城市政策，善於分析各種複雜情況，判斷是非，對一時難以徹底查清而又需要報導的問題，要作有保留的報導。針對新聞報導領域和讀者對象的變化，總社先後發出《關於城市工作綜合報導的意見》《關於工礦交通建設的報導意見》《必須有計劃有步驟地加強對婦女、青年、文化等工作的報導》《要組織工人群眾寫作》等文件，要求記者熟悉工業，研究當地生產建設和工人運動情況，學習經濟工作和建設事業的多方面知識，加強對工人、婦女、青年和文化事業的報導，迅速培養出一批專業性的記者。1949 年 2 月 22 日，總社發出《關於改進新聞報導的指示》，明確指出：「各地在向總社發稿時，應有全局的、全面的觀點。必須從全國範圍報紙讀者的需要和實際鬥爭的需要，來有計劃地採寫和選擇稿件，而不要僅僅根據當地或本部隊或記者的主觀願望。」[2]1949 年 8 月 9 日，新華總社在答覆晉綏總分社的來電中，明確提出了新華分社要在組織上與報社分開的原則和方針，並轉發各總分社、分社照此處理，這一文件對於指導和促進新華社各地分支機構的獨立和發展起到了重要作用。

1949 年 8 月初，新華社總社編輯部從香山遷入北平城內司法部街新華社駐北平辦事處。9 月 26 日遷入國會街 26 號（即現在的宣武門西大街 57 號）。

1949 年 10 月 1 日，毛澤東主席在天安門城樓上莊嚴宣告中華人民共和國成立。當晚，新華社向全中國和全世界報導了新中國誕生這一舉世矚目的、具有劃時代歷史意義的新聞，並發表社論《中華人民共和國萬歲！》。從此，人民共和國的歷史開始了新的紀元，新華社的歷史也揭開了新的一頁。

1　新華通訊社史編寫組：《新華通訊社史》第一卷，新華出版社，2010 年版，第 489 頁。
2　新華社新聞研究所編：《新華社文件資料選編》第一輯，第 275 頁。

第五節　中國共產黨領導的其他新聞通訊社

　　從 1927 年大革命失敗後到 1949 年新中國成立前，新華通訊社及其前身紅色中華通訊社是中國共產黨領導的新聞通訊社事業發展的主線，特別是抗日戰爭中後期到解放戰爭時期，新華社在中共新聞宣傳方面的地位和影響非常突出。此外，中國共產黨還在國民黨統治區以及其他革命根據地相繼創建了一些新聞通訊社，如在國統區建立的中國工人通訊社、全民通訊社、國際新聞社等，在革命根據地建立的晉察冀通訊社、大眾通訊社、江淮通訊社等，這些通訊社在不同歷史時期也發揮了相當重要的作用。

一、中共在國統區領導創建的通訊社

　　由環境和條件的限制，中共在國民黨統治區領導創建的通訊社總體數量不多，存在時間不長。他們或秘密開展業務活動，或以民間面貌出現，由進步的民主人士牽頭，共產黨直接或間接參與其領導。從事通訊社工作的同志冒著被捕和犧牲的危險堅持鬥爭，在擴大中共對外宣傳等方面做出了重要的貢獻。

1、中國工農通訊社

　　大革命失敗後，隨著各地共產黨組織的恢復和重建，在上海、湖北、廣東、河北等國民黨統治區內陸續出現了一些宣傳革命的秘密報刊。爲躲避國民黨的查禁，這些報刊一般都是秘密或僞裝出版。此外，也先後創辦了一些通訊社，其中較爲著名並產生了重要影響的是中國工農通訊社（最初名爲中國工人通訊社）。

　　1931 年春，中共中央宣傳部在上海創辦中國工人通訊社（Chinese Worker』s Correspondence，簡稱 CWC）。次年，改稱中國工農通訊社（Chinese Worker』s Peasant Corresppondence，簡稱 CWPC），記者外出活動時曾用過「時間通訊社」的名義。最初成員有林電岩、童我愉、朱伯深、馮達等，負責人先後爲林電岩、朱鏡我、董維鍵、李少石。除上述人員外，先後參加通訊社工作的，還有潘企之、廖夢醒等。他們或負責採訪、寫稿，或從事英文翻譯和打字油印工作。

　　中國工農通訊社每週或 10 天左右發稿一次，每期約 3000～4000 字，用中、英文兩種文字發稿，以英文稿爲主。其中有通訊，也有言論文章。中文稿一般用複寫紙複寫七八份，秘密發給國民黨統治區的中共黨報及工人報

刊。英文稿件打字油印後寄發國外進步報刊 80 多份。其發稿內容，主要有：一、介紹中國共產黨的政策和江西蘇區的建設情況；二、報導革命根據地工農紅軍的戰況；三、各地工人運動的消息；四、九一八事變後風起雲湧的抗日救亡運動；五、揭露國民黨的反共反人民政策及其黑暗統治；六、針對當前各種社會思潮進行分析評論。[1]

中國工農通訊社的活動得到著名作家應修人、丁玲、洪深等人的幫助。工農通訊社還和旅居上海的外國記者和進步作家如史沫特萊（美國）、尾崎秀實（日本）、伊羅生（美籍猶太人）等保持密切聯繫，他們不僅在自己主辦的刊物或所寫的文章中大量引用工農通訊社的材料，還為向國外寄發英文稿提供了幫助。美國作家史沫特萊就曾將工農通訊社的報導內容選載入她的著作並注明根據 CWC 發稿的油印原件。

1935 年，由於叛徒出賣，中共上海中央局及其在上海的下屬機關幾乎被國民黨特務機關全部破壞。這一年，中國工農通訊社也因負責人被捕而被迫停止發稿。

2、全民通訊社

1937 年全面抗戰爆發後，在中國共產黨的積極努力和推動下，以國共兩黨合作為中心，中國各族人民、各民主黨派、各愛國軍隊、各階層愛國人士以及海外華僑的抗日民族統一戰線逐步發展起來。隨著全國抗日救亡高潮的到來，文化界抗日救亡組織和報刊、通訊社等機構陸續興起，這一時期中共在國民黨統治區領導的新聞通訊社主要以民間面貌出現，由中共中央局或當地八路軍辦事處直接領導。

全民通訊社，簡稱全民社，1937 年 9 月在山西太原成立，它是中國共產黨領導創建的以民營面貌出現的通訊社。全民社的籌建工作得到了周恩來的直接指導。在它籌辦的時候，周恩來曾經批示：「定名為全民通訊社，社長由李公樸擔任，實際工作由黨領導，經費也由黨負責。」[2]當時指定吳江（吳寄寒）負責通訊社的籌備工作，吳江原是中共領導下的進步新聞團體天津中外新聞學社成員，他到延安向周恩來彙報工作時，周恩來曾建議中外新聞學社為班底，在天津開辦一個通訊社。後來由於抗戰爆發，平津相繼淪陷，吳

---

1 方漢奇主編：《中國新聞事業通史》，中國人民大學出版社，2000 年版，第 290 頁。
2 穆欣：《全民通訊社——新聞戰線一支勁旅》，選自馬明主編《山西新聞通訊社百年史》，新華出版社，1999 年版，第 15 頁。

江輾轉來到西安又見到周恩來，遂決定在太原辦通訊社，由李公樸擔任社長，並由八路軍總部參謀處長兼駐晉辦事處主任彭雪楓領導籌辦工作。

10 月下旬，日軍逼近太原，全民社隨八路軍駐晉辦事處部分人員轉移到臨汾。不久，根據黨的指示，全民社從臨汾遷往武漢。這時，原天津中外新聞學社周科徵（周勉之）等也來到武漢加入全民社，周科徵任代理社長。社裏工作仍由吳江主持，參加全民社工作的還有黃卓民、方殷、李涵等。周恩來還指定八路軍駐武漢辦事處李克農領導全民社工作（1938 年 8 月，改由中共中央長江局宣傳部長凱豐領導）。1938 年 1 月 3 日，全民社在漢口開始發稿。10 月下旬武漢淪陷，全民社在武漢失守前遷往重慶。

全民社所發稿件主要依靠組織特約記者、通訊員義務供給。他們在全國各地組織發展的特約通訊員最多時總數超過 150 人，80% 左右分布在戰區，其中尤以華北戰區為多，在八路軍、新四軍中都有他們的戰地通訊員。他們不編發電訊，每日印發通訊稿一次，發往報紙和駐華外國新聞機構。通訊稿為八開油印，由二三十份逐漸增至 120 多份。轉移到重慶後，每週還增發英文通訊稿。

全民社在報導抗日救亡運動的同時，著重宣傳抗日民主統一戰線。他們的發稿內容，主要是來自前線的戰地通訊，報導軍民抗戰活動，揭露日軍暴行；時事報導以各抗日民主社團的公開活動為主，也有選擇地報導國民黨政府機關及其所屬團體的情況；編輯部還根據國民黨統治區各地報紙刊載的材料編寫通訊和評論，以及歐戰和太平洋戰場的新聞背景資料；他們還編發了大量來自敵後抗日民主根據地八路軍、新四軍英勇抗戰和根據地民主建設的通訊。在武漢期間，全民社還編發攝影報導，特別是該社記者方大曾以「小方」為筆名發表關於盧溝橋事變的照片和通訊，在當時產生了較大影響。

1939 年秋，國民黨為進一步控制輿論機關，再次頒布《新聞報刊通訊社登記辦法》，規定「凡未經登記者，一律予以取締」。中共黨組織為繼續保存全民社，最後經多方努力得到了官方「批准」在成都建社，重慶全民社遂停止發稿，改為辦事處，發稿業務此後轉到成都社，每週發給外籍友好人士的英文稿則由重慶辦事處繼續進行。全民社的工作仍由吳江主持，周科徵為代社長，同時由陳翰伯任總編輯，方仲伯負責採訪通訊工作，工作人員後來增加了張維冷、方樹民等。成都社址在春熙路，每天仍向各報刊印發通訊稿（後改為鉛印），同時還為有的報紙撰寫社論，供給專稿。

1940 年春，全民社代社長周科徵被捕。全民社在成都堅持工作約一年後，根據黨組織指示停止發稿，工作人員轉回重慶，繼續堅持鬥爭。1941 年 1 月皖南事變發生後，國民黨掀起新的反共高潮。根據周恩來的指示，全民社於 1941 年 2 月在重慶結束工作。

3、國際新聞社

上海八一三事變後，上海文化界成立了統一戰線組織——上海文化界救亡協會，《救亡日報》《抗戰》三日刊等一大批以抗日救亡爲主旨的報刊紛紛問世。這一時期，中共上海辦事處領導部分地下黨員和進步新聞工作者以上海文化界救亡協會的名義成立了國際宣傳委員會，主要負責人是胡愈之，其任務是向中外記者提供抗日戰爭的新聞資料。當時曾以國際新聞供應社名義，每日編發國際新聞稿，譯成外文分發給外國記者。[1]11 月上海淪陷後，原國際宣傳委員會的一部分同志轉移到香港，在香港正式成立了國際新聞社，簡稱國新社，負責人爲惲逸群，由中共華南局領導。國新社以香港爲基地，向海外數十家華僑辦的中文報紙，用航郵發出新聞稿和特約通訊稿，受到海外華僑報紙的歡迎。

另一方面，爲擴大抗日宣傳的力量，在中共領導下 1938 年 3 月在武漢成立了中國青年新聞記者學會，其前身是 1937 年在上海成立的中國青年記者協會，范長江等進步新聞工作者是「青記」的重要發起人和領導者。「青記」成立後，迅速開展多種形式的活動，成爲一個很活躍的群眾性團體。「青記」的總會最初設在漢口，武漢失守後遷到重慶，並在成都、長沙、廣州、延安等地成立了分會，會員後來發展到 1000 人左右。

國新社到香港後，稿件來源相對缺乏，而「青記」在各地擁有很多會員，稿件有比較充分的保證，於是決定以「中國青年新聞記者學會」會員爲基礎在內地建立國際新聞社總社，香港國新社改稱分社，對外名稱不變。國新社由胡愈之、范長江、孟秋江、邵宗漢在武漢共同發起創建，1938 年 9 月開始籌備，10 月 20 日在長沙成立，11 月 21 日在桂林正式成立總社。國新社「是由中國共產黨領導的，具體是桂林八路軍辦事處主任李克農領導，社內有中共地下黨的支部組織」[2]。國新社的社員、工作人員是由進步記者和救亡青年

---

1 胡愈之、高天：《對革命新聞事業機關「國新社」的回憶》，選自《國際新聞社回憶》，湖南人民出版社，1987 年版，第 10 頁。

2 范長江：《關於桂林國際新聞社的情況》，選自《國際新聞社回憶》，湖南人民出版社，1987 年版，第 7 頁。

組成的，其中有不少共產黨員，主要負責人范長江原是《大公報》著名記者，與中共關係密切，1939 年在重慶加入中國共產黨。

國新社採用「生產合作社」的原則進行管理，由社員民主選舉領導機構。社員包括專職和兼職兩種。社長范長江，副社長孟秋江，編輯主任黃藥眠，參與國新社工作和爲其撰稿的有胡愈之、邵宗漢、陳農菲（陳同生）、張鐵生、金仲華、高天、計惜英、於友、任重、田方、莫艾、楊庚等。其社員後來發展到七八十人，其中專職社員最多時爲 20 人左右。總社設在桂林，並設有重慶辦事處和香港分社。在上海淪陷後，國新社還設了秘密辦事處，從事地下新聞活動。國新社在國統區和敵後抗日根據地還陸續建立了一些通訊站，形成了相當廣泛的通訊網。

在創辦初期，國新社與國民黨國際宣傳處建立了供稿合同關係，解決了開辦時的經費問題，並取得了新聞行動的合法條件。「國新社」記者用國際宣傳處的證件，可以到國民黨軍隊中採訪，可以通過國民黨軍駐地出入於新四軍抗日根據地。借助這個合同關係，迅速打開了局面。[1]國新社的主要業務是發新聞通訊和專論，它以主要力量放在團結抗戰的宣傳上，大量報導國統區前線軍民抗戰和後方建設的事蹟。國新社記者還走遍了新四軍各縱隊，深入到連隊和游擊小組，訪問了葉挺、項英等新四軍領導，以第一手材料報導了新四軍英勇抗戰及抗日根據地的建設和發展。

國新社發稿對象是國內報刊和海外華僑報紙。它採用多種形式發稿，對國外的有英文《遠東通訊》，對華僑有《祖國通訊》《國新通訊》，對國內有《國際新聞通訊》、桂林本市稿、特約專電和普發到海外的特約專稿。登載國新社稿件的，除重慶《新華日報》、香港《華商報》外，還有國民黨統治區報刊和東南亞、印度、美國、澳洲、非洲等地華僑報紙，共計 150 多家。[2]

國新社的總社設在桂林，是根據周恩來作出的統一部署決定的。當時桂系李宗仁、白崇禧對抗日比較堅定，和蔣介石有矛盾，另外桂林行營主任李濟深和中共較爲接近。廣州、武漢、長沙失陷後，許多進步的群眾團體和文藝團體紛紛遷來桂林，這裡一度成爲華南進步文化事業的中心。

1　胡愈之、高天：《對革命新聞事業機關「國新社」的回憶》，選自《國際新聞社回憶》，湖南人民出版社，1987 年版，第 13 頁。

2　方漢奇主編：《中國新聞事業通史》，中國人民大學出版社，2000 年版，第 667～668 頁。

「皖南事變」後，國新社處境日益惡化。1941 年 5 月，國新社桂林總社、重慶辦事處被迫關閉，工作人員除轉移到解放區及國統區內地外全部遷往香港，在香港繼續堅持工作。1941 年末，太平洋戰爭爆發後香港陷落，國新社結束工作。

抗戰勝利後，1945 年 12 月國新社秘密建立了上海辦事處，由孟秋江主持，從事地下新聞工作，稿件除發表在當地進步報刊《文匯報》《時代日報》《聯合晚報》《文萃》雜誌等外，還通過私人關係分發到江西、湖南、湖北、雲南、貴州、廣西等省的部分地方報刊上，此外還向一些海外華僑報紙發稿。編發的稿件主要是地方通訊和專家撰寫的軍事評論、經濟評論稿。上海辦事處堅持工作將近兩年。全面內戰開始後，1947 年 5 月被迫停止活動。

解放戰爭期間，香港成為中國共產黨對外新聞宣傳的重要基地。國新社香港分社於 1946 年初重建，孟秋江、陸詒、高天先後主持，仍向港澳和海外華僑報紙，以及國統區一些地方報紙繼續發稿，稿件被廣泛採用。香港國新社辦的英文《遠東通訊》是中國共產黨和各民主黨派合辦的通訊刊物，揭露國統區的黑暗，宣傳共產黨和解放區的真實情況，受到海外各界人士的重視。

此外，中國共產黨還曾在國民黨統治區建立用以掩護身份和進行秘密活動的通訊社，如 1948 年在武漢建立的華中經濟通訊社，以湖北省銀行華中經濟研究室名義創辦，實際上是中共武漢市委的地下據點，主要工作人員的任用，都經市委同意，市委負責人還以通訊社工作人員的身份進行革命活動。1949 年 5 月，武漢解放前夕，這個通訊社的職工宿舍成為地下市委的一個指揮機關。

二、中共在革命根據地領導創建的通訊社

抗日戰爭時期，中國共產黨領導的八路軍、新四軍深入敵後，堅持開展持久廣泛的游擊戰爭，先後建立了晉察冀、冀魯豫、山東、華中等十幾個比較大的抗日根據地。隨著抗日根據地新聞事業的發展，相繼建立起一些地方性通訊社，它們在組織上多附屬於當地黨報，在業務上與延安新華總社有一定聯繫。

1、晉察冀根據地的通訊社

抗戰全面爆發後，八路軍 115 師挺進山西五臺山地區，率先開闢了第一個敵後抗日根據地——晉察冀抗日根據地。1937 年 11 月，晉察冀軍區成立；

1938 年 1 月晉察冀邊區政府在河北阜平成立。1937 年 12 月 11 日，晉察冀軍區政治部宣傳部創辦《抗敵報》，不久該報成為中共晉察冀省委機關報。

　　1939 年 5 月 14 日，晉察冀通訊社在河北省阜平縣城南莊成立，社長劉平。人員主要來自抗日軍政大學、邊區黨校、西北戰地服務團、冀中抗戰學院等。包括秘書洪平舟。編輯科長羅夫（蕭孟璞），編輯：孫犁、陳肇、江濤、梅歐、董逸風、劉禹、應唯魯、吳銘、李輝。採訪科長戴燁（蕭毓岱）、戴孟迪，記者：田間、鄧康、陳輝、丁原、米庚、夏風、張帆、雷行。總務科長沈重。

　　晉察冀通訊社的主要任務為：（1）為《抗敵報》供稿；（2）向新華總社發稿；（3）發展通訊員，建立通訊網，指導通訊員和通訊小組工作；（4）編改記者和通訊員來稿；（5）編輯出版《通訊往來》《文藝通訊》《晉察冀通訊》等刊物；（6）做社會調查，向領導機關反映情況；（7）為邊區領導人就某些重要問題草擬對記者發表談話稿件。[1]

　　晉察冀通訊社建立後，開始發展通訊員，出版刊物，其中《晉察冀通訊》深受讀者歡迎。1939 年 10 月，晉察冀通訊社曾以晉察冀邊區新華分社的名義參加新華社在延安舉辦的通訊員大會。

　　為適應敵後抗戰形勢的發展和加強新聞工作，根據中共中央北方分局決定，1940 年 5 月，晉察冀通訊社合併到北方分局機關報《抗敵報》，成為報社通訊部。11 月，《抗敵報》改為《晉察冀日報》，編輯部與通訊部合併為編輯通訊部。報社指定專人負責選用《晉察冀日報》《子弟兵》報以及記者提供的材料，加以精編，以新華社晉察冀分社名義向延安新華總社發稿，系統介紹晉察冀邊區的對敵鬥爭和根據地建設情況。電臺業務方面，報社早在 1938 年10 月就建立了新聞臺，負責抄收新華社和國民黨中央社的電訊，1941 年後又增設英文臺，抄收外國通訊社的電訊。1940 年 8 月建立了通報臺，晉察冀邊區開始向延安總社發稿，並接受總社的業務指導，還與晉東南、山東、冀南、晉西北等地區進行新聞聯絡。

　　1945 年 6 月，新華社晉察冀分社正式成立，中共晉察冀分局宣傳部長胡錫奎兼任分社社長，副社長胡開明，下轄冀晉、冀察、冀中三個支社。

　　在冀中地區，1939 年底中共冀中區黨委機關報《導報》（1938 年 9 月 10日創刊於任丘）復刊，改稱《冀中導報》。報社辦有冀中通訊社，社長由《冀

1　晉察冀日報史研究會編：《晉察冀日報史》，人民出版社，1993 年版，第 404 頁。

中導報》社長范瑾兼任，通訊社日常負責人爲副社長沈蔚。冀中通訊社與冀中導報社是兩塊「牌子」，一套機構，實際上是冀中導報社的通訊指導科，它既負責對外發稿，又管理報社的通訊工作。1940 年 10 月，冀中通訊社創辦了業務刊物《通訊與學習》，每一兩個月出版一期，在新聞業務和理論方面給通訊員以具體的指導。1941 年冀中通訊社與延安新華社取得通報關係。在 1940 年到 1942 年春，冀中通訊社每年召開兩三次由各縣通訊員骨幹參加的通訊工作會議，部署報導工作重點，學習和研究如何做好通訊工作，對通訊員進行業務培訓。因此，冀中地區的通訊工作發展很快。1942 年 3 月，冀中通訊社正式改稱新華社冀中分社。

2、晉西北和晉西南根據地的通訊社

1937 年 9 月，八路軍 120 師進入晉西北，開展游擊戰爭和群衆工作，不久創建了晉西北抗日根據地。晉西南抗日根據地的主要區域在呂梁山區，1937 年底到 1938 年初由八路軍 115 師部隊創建。在晉西北和晉西南，抗戰初期就成立了中共領導下的通訊社並進行宣傳活動，先後有戰動通訊社和戰鬥通訊社。

戰動通訊社，1937 年 11 月在山西離石縣成立，由第二戰區民族革命戰爭戰地總動員委員會（簡稱戰動總會，由中國共產黨參與，國民黨元老續範亭領導）創辦。它隸屬戰動總會宣傳部，利用電臺抄收國內外新聞和各縣動委會送來的信息，編輯油印的《戰動通訊》（日刊），報導國內外時事和晉西北抗戰消息與動員情況，向國內外通訊社、報社、雜誌社發稿。負責人先後爲趙宗復、段雲。《戰動通訊》在總會移住苛嵐後，曾一度停刊，後恢復出版，每期印 200 份，前後共出 182 期。1939 年 7 月 1 日戰動總會被閻錫山解散，戰動通訊社停辦。

戰鬥通訊社 1938 年 8 月在呂梁山區成立，它隸屬山西省第六區行政督察專員公署，與 1938 年 6 月創辦的《戰鬥三日報》爲一個機構，負責人穆欣。當時晉西南抗日根據地處在創建階段，戰鬥通訊社供給各種報刊的稿件，主要是報導呂梁山區軍民的抗日鬥爭和爲抗日服務的各項建設事業。向各處發稿採取的辦法有兩種：一種以個人署名的專稿供給特定的報刊，一種是不定期地以戰鬥通訊社油印通稿，寄給有供稿關係的報紙選用。[1]1939 年 12 月晉

---

1 穆欣：《呂梁山區誕生的戰鬥通訊社》，選自馬明主編《山西新聞通訊社百年史》，新華出版社，1999 年版，第 23～24 頁。

西事變後停止發稿。

另外，在晉西北，晉綏軍區（八路軍一二〇師）政治部除辦有《戰鬥報》外，還成立戰鬥通訊社，於 1940 年開始發稿，報導八路軍的戰績。所發戰報和通訊，除供給《戰鬥報》和《抗戰日報》外，還編印《戰鬥通訊》，寄發大後方和解放區報刊採用。

3、山東根據地的通訊社

抗戰初期，中共山東省委發動廣泛的武裝起義，建立了多處抗日游擊根據地。1938 年，八路軍部分主力部隊奉派到山東，以加強這一地區的抗日游擊戰爭，擴大和鞏固抗日根據地。12 月，根據中共中央決定，原蘇魯豫皖邊區省委改為中共中央山東分局，同時成立八路軍山東縱隊。

1939 年 1 月 1 日，中共山東分局機關報《大眾日報》在沂蒙山區腹地沂水縣西部王莊創刊，社長劉導生，總編輯匡亞明。報社設有新聞電臺，由電務室（後改為通訊室）負責，主要任務是抄收和播發電訊，編輯出版《大眾電訊》和向報紙編輯提供電稿，對外發稿時用「大眾通訊社」名義。1939 年 7 月 1 日起，由報社記者直接採寫的地方新聞都署名「大眾社」。

1940 年 12 月 7 日，中共山東分局發出關於宣教工作的指示，其中指出：「各區應成立大眾通訊社分社，各地方及縣與分區均應指定專人作大眾通訊社特約記者（受同級宣傳部領導），並將組織情形及記者姓名通知大眾社。此等分社或通訊記者，應經常供給大眾社通訊稿（重要者可發電報）」；「各區黨委所屬機關報，均應設一收報機，按時收聽新華社及大眾社所廣播的新聞與論文，藉以充實報紙內容，並統一對外宣傳」。[1]

1942 年 6 月，原通訊室改為通訊社部，對外把原「大眾通訊社」改為「新華通訊社山東分社」。

4、華中根據地的通訊社

在華中，新四軍於 1938 年三四月間挺進敵後，在長江南北敵後地區開展游擊戰爭，建立抗日根據地。1941 年 5 月，中共中央中原局和中共中央東南局合併，成立中共中央華中局。

1938 年 5 月 1 日，新四軍政治部在皖南創辦《抗敵報》，報社附設有抗敵通訊社，對外發稿。1941 年 1 月皖南事變發生，報與社均停辦。

1　《〈大眾日報〉回憶錄》第一輯，山東人民出版社，1998 年版，第 1～2 頁。

　　1940 年 12 月，中共中央中原局（後改爲華中局）在鹽城創辦機關報《江淮日報》。1940 年春成立江淮通訊社，附屬於《江淮日報》。社長由報社副社長、總編輯王闌西兼任。除抄收延安新華總社的電訊供《江淮日報》刊用外，還向新華總社發稿，報導華中各抗日根據地的政治、軍事、經濟、文化等方面的重要消息。1941 年 6 月，改稱新華社蘇北分社，直接與延安新華總社聯繫。

　　1941 年春，蘇北通訊社建立，附設於中共蘇北區黨委機關報《抗敵報》，社址在泰東縣滸零鎮（現屬如東縣），社長由蘇北區黨委宣傳部長俞銘璜兼任。4 月，蘇北臨時行政委員會改爲蘇中行政委員會，蘇北通訊社隨之改稱蘇中通訊社。5 月底，在中共中央發出關於統一各根據地對外廣播的指示後，蘇中通訊社改建爲蘇中新華社（又稱新華社蘇中分社），建制與《抗敵報》平列，社長爲重慶《新華日報》來的戈茅（徐光霄）。

　　除以上這些通訊社外，還有一些地方通訊社在初建時就名爲新華社××分社，如華北分社（也稱晉東南分社）1939 年 10 月便以「華北新華社」或「新華社華北分社」電頭發稿，1941 年初改稱新華社華北總分社。由於當時敵後抗日根據地客觀上處於被封鎖、分割的狀態，導致其在新聞宣傳上存在著一定的分散和無政府狀態，主要表現在涉及全國性重大政治事件時發表了一些違反中共中央政策和指示的言論，受到中央的批評。爲統一各根據地對外宣傳，1941 年到 1942 年，中共中央多次發出指示，要求各中央局、中央分局、省委和區黨委加強對外宣傳工作的領導，統一根據地的對外宣傳。1941 年 5 月，中共中央發出通知要求：「各地應經常接收延安新華社的廣播，沒有收音機的應不惜代價設立之，各地報紙的通訊社，應有專門同志負責接收與編輯的工作，應同延安新華社直接發生通訊關係，並一律改爲新華社某地分社。」[1]此後，根據中共中央指示，各根據地原來的一些地方通訊社組織均改爲新華社地方分社或支社，業務上受新華總社指導和管理，新華社逐漸統一了各根據地的新聞廣播，把具有全黨、全軍和全國性質的重大新聞發布權集中到延安總社，保證了黨的方針政策的正確發布。

1　《中國共產黨新聞工作文件選編》，新華出版社，1980 年版，第 99 頁。

第四章　民國時期的民營新聞通訊業

　　民國時期，民營資本發展、時局混亂、准入條件較低等使得國人大量創辦通訊社成為可能，出現了大批民營通訊社，但良莠不齊，發展極不平衡。儘管出現了數家在中國通訊事業發展史上卓有成績的大民營通訊社，但大多資金短缺、規模較小、壽命不長，突破列強新聞壟斷、實現民族自強的創辦初衷也未能有效實現，甚至有些淪為政治黨派宣傳甚至陞官發財的工具。在民族存亡時刻，一些進步民營通訊社積極進行抗日宣傳，以維護國家主權、民族自救為己任。作為民族資產階級的利益代表，民營通訊事業具有很大的侷限性，缺乏有力的政治和經濟力量支撐，呈現出渙散混亂的局面，最終走向消亡。

第一節　民國初年的民營通訊社

　　國人自辦通訊社之始，可以追溯至清末，當時處在社會大變革之中的人們對新聞信息的需求迅速增長，外國通訊社壟斷局面警醒了國人對通訊社作用的認識，我國出現了數家從譯報、剪報、通信工作發展而來的最早的一批通訊社。

　　辛亥革命勝利後，南京臨時政府採取言論自由政策，加速了中國社會的新陳代謝，促進了中國新聞事業的發展。其時，民主、自由氣氛空前高漲，政黨政治觀念深入人心，各派政治力量之間的鬥爭複雜而又激烈，我國新聞界出現短暫的繁榮，報刊數量大量增多。在空前的辦報熱潮中，出現了國人自辦通訊社的第一次高潮，在 1912 年和 1913 年短短的兩年內，全國出現了

多家地方性通訊社，不僅在數量上突飛猛進，質量上也比萌芽階段提高了許
多。

一、空前的報刊出版高潮爲新聞通訊業起步提供了市場

　　1912 年中華民國成立後，南京臨時政府立即通過立法手段建立起與西方
先進國家接軌的新聞自由體制，頒布促進新聞事業發展的新法令。1912 年 3
月 4 日，南京臨時政府內務部制定了簡略的《民國暫行報律》，正式宣布廢
除《大清報律》，同時與報界約法三章，具體內容有：出版報刊必須履行登
記手續；「流言煽惑，關於共和國有破壞弊害者」應受懲處；「調查失實，污
毀個人名譽者」應受處罰。但當時民主、自由氣氛空前高漲，此報律受到報
界一致反對，孫中山 3 月 8 日命令撤銷。3 月 11 日，南京臨時政府頒布《中
華民國臨時約法》，其中規定：「人們有言論、著作、刊行及集會、結社之自
由。」言論出版自由第一次得到法律認可。中國的新聞事業也第一次獲得國
家大法的尊重與保障。

　　言論自由政策爲報業發展提供了良好機遇，中國新聞事業從而迎來了一
個飛速發展時期。而且當時黨會林立，據統計，自 1911 年 10 月武昌起義後
至 1913 年之間，全國各地號稱爲「黨」與「會」的組織將近 700 個，其中
具有自己的政治綱領及一定規模的 30 多個。各團體、個人紛紛辦報，形成
了一個創辦報刊的高潮。據不完全統計，1912 年全國報紙由十年前的一百多
種，陡增近五百種，總銷數達 4200 萬份，突破歷史最高紀錄。其中 1912 年
2 月北京民政部進行登記的報紙，就多達九十餘種，成爲「報界的黃金時代」，
特別是政黨報刊掀起出版熱潮。而北京由於成爲政治中心而勢頭最猛，據
1912 年北京政府內務部報告說，從 2 月 12 日清帝退位到 10 月 22 日，8 個
月內在內務部註冊立案的報紙有 89 家。原報業中心上海、天津、廣州等地，
報紙數目在原來的基礎上也大爲增多。就連嘉定、金山、青浦、崇明、新會、
梅縣、高州等一些小縣城，也出現了不少新辦報紙。其中嘉定一個縣，從 1911
年 11 月到 1913 年 2 月就新辦報刊 10 種。空前的報刊出版高潮，需要通訊
社提供新聞來源或者直接供應稿件，給通訊社提供了廣闊市場。[1]

　　在空前的辦報熱潮中，對新聞時效、眞實、準確以及數量的要求越來越

1　方漢奇主編：《中國新聞事業史通史》第一卷，中國人民大學出版社，1996 年版，
　　第 1014～1015 頁。

高，而新聞採訪力量的不足、記者整體的低下成為報刊發展的瓶頸，發展通訊社事業也被提上議程，中國報界俱進會 1912 年 6 月在上海召開特別大會時，創辦全國性的通訊社是主要議題之一。提案稱：「報館記事，貴乎祥、確、捷。今日吾國訪員程度之卑劣，無可為諱。報館以採訪之責付諸數輩，往往一事發生，報館反為訪員所利用，顛倒是非，無所不至。試問各報新聞，能否合乎祥、確、捷三字？吾恐同業諸君，亦不自以為滿意，而虛耗放訪薪，猶其餘是。同人等以為俱進會者，全國公共團體，急宜乘此時機，附設一通信機關，互相通信，先試行於南北繁盛都會及商埠，俟辦有成效，逐漸推行，俾各報館得以少數之代價，得至確之新聞，以資補助而促進步。」[1]經過討論，大會作出了由中國報界俱進會創辦通信社的決議，並委託上海《太平洋報》的朱少屏草擬章程、負責籌備。可見當時國內新聞界對於組建通訊社確有宏圖之志，但可能由於政局的多變和報界的黨爭，這一決議終未能付諸實現。但這一事件本身，表明了民初新聞界對通訊社的迫切需求。

二、民營通訊社迎來第一個發展高潮

　　辛亥革命後寬鬆的社會環境促進了新聞事業的發展，各地報紙大量出現，重大事件接連不斷，為爭取受眾，報紙必須加強新聞報導，無力自行採集新聞的報紙需要有通訊社的配合。新聞界一些嗅覺靈敏的記者覺察到其中機會，如《湖南公報》李抱一、張平子 1913 年在創辦湖南通信社的簡章中聲稱：「詳探本省緊要新聞，務求消息敏捷，報告確實，據實直書，毫無偏見。通訊中外各報館，以供採用。」[2]有人自行採訪新聞供報紙採用，如早在辛亥革命前的廣州就有記者何克昌以個人名義外出採訪，所得新聞分送廣州各報，每月得稿費若干；辛亥革命後的湖南，省督軍府的譯電源孫斌每日將可以公開發表的電訊分送各報。更多的則組織起來向報館供應新聞，各地頓時湧現出一批通訊社。在 1912 年和 1913 年短短的兩年內，國內一下子出現了一批民營通訊社，主要有：

名　稱	具　體　情　況
公民通信社	1912 年 1 月 1 日，廣州，楊公民創辦
民國第一通信社	1912 年 9 月，上海，李卓民等創辦

1　戈公振：《中國報學史》，中國文史出版社，2015 年版，第 242～243 頁。
2　《湖南新聞志》，湖南出版社，1993 年版，第 399 頁。

上海通信社	1912 年，上海，李卓民創辦
民國新聞社	1912 年，廣州，陶望潮創辦
湖北通信社	1912 年 5 月，武漢，冉劍虹創辦
湖南通訊社	1913 年，長沙，李抱一、張平子創辦
湖南新聞社	1913 年，長沙，王道南創辦
北京通信社	1913 年，北京，張珍創辦
民國新聞社	1912 年 10 月 19 日前，杭州，陶鑄創辦
東亞通訊社	1913 年 8～10 月間，哈爾濱
成都通信社	1913 年 9 月前，成都
實紀通訊社	1913 年，開封
環球新聞團	1913 年，開封

　　這些通訊社由於人力、財力的限制，大多規模極小。其中值得一提的是民國第一通信社，該社由李卓民聯合友人在上海創辦，成立於 1912 年 8 月 31 日，9 月 1 日正式開始對外發稿，是由中國人自辦、登記在冊的上海第一家通訊社。該社創辦宗旨曾在 8 月 31 日《申報》刊出的成立廣告中予以說明：「凡報館林立之地，尤必有通訊社一機關爲所依據，爲之補助，故路透一社實與西報等相爲表裏。我國報界之發達，自客歲以來，可謂盛矣，惟此一機關獨付闕如，仰賴他人操縱，一聽諸人，其消息又未必盡確。同人等有鑒於此，不憚綿薄，組織一交換智識、介紹材料之完全通信機關於上海，藉與各報社聯絡進行。」從中可以看出民國第一通信社已經認識到報紙與通訊社「相爲表裏」的關係，是適應當時客觀形勢和實際需要創辦起來的；該社自稱「各埠分駐訪員，所有眞實新聞發往上海，在滬埠總匯編輯發行或每日一次或每日二、三次，如有要聞立刻印行，期於至確至速，以餉海內。」爲擴大發行，它還宣布定閱者「每月取資洋 10 元，並先贈送半月」。[1]

　　這些陸續出現的通訊社，影響力仍舊十分有限。他們一般只有一兩個工作人員，新聞來源大多爲剪報或翻譯外文報紙，自採的消息很少，印刷設備簡單，大多用複寫或油印方式向各報分送、寄發稿件。因爲質量不高，發行數量很少，除了李抱一、張平子創辦的湖南通訊社有幾十戶訂戶外，其餘由

1　《上海新聞志》，上海社會科學院出版社，2000 年版，第 377 頁。

幾份到幾十份不等。[1]有的通訊社創辦不久就面臨關鍵工作人員變動，如1912年10月陶鑄在杭州成立的民國新聞社，陶鑄赴日留學後社務就交由王芍莊代理，自己已置身事外。[2]儘管如此，這些通訊社在民國元二年的成批出現，畢竟是新聞事業蓬勃發展的一個反映。

三、民營通訊社在「癸丑報災」影響下陷入沈寂

民國初年新聞通訊事業的短暫繁榮很快就受到挫折。1913年，袁世凱暗殺國民黨著名首領宋教仁，隨後，鎮壓孫中山領導的「二次革命」，強迫國會「選舉」他當大總統，取消國會廢除臨時約法，直到最後恢復帝制。各地反袁鬥爭此起彼伏。袁世凱竊取政權後對新聞事業嚴加控制，查封異己報紙，借法令禁錮新聞，全國大大小小軍閥也乘機興風作浪，民營通訊社的發展亦受到壓制，很快在軍閥與封建勢力的摧殘下陷入沈寂。

辛亥革命之後，民主共和思想和言論出版自由理念深入人心，袁世凱妄圖復辟帝制，必然遭到新聞界輿論的強烈反對。於是，袁世凱在鎮壓革命的同時，對自由新聞體制進行了大肆扭曲，出臺不少限制言論自由的規定，通過武力對那些反對自己的報刊、報館、報人進行嚴酷壓制，扶持自己的御用報刊，企圖控制新聞界，從輿論上支持自己的稱帝企圖。其中「二次革命」失敗後，袁世凱政府對國民黨系統的報刊以及其他異己報刊進行大肆摧殘，對所謂「違禁」報紙、印刷品包括通訊社稿件停寄、檢扣、查辦，對報人輕者警告訓斥、傳訊罰款，重者喪失人身自由甚而予以人身消滅。1913年底，全國繼續出版的報紙只剩139家，較之民國初年的近500家銳減至近三分之一，報人大批被捕被害，發生了中國新聞史上有名的「癸丑報災」。袁世凱政府還先後出臺《報紙條例》《出版法》等，對包括通訊社稿件在內的印刷品進行管制。當時，報紙、通訊社「苟觸其忌諱，即有禁止出版之憂，甚至操筆政者遭人暗殺，或幽之囹圄，此乃近來內地報界所常見之事也。」[3]如在「二次革命」時湖南通訊社因曾發布致北方各報函件而被誣與北方勾結被迫停辦，哈爾濱東陲通訊社人員因發售反帝制報紙而被警察廳逮捕，通訊社記者何克昌因多次揭露廣東督軍龍濟光的惡行而被殺害等等。

1 方漢奇主編：《中國新聞事業史通史》第一卷，中國人民大學出版社，1996年版，第1021頁。
2 來豐：《中國通訊社發展史》，復旦大學博士學位論文，2002年5月。
3 戈公振：《中國新聞事業之將來》，《東方雜誌》20卷第15號。

在這樣的環境下，民營新聞通訊事業的發展也受到了極大的限制，新開辦的通訊社更是寥寥。民營新聞通訊事業基本陷入沈寂狀態，直到袁世凱垮臺後，才重有起色。

四、中國留學生在海外創辦的通訊社

民國初期，國內新聞報刊活動勃興，但當時中國的報館大都無力向國外派駐專任記者，報紙的國際新聞主要依靠外國通訊社供稿。一些報館為開闢稿源，便在海外的留學生中選聘通訊員，在這種情況下，也出現了由部分留學生自辦的向國內發稿的通訊社。其中較有影響的有著名報人、記者邵飄萍等創辦的東京通信社。

1914 年，邵飄萍為躲避袁世凱的輯捕而流亡日本，入東京法政學校讀書。在日本，他結識了一批國內的革命黨人，還有一些和他有共同志向的青年報人。1915 年 7 月，他與同窗潘公弼、同鄉馬文車共同創辦了東京通信社。三人以半工半讀的方式用中文向國內各報，特別是北京和上海著名的報紙發稿，內容主要是國際和外交新聞。當時他們開展的新聞採訪和編輯等業務活動，可以說是進一步擴大了他們的視野，特別對邵飄萍來說，鍛鍊、造就了他後來作為一個全國性時事政治的著名記者的能力。[1]

東京通信社發回國內的新聞通訊，經常反映東京的華僑、留日學生開展愛國運動的情況，日本政局和對華外交等，這些報導很快受到國內報界和輿論的注意與好評。東京通信社最有影響的新聞報導是對中日秘密交涉中的「二十一條」的曝光。1915 年，袁世凱為了實現皇帝夢，不惜出賣國家主權，就日本提出的「二十一條」與日密談。邵飄萍從外國報紙上得到消息後，立即向國內發回了報導，在國內引起了強烈的反響，有力地推動了國內反日倒袁愛國運動的開展。東京通信社對「二十一條」的報導也引起了日本當局的注意，邵飄萍後來回憶，東京通信社成立後，「為京津滬著名報紙司東京通訊。適當日本提出二十一條之際，以議論激越，惹日本警察官吏注意」[2]。

1916 年春，邵飄萍回國投入倒袁愛國運動，為《申報》《時報》《時事新報》撰文發表討袁政論，引起全國輿論界的重視。東京通信社也隨著邵飄萍、潘公弼等人相繼回國而告解散。

1　郭汾陽：《鐵肩辣手——邵飄萍傳》，浙江人民出版社，2006 年版，第 45 頁。
2　邵飄萍：《愚與我國新聞界之關係》，《實際應用新聞學》，京報館 1923 年版，第 161 頁。

第二節　民國北京政府時期的民營新聞通訊社

　　1916 年袁世凱垮臺後又出現了一次創辦通訊社的高潮，但和民國初年的民營通訊社一樣，大多規模很小。直到進入 20 年代，民營通訊事業才進入全面發展階段，各地新設立大批通訊社，出現了向全國性通訊社發展的民營通訊社，在新聞業務和經營管理方面都做出了不少探索，爲我國新聞通訊事業的發展積累了經驗。

一、民營通訊社再次出現創辦高潮

　　1916 年袁世凱垮臺後，國內再次出現了一次創辦民營通訊社的高潮，全國各地陸續出現了一批新的通訊社。

（一）民營通訊社再次出現發展高潮的原因及特點

　　民營通訊社再次迎來發展高潮有著多方面的原因：一是政局動盪及社會發展使人們對信息的需求越來越旺盛。當時國內有袁世凱倒臺、軍閥混戰，國外第一次世界大戰爆發、俄國十月革命勝利等，在這樣的多事之秋，國人迫切需要瞭解各方消息，而報館限於採訪實力，十分需要通訊社幫助提供稿件。二是北京政府對新聞事業也並非一味打壓，有時採取一定程度的扶助政策。如 1916 年 7 月開始，郵政部門修訂印刷品郵遞章程，印刷品由按份收費改爲一律按重量收費，一定程度有利於通訊社發展。而且儘管北京政府還是強有力地限制新聞出版，但在具體實施時還是有所收斂，特別在袁世凱倒臺初期。三是出於派系鬥爭需求，客觀上爲通訊社成批出現創造了有利條件。袁世凱死後，北洋軍閥四分五裂，各軍閥集團爲了爭奪中央政權相互爭鬥，爲配合政治鬥爭需要，各派紛紛利用報紙、通訊社等發表自己主張，或自辦、或收買通訊社爲自己服務。

　　1916～1919 年間，全國一下子出現了數十家通訊社。如長沙 1916 年 10 月連續有中華通訊社、華美通訊社、亞陸通訊社、大中通訊社 4 家通訊社創立；北京有 1916 年 8 月成立的新聞編譯社，1917 年 6 月 10 日成立的民生通訊社，1917 年 9 月專事採訪本地新聞的北方通訊社成立，還有華英亞細亞通訊社、新聞交通通信社成立；1918 年 9 月 3 日西方通訊社在成都成立；1918 年不甘心國際新聞被外國通訊社壟斷的李次山聯合同人在上海組建聯合通訊社；1919 年 2 月南北議和期間，有人特地開辦和平通訊社以及時報告會議進展；武漢 1916 年創辦的武漢通訊社；1916 年 3 月廣東創辦的嶺南

通訊社、1918 年「周循通訊社」和 1920 年「時事通訊社」等等，並第一次產生了專門向報紙提供照片的新聞通訊機構。

五四運動爆發後，在維護國家權益的鬥爭中，許多知識分子出於愛國熱情，還創辦一批以「中」字打頭的通訊社，如中國通訊社、中外通訊社、中華通訊社、中孚通訊社等等，與報紙聯合一致反對帝國主義對我國主權的踐踏。但多因人員缺少、資金短缺、設備簡陋，大都自生自滅。

雖然這階段民營通訊社掀起了發展的小高潮，但仍是停留在初級階段，難以從總體上對我國新聞事業產生實質性影響。不過，難能可貴的是在新聞通訊業務開展上經過逐步摸索，實現了一些突破，影響力有所提升。這一階段民營通訊社事業發展的特點主要有三個：

一是總體規模很小，且多數都有政治背景、接受官僚政客的資助或津貼。這些民營通訊社與民國初年的通訊社一樣，大都是私人創辦的，規模很小，不少通訊社僅靠一兩人支撐，影響力十分有限。有的通訊社還是與報紙合二為一的，如 1917 年哈爾濱的東陲通訊社、哈爾濱通訊社的主任分別由《東陲日報》總編王目空、《東亞日報》主筆朱祉民兼任。受自身實力所限，真正自採新聞並不多，基本上以譯報、剪報為主，新聞通訊事業還是掌握在外國通訊社手裏。而且，當時的通訊社大多是充當各政治勢力的傳聲筒，其消息多為各政治勢力的宣傳品，戈公振曾在《中國報學史》中指出當時的通訊社「其數目上言，誠不為少，但實際設備簡陋，只為一黨一派而宣傳其消息，至不為國內報紙所信任，對外更無論矣。」[1]

二是在新聞通訊業務開展上實現了一些突破，稿件銷路、發稿方式、信譽度等有所提升。如在稿件銷量上，民生通訊社日發稿量有 70 份，華英亞細亞通訊社日發稿量 60 份，北方通訊社日發稿達到約 100 份，平民通訊社發行量則達到 150 份。[2]在發稿方式上，出現了發電訊的通訊社，如中孚通訊社、中華通訊社等，上海《申報》《時報》曾大量採用他們的電訊稿，有一時期《申報》的「中國各通訊社電」一欄就主要刊載他們所發電訊，有一時期《時報》的「通信社電」及後來接替它的「國內特約電」幾乎全是中孚通訊社的電訊。[3]此外，還出現了能為國外組織信任並向其供應消息的通訊

1　戈公振：《中國報學史》，中國文史出版社，2015 年版，第 241 頁。
2　方漢奇主編：《中國新聞事業編年史》，福建人民出版社，2000 年版，第 834 頁。
3　來豐：《中國通訊社發展史》，復旦大學博士學位論文，2002 年 5 月。

社。如 1919 年夏在上海成立的共同通訊社，主要業務就是向外國報紙和團體供應有關中國的消息，至 1920 年 3 月該社共發稿 40 件、公布資料 40 種，並多次代外國實業界調查我國花生、木材、樟腦、鉛礦狀況，還與美國雜誌如《Trade Pacific》《Independence》《Asia》等簽訂特約通信關係，除美國外還與加拿大、澳大利亞等國報紙、團體建立聯繫。[1]

三是在社會上初步具備一定影響。如在湖南驅張運動中，平民通訊社通過播發大量稿件，爭取各界同情和輿論支持，形成了強大輿論壓力，爲驅張運動創造了極爲有利的條件。1912 年 12 月，以毛澤東爲團長的湖南驅張請願團到達北京請求政府撤換湖南都督張敬堯，爲了揭露張敬堯的罪行，爭取各界同情和輿論支持，該團成立了以毛澤東爲社長的平民通訊社，從 12 月 22 日起每日發布 150 餘份油印或者石印的驅張新聞稿，不收稿費，分送京、津、滬、漢等地報紙。這些稿件大多由毛澤東撰寫，記載了請願團在北京的具體活動以及張敬堯的種種罪行，被北京《益世報》《北京日報》《北京唯一日報》《京津泰晤士報》、上海《申報》、漢口《大陸報》《正義報》等採用，各報據此揭露張敬堯的罪行或發表評論，產生了廣泛影響，對驅張運動勝利起了重要作用。1920 年 4 月毛澤東離京後，平民通訊社宣告結束。

（二）典型代表：新聞編譯社

新聞編譯社是這一階段最有影響的民營通訊社，由邵飄萍創辦。邵飄萍（1886～1926），浙江東陽人，民國時期著名報人、新聞攝影家，是中國新聞理論的開拓者、奠基人，被後人譽爲「新聞全才」「亂世飄萍」「一代報人」「鐵肩辣手，快筆如刀」等。早在學生時代就被聘爲《申報》通訊員；1911 年協助創辦《漢民日報》，兼管《浙江軍政府公報》，從此開始職業報人生涯。日本留學期間，在東京創辦東京通訊社。1916 年回國後，受聘於《申報》《時報》《時事新報》，撰寫時評。袁世凱死後，《申報》聘他爲特派駐京記者，期間爲之撰寫的《北京特別報導》很受歡迎。在中國新聞史上，邵飄萍是第一個重視通訊社，並以通訊社爲依託成功地開展新聞採訪和報導活動的著名記者。

1916 年 8 月，邵飄萍在北京創辦新聞編譯社，社址在北京南城珠巢街。創辦起因是邵飄萍看到「北京至報紙，幾無重要有系統之新聞，愚以爲他國

1　來豐：《中國通訊社發展史》，復旦大學博士學位論文，2002 年 5 月。

人在我國有通訊社，率任意左右我國政聞，頗以爲恥」[1]。該社每日發稿一次，每晚 7 時左右發行油印稿，外地郵寄，本埠由社員騎自行車分送。內容分自採和編譯外電兩部分。

圖 4-1　邵飄萍（1886～1926）

　　新聞編譯社注重政治軍事新聞，以內幕、獨家新聞取勝，「每日總有一二特殊稿件，頗得各報好評」，稿件被「中外報紙多數採用，外埠及外國駐京特派員亦皆定購稿件以作資料」。邵飄萍擅長採訪，1917 年前後，他曾奮力突破閣議秘密，通過新聞編譯社將內閣會議內容公布於眾。閣議內容於是成爲新聞編譯社發布的重要內幕新聞。「向之政府閣議，關防嚴密無人過問者，至是乃打破之，而每次皆有所議內容之記載，北京報紙，頓改舊觀」。新聞編譯社也成爲其後北京創辦的不少通訊社的範本，他們「記載新聞之格式，一仿新聞編譯社，至今而未改也」。[2]

　　新聞編譯社不依附於任何政治勢力，能無所顧忌地秉筆直書，看問題深刻尖銳，如該社 1919 年 5 月播發的《山東問題大警報》《我代表山東問題》《日本攫取外蒙警報》《日本與鄂政府》《昨日公府之重要會議——南北代表辭職——合約絕不簽字》等報導，被邵飄萍創辦的《京報》採用，這些報導並不因爲當時執掌北京政府的段祺瑞親日就畏縮不前，還在報紙上刊登啓事徵求反對在巴黎和會上簽字的文章。[3]此外，新聞編譯社以維護國家權益爲己

1　華德韓：《邵飄萍傳》，杭州出版社，1998 年版，第 69 頁。
2　邵飄萍：《我國新聞學進步之趨勢》，《東方雜誌》第 21 卷第 6 號。
3　來豐：《中國通訊社發展史》，復旦大學博士學位論文，2002 年 5 月。

任，所發新聞有較強的愛國主義色彩，如曾揭發溥儀逃宮時日本人的陰謀，並對溥儀盜賣故宮器物事猛烈抨擊。

新聞編譯社雖然發展較為初級，無力向全國發稿，但一定程度上打破帝國主義對中國通訊事業的壟斷，維護了中國利益，為中國通訊社事業的發展積累了經驗、做出了重要貢獻。

二、民營通訊社進入全面發展時期

20 年代以後，軍閥連年混戰，地方軍閥勢力之間時而妥協聯合，時而爆發戰手，削弱了對社會的控制，也為媒體提供了大量新聞報導素材；社會的動盪還使得人們需要大量信息以瞭解自身所處環境，這刺激了通訊社的發展，各黨各派也乘機組建宣傳自己的通訊社。另一方面，20 世紀中國人民反帝愛國運動轟轟烈烈，各帝國主義國家借助其新聞通訊事業發達，顛倒黑白，污蔑中國人民的正義行動，為了改變「新聞的侵略」的現狀，發揮新聞促進社會發展、維護中國主權的作用，一批民營通訊社相繼成立。此外，中國民族工業快速發展對信息需求大增等，也促進了對私營通訊社的需求。因而，民營通訊社的發展進入了全面發展的新時期。

民營通訊社很快在全國各地遍地開花，甚至在一些經濟、落後的邊遠地區也出現了通訊社，如 1926 年內蒙古、貴州分別開辦了第一家通訊社綏遠通訊社、貴州通訊社，1929 年青海開辦了第一家通訊社湟中通訊社；而廣州、上海、天津、北京、武漢等大城市則在原有基礎上進一步迅速發展，出現了一些成熟的民營大通訊社。1920～1928 年間，全國各地新設立了大批民營通訊社，通訊社數量大增，1925 年北京私營通訊社號稱有 30～40 家[1]；廣東省 1913～1922 年僅新設通訊社 3 家，1923～1926 年中則新設 27 家，1927～1929 年新設 31 家，平均每年 10 多家。廣東汕頭直到 1926 年才出現通訊社，但 1926～1928 年中新辦通訊社 17 家。[2]重慶在 1920 年前少有通訊社，但自 1920 年李光斗在重慶設立四川通信社開始到 1930 年，累計設立通訊社達 110 家。[3]成都亦是如此，據不完全統計，1924～1928 年間新增通訊

1　方漢奇主編：《中國新聞事業史通史》第一卷，中國人民大學出版社，1996 年版，第 1021 頁。

2　《民國初年至廣州淪陷前廣東通訊社一覽表》，《廣東省志·新聞志》，廣東人民出版社，2000 年版，第 88 頁。

3　《四川省志·報業志》，四川人民出版社，1996 年版，第 148 頁。

社，22 家。[1]

戈公振根據中外報章類纂社所調查的資料統計，到 1926 年，全國通訊社達到 155 家；北京最多，武漢次之，但如果將許多未登記的通訊社包括在內，實際上應不止這個數字。據 1927 年《支那年鑒》統計，上海也有通訊社 12 家。這些通訊社有的是私人創辦的，有的是報館聯合創辦的，但很多掛著「民營」旗號的通訊社，「開辦之費與夫養命之資，大都係軍閥黨派方面所支出」[2]。

這一階段出現的民營通訊社大多數資金短缺、設備簡陋、人手不夠、旋起旋滅，並無規模和成績可言，也無法形成有力的社會輿論，基本無助於實現民族自強、挽救國家前途的目的，但也有一些民營通訊社抓住機會，發展成為資金較為雄厚、組織較為健全、人員較多、影響較大的通訊社，在新聞業務和經營管理等方面做出了積極探索。這一時期民營通訊社的發展呈現出以下三個特點：

一是民營通訊社良莠不齊，發展不平衡。胡政之對民國初期的情況進行過描述，他說：「全國通訊社，多如牛毛。據調查全國共有一百多家，北京最多，武漢次之。但是這些通信社都是個人組織，靠機關津貼維持業務，根本談不到對新聞事業有什麼貢獻。捧人者有之，造謠生事者有之，挑撥離間，鼓動風潮，誹謗詆毀，挾嫌攻擊，無所不用其極，只圖賣一份長期訂稿，其他都在所不計。機關、團體、首長、私人，因畏懼它散佈對自己不利的消息，所以勉強拿錢訂閱一份通訊稿，以為敷衍；但真正大報館，反而不訂，更不引用它的新聞。因此通訊社便成了一種敲詐工具，而這批人則成為社會流氓，橫行霸道，目無法紀，令人敬而遠之的一群！所以一百多家中，真正站在新聞立場，以輿論影響社會，以消息傳佈民情的，可說絕無僅有！而且風氣之壞，深入裏層，蔚為一時的社會公害。」[3]雖有誇大，但也一定程度反映了當時民營通訊社發展的良莠不齊和存在的諸多問題。

二是新聞業務發展上逐步邁向專業化。在認識上，不少民營通訊社意識到要想長期生存發展，必須在新聞報導上多下工夫，發布公正、確鑿的消息。不少通訊社在建社之初就打出「客觀公正」的旗號，表達其所採集信息的可

1　《成都通訊社、新聞社編年目錄》，《成都報刊史料專輯》第 11 輯。

2　伯韜：《北京之新聞界》，《國聞週報》二卷 13 期，第 9 頁。

3　王咏梅：《胡政之創辦「國聞通信社」》，《國際新聞界》2008 年第 5 期。

靠性、立場的獨立公正、消息的迅速及時。如 1921 年 3 月成立的北京神州通訊社自稱「中正不倚之精神，促進社會之發展；宣揚東西文化，維持世界和平」「發行迅速，印刷精明」[1]；同年成立的北京震旦通訊社成立時自稱「無黨派關係，態度光明，新聞確實，內容豐富，消息靈通」等[2]。在工作方式上，逐步擺脫譯報、剪報等簡單的工作方式，普遍由自己派記者採訪新聞，建設自己的信息採集網絡。如 1925 年 6 月 25 日，上海國民通訊社在《申報》上刊登一則啓事，稱「本社現添聘北京、廣州、天津、漢口、重慶、福州、九江、南京、杭州、鄭州、開封、哈爾濱、奉天、安慶、濟南、青島等處訪員，薪金通信訂定，特別從豐」，同日北京世界新聞編譯社也在《申報》上刊登同樣的啓事；1924 年成立的遠東通訊社在奉天、哈爾濱、漢口、青島、長沙、北京、廣州、雲南等地聘有通訊員，1925 年還曾在上海舉辦新聞展覽會，組織新聞學演講會和成立新聞學研究團體「上海新聞學會」，以推動我國新聞事業發展等。此外，發送稿件從數十份增至幾百份，稿件字數從幾百字增至幾千字，發稿範圍從本埠擴大到全國各地的大城市，發稿方式從單純的單車遞送、郵寄發展到電訊，稿件內容也根據字數和內容的不同得到細分等等。

　　三是經營業務上不斷探索。民營通訊社積極採用各種營銷手段擴大影響以提高稿件採用率、招攬客戶，普遍做法是「先嘗後買」，免費贈送給報社使用，用得好需要長期訂閱才開始收費。如北京亞東通訊社、震旦通訊社開辦時贈閱 1 個月，更有長達 3 個月的；短的僅幾天，如今聞通訊社發稿時贈閱 3 日。有的則免費附送其他方面的稿件，如神州通訊社除按日發新聞稿外每月並贈送附號數次，均爲關於政治、外交、勞動、婦人、文化、經濟、教育、實業、法律、思潮等問題的譯著；哈爾濱通訊社除每日發新聞稿外，每週贈送一次系統全面的綜述，每月贈送關於社會問題的譯著。[3]不少通訊社開始進行廣告業務的探索，以增加通訊社的收入。如國聞通信社、申時電訊社等開設廣告部，負責辦理的事項包括：「廣告之招攬與介紹」「廣告之設計與撰擬」「廣告之調查與統計」，「關於各報之沿革，銷售、及廣告之地位價目，均經詳加統計，一目了然」[4]，已然十分專業。一些通訊社還通過創辦

1　方漢奇主編：《中國新聞事業編年史》，福建人民出版社，2000 年版，第 924 頁。
2　方漢奇主編：《中國新聞事業編年史》，福建人民出版社，2000 年版，第 970 頁。
3　來豐：《中國通訊社發展史》，復旦大學博士學位論文，2002 年 5 月。
4　《申時電訊社廣告股啓事》，《十年——申時電訊社創立十週年紀念特刊》，《中國人

刊物擴大影響等等。

三、首個初具全國性通訊社發展規模的國聞通信社

國聞通信社是這一時期通訊社的佼佼者，也是中國第一個初具全國性通訊社發展規模的民營通訊社。

（一）國聞通信社的創建與停辦

國聞通信社由胡政之 1921 年創辦於上海，9 月 1 日正式發稿。胡政之（1889～1949），四川成都人，民國時期的「報界鉅子」，1907 年自費赴日留學，1911 年畢業於東京帝國大學，曾任上海《大共和日報》總編輯、天津《大公報》總經理。1919 年代表《大公報》出席巴黎和會，期間，目睹英國路透社在消息採集、發布方面高效率的流水作業方式，深感中國新聞通訊事業之落後。在採訪巴黎和會之後，他遍訪法國的哈瓦斯社、德國的沃爾夫社、意大利的司丹法社、英國的路透社，又研究了美國的聯合社、澳洲的康比潤、日本的電通社等的發展，進一步堅定了自辦通訊社的信念。[1]

圖 4-2　胡政之（1889～1949）

胡政之聲稱國聞通信社「完全是根據經濟設立的」，不與資本實力或者政黨聯合。但與其獨立創辦通訊社的初衷相違背的是，國聞通信社初期是孫中山、段祺瑞、張作霖共同出資創辦的，是反對直系軍閥的聯合勢力的宣傳機構。直皖戰爭後直系軍閥執掌北京政權，為了對抗直系軍閥能東山再起，

民大學新聞學院藏稀見民國新聞史料彙編》，國家圖書館出版社，2012 年 9 月版，第 45 頁。

1　周太玄：《悼念胡政之先生》，香港《大公報》1949 年 4 月 21 日。

失勢的皖系軍閥及其政治代表安福系聯絡東北的奉系軍閥和南方的國民黨，組成三角同盟，並在上海成立了一個臨時組織進行反直活動。為了加強輿論宣傳，1921 年資助創辦國聞通信社，進行反對直系軍閥的政治宣傳。

　　國聞通信社社長為代表皖系軍閥勢力的鄧漢祥，總編輯由胡政之擔任，其實鄧是名義上的社長，真正發揮作用的是胡政之。雖然國聞社是軍閥的喉舌，但胡政之對經營通訊社方面有他自己的見解，他把創辦國聞通信社作為改進新聞事業的舉措，通過「革新通訊機關」，達到「消息靈通、輿論健全」的目的。1921 年 8 月 17、18 日在《申報》上發布的《國聞通信社開辦預告》中，胡政之稱：「當茲世界改造潮流方急之時，國中凡百事業胥待刷新，而國民喉舌之新聞界自亦有待於改進。不佞業報有年，不自揣其能力，竊欲於報界革新事業，稍效棉薄。現集合同志，開辦國聞通信社。設總社於上海，各省要埠陸續籌設支社，將欲搜求各地各界確實新聞，彙集發表，藉供全國新聞家之取擇，俾真正輿論得以表現。斯則區區之微志也。」[1]《國聞通信社簡章》也清晰地表進了他創辦通訊社的思想，內容如下：

　　　　新聞紙者國民之喉舌，社會之縮影也。無論何國，欲覘其群眾之意志，與社會之現象，胥可於其新聞紙中得之。中國之有報已有年矣。顧其規模與勢力，恒不能與歐美日本諸國之報比擬。除通都大邑間有報紙足以代表一部分輿論外，即其他省會商埠亦往往不能求一比較完善之報。此誠國民之羞也。閒嘗思之，輿論之發生，根於事實之判斷。而事實之判斷，則繫於報館之探報。因採訪之不同，或來虛偽之記載，視聽既淆，判斷易誤。輿論之根據已不確實，其不足以表現國民之真正意志，蓋無待論。各國報館，內部有完善之組織，外部有得力之訪員，更有通信社搜集材料為之分勞。其消息靈確，輿論健全，實由於此。中國則因報界組織不完全之故，報導歧出，真相難明。同在一國，而南北之精神隔絕。同在一地，而甲乙所傳各別。吾人慾謀新聞事業之改進，捨革新通信機關殆無他道。同人創立茲社，志趣在此。將欲本積年之經驗，訪真確之消息，以社會服務之微忱，助海內同志之宏業。創設之始，規模雖簡，而發展之途，則期懷頗遠。尚乞明達，賜予扶持。謹具簡章，即希公鑒：

　　　　第一條　本社以探訪各地各界確實消息，彙集發表，以供新聞

1《國聞通信社開辦預告》，見《申報》1921 年 8 月 18 日。

界之採擇爲主旨。

第二條　本社報告，以事實爲主，不加議論。

第三條　本社職員如下：

主任一人　主持全社事務；

總編輯一人　主持編輯事宜；

編輯若干人　分華文、洋文兩部，助理編輯事宜；

事務員若干人　分任庶務、會計各事宜。

第四條　本社總社設於上海。分社設於北京、天津、奉天、漢口、長沙、重慶、廣州、貴陽等處。

第五條　本社於總支社均特約得力通信員。關於各種新聞，隨時以專電快信，爲詳確靈敏之報告。

第六條　本社除於各外國陸續聘任專員通信外，凡各國報紙有重要消息，仍隨時譯述，以供報界參考。

第七條　本社通信，在上海每日發刊兩次，外埠每日發刊一次。

第八條　本社通信價目如下：一、私人訂閱　每月四元；二、本埠各報訂閱　每月六元；三、外埠各報訂閱　每月八元；四、外埠快郵訂閱　每月十元。

第九條　本社社員均係新聞界積有經驗之士，願任外埠各報館特別通信職務。無論函電，均可擔任。其報酬應另行函訂。

第十條　本簡章於本社成立之日實行之。未盡事宜，隨時酌議增補。」[1]

建社初期，該社所發稿件，除有利於盧永祥及段祺瑞、張作霖、國民黨三方面勢力的政治新聞由胡政之親自撰寫外，其他新聞來源，一是李子寬從外文報紙上摘譯的新聞，二是由外勤記者嚴諤聲採訪來的有關工商界的消息，後嚴諤聲辭職另有高就，推薦他弟弟嚴慎予繼任記者。以郵寄方式向各地報社發稿。[2]

爲將國聞社建設成中國的代表性通訊社，實現自己的雄心壯志，他在制定國聞社章程時規定該社「以採訪各地各界確實消息，彙集發表，以供新聞之採擇爲主旨」，「本社報告，以事實爲主，不加議論」。並計劃在北京、天

1　戈公振：《中國報業史》，中國文史出版社，2015 年 1 月版，第 243～244 頁。

2　徐鑄成：《〈國聞通迅社〉和舊〈大公報〉》，《新聞研究資料》總第一輯。

津、奉天、漢口、長沙、重慶、廣州、貴陽等 8 地建立分社，在國外聘請專任通訊員，採訪或翻譯各國新聞，供國內報刊採納。訂閱費用根據用戶情況而定，私人定戶每月 4 元，上海報刊訂戶 6 元，外地普通報刊訂戶 8 元，外地快件訂戶則達 10 元。

但是，軍閥勢力扶持建立國聞通信社，只想借其作爲反對直系軍閥的工具，與胡政之建設全國性通訊社的設想大相徑庭，扶持資金遠不足以實現胡的夢想，國聞通信社所採集、發布的新聞採用率並不高，公信力也不強。

1924 年爆發江蘇督軍齊燮元和浙江督軍盧永祥之間的江浙戰爭，皖系軍閥盧永祥戰敗，皖系丟失浙江地盤，以安福系爲主體的三角同盟解散，國聞通信社社內盧永祥的人馬紛紛離去。胡政之徹底控制了國聞通信社的大權，可以完全按照自己的設想經營。

按照國聞通信社的計劃，要在各地廣設分社，建成全國性的通訊社，收集各方面消息。但是失去軍閥的資助後，經費始終是一大難題，早期建立的 8 個分社中，能堅持發稿的也就北京、漢口、奉天、哈爾濱等分社。1925 年胡政之遷居北京後，國聞社重心北移。隨著《國聞週報》的創辦和 1926 年新記《大公報》的開辦，原國聞通信社的班底全部轉爲兩報工作人員，胡政之的精力轉移到報社，無暇顧及國聞社的發展。漢口分社在 1926 年北伐軍到達武漢後不再發稿；哈爾濱分社於「九一八」事變後關閉；1936 年《大公報》上海版創刊，上海分社職工全部移作滬版《大公報》班底；北平分社也不再發稿，國聞通信社遂告結束。[1]

（二）向全國性通訊社的拓展

胡政之採取「以全國新聞發揚中國新聞事業，以中國新聞提高國際新聞事業中的崇高地」[2]的思路，設想將國聞通信社建設成爲全國性、國際性通訊社，並在運營中積極踐行，使之初具全國性通訊社規模。

一是將消息來源擴展到全國範圍、甚至國外。國聞通信社積極在各地設置分社，招聘特約通信員，擴展稿源來源。「在規模上，也是壓倒性的。國聞通信社總社設在上海，最初一個時期專業人員多達十四五位之眾，兼職的更無計其數。平、津、漢口三社，每社都在兩員以上。北平社經常保持五六人。

---

1 方漢奇主編：《中國新聞事業史通史》第 2 卷，中國人民大學出版社，1996 年版，第 433～466 頁。

2 陳紀瀅：《胡政之與大公報》，掌故出版社，1974 年 12 月，第 76～78 頁。

奉天、長沙、重慶、廣州及貴陽等分社，也都在一個人以上，各地兼職人員還不在內。」[1]國聞通信社先後在北京、漢口、奉天、長沙、廣州、貴陽、福州、重慶、哈爾濱等地設置了分社。[2]《國聞通信社簡章》中說：「本社於總支社均特約得力通信員。關於各種新聞，隨時以專電快信，爲詳確靈敏之報告。」其訊員遍布西安、蘭州、洛陽、開封、蚌埠、濟南、青島、福州、梧州、奉天、吉林等地。《簡章》中還提到，「本社除於各外國陸續聘任專員通信外，凡各國報紙有重要消息，仍隨時譯述，以供報界參考。」1925 年 4 月，國聞通信社又招聘日本東京通訊員一人，爲國人創辦的通訊社設駐外記者之始。

二是改善發稿方式，用戶逐步擴展到國外。原先國聞通信社就採用現代通訊社在各地發稿的方式，通過總社及各地的分社對各報供應新聞稿，上海總社每日發稿兩次，外地分社每日發稿一次。這種發稿方式對中國的通訊事業有很大的影響，之後各地通訊社均通過總社、分社向各地報紙發稿。但郵寄稿件速度太慢，有的新聞發到訂戶手中已經變成舊聞。爲提高通訊傳遞速度，1925 年起，國聞社開始用電報發送新聞，快速將最新消息傳遞出去，是我國最早利用電訊報導新聞的幾家通訊社之一。[3]1924 年國聞通信社曾發布廣告，稱本社「每日發行新聞稿件，公正靈確，信用昭著，全國重要報館均經訂購」。[4]隨著發展，國聞通信社的發稿範圍還逐漸擴大到世界各大國，「美國聯合社、法國哈瓦斯、日本聯合社及英國路透社等，均訂有本社稿件，更經常引用本社重要新聞發往全球，被世界各地的重要報紙刊登出來」[5]。是當時中國較早能夠把發稿範圍擴展到多國的國人自辦通訊社。

三是設立英文部。早在 1921 年建社之初，國聞通信社章程就規定國聞社編輯分「華文洋文兩部」，但限於經濟條件不允許而無法成立。1925 年段祺瑞就任臨時執政，準備召開關稅會議收回部分關稅主權，爲向帝國主義國家宣傳關稅會議，希望有通訊社能爲政府對外作些宣傳報導，每月由財政部撥發 1000 元作爲經費。胡政之及時抓住這個機會，由此而開辦英文部。因爲它是在政府的資助下辦的，所以編輯人員收入很高，連普通編輯的收入都比國聞

1 陳紀瀅：《胡政之與大公報》，掌故出版社，1974 年 12 月，第 76～78 頁。
2 方漢奇、李矗主編：《中國新聞學之最》，新華出版社，2005 年版，第 202 頁。
3 方漢奇主編：《中國新聞事業史通史》第 2 卷第，中國人民大學出版社，1996 年版，433～466 頁。
4 《國聞通信社經理廣告》，見《國聞週報》第一卷第 1 期，1924 年 8 月 3 日出版。
5 陳紀瀅：《胡政之與大公報》，掌故出版社，1974 年 12 月，第 76～78 頁。

通信社分社社長的要高。[1]

（三）運營管理上的探索嘗試

除了上面介紹的向全國性通訊社拓展採取的舉措，胡政之還加強報導內容、拓寬業務範圍、開展廣告、招攬人才等，在運營管理方面積極探索。

圖 4-3　《國聞週報》報樣

一是清晰把握服務對象，制定相應工作重點。國聞通信社的服務對象主要確定在「全國報館」「工商界」。胡政之曾表示，「首次爭取的對象不是機關、私人，而是全國報館的訂閱與支持，使他們媒體可得到全國各地所發生的重要消息，而所費無幾。其次，我爭取的對象是工商界，靠通信社的新聞網，全國各地的商業行情與經濟趨勢，都隨時報導，以靈通消息。」「其初，很少私人以『面子』訂閱的，後來有若干人發現這份通信稿的價值，才來要求訂閱，以期獲得比報館更迅速的新聞。」因此，胡政之很注重充實內容、擴大報導領域，尤其重視經濟新聞和商業行情，並將消息來源擴展到全國範圍。1933 年胡政之回憶說：「最初每天發稿六七千字，後來多到萬餘字，就

1　徐鑄成：《〈國聞通迅社〉和舊〈大公報〉》，《新聞研究資料》總第一輯。

是目前還保留五千字，並且還有英、日文稿翻譯。」[1]國聞通信社稿訊詳實快捷，舉凡政治、經濟、軍事、社會、國際新聞都一一報導；後來還增發商業行情供工商界認識考證，因而頗受各地歡迎；[2]還曾多次發出《徵求各地民生疾苦之新聞》的廣告，影響不斷擴大。

二是圍繞通訊社出版刊物，擴大影響。胡政之是一個有政治見解的人，而通訊社只能給各報供應消息類稿件，不能發表言論，其抱負無施展之地。1924 年 8 月，國聞社創辦了政治時事類的新聞週刊《國聞週報》，作爲國聞社的附屬事業。對於創辦《國聞週報》，胡政之曾回憶道：「當我創辦國聞通信社的時候，就有意同時辦一個週刊，使通訊與週刊互爲表裏，相輔相成。但是，最初通訊社業務，基礎未固，自不敢輕舉妄動。後來通訊社業務漸漸有了發展，而且當時國內實在需要這樣的週刊，我才不避一切艱難，在上海創辦起來。」[3]《國聞週報》以發表政論和時事評論爲主，並記載、評述一週內國內外大事。所刊的政治性文章大都由胡政之撰寫，署名「冷觀」。除胡政之外，執筆人還有張季鸞、胡適、葉楚傖、馬相伯、黃炎培、陳布雷、潘公展、吳鼎昌等人。此外還請專人撰寫外國通訊，介紹各國政局以及社會情況。由於刊物辦得很有特色，貼近社會現實，在當時影響頗大。

三是招攬有識之士，積極引進可塑之才。人才是核心競爭力，發展事業離不開人，胡政之在這方面頗有遠見。如 1927 年正在北師大念書的徐鑄成通過關係在國聞社北京分社兼職做抄寫員，他看到國聞社所發的新聞，大多爲各衙門發布的例行公事的消息，缺乏新聞時效，便以初生牛犢之勢給胡政之寫了封長信。認爲北京政局必將大變，今後中國的政治中心將南移，北京將不再爲政治中心，但仍爲中國的文化中心；基於這樣的判斷，國聞社應適應這種即將到來的變化，及早改變新聞採寫方針，逐漸注意各種文化活動。胡政之看後，過了一周就約徐鑄成見面，對徐說：「你的信很有見地，我也久有此意，苦於無從入手。」隨即派他去採訪在河北定縣從事農村改造運動的晏陽初，徐鑄成就此寫的《定縣平教會參觀記》在《大公報》上分 4、5期刊完，此後就馬上正式聘請徐鑄成爲國聞通信社兼天津《大公報》記者。並放手讓他施展才華，有資格較老的編輯不服，胡政之不爲所動，堅決起用

1　陳紀瀅：《胡政之與大公報》，掌故出版社，1974 年 12 月，第 76～78 頁。
2　方漢奇主編：《中國新聞事業史通史》第 2 卷，中國人民大學出版社，1996 年版，第 433～466 頁。
3　王鵬：《民國時期〈國聞週報〉創辦始末》，《百年潮》2003 年第 2 期。

徐鑄成。[1]

此外，為了緩解失去經費來源後的困窘狀態，國聞通信社設立廣告，代各報招攬廣告，以折扣補充經費，增加通訊社的收入。這在當時是開創先河之舉。

作為中國第一個初具全國性規模的民營通訊社，國聞通信社開創了我國通訊事業發展高峰，其較早把稿源擴展到全國甚至國外，首設駐外記者；較早採用電訊發稿，把發稿範圍擴展到國際；首開通訊社創辦報刊先河；首創通訊社代各報招攬廣告等等，運營方式對中國後來的通訊社產生了有很大影響，成為民國時期民營通訊社的典型代表。其後成立於 1924 的申時電訊社，則後來居上，發展為民國時期中國最具規模和力量的民營通訊社。

四、最早向國內報導巴黎和會消息的巴黎通信社

這一時期，中國留學生還在海外創辦了一些新聞通訊社。如 1918 年，由曾琦、易君左等留日學生在東京組織了華瀛通信社，主要為國內報紙採寫日本通訊，揭發日本侵華陰謀，以警醒國人。華瀛通信社存在時間較短。1918 年夏天，北洋軍閥段祺瑞政府與日本簽訂《中日共同防敵軍事協定》。此協定被視為新的二十一條，遭到了留日學生的激烈反對。曾琦等人先後組織了 1000 多人罷學回國，要求廢約。華瀛通信社的工作遂致停頓。中國留學生在海外創辦的通訊社中最有影響的當屬巴黎通信社。

第一次世界大戰結束後，取得戰爭勝利的協約國集團於 1919 年 1 月 18 日至 6 月 28 日在法國巴黎的凡爾賽宮召開和平會議討論戰後問題，會議確立了戰後由美英法主導的國際政治格局。中國作為戰勝國之一應邀參會，希望收回戰前德國侵佔中國膠州灣、膠濟鐵路及在山東的一切權利，並取消列強在華的一切特權，但在帝國主義操縱下的巴黎合會卻決定將德國在山東的特權全部轉讓給日本，消息傳出後，極大地震怒了中國人民，由此爆發了轟轟烈烈的五四愛國民主運動，中國代表團最終拒絕在合約上簽字。

巴黎和會召開期間，最先向國內發回中國代表團在山東問題上交涉失敗消息的，是中國留法學生創辦的巴黎通信社。巴黎通信社成立於 1919 年 3 月，創辦人李璜、周太玄是少年中國學會的主要成員。巴黎通信社的創設與少年中國學會有著直接的關係。少年中國學會發起於 1918 年 6 月，正式成

1　《徐鑄成回憶錄》第 29 頁，北京三聯書店 1998 年 4 月版。

立於 1919 年 7 月 1 日，主要發起人有李大釗、王光祈等，主要參與者是青年知識分子和進步學生，學會的宗旨是「本科學的精神，爲社會的活動，以創造少年中國」。創辦報刊和通訊社是少年中國學會著力拓展的工作。1919年初，因部分會員赴法國留學，又正值巴黎和會在法召開，學會決定把新聞通訊活動的重點放在巴黎，因而創建了巴黎通信社。另外，少年中國學會曾計劃同時在日本東京、美國紐約、英國倫敦以及國內的上海分別成立通訊社，建成一個國際通訊網，但因種種原因未能實現。

據李璜回憶：「當我一九一九年二月五日到了法國，正是巴黎凡爾賽和會開幕剛及半月，因爲它與我國收回山東權益以及國人希望藉此取消不平等條約關係很大，本於愛國之情，我便大爲分心，不常去聽課，而反去專心於凡爾賽和會的情形，每日讀巴黎各大報甚勤。適凡爾賽和會開到三月底間，周太玄兄自上海來到巴黎，言京滬各報紙需要巴黎和會內幕消息甚急。他來的時候，慕韓[1]囑他爲上海《新聞報》與《申報》長期通信，願按月酬通訊稿費。王光祈來信也稱北京各報需要和會消息。太玄本是窮學生，此次敢於冒險前來，就要靠此事以維持留學生活。但太玄的法文程度太有限，無法讀報，因之要求我讀報譯與他聽，他錄下來，加以編纂，用油印印出數份，寄與京滬各報，大受歡迎。於是我與太玄所辦之『巴黎通信社』，每週發稿一次，特別注重巴黎和會的一切動態，因之便成爲引起是年國內五四運動的發生源頭之一。」[2]

周太玄也回憶說，巴黎通信社的一切具體辦法和準備工作，他在赴法船中即先擬好。在赴法途中和到了巴黎，得到了留法勤工儉學運動的倡導者李石曾、吳玉章的支持。與周太玄同船赴法的有代表廣東軍政府參加巴黎和會的伍朝樞和爲中國代表團擔任聯絡、翻譯工作的關毓秀，他們兩人對巴黎通信社的創辦也提供了幫助。[3]

巴黎通信社從 1919 年 3 月底開始向國內報館發稿。他們編發的新聞首先取材於當地的報紙。爲了對巴黎和會作更直接、深入地報導，在中國代表團王正廷的幫助下，李璜和周太玄也得到了進入凡爾賽宮採訪的機會。他們還與參加巴黎和會報導的中國《大公報》主筆胡政之有密切接觸，共同研究

1 指曾琦，也是少年中國學會的主要成員之一，曾在東京創辦華瀛通訊社，回國後又創辦了《救國日報》。
2 李璜：《學鈍室回憶錄》上卷，傳記文學出版社，1973 年版，第 41～42 頁。
3 陳玉申：《巴黎通信社始末》，《華僑華人歷史研究》2012 年第 3 期。

交流報導情況。巴黎通信社發回的報導受到國內報紙的歡迎，上海《新聞報》還匯來電費約請他們拍發電報。在北京的曾琦曾在給周太玄、李璜的信中說：「巴黎通信社稿國內甚為歡迎，北京《晨報》《國民公報》，上海《時事新報》《中華新報》《民國日報》《神州日報》都已登載」。[1]

巴黎和會於 1919 年 6 月底結束後，國內報館不再匯來電費，巴黎通信社拍發電報的業務難以為繼，但仍向國內報紙寄發通訊，報導內容主要包括國人關注的歐洲事件和旅歐華人的各種動態，曾向國內介紹蘇俄的政治、主張及發展情況，中國留法學生的勤工儉學運動等。1919 年 10 月出版的《少年中國》上刊登了巴黎通信社的廣告，稱：「本通信社在巴黎出稿，專供給國內報紙歐洲新聞。內容計分：（一）撰述；（二）譯述；（三）談話；（四）調查；（五）雜錄；（六）專件。均綜合事實，詳述始末。每月出稿三次，每次可供日報五日以上登載。」[2]從這段文字可以看出當時巴黎通信社的主要業務情況。另外，在巴黎出版的《華工雜誌》也曾對巴黎通信社的業務做過介紹。

關於巴黎通信社的停辦，據周太玄說「在進入 1920 年以後便無形停頓了」[3]，但國內 1920 年下半年仍有巴黎通信社的稿件見諸報端，1921 年 6 月 30 日周恩來從巴黎發給天津《益世報》的一篇通訊中還提到巴黎通信社與華工會等 6 個華人團體成立「拒款委員會」，召開「拒款大會」掀起反對中法秘密借款運動。

民國時期海外留學生自辦的通訊社多出於自身的政治訴求考量，通訊社的發稿內容緊密結合國內革命形勢發展，對於促進有關的民主愛國運動的深入開展起到了重要的宣傳作用。另一方面，由於通訊社業務發展更多地受制於資金、人員的情況，導致這些通訊社的規模和影響都很小，存在時間也不長。

第三節　民國南京政府前期的民營新聞通訊社

十年內戰時期，軍閥混戰漸次結束，南京國民政府的可控制區域逐漸從

1　「曾琦致周太玄、李璜」，《少年中國》1919 年第 1 期。

2　《巴黎通信社廣告》，《少年中國》1919 年第 4 期。

3　周太玄：《關於參加發起少年中國學會的回憶》，張允侯等編：《五四時期的社團》（一），三聯書店，1979 年版，第 547 頁。

局促於東南沿海一隅擴展到全國大部分地區，國家逐漸步入開發建設的正軌，經濟和社會各項事業均得到明顯發展。相對穩定的環境促進了新聞通訊事業的發展。「九一八」後中日矛盾的上升和全國抗日救亡運動的興起，給了民營通訊社的發展重要推動，通訊社在數量上達到了新中國成立前的最高水平，並出現了全國性大民營通訊社申時電訊社，以及一些專業通訊社，積累了寶貴的實踐經驗，推動了我國新聞通訊事業的發展。

一、民營通訊社發展進入鼎盛時期

　　南京政府成立後，通訊社發展逐漸進入鼎盛時期，此時通訊社在數量上突飛猛進，到 1937 年 4 月爲止在政府登記註冊的通訊社竟達 520 家，全國只剩極個別地區還沒有通訊社。

表一：1934～1937 年各省市申請登記的通訊社數字統計表

登記日期＼地區	1934年12月底止	1935年7月底止	1936年11月8日底止	1937年4月26日止
南京市	53	47	30	34
上海市	26	34	30	31
漢口市	43	39	35	34
北平市	38	39	44	40
天津市	13	16	23	20
青島市	8	8	9	8
廣州市	8	12	16	16
江蘇省	34	36	37	42
浙江省	84	90	76	68
安徽省	21	17	16	14
江西省	13	15	15	16
湖北省	9	6	7	8
湖南省	73	63	66	66
四川省	12	18	20	20
貴州省	1	1	2	3
廣東省	8	9	14	16
廣西省			1	1

福建省	5	7	12	12
山東省	27	30	32	32
河南省	17	25	20	17
山西省	4	5	6	5
陝西省	2	3	4	4
甘肅省	2	2	2	2
寧夏省		1	1	1
綏遠省	7	8	9	9
哈爾濱省	1	1	1	1
總計	509	532	528	520

資料來源：邵力子《十年來的中國新聞事業》《十年來的中國》，商務印書館 1937 年版

　　自 1926 年到 1937 年，全國通訊社的總數從 155 家增至 520 家，發展速度驚人。以成都地區為例，從 1934 年到 1938 年，新出現了民智社、時聞社、自強社、新編社、川康社、今日社、星芒社、全民社、展邊社、建設社、四川社等十多家通訊社[1]；在 30 年代上半期，適應當時小報叢生的需求，武漢市的民營通訊社紛紛湧現，總數超過 100 家，發稿內容多為社會新聞。[2]通訊社的分布範圍也不再侷限於以往的報業較發達的城市，而是擴展到甘肅、寧夏、貴州、綏遠等邊遠省區。

　　出現如此之多的通訊社與當時獨特的社會現實有莫大關係。1927 年國民黨定都南京後，中國社會一直動盪不安，中原大戰好不容易結束了各派的紛爭，蔣介石集團徹底控制了南京國民政府。在中央政權逐漸穩固的同時，國民黨逐步著手加強對民營新聞事業的管制。而「九一八」事件以後中國民族危機日益嚴重，新聞機構此時延續了近代以來報業救國的重任，通訊社也不例外。於是，在抗日救亡運動刺激下，一大批報紙、通訊社橫空出世。隨著民族危機的日益加深，民眾對時政新聞的關心與日俱增，對相關信息的需求猛增。出於自己的市場考慮及對國家民族前途的關心，三十年代遍地叢生的小報一改過去埋頭消遣娛樂、不問政治的傾向，以及道聽途說、聳人聽聞的作風，開始以一種客觀、健康的筆調綜合報導政治、經濟、文化、社會新

---

[1] 李竹銘：《成都通訊社來龍去脈探索》，《新聞春秋》1996 年版，第 67 頁。
[2] 《湖北省志‧新聞出版（上）》，湖北人民出版社，1993 年版，第 104 頁。

聞,刊載國內外重大事件,大量報導各地的抗日救亡活動。而自身採訪力量
的薄弱勢必需要通訊社的配合才能供應足夠的新聞。而且,國民黨新聞統治
政策的實施鉗制了報紙言論的發展,各報紛紛採取重新聞輕言論的編輯方
針,在報紙上大量刊登新聞,這就為通訊社提供了一個巨大市場,而且動盪
的時代也為通訊社提供了無數的素材。

此外,三十年代內地經濟凋敝,由於辦通訊社簡單易行,就有不少失意
文人借通訊社以謀生,創辦了大批的通訊社。當時,辦社花錢不多,手續簡
便,所以人們把通訊社的創辦看成是很容易的事情,在資金、人力和設備都
缺乏的條件下,就匆忙辦起通訊社的組織。如在漢口,當時辦通訊社的手續
大致是先向市政府社會科領一份登記表,在發行人欄中將當時一些有聲望的
人的名字填上。然後籌集經費,主要是做招牌、印記者證、做證章等裝門面
的費用,實際用於日常開支的不過是幾張紙,半月一盒油墨。[1]又如在天津,
很多通訊社的設備只有一部油印機和兩塊謄寫板。能夠傳輸電訊稿件的民營
通訊社為數甚少,很多通訊社都是通過複寫紙抄寫新聞。大多數通訊社通過
郵政甚至腳力來傳送新聞,有的雇一個送稿人,有的數家合用一人送稿,還
有由社長或記者親自出馬送稿。[2]因此,如此眾多的通訊社,表面看來相當繁
榮,實際上除了少數幾家外,多數均無規模和成績可言。而且變化極快,有
的一兩年、甚至僅僅數月就消失了。

從民營通訊社地區分布來看,東南沿海地區以及多事之地的通訊社比較
發達,且基本集中在省會城市或境內的其他大城市,中小城市都很少。如經
濟、文化較為發達的浙江,也是通訊社數量最多的省份,全省各地都有通訊
社。據國民黨浙江省黨部的調查,1933 年浙江省有通訊社 97 家,不僅僅集
中在省內主要城市,就連小縣城也有,如海鹽的海鹽通訊社、德清的德清通
訊社、蕭山的農聲通訊社、昌化的國民通訊社、餘杭的餘杭通訊社,有的地
方竟然不止一家,如新昌有沃聲通訊社、新光通訊社兩家通訊社,嵊縣有乘
風通訊社、民聲通訊社兩家。[3]南京市(當時南京為直屬中央的特別市,不屬
江蘇省管轄)、漢口、上海等大城市;近代以來湖南、湖北、北京等地向為

---

1 程一新、衛衍翔、商若冰:《漢口民營新聞通訊社內幕》,《武漢文史資料》總第三
　十五輯,湖北人民出版社,1989 年版,第 86 頁。
2 俞志厚:《依舊二七年至抗戰前天津新聞情況》,《新聞研究資料》總第十四輯,展
　望出版社,1982 年版,第 204 頁。
3 《浙江省輿論概況》,中國國民黨浙江省委員會,1933 年 5 月印行,第 88 頁。

多事之地，通訊社也不少，如湖南到 1934 年底有通訊社 73 家，而且縣級小城鎮也開始出現，1930 年幼醴陵通訊社、淥江通訊社，而後瀏陽、新化、衡陽、湘潭等地都先後設立了通訊社。不過實際上通訊社的分布還是集中在主要城市，浙江的 97 家通訊社中省會杭州就有 69 家，其餘則零星散佈於全省各縣、市，就連寧波、紹興這樣的中等城市也不多。[1]河南也是，全省的十餘家通訊社中省會開封一地就集中了和平通訊社、河南通訊社、兩河通訊社、大華新聞社等 10 家，洛陽有河嶽通訊社 1 家，其餘地方則沒有，山西的 7 家通訊社全都設於太原。西部、邊疆地區本身通訊社就少，這些地方的通訊社都集中在大城市，陝西的 5 家通訊社全在西安，貴州的就都設在貴陽。[2]四川省從民國初期到解放戰爭結束的 36 年間共有通訊社 590 多家，其中成都有 300 餘家，重慶有 200 餘家，兩地就集中了四川全省通訊社的 80% 以上，另外的就零星分布在自貢、樂山、宜賓、瀘州、達縣、涪陵等地。[3]

　　比較而言，受到經濟、文化、交通落後的制約，內陸地區的通訊社則很少。首先，人才極度匱乏，難得有足夠勝任新聞通事業的專業人才，而這又進一步造成新聞通訊業務的粗糙。其次，經濟的嚴重落後使發展通訊社所必須的資金短缺，難以支持通訊社的發展。再次，內地、邊疆地區普遍交通不便，如寧夏到 30 年代才開始修建與外界聯繫的公路，這對當地通訊事業影響極大，由於資金不足，購置電訊設備是一般通訊社無法想像的，只能發行郵訊稿，交通的落後使郵訊稿時效十分低，導致稿件無人訂購。1931 年～1934 年內蒙古僅有綏遠通訊社、歸化通訊社、塞北通訊社、西北通訊社、綏遠新聞社、華光通訊社等 6 家通訊社；陝西到 1934 年只有邊關電訊社、陝西災情通訊社、陝西通訊社、西安通訊社、中央社西安分社 5 家通訊社，貴州也只有 3 家通訊社，與東南沿海地區相比真是天壤之別，而且這些地區的通訊社普遍生存不易。[4]

　　從發展水平上看，上海的民營通訊社明顯比全國其他地方的通訊社要高出一籌。由於上海特殊的政治、經濟、文化狀況，上海漸漸發展成為中國新聞通訊事業的中心。儘管上海的通訊社數量不多，1934 年底上海只有 26 家，但質量遠非其他地方的通訊社所能比。最明顯的表現是出現了一些在全國知

1　《浙江省輿論概況》，中國國民黨浙江省委員會，1933 年 5 月印行，第 89 頁。
2　來豐：《中國通訊社發展史》，復旦大學博士學位論文，2002 年 5 月
3　《四川省志・報業志》，四川人民出版社，1996 年版，第 148 頁。
4　來豐：《中國通訊社發展史》，復旦大學博士學位論文，2002 年 5 月。

名度較高的通訊社，如出現了向全國性通訊社方向前進的國聞通信社、申時電訊社等民營大通訊社；新聲通訊社也是國內知名通訊社，其經濟新聞報導頗有特色，受到歡迎。在新聞通訊業務方面，上海的通訊社除採訪本地新聞還能收發國際電訊、國內電訊，其他地方的通訊社幾乎都只能採訪本地新聞。到1934年上海有國民通訊社、世界電訊社、華聯通訊社等3家通訊社專事收發國際電訊，有申時電訊社、遠東通訊社、中國聯合新聞社能收發國內電訊，還有新聲通訊社、華東通訊社、國聞通信社等一批採訪本地新聞並爲新聞界信任的民營通訊社。而中國其他地區就連採訪本地新聞能有一定知名度並爲新聞界所信任的民營通訊社都極少。由於稿件質量較好，上海的通訊社收費和發行量比其他地區的要高不少，而其他地區更多的通訊社根本無法通過賣通訊社稿件以維持生計。從發稿次數上看，上海的通訊社基本能保證每日發稿，不少還能每日發稿多次，如統計顯示，1936年新聞通訊社、新上海通訊社、復興通訊社3家每日發稿三次以上[1]。而通訊大省浙江絕大多數通訊社不能按日發稿，1934年杭州一地有76家通訊社，但能按日發稿不間斷的也就不到十分之一[2]，就是能發稿的也寥寥數條而已。有調查發現，就以他們所發新聞而言，內容大多雷同，鮮有特殊價值的，所以全省通訊社數量雖甚可觀，而其實質則差強人意。

二、出現一批略有成就的專業化通訊社

民營通訊社的大量出現加劇了相互間的競爭，也導致各社稿件的雷同化。爲了能在新聞通訊市場中立足，一些民營通訊社開始走專業化道路，根據自己的特長採擷特定的消息，立足所擁有的獨特資源在市場上取勝。

如當時著名的新聲通訊社，1930年8月創辦於上海，社長嚴諤聲，副社長吳中一，宣稱其宗旨爲「宣達社會工商建設等眞實消息」，招募高素質專業人才，1933年時有惲逸群等編輯數人，記者8人，幹事7人。陸續設立電訊部、廣告部、攝影部、出版部，供應給各報的內容包括上海政治、經濟、商情等方面的消息以及國內各要埠電訊和國際消息。每天發稿兩次，一次爲中午12時到下午1時半，第二次爲下午3時到午夜3時，有重要消息再增加一次發稿。遇到重大活動均派記者採訪。嚴諤聲本人自國聞通信社出來後

1 方漢奇主編：《中國新聞事業編年史》，福建人民出版社，2000年版，第1335頁。
2 《通訊事業漫談》，1935年1月1日《報學季刊》第一卷第二期。

－152－

長期擔任上海市商會秘書，與上海工商界有密切而廣泛的聯繫，副社長吳中一也熟知金融界內幕，所以新聲通訊社能經常發布上海重要經濟新聞的獨家報導。1933 年 8 月 24 日中國經濟學社第十屆年會在青島舉行，新聲通訊社派惲逸群、朱圭林前往採訪，會上一些重要發言都全文記錄，由於會議內容極為重要，航寄稿件被京、津、滬各報刊載後轟動一時。「九一八」事件後，新聲通訊社兩次印發《田中義一侵略滿蒙政策》一書，揭露日本侵華陰謀，還出版《民國二十二之新聲通訊社》《新聞法令章規》等書。

圖 4-4　嚴諤聲（1897～1969）

　　湖南新聞的不倒翁杜氏三兄弟開辦的「大中通訊社」，自建社以後只在長沙「馬日事變」時暫時歇業，歷十多年而不倒，杜氏三兄弟一生以通訊社為業，二十年代三兄弟分工合作，老大專跑湖南省議會新聞，老二跑軍政消息，老三採集社會新聞，三十年代國民黨主政湖南後三兄弟都在省政府當速記員，採集政府方面的新聞有先天優勢，幾乎壟斷了湖南省政府新聞，該社成為當地通訊社中的佼佼者。「三餘通訊社」的陳幼鳴、陳揚延因為是錢業公會的理事，在獲取經濟信息方面近水樓臺先得月，專攻經濟新聞，包辦了湖南省範圍內經濟新聞的供應。[1]無錫的教育通訊社主要關注教育、文化方面的消息及知識，陝西邊關電訊社發布的稿件全都是有關西北邊疆的消息以及相關的各種調查報告，上海的華東通訊社注重於體育新聞報導。[2]

　　為了適應報刊對攝影圖片日增長的需要，還出現了大量的專業攝影通訊

1　《湖南省新聞志》，湖南出版社，1993 年版，第 401 頁。
2　來豐：《中國通訊社發展史》，復旦大學博士學位論文，2002 年 5 月。

機構。至 1937 年「七七」事變前夕，已達數十家，如武漢新聞攝影通訊社、東北新聞影片社，中國新聞攝影社，亞東攝影通訊社，華北新聞攝影社，民聲攝影通訊社等。除平、津、滬、漢四大城市外，在一些中小城市如南昌、長沙、唐山以及較落後的綏遠、廣西等地也有新聞社，供應新聞照片。這些民辦新聞攝影機構，人員一般都很少，活動範圍多限於一城一地，只有少數單位有派駐記者或臨時派員赴外地採訪。此外，攝製新聞照片成本高，常常入不敷出，加之時局動盪，生活沒有保障，多數難以持久。其中維持時間較長的有 1930 年中央銀行漢口分行職員舒少南在漢口創辦的「武漢新聞攝影通訊社」，其向全國發布有關武漢及湖北地區發生的重大戰爭事件、社會新聞、文化體育、工業建設、名勝古蹟、山川風物、戲劇舞蹈、婦女兒童等方面的照片，作品大多登載於《武漢日報》《掃蕩報》《中國晚報》《良友畫報》《東方雜誌》《聯合畫報》等報刊上。[1]

三、民國時期國內最具規模和力量的申時電訊社

創辦於 1924 年的申時電訊社，在這一時期迅速發展起來，成為當時國內最具規模和力量的民營通訊社，留下了不少值得後來通訊社發展借鑒的寶貴經驗。

（一）申時電訊社的創建及停辦

申時電訊社起源於 1924 年，創辦人為張竹平。張竹平，1886 年出生於江蘇太倉，畢業於上海聖約翰大學，與杜月笙有親密交往，是不開山門（即不收徒弟）的青幫人物，社會交往活動能力很強。1914 年前後，他進申報館擔任經理，展現出卓越的報業經營管理才能，悉心改進廣告、發行，為《申報》辦成全國首屈一指的大報作出卓越貢獻，深受史量才信任與器重。積累了豐富經驗和一定資金後，他開始謀求獨立發展。在史量才的默許下，張竹平一邊為史量才主持《申報》業務，一邊自行兼營通訊社與報業。直到 1930 年，他的報業聯合體初具規模，才完全脫離申報館經營自己的事業。[2]

關於申時電訊社的創辦背景，張竹平曾在文章中表示：「電訊社則在當時已在醞釀之中。初不拘拘於名義及形式，但事供給外省各報社以當日之新聞電訊。蓋當時所感受內憂外患之深酷，初不稍愈於九一八之後，而自民族的

---

1 舒興文：《記武漢新聞攝影通訊社》，《武漢文史資料》第 3 輯。
2 姚福申：《「四社」——舊中國報業經營的一次嘗試》，《新聞大學》1997 年第 4 期。

立場檢視宣傳，實有太阿倒持之觀也。其時中國電訊傳遞，僅僅利賴有線電報；至於無線電報及長途電話，尚未應用，因此國內報社需用電訊，極感困難，一限於經濟，二限於交通，三限於人才，即以電報傳遞，亦未見其必快。而日本電訊則遍地傳遞，極盡其宣傳之能事；內地報社貪其消息敏捷，並為省費起見，不得不用日本電訊，除日本電訊外，又有英人路透電之供給消息。斯時吾國報社，以無國人自辦之電訊社，故雖明知英日電訊社之越俎代庖，而除去採用之外，別無辦法。英日電訊社亦明知國人無自辦之電訊社，遂操縱壟斷，無所不用其極。內地報社經濟力量之較為充實者，間亦有派訪員到外省拍電通消息，卒以全國幅員廣大，不能遍地派員；所派者亦止限於北平上海等著名大都會而已。且所傳遞之消息，亦不過留心日報，摘錄其新聞加以電達而已。故當日之新鮮消息，往往不能得到；遠不若外人電訊社之敏捷靈通。」「不佞當時在報館服務之餘，見內地報社有私託編輯員拍電，以傳遞消息者，此事若明目張膽而為之，將為報館當局所不許，故莫不利用公餘時間，私自為之，而錯誤疏漏，勢所不免。」[1]目睹外國通訊社幾乎壟斷國內通訊、內地報社又急需通訊稿等通信電訊種種無系統無組織與不合理狀態，張竹平逐步創建通訊社。

　　1924 年 11 月，申時電訊社在上海成立並發稿，最初並沒有正式名稱，僅是張竹平聯合《申報》以及《時事新報》兩報編輯部人員，在編報之暇，將兩館所得各方專電，擇要編譯，用電報拍發給外埠數家有關係的報社採用。試行幾年後，外地委託他們拍發電訊的報社越來越多，兩報編輯已無法同時兼顧報社、通訊社工作。1928 年間，申時電訊社釐清組織，擴充資本，聘請專職編輯翻譯隊伍，增加各地採訪人員，分別編發中英文電訊，同時「申時電訊社」之名也開始為社會所稱道。隨著新聞業務的拓展，國人對通訊事業與國家民族的密切關係認識也越加明瞭，對電訊愈加重視，業務有了突飛猛進的發展。[2]1932 年末，張竹平將其主持的或參股的《時事新報》《大陸報》《大晚報》、申電訊社糅合在一道，成立了四社聯合辦事處，實施集資經營、聯合辦公，進一步促進了申時電訊社的業務發展。1934 年 2 月，原本由張竹

1　張竹平：《申時電訊社之回顧與前瞻》，《十年——申時電訊社創立十週年紀念特刊》，《中國人民大學新聞學院藏稀見民國新聞史料彙編》，國家圖書館出版社，2012年版，第 59 頁。

2　《十年來之申時電訊社》，《十年——申時電訊社創立十週年紀念特刊》，《中國人民大學新聞學院藏稀見民國新聞史料彙編》，國家圖書館出版社，2012 年版，第 91 頁。

平獨資經營的申時電訊社改組為股份有限公司，成立董事會，杜月笙為董事長，張竹平為總經理，社長為米星如，並按原計劃設立南京、天津、漢口、香港分社。

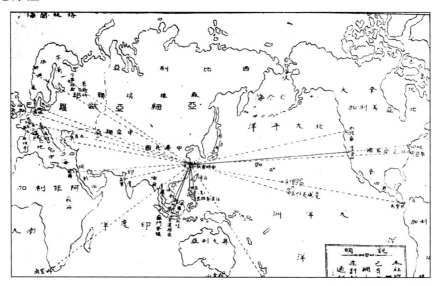

圖 4-5　1934 年申時通訊社國外通訊網圖

（資料來源：《十年：申時電訊社創立十周年紀念特刊》）

申時電訊社「舉凡有利於我報業之事工，均樂為努力，次第興辦。」[1]在張竹平的籌劃下，申時電訊社的業務蒸蒸日上，逐漸成為當時國內最具規模和力量的民營通訊社。據統計，到 1934 年，申時電訊社的電訊按數量收費，新聞稿午、晚兩稿各收 30 元，發行量為 150 份左右。[2]與申時社訂立合同的各地報社達 118 家，國內有上海、蘇州、無錫、鎮江、南京、杭州、寧波、蚌埠、蕪湖、安慶、九江、南昌、漢口、長沙、重慶、成都、昆明、貴陽、濟南、煙台、天津、北平、開封、西安、福州、廈門、汕頭、廣州等地用戶，海外有香港、馬尼拉、新加坡、爪哇、檀香山等地用戶。專任採訪記者遍布全國各重要都市不下 30 餘處（由於張竹平控制了《時事新報》《大陸報》《大晚報》，其中有的實際上是這些報社的記者[3]），每日除刊發《申時電訊稿》外，

1　《十年來之申時電訊社》，《十年——申時電訊社創立十週年紀念特刊》，《中國人民大學新聞學院藏稀見民國新聞史料彙編》，國家圖書館出版社，2012 年版，第91 頁。

2　《上海等七市通訊社調查》，1934 年 10 月 10 日《報業季刊》創刊號，第 117 頁。

3　黃卓明、俞振基：《關於時事新報的所見所聞》，《新聞研究資料》19 輯。

還出版《申時經濟情報》，每日收發電訊平均約有 6 萬字。[1]此外，申時電訊社還很重視新聞學研究，出版新聞學刊物《報學季刊》，作為溝通全國同行交流意見的工具；出版《十年——申時電訊社創立十週年紀念特刊》等，在新聞界產生重大影響。

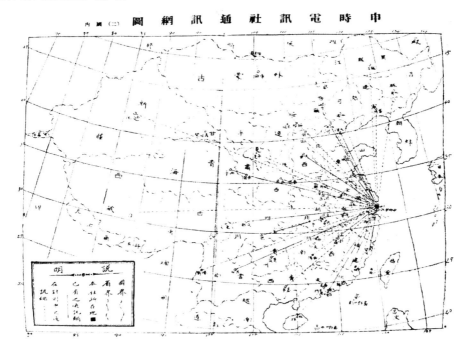

圖 4-6　1934 年申時通訊社國內通訊網圖

（資料來源：《十年：申時電訊社創立十周年紀念特刊》）

張竹平對申時電訊社期望很高，不僅要建成中國民營通訊社中的翹楚，還要成為國際性的大通訊社。1934 年慶祝申時電訊社成立十週年之際他宣稱：「同人此後謹當依據創立斯社之旨趣，繼續服務報業之精神，消息務求迅捷詳實，態度保持誠摯公正。關於新聞材料之供給，力謀各地報業之便利，蔚成全國最得力最忠誠之採訪新聞機關。至為團結民族復興國家起見，而需聯合國人經營之通訊機關暨各報社，作進一步之準備，俾與外籍通訊機關競雄於國際舞臺，仍為『申時』前進之最大目標。」[2]

1　《十年來之申時電訊社》，《十年——申時電訊社創立十週年紀念特刊》，《中國人民大學新聞學院藏稀見民國新聞史料彙編》，國家圖書館出版社，2012 年版，第 91 頁。

2　《十年來之申時電訊社》，《十年——申時電訊社創立十週年紀念特刊》，《中國人民大學新聞學院藏稀見民國新聞史料彙編》，國家圖書館出版社，2012 年版，第 92 頁。

　　不過可惜的是，因牽涉福建政變及支持抗日的報導，承載張竹平宏偉目標的申時電訊社成為國民黨「眼中釘」，很快黯然收場。1933 年 11 月，李濟深、陳銘樞、蔣光鼐、蔡廷鍇等人以國民黨第十九路軍為主力，在福建福州發動抗日反蔣事件，成立「中華共和國人民革命政府」。在該政府籌劃期間，張竹平與蔡廷鍇等人發生了聯繫，福建方面需要有一個宣傳機構，而張竹平擴充事業需要一筆資金，種種跡象表明，「四社」這一時期的設備更新與業務擴展，接受了福建方面的資助。[1]脫離國民黨營新聞事業掌控、與反蔣勢力發生聯繫，這是國民黨所無法容忍的。1935 年，「四社」產權全部為孔祥熙官僚資本強行收購劫奪。1937 年抗戰爆發後，申時電訊社停辦，中國最大的民營通訊社就此結束。

（二）有聲有色的內容建設和相關業務發展

　　張竹平對現代報業有著深入研究，對內容、廣告、發行的依存關係有著深刻認識，在他的帶領下，申時電訊社以內容為致勝關鍵，以用戶需求為服務中心，以廣告業務為重要經濟支撐，內容建設和相關業務發展搞得有聲有色。

　　一是以內容為基石，重視新聞品質，構建豐富的信息採集網路，增強內容供應能力。

　　作為內容供應商，通訊社的報導信息量越大、內容越真實準確迅捷，對用戶的吸引力就越大，影響力就越大。申時電訊社十分重視新聞稿的質量，注重一手信息的採集，通過增加各地採訪人員、實地採訪等，在當時構建起豐富的信息採集網絡，所發電訊全面、敏捷、靈通，「首發率」和「自採率」較高，形成較強的內容供應能力，吸引了大批用戶。

　　1932 年 1 月 28 日夜，日本駐滬陸戰隊無故侵犯閘北，淞滬「一‧二八」事變爆發。利用地理位置的便利，申時電訊社立即派軍事記者多人，不避艱險，親赴作戰區，出入槍林彈雨之中，刺探敵我雙方軍情，雖然多次頻臨危險但始終不曾膽怯，堅持報導戰場最新戰況，後方編輯人員不分晝夜，二十四小時輪流值班，每當前線最新報導一到就立即編發到各地報社。申時電訊社所發的消息，相比外國通訊社更詳實、準確、迅捷，受到各方好評，為申時電訊社博得極好聲譽。此後，各地要求申時電訊社提供電訊的報社紛至沓

1　方漢奇主編：《中國新聞事業通史（第 2 卷）》，中國人民大學出版社，1996 年版，第 474 頁。

來，申時電訊社的業務頓時上了一個臺階。這也成爲申時電訊社發展的轉折點，以至於到 1932 年夏，申時社不得不擴充內部組織，大量招聘人員，積極擴展規模。[1]

原先申時電訊社以電訊爲主，設有電訊股收發電訊。機構擴充後，爲了與外國通訊社競爭，申時電訊社設立郵訊股負責採編本地新聞和國內外長篇通訊，以補充短篇電訊的不足。郵訊股聘有本埠記者、旅行記者、各地特約通訊員等。其特約通訊記者幾乎遍布國內外各重要都市，另聘邊遠省區通信員，寄發邊陲要聞，派旅行記者到東北、西北、長江流域、珠江流域各地區，採集各地有關國計民生的消息。當時的中國多災多難，各種事件層出不窮，爲掌握第一手資料，申時電訊社常派記者實地採訪，如福建事變發生後直接派記者乘飛機到福建、廣東、浙江實地瞭解情況；新疆時有騷亂發生，就派記者由內蒙入疆調查實際情況。對上海本地新聞，則注重政治之設施、外交之轉變，都市金融及鄉村經濟之消長，社會意識與民生形態之動向。[2]

在新聞採寫方面，申時電訊社很重視新聞稿質量，堅持寧缺毋濫的原則，反對人云亦云。爲使新聞生動活潑，設立攝影、製版各部，製作圖片新聞[3]；爲提高新聞時效，《時事新報》《大陸報》《大晚報》每天收到的電訊，在自身尚未刊發之前，就以極敏捷的方法，集中給申時電訊社採用。在不懈努力下，「各地委託供給電訊者，乃日增無已，外人電訊社遂不復能如昔日之操縱壟斷」。[4]

二是供應多樣化新聞信息產品，擴大服務範圍，滿足用戶不同需求。

20 世紀 30 年代，中國經濟發展極不平衡，上海、廣州、北京等大城市與西北、西南地區的城市發展水平差別很大，各地報刊水平也很不平衡，對新聞稿件的需求很不相同。爲了滿足各地報刊產品多樣化、市場多樣化的需求，以經營電訊及出版事業爲宗旨的申時電訊社，通過供應多種新聞信息產品、

1　《十年來之申時電訊社》，《十年——申時電訊社創立十週年紀念特刊》，《中國人民大學新聞學院藏稀見民國新聞史料彙編》，國家圖書館出版社，2012 年版，第 91 頁。
2　《十年來之申時電訊社》，《十年——申時電訊社創立十週年紀念特刊》，《中國人民大學新聞學院藏稀見民國新聞史料彙編》，國家圖書館出版社，2012 年版，第 91 頁。
3　《十年來之申時電訊社》，《十年——申時電訊社創立十週年紀念特刊》，《中國人民大學新聞學院藏稀見民國新聞史料彙編》，國家圖書館出版社，2012 年版，第 91 頁。
4　張竹平：《申時電訊社之回顧與前瞻》，《十年——申時電訊社創立十週年紀念特刊》，《中國人民大學新聞學院藏稀見民國新聞史料彙編》，國家圖書館出版社，2012 年版，第 60 頁。

擴大服務範圍等方式，發展了一大批報刊用戶。

在新聞信息產品供應上，各地報社所需產品和服務大有差別，有的報社要求不僅提供新聞電訊，還要求提供長篇通訊，而有的僅需要簡短的電訊即可。有的有設備可以接收電訊，有的根本無力添置電訊設備，只能通過郵局收發通訊。爲此，根據客戶的不同需求，申時社按稿件內容和字數多少，供應甲種電訊（每日約 1000 字）、乙種電訊（每日約 500 字）、丙種電訊（每日約 100 字）、丁種電訊（每日約 50 字）四種電訊，所需電報費由訂戶自理。至於郵訊，分普通郵訊（各地一律之稿件）、特別郵訊（一地每家一種之稿件）兩種，方式上有平信、快件兩種，須快遞或航空郵遞，則每月另須預繳快郵費 5 元，實行不同的收費標準以滿足各類用戶的需求。另外，向申時電訊社訂稿的報社如有關於政治、經濟、軍事、教育、商業、實業、風俗人情等有趣味有系統記述的，還可以與申時電訊社的郵訊互相交換，兩不收費，具體辦法則根據稿件優劣酌定。

在服務上，申時電訊社考慮到內地交通不便、經濟不發達，報社設備簡陋，應他們的要求設立了攝影股、製版股，將新聞照片製成銅版、鋅版、鉛版或紙版，使缺乏製版條件的報社也能及時刊登新聞照片。[1]爲了靈通消息，擴大服務範圍，增強新聞市場競爭力，申時電訊社於 1934 年 10 月 11 日起，每日下午一時至二時增發午刊，以便當日所獲新聞可供晚報採用，這種做法一下子又爲申時社爭取了很多用戶。

三是積極發展廣告業務，奠定業務發展、機構壯大的堅實經濟基礎。

張竹平十分重視申時電訊社的廣告業務。張竹平在《申時電訊社回顧與前瞻》中說到：「原吾人之始辦申時社也，一爲謀同業便利，二則不存牟利之心，三則欲求新聞事業光明之前途發展，非先使同業平衡發展不可。如此體認，至今一貫。蓋習見有損人利己之人，甚或有損人而不利己之事，是無論爲事業，爲道德，皆屬乖遠。而不佞之所爲者，乃利人而無害與己。亦惟有此體認，故申時社閱十年而至今日，僅足以維持獨立，別無利潤之可言。」內容充實與營業發達密不可分，「不存牟利之心」的申時電訊社，爲維持經濟獨立，除了銷售電訊、郵訊，還積極經營廣告業。「一面爲工商行號之推廣事業而服務；一面爲各地報社謀經濟之繁榮，初步目標，則爲各地報社提出若

---

1 《十年來之申時電訊社》，《十年——申時電訊社創立十週年紀念特刊》，《中國人民大學新聞學院藏稀見民國新聞史料彙編》，國家圖書館出版社，2012 年版，第 92 頁。

干廣告地位，其價值相當於應付本社之手續費，若代價有餘，則抵補一部或全部之電訊費；更有餘，則爲各地報社可以實收之純益。」[1]

　　從 1934 年在《十年——申時電訊社創立十週年紀念特刊》上刊登的《申時電訊社廣告股啓事》中，可以看出其廣告業務已十分完善。根據《啓事》介紹：「本社爲謀服務實業界，輔助推銷生產品，並輔助報業經濟起見，特設廣告股」，負責辦理的事項包括：「廣告之招攬與介紹」「廣告之設計與撰擬」「廣告之調查與統計」。《啓事》中宣稱：「現在國內外重要都市中，委由本廣告股代理廣告之保管，共計百二十餘家，凡長江上下游各地，東北西北各處，粵港川桂與滇黔各省，以及南洋新加坡菲律賓爪哇各埠，罔不包括。」即便有所誇大，也能看出當時申時電訊社的廣告業務用戶之廣泛。《啓事》中還提及：「關於各報之沿革，銷售、及廣告之地位價目，均經詳加統計，一目了然，務使登廣告者，款不虛糜，收宏偉之效果；報館亦得藉獲實利，免除中飽拖欠之弊。」一方面，申時電訊社代理某些報社的廣告業務，既爲一些效益不好的報社解決了部分經濟問題，又牢牢地控制了這些報社使之成爲它的客戶；另一方面，「關於各報之沿革，銷售、及廣告之地位價目，均經詳加統計，一目了然」也說明申時電訊社的廣告代理業務已然十分專業。

（三）開創我國通訊社企業化發展之先河

　　在經營和管理上，申時電訊社積極借鑒先進的現代經營理念，以規範運營管理爲基礎，開我國通訊社企業化發展之先河，同時探索推進集團化建設，在托拉斯化發展方面邁出步伐。

　　一是借鑒企業化經營方式，規範化運營和管理。

　　張竹平將企業的經營管理方式移植到申時電訊社，走上規範化運營道路，降低了風險，提高了效率。在電訊經營上，申時電訊社制定有《訂用申時電訊社電訊約函》，規定雙方相互之間的權利義務。在具體營業上，制定《申時電訊社營業簡例》[2]，分《電訊簡例》和《郵訊簡例》，規定不同的收費標準，規範與客戶的關係。

1　張竹平：《申時電訊社之回顧與前瞻》，《十年——申時電訊社創立十週年紀念特刊》，《中國人民大學新聞學院藏稀見民國新聞史料彙編》，國家圖書館出版社，2012年版，第 60 頁。

2　《申時電訊社營業簡例》，《十年——申時電訊社創立十週年紀念特刊》，《中國人民大學新聞學院藏稀見民國新聞史料彙編》，國家圖書館出版社，2012 年版，第 94 頁。

電訊簡例

一、採用本社電訊者，須訂立約函，俾資遵守。

二、採用本社電訊者，按月須預繳一個月之手續費，手續費分下列甲乙丙丁四等：甲種電訊，每日千字者，每月手續費二百五十元，千字以上另議；乙種電訊，每日五百字者，每月手續費二百元，五百字以上，每增百字加十元；丙種電訊，每日百字者，每月手續費百元，百字以上，每增四十字加十元；丁種電訊，每日五十字以內者，每月手續費五十元，五十字以上，每增十字加十元。

三、凡採用本社電訊之報社，如將本社電訊轉給其他報社，其手續費另議。

四、凡採用本社電訊者，其電報費或電話費歸各報社自理，並於通電之前按月須向電局預存電費。倘由本社代理，則電費（包括有線無線電報及長途電話）須先匯下存儲備用。至向交通部領取新聞電執照手續，本社可以代辦。

五、凡採用本社電訊者，按日須將該報寄送本社以資參考。

郵訊簡例

一、採用本社郵訊者，須以正式書面訂定，俾資遵守。

二、凡採用本社郵訊者，在每個新聞之上，須冠以「申時社（某地）通訊」字樣。

三、凡採用本社普通郵訊（即各地一律之稿件），每月須預繳手續費十五元（連郵費在內），特別郵訊（即一地每家一種之稿件）每月須預繳手續費二十元（連郵費在內），但如須快遞或航空郵遞，則每月另須預繳快郵費五元。

四、各地如有關於政治、經濟、軍事、教育、商業、實業、風俗人情等有趣味有系統之記述，可與本社之郵訊互相交換，兩不收費，其辦法視來稿之優劣酌定之。

五、凡採用本社郵訊者，按日須將該報寄送本社以資參考。

從以上的《電訊簡例》和《郵訊簡例》可以看出，申時電訊社對各地報刊採用電訊社的電訊、郵訊都做了詳細、清晰的規定，報刊用戶首先得與申時社簽訂合同，並在通訊開頭清楚表明採用的是申時電訊社的新聞通訊，採

用何種電訊、郵訊需多少費用都明明白白，並規定監督辦法，明確各自權利義務，有效降低了糾紛風險。

在組織管理上，申時電訊社也更趨規範化。電訊社原為張竹平獨資經營，為使新聞通訊事業有進一步的發展，1934 年 2 月，在慶祝成立十週年前夕，電訊社改組為股份有限公司，向實業部重新登記，領取營業執照，成立董事會，公推杜月笙、萬樹雄、潘公弼、俞佐庭、蕭同茲、張孝若、董顯光等人為董事，張翼樞、宋春舫等人為監察人，張竹平任總經理，開我國通訊社企業化發展之先河。

1934 年，在申時電訊社組織及業務關係表中，領導層為股東會、董事會、總經理、社長。下設電訊股：採訪（各地電訊訪員之接洽聯絡與管理）、收電（中文電訊登記、西文電訊登記、長途電話及無線電播音記錄）、譯電（中文譯電、西文譯電、電報校對）、編輯（中文電訊、西文電訊）、發電（送發中西文有線及無線電報、長途電話及無線電廣播、發出電訊登記）；郵訊股：採訪（本埠訪員、旅行記者、各地郵訊訪員之接洽聯絡與管理、特約通訊員）、編輯（本部——本埠新聞、外部——通訊稿件）、繕印（繕寫、校對、印刷、裝訂）、遞送（本埠遞送、本埠及國外寄發）；攝影股：時事照片、名人照片、風景照片；廣告股：介紹廣告、互換廣告、撰製廣告、消息廣告；製版股：銅板、鋅版、鉛版、紙板；出版股：定期刊物、不定期刊物；事務股：會計（經濟出納）、庶務（購置保管）、文書（公文函牘）、營業（各項營業至接洽與推廣）、其他（不屬於其他各股之事），組織結構清晰，各股職能明確，職位職責清晰，一個現代企業架構已初具雛形。

張竹平對申時電訊社還有很多設想，將申時社改組成股份公司只不過是奠定了進一步發展的基礎，他還希望在這之後聯合各地的報社，「取得多方之合作，再經歲月，更蛻化而採取會員制度，俾各地報社委由本社供給消息者，進而為本社之主翁，如美國之聯合新聞社，即至好之先例也」。不過，由於申時電訊社 1935 年被掠奪，這些設想都成了未竟之事業。

二是充分利用「集團」經營優勢，在新聞報導和經營業務上資源整合、聯合協作。

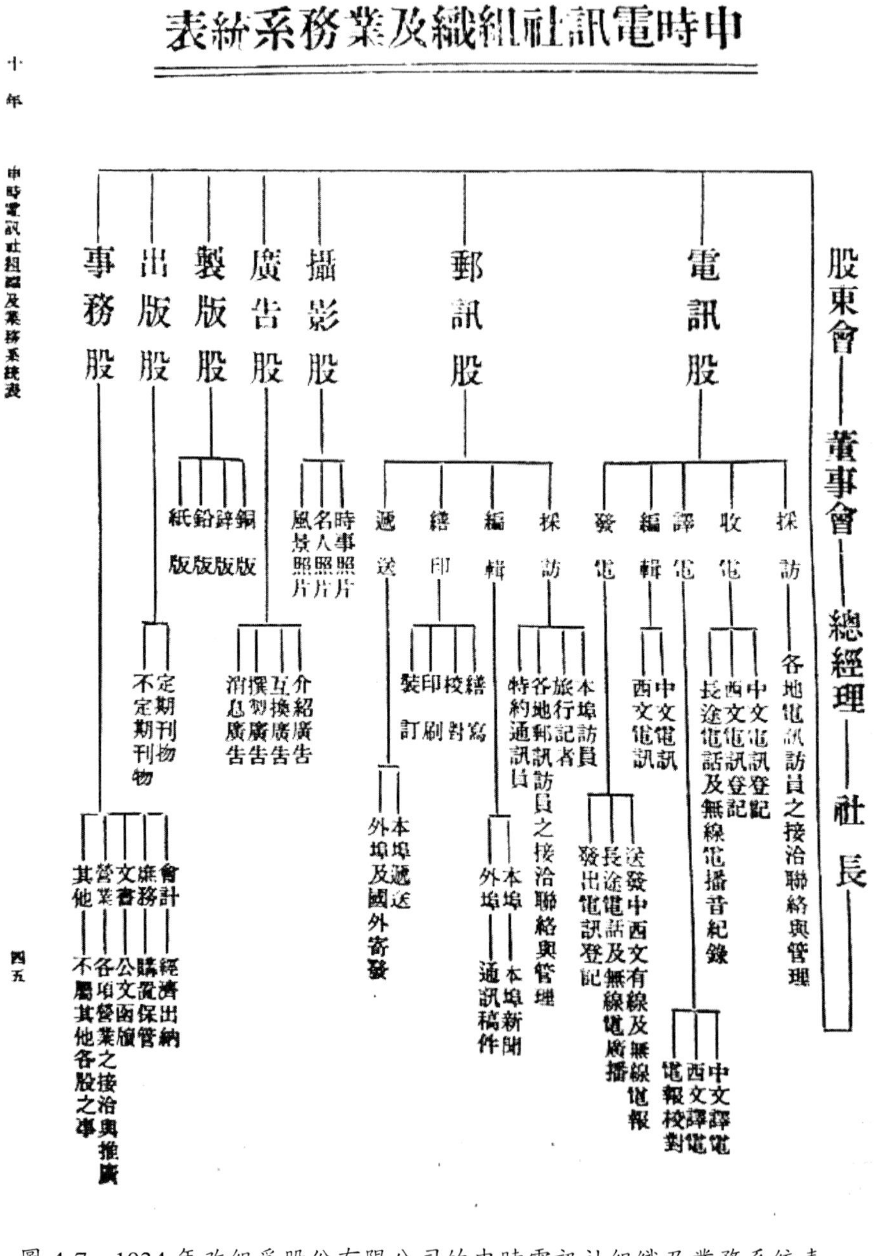

申時電訊社組織及業務系統表

股東會 —— 董事會 —— 總經理 —— 社長

電訊股
採訪：各地電訊訪員之接洽聯絡與管理
收電：中文電訊登記／西文電訊登記／接途電話及無線電播音紀錄
譯電：中文譯電／西文譯電／電報校對
發電：本埠訪員／送發中西文有線及無線電播／長途電話及無線電廣播／發出電訊登記

郵訊股
採訪：本埠新聞／外埠通訊稿件／特約地方通訊員／各旅行記者／特約郵訊訪員之接洽聯絡與管理
編輯：本埠／外埠
繕印：繕寫校對／印刷／裝訂
遞送：本埠遞送及國外寄發

攝影股：時事照片／名人照片／風景照片

廣告股：介紹廣告／互換廣告／撰制廣告／消息廣告

製版股：銅版／鋅版／鉛版／紙版

出版股：定期刊物／不定期刊物

事務股：會計（經濟出納）／庶務（購置保管）／文書（公文函牘）／營業（各項營業之接洽與推廣）／其他（不屬其他各股之事）

圖 4-7　1934 年改組爲股份有限公司的申時電訊社組織及業務系統表
（資料來源：《十年：申時電訊社創立十周年紀念特刊》）

　　張竹平組織的「四社」對申時社的發展起到了很大的促進作用。1928 年張竹平等人購得《時事新報》股權，組織股份有限公司。1930 年，張竹平離開申報館，與友人合作接辦上海英文日報《大陸報》。1932 年，他又創辦《大

晚報》。1932 年末，他成立了時事新報、大陸報、大晚報、申時電訊社四社聯合辦事處，實施集資經營、聯合辦公，是我國民國新聞史上一次著名的報業向托拉斯化發展的探索。

這種囊括了日報、晚報、外文報、通訊社的報業聯合體在中國新聞史上還是首次出現，「四社」在新聞報導和經營業務上聯合協作，充分利用「集團」經營的優勢，進行資源整合和集中管理，使得三報一社發揮了各自的特色，影響力日益擴大。「四社」的合作主要包括幾個方面：（1）新聞報導方面的合作。《時事新報》《大陸報》《大晚報》每天將所得到的幾個大城市專電和本市重要新聞供給申時電訊社，而申時電訊社的稿件也優先發給三家報紙。豐富的稿源爲新聞事業的發展奠定了堅實的基礎。（2）以「四社」名義成立了一個規模較大的資料社，有 4～8 人剪編資料，各成員資料共享，經費分擔。（3）紙張、油墨、印刷等方面互通有無、互相幫助。如《時事新報》代印《大晚報》，《大陸報》製版車間爲《時事新報》《大晚報》製銅版、鋅版。（4）以「四社」名義成立「四社印刷部」，附設在《時事新報》內，出版申時電訊社編輯的《報學季刊》《申時經濟新聞》《時事新報》編輯的《時事年鑒》和其他書籍，在新聞界產生了重大影響。（5）以「四社」名義成立「四社業務推廣部」，爲三報和申時電訊社的電訊稿做發行推廣工作。[1] 張竹平設想要將三報一社實行集中統一管理，1935 年他以四社合組的名義推出了「四社出版部」，並計劃將聯合辦事處改組爲「四社總管理處」。

實際上，早在 1928 年申時電訊社正式成立時，張竹平已控制了《時事新報》，該報的各大城市新聞專電及上海本地通訊便派上用場，大大擴展了申時電訊社的稿源。而「四社」的成立，更是進一步促進了申時電訊社的發展，僅以稿源來說，《時事新報》《大陸報》《大晚報》每日收到的大量消息都儘量供申時電訊社採用，內容囊括政治、經濟、軍事、經濟、教育、實業、社會等各方面，促使了申時電訊社的業務蒸蒸日上，其電訊稿日均收發電訊約有 6 萬字，爲各方所矚目。

在十來年的發展中，申時電訊社憑藉出色的業務表現贏得了中國新聞界的讚譽，成爲當時最大的民營通訊社，初具全國性通訊社的規模，對中國新聞事業發展起到了積極作用。「蔚成全國最得力最忠誠之採訪新聞機關」，「俾

1　方漢奇主編：《中國新聞事業通史（第 2 卷）》，中國人民大學出版社，1996 年版，第 474 頁。

與外籍通訊機關競雄於國際舞臺」;「更蛻化而採取會員制度,如美國之聯合新聞社」,未來的展望與設想還來不及付諸實踐,申時電訊社就隨著政局變動成為政治和戰爭的犧牲品,讓人惋惜。但是,申時電訊社重視內容建設,構建採集網絡,採用先進技術,提高服務能力,發展廣告業務,進行企業化改造經營,推進集團化運營,這些經營理念和方法,符合現代通訊社發展規律,是值得後來通訊社發展借鑒的寶貴經驗。

第四節　民國南京政府中後期的民營新聞通訊社

抗日戰爭全面爆發後,由於日軍的侵略,我國大片國土相繼淪陷,給通訊事業帶來浩劫,被日寇佔領地區的通訊社成批關閉。同時國民黨以維護國家利益為由,加強對新聞事業的管制;戰後經濟、社會、政治等各方面發展的停頓,對新聞事業造成不利影響,我國通訊社的發展遭受嚴重挫折,1938年1月～1946年4月經政府登記在冊的通訊社僅有194家。抗戰勝利後,國土收復導致戰前倒閉的民營通訊社大部分又重新活躍起來,遷至大後方的通訊機構也逐漸遷回原地,民營通訊社紛紛創辦,通訊事業再次恢復生機,民營通訊社數量暴增,但發展主要體現在數量的增加,總體素質並未有多大提高,特別是全國還未恢復元氣就迅速爆發內戰,生活的困苦致使通訊社成為謀生之道、爭權奪利、服務於其他目的的工具,最終從散亂走向了消亡。

一、全面抗戰時期民營通訊社的發展

全面抗戰時期,民營通訊社在各地發展情況差別較大。在大片淪陷區,日本侵略者建立殖民地新聞體制,日本侵略者的新聞事業與漢奸的新聞事業並存,新聞通訊事業遭受巨大的損失,民營通訊社成批關閉,戰前南京、上海、北平等繁榮的民營通訊社不復存在。在重慶、成都、昆明、桂林等「大後方」的重要城市,戰爭爆發後大批機構及大量人員湧入,促進了西南、西北地區政治、經濟、文化的發展,通訊事業相對比戰前更為發達。在相對安定和日寇還未及佔領的偏僻地區的通訊事業則得到了較大發展。

從1938年到抗日戰爭勝利後「還都」,重慶是國民政府和國民黨中央機構所在地,稱為「戰時陪都」,也是國民黨統治區的政治與文化中心、新聞中心。抗戰爆發後,國民黨中央通訊社總社和美、英、法、蘇等外國通訊機構駐華分支機構,以及上海、南京、武漢等地的通訊社相繼遷到重慶,造成重

慶新聞通訊事業的空前繁榮。這些通訊社數量多，總體力量雄厚，消息靈通，因而重慶的地方通訊社就很少創辦了。[1]全面抗戰八年中，當地新設通訊社僅新四川通信社、新生命通信社、中國工業新聞通訊社、東北通訊社、青年通訊社等七八家民辦通訊社。

成都的通訊壯則有一定的發展。成都沒有重慶那麼多中央級新聞機構及外國新聞機構，通訊社的發展空間遠較重慶為大，而且戰時又有大量的文化界人士入川避難，從抗戰開始到 1944 年底，成都新設的通訊社有 33 家之多。[2]成都通訊社的業務活動狀況大致相同。由於國民黨當局對消息實行嚴密封鎖，新聞來源很窄，記者採寫的稿件素材多來自各軍、政、商、學等機關部門舉行的記者招待會，記者從中編纂出有關政治、經濟、法律、工交、文教衛生等方面的新聞稿，供各報館選用。不少通訊社也派記者主動到機關單位採訪，或接受自由投稿，或剪輯外地報紙，千方百計擴大新聞來源。各通訊社發稿方式多為油印分送，定期者少，不定期者多，有的社不收稿費，稿件內容大體相同。[3]其中，名氣較大的民營通訊社有今日新聞社。

今日新聞社創辦於 1940 年冬，創辦人張履謙任社長，王民風、任培伯先後任總編輯。當時重慶《新蜀報》為了緊縮開支，決定結束其駐成都辦事處工作。該報駐成都特派員張履謙不願回重慶，想在成都自己辦張報紙，便約同該報駐省實習記者王民風一起，在辦事處舊址（桂王橋東街 48 號），創辦了今日新聞社。創辦初期只有 3 個人，由張履謙的老朋友陳逸壇任編輯附帶寫蠟紙，張履謙、王民風任外勤，附帶做送檢、油印並分送油印並分送各報的工作。此後陸續有近 20 人在今日新聞社工作過。創辦第一年，今日新聞社曾每月接受四川老牌軍閥鄧錫侯一些津貼，但為數不多，僅夠油墨、紙張費用。此外，也向各報收取稿費，後因法幣貶值，津貼和稿費都因數額小，無濟於事，也就自動不要了。[4]辦社經費除每月領一市石新聞米的津貼外，全靠張的一些有錢的朋友支持。該社約請一批專家、學者為通訊社撰寫文章，內容多為與抗戰時局有關的問題，也有與時局無關的政治、經濟、文化類文章；還翻譯了一批英、日、德、西法文著作，作者既無稿費也不署名，純粹是為

1　《四川省志‧報業志》，四川人民出版社，1996 年版，第 149 頁。
2　來豐：《中國通訊社發展史》，復旦大學博士學位論文，2002 年 5 月。
3　《四川省志‧報業志》，四川人民出版社，1996 年版，第 150 頁。
4　《成都市志‧報業志》，四川辭書出版社，1999 年版，第 193 頁。

支持張履謙，支持文化的發揚光大。[1]今日社所發新聞稿分甲、乙、丙 3 種，發行全國，頗有影響。甲稿是地方新聞，重點是財經、教育方面的新聞。財經方面如物價漲跌平疲，每日必報。今日新聞社是成都最早重視物價報導的通訊社之一。乙稿是有系統的通訊，每週星期三發行；丙稿是各種論文，每週星期日發行。本市報紙多採用時效性較強的地方新聞，乙、丙稿多為重慶及省外報紙採用，如當時西安《國風日報》《開明日報》、桂林《力報》、長沙《大公報》、貴陽《中央日報》等。該社對資料的收藏非常重視，從始至終，都有一人負責採集和保存資料，既有剪報，也有摘報，在經費困難的情況下仍購買書籍。除發稿外，還出版發行《今日叢書》八本，包括《今日的巴爾幹半島》《抗戰八年中日大事記》等。今日新聞社連續辦了 10 年多，四川解放後，1950 年初自動停止發稿。[2]

自 1937 年 11 月 12 日上海淪陷至 1941 年 12 月 8 日太平洋戰爭爆發，上海租界地區因受英、美、法等國管轄而得以孑立於日占區的包圍之中，形同「孤島」。上海租界淪為「孤島」後，許多通訊社被迫停業或者內遷，使得新聞通訊事業在「孤島」初期遭到嚴重挫折，國民黨政府主辦的中央通訊社上海分社以及大公通訊社等四家堅持抗日立場的通訊社被迫停業，後經發展，又恢復到戰前的數量。據 1939 年 10 月上海工部局的統計，租界內領有工部局登記證的通訊社曾有大中通訊社、新聲通訊社、平明通訊社、大光通訊社等 23 家，與戰前相差無幾。[3]上海「孤島」的民營通訊社都進行過不同程度的抗日宣傳，其中特別值得一提的是以抗日宣傳為己任的大中通訊社。它創建於 1930 年間，後因經費困難而停業，1939 年 8 月間在吳中一、惲逸群等人的籌劃下恢復發稿工作，由吳中一擔任社長。該社所發的稿件，以揭露日偽在淪陷區的暴行及我國軍民抗擊日寇的英勇業績為主要內容，所發稿件在「孤島」通訊社中占首位。因而在恢復發稿後一個月即遭到日偽特工人員的破壞。大中通訊社辦公室門口曾掛的招牌就「經濟年鑑編輯所」，以為減少損失。後該社不得不轉入地下發稿，並將固定地址改為流動地址，經常轉移，一直堅持到日軍進佔租界之時。因抗日宣傳，上海「孤島」的民營通

---

1 毛一波：《舊雨張履謙》，《成都報刊史料專輯》第 10 輯。
2 《四川省志・報業志》，四川人民出版社，1996 年版，第 193 頁。
3 方漢奇主編：《中國新聞事業史通史》第 2 卷，中國人民大學出版社，1996 年版，第 966～967 頁。

訊社往往遭到日偽的忌恨和迫害。1939 年，日本侵略者扶持原國民黨特務骨幹丁默邨、李士群網羅了一批投敵的特務和流氓，建立起一個漢奸特工組織，隱稱「七十六號」，以抗日宣傳活動作爲迫害的主要對象，常常使用暴力對付堅持抗戰宣傳的通訊社，通緝、綁架、暗殺愛國新聞工作者，衝擊破壞通訊社編輯部，其手段殘酷毒辣，許多通訊社工作人員受到不同程度的迫害，如大光通訊社社長邵虛白遭到敵僞暴徒暗殺，大中通訊社記者陳憲章等曾經被七十六號綁架和拘押，其中周維善瘐死獄中。大中通訊社辦公室也遭手榴彈襲擊，一名工作人員中彈後不治身亡。

受戰爭的影響，內地一些地方的新聞通訊事業突然間有了較大發展。日寇侵佔了我國大片國土，但由於其實力的限制，實際佔領的僅僅是重要交通線路沿線地區，很多地方根本無力把守，仍然爲國民黨軍隊所控制，相對安定的這些地區吸引了部分新聞機構在此落戶。戰時河南洛陽爲河南省政府所在地，在此設立的民營通訊社有華北通訊社、河防通訊社、河南通訊社等 6家，1944 年日寇佔領洛陽後這些通訊或遷或散。戰時浙江省政府遷往金華後聚集了一大批文化機構，有報紙 9 家、期刊 53 種，被譽爲「東南抗日文化前哨」，民營通訊社也有新的增加，戰前此地僅有浙東通訊社、金華春秋通訊社 2 家，戰後國民通訊社由杭遷婺，通過其在全省各地的通訊網向全國發布浙江的消息，杭州遠東通訊社、中央社駐浙江分社也遷至金華，國際新聞社在金華也有分社，1942 年 5 月日軍進攻金華後，這些通訊社全部消失。安徽屯溪經濟、文化落後，戰前極少通訊社，抗戰中成爲戰時安徽的臨時首府，出現了皖南通訊社、皖南新聞社、青年通訊社等，將近抗戰結束時又出現了大剛通訊社、大同通訊社等。[1]這些地方的通訊社主要是由於戰爭的爆發而猛然出現，戰後這些地方的通訊事業又歸於沈寂。

二、抗戰勝利後民營通訊社的發展

抗戰期間，經濟的困難、交通的不便致使敵佔區通訊社成批關閉。抗戰勝利後，隨著國土的收復以及人們懷著對未來新聞事業發展的美好願望，各地的通訊社迅速恢復或成立起來，數量猛增，形成了一個高潮。

1946 年 5 月～1947 年 8 月底全國登記在案的通訊社有 566 家，而此前1930 年 12 月～1937 年 10 月近 7 年間才 1116 家。根據國民黨上海社會局新

---

1 來豐：《中國通訊社發展史》，復旦大學博士學位論文，2002 年 5 月。

聞出版科統計，從 1946 年 4 月至 1947 年 7 月，上海成立的通訊社達 130 多家，成為上海新聞事業史上創辦通訊社最多的時期。[1]成都自有通訊社以來到解放前共有通訊社 300 餘家，而從抗戰結束到成都解放為止，共設立通訊社 155 家，4 年中興辦的通訊社就占 38 年間總數的一半。[2]無錫抗戰前有錫山、教育、民眾、無錫、梁溪 5 家通訊社，戰時全部停辦，戰爭結束後錫山、教育、梁溪 3 家通訊社恢復業務，加上新辦的工業、地政、路聞、江蘇農業等 18 家通訊社，總共有 21 家通訊社。鄭州 1945 年前的通訊社加起來也就 5 家，抗戰結束後的 1946 年一年就新設了群力、聯合、華中等 9 家通訊社，廣東佛山地區原先並無通訊社，此時就一彈丸之地也有天下、黃埔、亞洲、東風等 10 餘家通訊社。[3]

抗戰勝利後出現如此多的民營通訊社有多方面的原因。一是懷著對未來新聞事業發展的美好願望，帶著一定宗旨創辦通訊社。上海在抗戰後創辦的通訊社中，有的是某單位為服務事業發展而創辦的，如復旦大學新聞系的復旦通訊社、民治新聞專科學校的民治通訊社、中國新聞專科學校的中國新聞通訊社等，是為了教學上貫徹理論聯繫實際而創辦的；有的是群眾團體創辦的，如中國建設協會的建設通訊社，以發布經濟建設新聞為中心，社長俞塘，總編輯李方華；有的是因政治中心東移，由內地遷至上海的，如抗戰期間在重慶創辦的國際社會新聞社、中國新聞攝影通訊社等。相當多數是新聞文化界人士集資創辦的，如神州通訊社是由米星如、朱盧白、陳望道、萬樹雄、汪竹一、季祖坤等創辦，社長米星如，除發國內外新聞電訊稿外，還發經濟特訊，供國內各大報紙及香港南洋華僑報紙，很受歡迎，訂稿者日增。[4]

二是國土收復導致戰前各地倒閉的大批通訊社恢復營業，遷至大後方的通訊機構也逐漸遷回原地。上海抗戰期間因堅持抗戰愛國宣傳被敵偽勒令停辦的，如大中通訊社、光華通訊社、現代通訊社等陸續恢復活動。

三是社會經濟還未恢復就爆發了大規模的內戰，通貨膨脹的加劇以及物價的飛漲使社會民不聊生，眾人借通訊社以養家糊口或斂財。如比較典型的是四川實行「新聞米」及「新聞貸款」後通訊社數量猛增。1941 年 6 月成都

1　馬光仁主編：《上海新聞史》，復旦大學出版社，2014 年 4 月版，第 1063 頁。

2　《成都通訊社、新聞社編年目錄》，《成都報刊史料專輯》第 11 輯。

3　來豐：《中國通訊社發展史》，復旦大學博士學位論文，2002 年 5 月。

4　馬光仁主編：《上海新聞史》，復旦大學出版社，1996 年版，第 1064 頁。

市報業公會致函四川省臨時參議會，認為新聞事業肩負抗戰建國之重大使命，飛漲的物價使人無法安心工作，重慶由中央政府補貼給予新聞界及其家屬平價米，省政府亦應對成都新聞界實行該政策，省政府答應 1941 年 8 月開始供應平價米，這一救濟新聞界的平價米就被稱為「新聞米」。1946 年 9 月，國民黨四川省政府出於經濟困難的考慮而給予省政府機關報《華西日報》補助，提供 4000 萬元為基金，所生利息作為給報社的補助費。而後，國民黨四川省黨部也籌措到 5 億元秘密貸給親國民黨的報紙、通訊社，多者 1500 萬，少的也有數百萬元，只要新聞單位填寫一張調查表，檢驗合格者予以貸款，此為「新聞貸款」。[1]這就造成成都地區通訊社的泛濫成災，大部分通訊社靠「新聞米」「新聞貸款」以維持生計，所以，這樣的通訊社在新聞通訊業務上根本是無所作為。南昌地區的通訊社情況也與四川差不多，1945～1949年該地出現的通訊社已是多如牛毛無法統計，有的借通訊社做投機生意，更多借通訊社以領取配給物資。[2]

　　甚至，設立通訊社還有其他目的。如 1945 年以後廣東佛山地區出現的十幾家通訊社，從業人員基本上在業餘時間從事通訊業務工作，目的主要是撈取政府給予的津貼及獲取「記者證」以抬高身價。甚至還有的借通訊社為非作歹。四川蜀聲新聞社社長胡弗是國民黨中統局重慶區北碚分區主任，為斂財而向北碚各鄉鎮「募捐」造房，強佔民房作社址建成自稱的「虎廬」。還散發新聞稿向重慶經營較好的公司商號敲詐錢財，用這種手法屢次從天府公司、大明染織長廠「募」得大筆「捐款」，四川第三專員公署對其進行調查後下結論道：「蜀聲社之設立，並非為文化而努力，乃係藉名斂財……實為文化界之垢污。」[3]浙江紹興有少數通訊社專事揭人隱私以勒索錢財，國民黨要員之子容威與其妻戈琪於 1947 年在重慶登記成立華東通訊社，以通訊社為招牌到處坑蒙拐騙，後被重慶地方警察當局逮捕，容威被判刑五年，當地各報以較大篇幅刊登《巨騙容威落網》，轟動一時。[4]

　　這些民營通訊社辦社主體多元，良莠不齊，缺乏資金、設備和人員，自生自滅，壽命很短。儘管總體泛濫，難有作為，不過還是零星出現了一些較為出色的民營通訊社，上海通訊社便是其中之一。上海通訊社成立於 1946 年

1　《成都市志‧報業志》，四川辭書出版社，2000 年版，第 254 頁。
2　來豐：《中國通訊社發展史》，復旦大學博士學位論文，2002 年 5 月。
3　重慶日報新聞研究所編：《重慶報史資料》第 5 輯。
4　嵐聲：《我所知道的幾個通訊社》，《重慶報史資料》第 6 輯。

7月7日，社長馮懿，主編金石銘、史炳辰。上海通訊社分工明確，設採訪、編輯兩部。採訪部設正副主任各一人，下有 8 名記者，分別採訪上海本地黨團、市政、軍事、社會經濟、教育、文化、攝影等方面消息；在北平、南京、漢口、天津、重慶、廣州、杭州等重要城市聘有 20 餘名特約記者，對他們則求質不求量，要求他們提供高質量的稿件；外地一般新聞則由通訊員完成，他們將外地報紙上的主要新聞採集後寄給編輯，由編輯遴選有用的新聞。

在採編業務方面，上海通訊社根據各地報社的實際需要來安排記者的採訪工作。當時各地的報紙對社會新聞需求量較大，上海通訊社就集中大部分記者採訪社會新聞，先採訪一般性社會新聞，等將來各報對社會新聞有更高要求後再作調整。上海是中國的經濟中心，上海通訊社抓住市場需要，發行「上海經濟」稿，爲爭取將最新情況盡快發送出去，每天下午二時等稿件油印完畢馬上派專人遞送給用戶，儘量迅速翔實地報導上海金融、糧油、證券、紡織品、五金、醫藥產品、茶葉、洗滌用品、工業原料等方面的市場行情，並請專家學者撰寫經濟時評爲普通用戶提供解釋性報導。深受用戶歡迎。編輯方面，注意保持公正立場，將所有黃色新聞、對個人和團體進行人身攻擊的新聞一律剔除。上海通訊社還在 1947 年 5 月開播了廣播新聞，這在當時的通訊社中也是極少見的，到 1948 年 7 月發稿 1074 篇，209723 字；每天上午7 時開始到下午 12 時播發新聞。其播發的新聞都是上海本地新聞。[1]

在業務管理方面，積極加強員工的考核，編輯部的工作人員分每天、月末、年末三次進行考核，每人都有詳細的統計，最後爲年終考核的依據；採訪部則根據各人工作量、發稿數、採用率等進行考核。注意資料保管工作，設立資料室並由專人負責，按圖書分類法將各種新聞資料編排保管，以備員工隨時查詢。對各類稿件數量、用戶訂購數量、採用率都有詳細的記錄。如該社成立兩年間共發稿 11509 篇，2974692 字，統計如此精確，這在當時的通訊社中極爲罕見的。[2]

在稿件發行方面，爲讓用戶及時收到稿件，普通新聞的本地報社用戶在晚上九點前基本上能收到，遇到重大新聞來不及準時發稿的，就必定事先通知報社；外地及國外用戶除航空郵寄外儘量以最快的方法送達。而「上海經濟」稿這樣比較重要且爲人重視的稿件就儘量派專人遞送。發行對象不僅有

---

1 來豐：《中國通訊社發展史》，復旦大學博士學位論文，2002 年 5 月。
2 來豐：《中國通訊社發展史》，復旦大學博士學位論文，2002 年 5 月。

上海本地及國內其他各地，美國、英國、法國、日本等世界各地都有不少的用戶。訂閱對象中有傳統的新聞報紙，更多的是雜誌、社會團體、個人訂戶。其報紙訂用戶中，不乏《中央日報》《申報》《大公報》這種自身具備強大採訪實力的大報，而且採用率較高，《新聞報》以及國民黨浙江省黨部機關報《東南日報》的採用率更是在 80%以上。從數據可以看出，上海通訊社當時的實力和影響均屬上乘。

但總體看，整個解放戰爭時期像上海通訊社這樣比較優秀的民營通訊社只是極少數。民營通訊社所遇到的政治上的壓迫、物資的困難都十分嚴重，發展步履艱難。國民黨政府對民營通訊社的發展，實行嚴格的控制。通過登記制度，相當多數的通訊社被判為非法通訊社，列入取締的範圍，扼殺了大批民營通訊社。如 1946 年 9 月，在上海成立的數十家通訊社中，經過國民黨政府內政部核准的通訊社只有 17 家；1947 年 7 月，上海有通訊社一百多家，其中經當局核准的民營通訊社僅約 20 餘家。國民黨還對通訊社使用的抄收新聞的機械，也實行登記，嚴格控制。1946 年 6 月，國民黨政府交通部制定了《全國中外新聞通訊社設機械抄收國內廣播新聞暫行規定》，通令各地電信局所屬該地通訊社，凡設有機械抄收新聞設備者，一律實行登記，內容包括名稱、主持人、地址、抄收何家新聞機關及在何處廣播之新聞、使用收報機之程序及號數、報務員姓名、簡歷及住址；並規定每日發出之電訊稿，均須送電信局審核批准後，方可向外發出。[1]隨著國民黨政府在它發動的內戰中節節敗退，對新聞單位的控制也日益嚴格，大批報刊被查封或被迫停刊，通訊社的訂戶大量減少，以致大批通訊社無法維持，只得停辦。

全國很多大中城市先後解放後，中國共產黨對新解放城市的報紙、刊物、通訊社等新聞宣傳工具，採取了與私營工商業不盡相同的政策。1948年 11 月 8 日，中共中央頒布《關於新解放城市中中外報刊通訊社的處理辦法》，其中規定，凡私人經營或以私人名義與社會團體名義經營之報紙、刊物及通訊社，應分三類處理，對有明顯而確實的反動政治背景的應予沒收，對一貫保持進步態度的應予保護，對中間性的報紙、刊物與通訊社不得沒收，亦不禁止其依靠自己力量繼續出版，在出版時應令其登記。[2]1949 年 2月 10 日，中共中央《關於美國新聞處發稿問題的指示》中提出，「在通訊社

1　馬光仁主編：《上海新聞史》，復旦大學出版社，1996 年版，第 1065 頁。
2　據《中國共產黨宣傳工作文獻選編》，學習出版社，1996 年版，第 747 頁。

問題上，應由軍管會通知一切中外通訊社，均應向軍管會登記，在登記獲准前一律停止發稿。新華社亦應實行登記並取得許可證。其他中外通訊目前均不發登記許可證」。[1]1949 年 5 月 9 日，中共中央《關於大城市報紙問題給南京市委的指示》中指出，「通訊社原則上應歸國營，除新華社外無須鼓勵成立其他的通訊社」。[2]此後，中國民營通訊業逐漸退出歷史舞臺。

1 《中國共產黨宣傳工作文獻選編》，學習出版社，1996 年版，第 792 頁。
2 《中國共產黨宣傳工作文獻選編》，學習出版社，1996 年版，第 828 頁。

第五章　日僞政權統治下的新聞通訊業

　　抗日戰爭時期，在中國的土地上日本侵略者鐵蹄所到之處，建立起嚴密的殖民地性質的新聞事業系統。對作爲新聞政策重要載體和工具的通訊社，日本侵略者採取全面壟斷的政策。在各種僞政權建立後，日本侵略者根據其「以華制華」的侵華方針，先後炮製了幾個以僞政權名義創建的新聞通訊社。根據 1944 年中國國民黨有關方面調查統計，全國共有日僞報社通訊社，200 家，其中報社 158 家、通訊社 42 家。[1]這些通訊社都是在日本同盟社在華機構的基礎上建立起來的，實質上只是同盟社的子機關而已[2]。

第一節　僞「滿洲國」的通訊社

　　1931 年，日本發動「九‧一八」事變，侵佔了中國東北。從此，東北進入「淪陷時期」。1932 年 3 月 9 日，僞「滿洲國」傀儡政權正式建立，以溥儀爲「執政」，年號「大同」。1934 年 3 月，日僞改「滿洲國」爲「滿洲帝國」，改「執政」爲「皇帝」，改年號「大同」爲「康德」。1945 年 8 月 15 日，日本宣布無條件投降。8 月 18 日，溥儀在通化宣布「退位」，僞「滿洲國」滅亡。在這 14 年裏，日本殖民統治者利用僞滿傀儡政權，設立文化專制機構，推行「官制文化」，全面操縱東北的文化宣傳輿論大權。日滿當局實行「一個國家

1　敵僞資料特輯（第 6 號），河北省檔案館藏。
2　黃瑚：《日本在我國淪陷區的新聞統制政策（1931～1945）》，《新聞大學》1989 年 3 期。

一個通訊社」的政策，對新聞通訊業的壟斷和管控尤爲明顯。

一、日滿當局對新聞通訊業的壟斷

　　僞滿時期，日本侵略者嚴格控制輿論宣傳，操縱掌控各類新聞機構。日軍所到之處，一切抗日的或具有民族氣節的新聞媒體，包括新聞通訊社，都遭查封，抗日愛國的新聞人慘遭殺害。日滿當局還不斷強化對新聞通訊業的壟斷，推行「日滿通訊網一元化」。

圖 5-1　僞「滿洲國通信社」和「滿洲弘報協會」所在的建築時稱「國通大廈」

　　1932 年僞滿洲國建立之初，日本帝國主義即在僞政府中設立了資政局弘法處，作爲思想統治機構。1933 年，日滿當局在僞國務院總政廳設立情報處，統管僞滿宣傳輿論陣地。1936 年 9 月，又成立了隸屬於僞滿國務院弘報處的「滿洲弘報協會」，成爲僞滿最高的宣傳機構和情報機構。「滿洲弘報協會」是一個完全由日本人操縱的官方組織，是兼營通訊社和報紙的托拉斯，也是壟斷僞滿新聞通訊的「新聞王國」。該協會成立後，即實行「一地一社」的方針，對東北各地的報社進行「兼併」和「整理」，兼併了「滿洲國通訊社」（簡稱「國通社」）。它把僞滿洲國的新聞報導、言論和經營三方面統一起來，實行嚴格的官制統制。弘報協會的成立，被認爲是僞滿洲國的第一次新聞整頓。1937 年後，因業務不便，「國通社」又分離出來。1940 年 12 月 21 日，僞滿解散了滿洲弘報協會，僞滿的新聞通訊等部門直接由僞國務院弘報處管理。

1941 年 1 月，又成立了「滿洲新聞協會」，參加該協會的新聞通訊機構有 27 家。偽滿的新聞、宣傳的最高統制機構，除偽弘報處外，還有日本關東軍司令部內設置的報導部。關東軍報導部和偽國務院總務廳弘報處，同為偽滿新聞、宣傳等所有文化工作的統治核心。

1941 年 8 月 25 日，偽滿政府公布了《滿洲國通訊社法》《新聞社法》《記者法》和《關於外國通訊社和新聞社之支社及記者之件》《關於外國人記者之件》，即所謂「弘報三法二件」，旨在建立「新聞新體制」。「新聞新體制」的實施，進一步強化了對新聞通訊的壟斷。「弘報三法」明文規定：（1）「滿洲國通訊社係政府依電信、電話及其他通信方法之信報搜集及供給事業加以統制確立，以此資使國政滲透、國威發揚而設立者」；「新聞社係發行新聞紙、關於時事及其他事項作公正之報導、與懇切之解說，以國政之滲透、與文化之向上為目的者」「非依滿洲國新聞社法成立之新聞社不得發行報紙」。（2）「記者需於記者登錄簿上登錄之。申請前項登記，由國務總理大臣許可」，「記者之資格需要記者考試及格」或「得國務總理大臣之認可」。（3）滿洲國通訊社「理事長、理事及監事，由國務總理大臣任命」；「新聞社理事長、監事，由國務總理大臣任命」，理事「由理事長之推薦，由國務總理大臣任命」。（4）滿洲國通訊社、新聞社之業務，「國務總理大臣可作監督上及公益上之命令」「通訊社依國務大臣之命令，以其指令事項之內容信報、供給其指定之弘報機關，非經其指定者不得供給」「新聞社依國務大臣之命令，以其指定事項、揭載於新聞紙，非經指定者不得揭載」。[1]

日本帝國主義在侵略我國東北、進行殖民統治的 14 年間，始終把新聞作為重要侵略手段，認為辦報紙通訊社是「佔據滿蒙的無尚勁旅」和「實施國策的先頭部隊」[2]。他們通過直接操縱指揮新聞事業，限制新聞出版自由，控制輿論宣傳，以達到瓦解東北民眾民族意識、灌輸殖民主義思想、欺騙威嚇抗日軍民的目的。

二、偽「滿洲國通訊社」

通訊社在宣傳輿論機關中處於中樞地位。「九一八「事變前後，我國東北

1　方漢奇主編：《中國新聞事業通史》（第 2 卷），中國人民大學出版社，1996 年版，第 910～911 頁。

2　張貴：《東北淪陷 14 年日偽的新聞事業》，《新聞研究資料》1993 年第 1 期。

是世界的熱點地區，多方輿論關注，各國通訊社林立。除中國和西方國家的通訊社外，僅日本的通訊社就有兩家，即：電報通訊社，簡稱電通；新聞聯合社，簡稱聯合。此外還有《朝日新聞》和《每日新聞》等報社。為競相報導「九一八」事變及事變後的東北，各通訊報導機關增派大批人員，記者雲集。特別是國聯調查團在我國東北進行調查期間，淪陷後的中國東北，尤其南滿成了國際信報的中心市場。這種局面當然不利於日本帝國主義掩蓋侵略罪行。

1931 年 12 月，日本聯合社專務理事岩永裕吉秉承關東軍意旨，提出了「一國一通訊社」和建立「滿蒙通訊社」的主張。1932 年 10 月 19 日關東軍囑託里見甫在東京與日本兩家通訊社總社交涉後簽訂契約，規定新成立的通訊社將繼承電通、聯合兩社的通訊發行權、通訊設施和在滿社員。1932 年 12 月 1 日通訊社正式成立時，名稱由原擬的「滿蒙通訊社」改為「滿洲國通訊社」，簡稱「國通社」，總社設在偽滿首都「新京」（即長春）。

「國通社」社長、理事和監事都由日本人充任。「國通社」設有通訊、編輯、總務、業務等局和印刷所，並在中國東北各城市、關內及日本東京、大阪等地設立分社、支局等機構，到 1939 年時，已有 6 個分社，26 個支局，4 個通訊部，9 個商通部，自上而下地形成了通訊網，進而強化了對偽滿新聞機構的控制。「國通社」通過這些下屬機構採集偽滿境內的新聞；同時通過同盟社的關係，利用其海外通訊網和與同盟社聯盟的外國通訊社如英國的路透社、美國的聯合社與合眾社、法國的哈瓦斯社、德國的德意志社、意大利的斯泰勞尼社、蘇聯的塔斯社等的聯繫，形成國際通訊網。國通社每日用漢、日、英、俄四種文字向各地報社和偽官廳、軍憲機關、偽公共機關、銀行、公司等發送新聞稿件 2～4 次。中、日、俄、英、朝文等報紙及廣播電臺的新聞稿，都由「國通社」播發，其他任何新聞團體和個人都不能自行發稿。甚至強令某條新聞必須登載，某條新聞用什麼標題、登在什麼部位都有嚴格的規定。[1]

「國通社」成立後，曾直接隸屬於關東軍司令部，1933 年 4 月 1 日才開始形式上受偽滿政府的監督。「國通社」實質上是日本通訊社在偽滿所設的分支機構。這種關係，4 年後又以契約的形式固定下來。1937 年 4 月 12 日，

---

1 郭君、陳潮：《日本帝國主義對偽滿新聞報業的壟斷》，孫邦主編《偽滿史料叢書·偽滿文化》，吉林人民出版社，1993 年版，第 306 頁。

偽滿國通社與日本同盟社（國通社成立後日本原有通訊社合併爲同盟社）簽定的契約中規定[1]：（1）「國通社」派駐日本的通訊員，皆入籍同盟社，同盟社派駐偽滿的通訊員，皆入籍「國通社」；（2）將締約前「國通社」在日本東京、大阪的支社，同盟社在偽滿的支局相互轉讓；（3）「國通社」從偽滿發送消息到日本和外國時，用同盟社的名義，同盟社從外國和日本發送消息到偽滿時，用「國通社」的名義。這個契約的簽訂，偽滿「國通社」與日本「同盟社」已成兩位一體的關係，「國通社」形式上雖爲偽滿的通訊機構，實質上只不過是日本「同盟社」的一個別名而已。[2]

三、偽滿其他通訊社

作爲所謂「新聞新體制」的一部分，太平洋戰爭爆發後日偽對偽滿境內各個報社實行大合併，除「國通社」外，設立了三大新聞社[3]，即：1.《康德新聞》社，設在偽都「新京」，用中文出版，統管中文報紙，共合併了《大同報》《盛京時報》《安東時報》《三江報》等 18 家報社；2.《滿洲日日新聞》社，設在瀋陽，用日文出版，合併了《安東新聞》《錦州新報》《熱河日日新聞》等 3 家報社；3.《滿洲新聞》社，設在偽都「新京」，用日文出版，合併了《哈爾濱日日新聞》《三江日日新聞》《齊齊哈爾日日新聞》《間島新聞》《東滿日日新聞》及英文報等 6 家報社，統管日文報社。1944 年，《滿洲新聞》社與《滿洲日日新聞》社又合併了《滿洲日報》社，統管日文報紙。「報社合一」的三個新聞社，是日偽強化偽滿境內通訊壟斷的產物，實質上是以通訊社的形式便於內容壟斷，更好地統一輿論。

第二節　汪偽政權統治下的通訊社

汪精衛 1938 年 12 月 29 日響應近衛聲明的《豔電》於 31 日的《南華日報》刊出，隨後掀起「和平運動」宣傳活動。1940 年 3 月汪偽政權成立至 1941 年底太平洋戰爭爆發前，汪偽的「國際新聞」制度和「統一言論」制度基本確立，對新聞、通訊、廣播等輿論陣地實行嚴密控制和全面統治，形成了從

1　霍學梅：《東北淪陷時期日偽對新聞的控制和壟斷》，《東北史地》2010 年第 6 期。
2　方漢奇主編：《中國新聞事業通史》（第 2 卷），中國人民大學出版社，1996 年版，第 914 頁。
3　霍學梅：《東北淪陷時期日偽對新聞的控制和壟斷》，《東北史地》2010 年第 6 期。

上而下的輿論控制網絡。太平洋戰爭爆發後「計劃新聞」制度變本加厲地推行起來，建立所謂「戰時新聞體制」。汪僞還十分重視通訊社的建設，先後建立「中華通訊社」、「中央電訊社」等通訊機關，並不斷加強對其統治的淪陷區各通訊社的控制。

一、汪僞對新聞通訊業的控制

汪精衛集團的新聞活動範圍主要在華中、華南淪陷區。在日本侵略者的扶持下，這些地區的漢奸新聞事業也逐漸發展起來，其中包括新聞通訊社。在新建、改建新聞通訊機關，竭力鞏固和擴大僞「中央電訊社」作爲「國家」通訊社壟斷地位的同時，敵僞政權還進一步加強對新聞通訊業的管制，對持抗日愛國立場的新聞通訊社採取迫害政策，對日本以外的「第三國」通訊社駐在機構實行接收和管制。

爲強化對新聞輿論的控制，汪僞政府先後頒布了一系列新聞檢查政策和法規，並在上海、南京等一些重要城市設立了新聞檢查所。1940 年 10 月 1日，汪僞國民政府行政院頒布了《全國重要都市新聞檢查暫行辦法》21 條，規定：「凡新聞紙及通訊社所刊布之一切稿件，除宣傳部認爲不必檢查者可免檢查外，均得施行檢查」，新聞檢查由各新聞檢查所會同當地軍警機關一起進行。[1]1943 年 6 月 10 日，汪僞最高國防會議第 17 次會議決議通過了《戰時文化宣傳政策基本綱要》並公布實施，強調要「調整充實強化現有各種檢查機構」，對圖書、新聞、雜誌、電影、戲劇、唱片、歌曲、廣播等文化宣傳作品實施嚴格審查及檢查，「採積極指導方針，不僅在消極方面刪除違反國策之文字，尤應在積極方面指導符合國策之思想」「實施各國在華出版物之登記與檢查，嚴屬取締敵性新聞電訊，以謀宣傳力量之統一」。[2]爲實行所謂戰時新聞體制，強化新聞檢查制度，擴大、完善各新聞檢查所，僞宣傳部制定公布了《全國重要都市新聞檢查所組織通則》，規定：「新聞檢查所直屬於宣傳部，受宣傳部之指導與監督」，其職權爲：「檢查當地各報社、通訊社之新聞、言論、圖片、廣告事項」，「取締當地各報社、通訊社違反全國重要都市新聞檢查暫行辦法第十一條所規定新聞、言論、圖片、廣告事項」，以及宣傳部臨時命令辦理事項等。該通則還要求各新聞檢查所「每月應將檢查

---

1 曹必宏：《汪僞政府新聞檢查述略》，《檔案與史學》，2001 年 2 期。
2 曹必宏：《汪僞政府新聞檢查述略》，《檔案與史學》，2001 年 2 期。

經過列表呈報宣傳部」。[1]

　　汪僞政權通過漢奸特務組織對堅持抗戰宣傳的新聞機構和新聞人進行殘酷迫害。1939 年，日本侵略者扶持原國民黨特務骨幹丁默邨、李士群網羅了一批特務和流氓，建立起一個漢奸特工組織，隱稱「七十六號」，常常通緝、綁架、暗殺愛國新聞工作者。他們曾衝擊破壞通訊社編輯部，手段極其殘忍毒辣，許多通訊社工作人員受到不同程度的迫害，大光通訊社社長邵盧白 1940 年遭暗殺就是典型的一例。[2]大中通訊社記者陳憲章等也曾經被七十六號綁架和拘押，其中周維善瘐死獄中。1940 年 7 月 1 日，汪僞國民政府發布僞令通緝 83 名抗日人士，新聞工作者有 32 人，其中通訊社人員如大中通訊社社長吳中一等。[3]

　　汪僞政權對日本以外的「第三國」通訊社駐在機構實行接收和管制。早在 1938 年 3 月 10 日，日本新聞檢查所就通令外國通訊社，自次日起：「各社的中文譯稿，應先送檢查所二份，以備檢查，然後始能分送中文報紙發表。」太平洋戰爭爆發後英美對日宣戰，其在上海的通訊社人員退回本國，日本、意大利、德國在上海的通訊社則照常經營，蘇聯塔斯社因蘇聯未對日宣戰而得以繼續工作，成爲反法西斯新聞報導在上海的唯一據點，提供大量反法西斯的新聞報導。[4]1944 年日本侵略者感覺形勢不妙，通知塔斯社停止供應中文稿，只准發行俄文稿。[5]

　　1943 年 2 月，汪僞「中央電訊社」制定了《中央電訊社接收第三國通訊社實施計劃綱要》，規定「凡在我國領土內之第三國通訊社擬定計劃予以接收」[6]。汪僞把第三國通訊社分爲兩類：一類是所謂「敵性」通訊社，英國的路透社、美國的合眾社和美聯社等均列入此類；另一類是軸心國的通訊社，有德國海通社、德國新聞社、意大利蒂芬妮社、法國哈瓦斯社。蘇聯的塔斯社因當時日蘇兩國尚未交戰，亦列爲非敵性通訊社。對於前一類，爲「中央

1　曹必宏：《汪僞政府新聞檢查述略》，《檔案與史學》，2001 年 2 期。

2　姚福申、葉翠娣、辛曙民：《汪僞新聞界大事記（上）》，《新聞研究資料》1989 年第 4 期。

3　姚福申、葉翠娣、辛曙民：《汪僞新聞界大事記（上）》，《新聞研究資料》1989 年第 4 期。

4　來豐：《中國通訊社發展史》，復旦大學博士論文 2002 年。

5　來豐：《中國通訊社發展史》，復旦大學博士論文 2002 年。

6　余子道、曹振威、石源華、張雲：《汪僞政權全史》（下卷），上海人民出版社，2006 年版，第 887 頁。

電訊社」的上述《綱要》規定，予以全面接收，停止和剝奪其發稿權。對後一類，則允許其發布本國文字的通訊稿，但其收發報機由「中央電訊社」控制。同時，汪偽當局還規定，第三國通訊社的通訊稿必須接受檢查，「如有違反我國立場和軸心國家之宣傳報導消息，即予沒收」[1]。汪偽這一措施的實施，剝奪了路透社、合眾社、美聯社等通訊社的通訊權利，並把所有第三國的通訊社置於其監控之下。

二、汪偽「中央電訊社」

（一）成立

汪偽的中央通訊機關「中央電訊社」於 1940 年 5 月 1 日在南京成立，社址在南京復興路 155 號。「中央電訊社」是由汪偽國民黨中央宣傳部設於上海的「中華通訊社」與原維新政府宣傳局所設「中華聯合通訊社」合併改組而成。「中華通訊社」是汪精衛由河內到達上海從事投敵賣國的「和平運動」不久即 1939 年 11 月 3 日，在上海北四川路設立的，收發國際國內電訊，供汪派報紙刊用；林柏生任社長，趙慕儒任副社長，郭季峰任總編輯。原「維新政府」所屬的中華聯合通訊社 1938 年 6 月成立於南京，孔憲鏗任社長。

「中央電訊社」直隸於偽府行政院宣傳部，以「統一全國通訊事業」「發布新聞，宣揚國策，溝通各地消息，採集國際新聞」為職責，被賦予設立無線電臺、收發國內外新聞電訊的特權，並可兼營其他文化宣傳事業。「中央電訊社」通過發布新聞，宣傳汪偽政權的賣國漢奸理論，為日本侵略者鼓吹「東亞新秩序」，太平洋戰爭爆發後為鼓吹「大東亞戰爭」服務。1945 年 8 月日本宣布無條件投降後，「中央電訊社」總社及在各地的分社由國民黨政府派員接收。

（二）總社設置

「中央電訊社」最高權力機關為理事會，設理事長 1 人，理事 8～14 人。其組成人員包括汪偽政府宣傳部和外交部的代表，「新聞事業負有眾望之專家」，重要報社代表，以及該社社長、副社長、司庫、總編輯和總務主任，並設有名譽理事和交換理事。1940 年 5 月至 1945 年 8 月日本無條件投降前，理事會成員曾多次變更。由偽宣傳部長林柏生兼任理事長，郭秀峰、秦墨哂、

---

1 余子道、曹振威、石源華、張雲：《汪偽政權全史》（下卷），上海人民出版社，2006年版，第 887 頁。

趙慕儒爲常務理事，周化人、湯良禮、袁殊、孔憲鏗、周隆庠、夏奇峰等爲理事。1940 年 12 月，中央通訊社第二次理事會遵循日方旨意，特聘日本同盟社古野氏爲名譽理事。[1]在 1942 年 12 月召開第二次理事會時，特聘請日本同盟通訊社古野伊之助爲名譽理事，松方義三郎爲交換理事。[2]社長林柏生，先後由趙慕儒、郭秀峰繼任；副社長先後爲趙慕儒、許錫慶、郭瀛洲等；副社長兼總編輯爲許錫慶。「中央電訊社」設有編輯部、總務部、攝影製版部以及電務管理、調查兩處。

　　編輯部設總編輯 1 人，副總編輯 1～2 人。部內設中文、日文、英文、採訪四組及繕印、收發 2 室，分別掌管中文、日文及英文新聞的編輯採訪等事。該部每日收到各分社電訊約 5000 字左右，編發的新聞稿有 10000 多字。政治新聞除由宣傳部交發汪僞政府公報新聞外，大都由採訪組採寫。地方新聞靠分社、通訊處和各地通訊員撰寫的來電來稿。國際新聞以日本同盟社的交換電訊爲主，每日約 25～50 條；次之爲轉發德國海通社電訊，每日 20～30 條；上海分社轉來的各國通訊社電訊，每日採用不滿 10 條。特稿除汪僞宣傳部交發者外，新聞性特稿多爲採訪組所作，其他國際政治經濟等各種特稿由社內調查處提供。新聞電訊稿本有甲乙丙丁 4 種，甲種爲國際消息，乙種爲國內要聞，丙種爲地方新聞，丁種爲經濟新聞。每日發稿 3 次，每日發出甲乙兩種各約 30 頁左右，丙種 20 頁左右，丁種 10 頁左右，特稿發 10～20 頁不等，綜計平均大約發新聞稿 80～90 頁。[3]自 1943 年 2 月 1 日起，每日還向汪僞「中央廣播電臺」提供約 1 小時的記錄新聞稿，內容均是當日國內外重要消息。爲及時獲取地方新聞，編輯部還加強對派在各地通訊員的指導。

　　調查處的任務是「承社長之命掌理調查統計及情報事宜」，具體工作有 4 項：一是編撰特稿。特稿本由編輯部負責撰寫，第 5 次社務會議決定改由調查處負責。該處爲編撰特稿，分設國內政治、國內經濟、國內文化、國際情報、人事異動 5 組。每星期舉行聯合專題座談會，將討論的各個問題作爲撰寫特稿材料。二是實際調查。派專人或各地通訊員調查淪陷區的各種問題，作爲撰寫特稿材料及備作參考資料。三是出版書刊。負責編輯發行中央電訊

1　駱正林：《抗戰時期汪精衛僞政權的輿論傳播策略》，《浙江傳媒學院學報》2011 年第 3 期。

2　經盛鴻：《日僞時期南京新聞傳媒述評》，《抗日戰爭研究》2005 年第 3 期。

3　《南京報業志》，學林出版社，2001 年 6 月版，第 314 頁。

社叢書，以及出版《中央電訊社第一年》《中央電訊社第二年》等專冊。四是
搜集資料及人事調查等。[1]

（三）分支機構

「中央電訊社」在一些中心城市和一部分縣城分別設分社、通訊處、通
訊員。共成立了上海、武漢、廣州、杭州、蘇州、南通、蚌埠、蕪湖和香港、
東京等 10 個分社，揚州、鎮江、嘉興、無錫、汕頭等 5 個通訊處。各地方分
社負責人分別為：東京譚覺真、上海楊迴浪、武漢查士驥、香港陳少翔、廣
州歐邁之、杭州程季英、蘇州馮子光、南通席時賢、蚌埠尤半狂、蕪湖孔夢
花，「通訊處」負責人分別為：揚州陳則青、鎮江冷鬱哉、嘉興何鏞源、無錫
趙關生、汕頭張新。[2]設立通訊員的地方，有北平、天津、徐州、盧州、大通、
巢縣、常州、鎮江、常熟、崑山、泰州、安慶、江陰、蘇州、九江、高郵、
啓東、鹽城、明光、金壇、湖州、崇明、寧波、紹興等 24 個城市。[3]各分社根
據其所在地的重要性，分為特等、一等、二等、三等 4 類。各分社設主任 1
人，特等社與一等社並設總編輯 1 人；各分社除將總社電訊、特稿及本社採
得的新聞就地向各報社發稿外，並為總社提供各地重要新聞。[4]「中央電訊社」
及其各地分支機構的建立，汪偽政權開始形成了連接其統治區域內外的新聞
通訊網絡。

上海、香港和東京 3 個分社，以其地位重要、機構完備而在各個分支組
織中起著最為顯著的作用。

上海分社是由原汪偽中華通訊社的部分機構改組而成的，為各個分社中
力量最強和機構最為完備的一個。由黎昭智任分社社長、楊回浪任總編輯。
內設採訪、編輯、英文、電訊等組。每日發中文稿 3 次、英文稿 2 次，向上
海各報供稿；收編南京總社發來的電訊，擔負總社向香港分社傳輸傳播的任
務。因上海的特殊地位，偽「中央電訊社」總社的英文部附設於上海分社，
該部將汪偽政府的文告和重要信息譯成英文，供上海各外文報社和外國通訊
機構。

香港分社成立於 1940 年 8 月 1 日，設於汪派在香港主要宣傳機構《南

---

1 《南京報業志》，學林出版社，2001 年 6 月版，第 314 頁。
2 姚福申、葉翠娣、辛曙民：《汪偽新聞界大事記（上）》，1989 年 04 期。
3 姚福申、葉翠娣、辛曙民：《汪偽新聞界大事記（上）》，1989 年 04 期。
4 《南京報業志》，學林出版社，2001 年 6 月版，第 315 頁。

華早報》社內。由於港英政府不允許該社設立無線電收發報機，該社的新聞只得交由上海分社轉送。為充實稿件來源，香港分社一面與日本同盟社香港分社相聯繫，以同盟社的英文電訊稿作為國際新聞的參考，一面轉錄上海《中華日報》和廣州《中山日報》所刊汪偽「中央電訊社」的消息，「擇其時間性較少者，改成通訊」。香港分社的供稿對象，主要是汪偽控制的幾家報紙，如《南華日報》《天演日報》《新晚報》《自由日報》《大光報》和《香港日報》。英國始終拒絕承認汪偽政府，港英政府不准偽「中央電訊社」在香港公開活動；該社所發稿件，報社利用時不得用「中央電訊社」供稿之名，只准改稱「本報電」。香港分社對外也只得使用「中華通訊社」之名。

　　東京分社成立於 1940 年 11 月 30 日，分社主任譚覺正，日本陸軍報導部長馬淵逸雄大佐直接控制該社[1]。其任務與其他分社不同，主要是「將國內消息、要人言論等分別供給友邦各機關團體，並隨時與友邦言論通訊機關互相聯絡，將友邦政治、經濟、文化各方之發展報告總社」。實際上，東京分社是汪偽當局與日本當局之間的一個傳聲筒，它不獨立地從事新聞信息的採編與播發，只不過是把日本當局認為需要向中國大陸主要是汪偽地區傳播的信息，以東京分社的名義發回，以供汪偽報刊採用。該社的另一項工作是編輯廣播稿件，借用東京廣播電臺向南洋各地廣播，傳播汪偽政府的信息，向東南亞華人進行欺騙宣傳。

　　此外，鑒於廣州是華南重鎮，汪偽中央於 1940 年 8 月 1 日在廣衛路廣福巷成立廣州分社，陳璞任主任，每日發稿 3 次[2]。日偽在廣州的另一通訊社是設在西湖路的華南通訊社，每週發稿 1 次，側重於經濟方面，至於新聞消息，「只擇其重要者始揭載」[3]，也就是只播發有利於日偽當局的消息。另外，德國「海通社」也在廣州設立分社，協助日偽政權對淪陷區人民進行法西斯宣傳。

　　太平洋戰爭開始以後，汪偽的通訊機構進一步擴大，如「中央電訊社」上海分社的規模有不少擴展，內設中文部、英文部和電務組三大部分，中文、英文稿每日發布 5 次。1943 年 9 月，該分社開始與日本同盟社華中分社同樓辦公。

1　姚福申、葉翠娣、辛曙民：《汪偽新聞界大事記（上）》，1989 年 04 期。
2　鄭澤隆：《日偽政權在廣東的奴化宣教概述》，廣東史志，1999 年第 3 期。
3　偽《中山日報》社編印：《復興的廣東》，1941 年 8 月，第 169 頁。

（四）宣傳活動

「中央電訊社」的業務，是爲日本帝國主義的侵略擴張和汪僞投降活動，炮製和傳播新聞信息。其採編和製作的稿件有三個類別。

一是文字新聞稿。「中央電訊社」總社收發編制文字新聞稿分爲三個組進行。中文組每日發稿三次，稿件分爲國際消息、國內新聞、地方新聞、經濟新聞四種。日文組主要擔任國際新聞的譯發。採訪組負責採訪編寫消息。文字新聞的來源，有僞政府分送的文稿、僞宣傳部統一發表的新聞、各地方社發來的電訊，各地通訊、採訪組採編的新聞，以及上海分社轉來的國際電訊。還有來自日本同盟社的交換的新聞，以及德國海通社和意大利羅馬通訊社提供的國際新聞。事實上，汪僞政府的公告性新聞在其中佔有重要地位。以 1942 年度發布的這類新聞 1857 件爲例，其中僞府會議新聞 35 件、僞府命令 984 件、行政院新聞 39 件、軍事新聞 103 件、電稿 132 件、特稿（廣播致詞、演講詞、紀念文、感想文等）252 件，其他新聞稿 312 件。[1]

二是新聞圖片稿。「中央電訊社」總社設攝影製作部，負責新聞圖片的攝製。該部派出攝影記者在華中、華南和華北各日僞佔領區，拍攝各種照片。取材「注重於國府還都後的各種社會動態，尤注意中日兩國國交上之關係，其他關於文化政治經濟建設事業等」。[2]自「中央電訊社」成立至 1944 年，前後累計攝製並發表的照片約有 4000 幅。[3]這些圖片製成電版，供給僞區各報社和雜誌社，並與日本同盟社交換圖片。

三是特稿。這類稿件是汪僞爲特定宣傳目的編寫的專題新聞稿，由「中央電訊社」總社調查處負責編撰。特稿每日與一般新聞稿隨帶發送，種類有短論、系統特稿、時事解說、資料譯稿等，題目如《日本戰時議會之任務》《清毒運動》《禁煙與消毒》《首都民食問題》等等。1942 年 5 月至 8 月，該處所撰特稿 92 篇，其中政治 41 篇、文化 8 篇、經濟 8 篇、國際 35 篇。[4]

「中央電訊社」的主要供稿對象，是淪陷區各地的僞報紙、期刊和廣播電臺，尤以僞宣傳部直屬報社爲主體。汪僞宣傳部曾作出規定，「直屬報社在

1 汪僞宣傳部：《中央宣傳部工作報告》（1942 年），汪僞宣傳部檔案，第二歷史檔案館藏。

2 汪僞宣傳部：《第一屆全國宣傳會議報告彙編》（1941 年 6 月），汪僞宣傳部檔案，中國第二歷史檔案館藏。

3 汪僞「中央電訊社」攝影製片部新聞圖片稿底片，現存新華社國家照片檔案館。

4 《南京報業志》，學林出版社，2001 年 6 月版，第 314 頁。

新聞編輯上應以中央電訊社稿件爲主體」。1943 年汪僞政府宣布實行戰時體制後，僞宣傳部進一步規定，自 1943 年 3 月 30 日起，「所有全國中文英文報紙雜誌刊載國內外電訊，除各報社專電經檢查核准者外，一律應以中央社所發表爲限，其他不得轉載」。「中央電訊社」是汪僞新聞宣傳的最重要的「源頭」和「供應處」。它既是日本侵略者的「傳聲筒」，又是汪僞政府的「喇叭筒」，甚至是炮製謠言的大本營。

「中央電訊社」的新聞宣傳充滿著賣國降日的內容，爲日本侵略者鼓吹「東亞新秩序」，太平洋戰爭爆發後爲「大東亞戰爭」服務，顛倒黑白、造謠撒謊等無所不用其極。

一是採編大量掩蓋日僞血腥統治眞相、粉飾淪陷區所謂「和平繁榮」的稿件，吹噓「和平建國」的「政績」。如《鄂干觀察記》系列報導大肆吹噓日僞佔領區的「繁榮」，另如 1942 年 2 月初，日軍侵佔新加坡後，「中央電訊社」即編印大量所謂揭露英美侵略亞洲、宣傳日本「解放大東亞」的特稿，分發各報刊發表。[1]

二是製造政治謠言，以製造抗日陣線內部的矛盾，挑起國共兩黨的衝突和重慶政府內部的分裂。如《重慶不堪再居，渝府將遷西昌》《李石曾、張靜江等促蔣懸崖勒馬》等等都是蓄意炮製的政治謠言。「中央電訊社」是製造謠言的大本營，而香港分社則是傳播謠言的主要發源地。太平洋戰爭開始前，由於香港是東西方各國、國內各派政治力量和中日兩國進行政治、經濟、情報和宣傳戰的一個重要角逐場，汪僞通訊社遂在香港炮製了大量的政治謠言。「中央電訊社」香港分社將這些謠言僞裝成消息靈通人士在香港獲悉的珍貴消息，發往南京總社轉發各地僞報刊使用。

三、汪僞政權統治下的其他通訊社

除竭力鞏固和擴大僞「中央電訊社」作爲「國家」通訊社的壟斷地位外，汪僞政府還利用日軍的津貼，以私人名義在上海建立一批通訊社，如華東通訊社、上海通訊社、大滬通訊社、滬聲通訊社、國華通訊社等，都是汪僞官方通訊社的幫兇[2]。汪僞通訊社系統的倒行逆施爲其招來禍端。如 1940 年汪

1 余子道、曹振威、石源華、張雲：汪僞政權全史（下卷）上海人民出版社，2006 年 12 月版，第 910 頁。

2 《上海新聞志》，上海社會科學院出版社，2000 年版，第 369 頁。

偽「國民新聞通訊社」社長穆時英（6月28日）、「國民新聞社」社長劉吶鷗（9月3日）先後在上海遇刺身亡。

與汪偽通訊社相反，民營通訊社都不同程度地進行抗日宣傳，所以遭到日偽的忌恨和迫害。為了堅持抗日宣傳，各通訊社不得不提高警惕。如大中通訊社[1]辦公室門口掛的招牌就是「經濟年鑑編輯所」，以防日偽特務的騷擾和破壞。隨著上海租界局勢的日益險惡，該社也不斷變換鬥爭手段，先是轉移辦公地點，然後又轉入地下發稿，最後連地下發稿的工作地點也由固定改為流動，經常轉移，一直堅持到太平洋戰爭爆發。

1941年12月8日太平洋戰爭爆發後，原來設在上海的民營通訊社，一部分停辦，一部分仍繼續工作，其中有不少通訊社堅持發表抗日新聞，尤其以大中、大光、申時、新聲等通訊社影響較大。日本侵略者和汪偽政府對上海新聞界實行法西斯統治。由於大中通訊社連續發表揭露日軍與漢奸的罪行和廣大人民遭迫害的新聞，日軍和漢奸向大中社伸出黑手。1941年4月2日晚，一顆手榴彈丟進大中社辦公室，文書秦鍾煥被炸傷，後因醫治無效逝世。同年12月7日，日軍進入上海「租界」，大中社被迫關閉。

第三節　華北淪陷區的偽通訊社

日本侵略者在侵佔中國華北地區後，先後扶植建立了一些地方性偽政權。為擴大反動宣傳，敵偽政權加強了對新聞事業的壟斷和統治，並迅速建立起殖民地性質的新聞事業系統，其中包括若干通訊社。

一、蒙疆新聞社

（一）歷史背景

1937年7月盧溝橋事變後，日本關東軍發動察哈爾戰役，從8月末到10月中旬，相繼侵佔了張家口、大同、歸綏等地。隨後在這些地區分別成立了察南、晉北、蒙古聯盟自治政府三偽政權。11月22日，成立了控制上述3個偽政權重要產業的蒙疆聯合委員會，在經濟領域首先完成了對3個偽政權的

1　民國23年（1934年），大中通訊社成立於上海，是惲逸群、梅益、金學成等為發表抗日新聞而成立的，社長吳中一（他也是《大美晨報》的總編輯），40年代該社負責人為徐昔。該社地址先後在河南路（今河南中路）中匯大樓、四川路（今四川中路）850號。

統合。1939 年 9 月 1 日，又將三僞政權合併，成立了受日本駐蒙軍「內面指導」的「蒙古聯合自治政府」，1941 年 8 月又改稱「蒙古自治邦」，一般稱之爲「蒙疆政權」。

日本佔領蒙疆地區後，對新聞媒體實行強制性政府統制，通過「蒙疆新聞社」壟斷統制報紙新聞業，建立「蒙疆電氣通訊設備株式會社」壟斷廣播。

（二）蒙疆新聞社的成立與設置

1938 年後，日本對蒙疆地區的報刊業進行整頓，計劃成立宣傳統制機關。欲通過強化宣傳，將「親日防共、民族協和、民生向上爲理念的全政權的政策意圖曉之以民眾」，以圖「統一思想、善導、教化民眾、徹底貫徹防共思想」[1]。5 月，在日本操縱下，以統制經營蒙疆地區新聞、通訊及其他報導事業爲目的，醞釀設立蒙疆新聞社。5 月 16 日，蒙疆聯合委員會發布了《株式會社蒙疆新聞社法》，並據此成立了「蒙疆新聞社籌備委員會」。籌委會委員長爲野田清武，委員均爲日本人。

蒙疆新聞社總會 1938 年 5 月 20 日成立，制定蒙疆新聞社章程，宣布把察南和蒙古聯盟兩政府所屬的《察哈爾新報》及《蒙疆日報》兩社的資產，折合蒙疆幣 40 萬元，作爲「蒙疆新聞社」的資金。蒙疆新聞社總部設在張家口市興亞大街。松本於菟男（原《察哈爾新報》社長）任「蒙疆新聞社」理事會理事長，杉谷善藏（原《蒙疆日報》社長）爲常務理事；理事有察南政府的韓運、晉北政府的孫植；監事爲蒙古聯盟政府的伊德欽及蒙疆聯合委員會的久光正男。[2]1942 年 2 月，滿洲日日新聞社的董事細野繁勝取代松本於菟男就任蒙疆新聞社理事長，常務理事杉谷善藏、監事外山登一、伊德欽。[3]

蒙疆新聞社除張家口總社外，大同、厚和設有支社，北京設有華北總局，包頭、天津、平地泉、東京、大阪、新京設有支局，太原、濟南、青島、上海、南京設有通訊部[4]。1944 年，蒙疆新聞社的日中員工爲 940 人。其中日系

1 蒙疆聯合委員會編：《蒙疆特殊會社概觀》，（張家口）蒙疆聯合委員會，1938 年版，第 45 頁。
2 蒙疆聯合委員會編：《蒙疆特殊會社概觀》，（張家口）蒙疆聯合委員會，1938 年版，第 45～47 頁。
3 創造社：《新東亞經濟特別號——蒙疆經濟的躍進》，（東京）創造社，第 3 卷第 30 號，1944 年 11 月版，第 124 頁。
4 創造社：《新東亞經濟特別號——蒙疆經濟的躍進》，（東京）創造社，第 3 卷第 30 號，1944 年 11 月版，第 125 頁。

195 人，滿漢員工 720 人，蒙族員工 25 人[1]。

（三）蒙疆新聞社的報刊統制

　　蒙疆新聞社表面上是通訊社，實質上是統制報刊的手段，其設置特點是「社報合一」，即由蒙疆新聞社全權壟斷報紙發行權，除它而外禁止發行任何報刊。蒙疆新聞社統合蒙古聯盟自治政府的《蒙疆日報》、察南自治政府的《察哈爾新報》後，於 1938 年 6 月 10 日開始發行《蒙疆新聞》（日文版），《蒙疆新報》（漢文版，由前《察哈爾新報》改版），以及蒙文《蒙古新聞》。此外，厚和支社發行《蒙疆日報》《蒙古民聲報》及蒙文版報紙《蒙古週報》。大同支社出版漢文《蒙疆晉北報》。

　　三偽政權合併前，蒙疆新聞社所屬報刊發行的地區和單位已較廣，除日本、滿洲國、朝鮮外，還有蓮治部隊、張家口陸軍特務機關、蒙疆聯合委員會、察南自治政府、蒙古聯盟自治政府、晉北自治政府、張家口鐵路局、電訊會社、郵電總局、蒙疆銀行，以及其他各特殊團體。

　　三偽政權合併前，《蒙疆新報》即作爲蒙疆聯合委員會的日刊華文指導報刊在察南、晉北、蒙古聯盟各自治政府管內廣泛發行。1939 年 9 月三政權合併後，成爲蒙疆政府機關報。

　　厚和支社發行的《蒙疆日報》爲漢文版，主要面向蒙古聯盟地域發行，同時亦往察南、晉北配發。由於蒙古地方地域遼闊，不可能完全靠販賣商經銷，故多依靠各盟公署、縣公署分配給讀者，報費由各盟、縣公署方面負責。

1　株式會社蒙疆新聞社：《蒙疆年鑒》，（張家口）蒙疆新聞社，1944 年版，第 425、352 頁。

圖 5-2　1943 年出版的偽「蒙疆自治政府」報紙《蒙疆新報》

（四）蒙疆新聞社的文化侵略

蒙疆新聞社為擴大對文化及新聞輿論的滲透和侵略，從 1939 年起，擴大了經營範圍。到 1940 年 9 月，發行各種報紙 25 種。1941 年 9 月將《蒙古民聲報》和《蒙疆晉北報》停刊，以加強總社的力量。從 10 月開始發行綜合華文半月刊《利民》，宣揚所謂「親日和善」「善鄰友好」「王道樂土」「大東亞共榮圈」「共存共榮」等，日本投降前夕停刊。此外，從 1941 到 1944 年出版了 4 次《蒙疆年鑒》。

蒙疆新聞社表面是以企業面貌出現的，實際是日本特務機關的文化特務組織機構，在宣傳和情報方面受駐蒙軍軍部和各地的特務機關指揮。日本駐蒙軍軍部和厚和特務機關指示《蒙疆新聞》厚和支社，除了利用《蒙疆日報》厚和版，用虛報「皇軍」戰果和美化「王道樂土」來欺騙蒙疆地區內的蒙漢民眾外，還指使《蒙疆新聞》厚和支社針對抗日根據地和國統區編印秘密報紙《和平報》（約出刊於 1938～1941 年間），和「投降證」一起不定期地用飛機散發，用來腐蝕、瓦解抗日力量的秘密報紙。此外，厚和支社還專門編輯瓦解西北少數民族與漢族團結的報刊，裝上飛機運到新疆境內投散。

蒙疆新聞社除統制新聞辦報事業外，發揮其統制文化的機能，經常舉辦配合日本戰爭宣傳的各種文化活動，為日本的侵略戰爭吶喊助威，如 1942 年

搞過文學徵賞活動。1943 年，蒙疆新聞社還同日本人的興亞學會共同主辦過「決戰生活週刊」。從 8 月 27 日開始，每週一次在全蒙疆同時展開，內容是號召群眾穿決戰服、早起會、獻金、獻銅、獻鐵、寫慰問信、收集圖書資料、到處張貼標語，宣傳反共、反英美。祭掃神社，利用講演會，放電影、廣播等進行反動宣傳。每次開會多在厚和公共食堂及張家口蒙疆忠靈塔、察南公會堂等處舉行[1]。

圖 5-3 受日本控制的偽「晉北自治政府」報紙《蒙疆晉北報》

二、華北淪陷區的其他通訊社

華北（當時偽「華北臨時政府」管轄範圍包括北平、天津、青島三特別市及河北、山東、山西、河南四省）是日偽新聞宣傳媒體最密集的地區。根

1　《呼和浩特史料（第 7 集）》，呼和浩特地方志辦公室 1986 年版，第 149 頁。

據 1944 年中國國民黨有關方面調查統計，偽報社 60 家，偽通訊社 19 家，總計 79 家，占全國偽報社通訊社總數的近 40%，其中報社占 38%，通訊社占 45.2%。[1]

同盟社華北總局是日本官方通訊社同盟社在華北的分支機構，地址設在北平。該局初名「日本同盟社北支總局」，由吉野伊之贈任總局長。後因戰事擴大延長，東京總社調派大批記者隨軍採訪，「北支總局」遂改稱「華北總局」，由大河幸之助任總局長。該局在天津、濟南、青島、張家口、歸綏、石家莊、太原、開封、徐州等地設支局 9 處。

中華通訊社由「日本同盟社北支總局華文部」改組成立。中華通訊社總社位於北平，社長先後由佐佐木健兒和管翼賢擔任。設有編輯部與採訪部，總編輯陳語天。華北淪陷區所有敵偽報紙，均由該社供給國內外電訊，其消息來源係由同盟社電臺收聽東京電報譯成半通不通的中文，發交該社「整理部」印發各報，每天發稿 5 次之多。該社所轄支社有保定、石家莊、唐山、張家口、濟南、天津、太原、青島、徐州等 9 處，接收總社電訊發給地方報紙刊用。該社採訪部部長由侵華先鋒酒井忠俊擔任。該社發出的新聞稿件來源有兩個：電臺收來各地發出的新聞專電；採訪部外勤記者寫的新聞稿，經過編輯整理後印刷成通訊稿發出。每日發出的通訊稿數量不等，內容有國際新聞與本市的軍事、政治、經濟、文教等方面的消息。每日除供給偽《新民報》採用外，還供應各地方報紙採用（由總社發專電給各地分社，再由分社將新聞稿轉發各報社）。那時華北各城市都有一家當地偽機關報紙，如北平偽《新民報》、天津偽《天津報》、保定偽《河北日報》、青島偽《新民報》、石家莊偽《新報》、偽《蒙疆日報》等。[2]日本投降後，偽中華通訊社由國民黨中央通訊社接收，成立了中央通訊社北平分社。日偽政府所領導的其他新聞宣傳報刊或機構等一律停刊或解散。

此外，在北平、天津還有電聞通訊社、中聞通訊社、北方通訊社、雷電通訊社、經濟通訊社、中國通訊社、華北通訊社、亞北通訊社、民興通訊社、華北新聞社等十幾家日偽新聞通訊機構。[3]

---

1 敵偽資料特輯（第 6 號），河北省檔案館藏。

2 王隱菊：《淪陷時期北平的新聞業》，《文史月刊》2013 年第 12 期。

3 郭貴儒：《日偽在華北淪陷區新聞統制述論》，河北師範大學學報（哲學社會科學版）2003 年第 3 期。

第六章　民國時期在華外國通訊社及業務發展

　　晚清及民國時期，來自西方主要國家的通訊社紛紛開展在華業務，在中國新聞史上書寫了重要篇章。外國通訊社拓展在華新聞業務，爲推動近現代中國新聞事業的啓蒙和成長發揮了積極作用。新聞行業是從西方傳入中國的。鴉片戰爭後中國被迫打開大門，此前幾乎是一片空白的中國新聞行業也隨著西方勢力的侵入而逐漸興起。包括通訊社在內的外國新聞機構在新聞事業各個領域，如人才培養、科技應用、業務創新、體制機制及職業理念等，爲中國新聞同行發揮了重要的啓示及借鑒作用。不少中國通訊社正是基於打破外國通訊社壟斷局面、與之進行平等競爭的目標而建立起來的。與外國通訊社之間的交流互動開闊了中國新聞人的眼界，不僅普及了新聞知識、採寫技巧、觀念，從更深層次上來說，還有助於傳播西方先進文化、推動中國社會文化變革、塑造現代公民權利意識。同時，外國通訊社對中國新聞界來說又扮演著「殖民者」「干涉者」角色，在很多情況下，甚至充當了外國侵略勢力、殖民統治的「幫兇」「爪牙」。本章主要探討民國時期在華外國通訊社機構及業務發展。

第一節　民國初年的在華外國通訊社

　　民國初年，路透社繼續享有在中國新聞通訊市場的領先地位，其業務繼續拓展和深化，其經營規模、影響力在各通訊社中依然首屈一指。但隨著世界新聞通訊業格局的變化，一些新興的通訊社勢力日漸興起，路透社在華新聞通訊業務的壟斷地位也最終被打破。

一、路透社在華業務的拓展

1911 年 10 月武昌起義爆發後，路透社加強了在中國的新聞報導活動。總社派遣已有五年在印度工作經驗的科克斯（M. J. Cox）來到上海擔任分社總主筆。爲了適應中國政治形勢的急劇變化，科克斯改組了國外新聞的收發方式，開始向本地華文報紙發行譯稿。

爲了爭奪獨家新聞，科克斯還在北京等地指派了多名通訊員。從 1912 年起，路透社開始向《申報》《太平洋報》等 18 家中文報紙供稿。當年 6 月 3 日的《申報》第一版增闢「特約路透電」專欄。初期採用的數量不多，且以政治性內容爲主，後來日漸增多，內容也十分廣泛。特別是第一次世界大戰爆發後，關於歐洲戰事的消息絕大多數來自路透社電訊。[1]路透社還在中國各地指派了通訊員，以便爭奪獨家新聞。如 1913 年 3 月 20 日，宋教仁在上海火車站遇刺，後不治身亡。路透社通過其駐北京通訊員、澳大利亞人懷恩（A. E. Wearne），迅速播發了這一消息。[2]

路透社在中國新聞市場上的優勢地位是如此的顯著，甚至連北洋軍閥政府也給予了高度重視。顏惠慶擔任內閣總理的時候，他所派去組織編修中國歷史的國史館館長，在組織編寫清末民初國際局勢時，幾乎完全依賴路透社的國際問題報導。北洋政府的文書保存所更是將路透社在華開始通訊業務以來的電訊全部存檔，外交部也時常引用路透社電。

除了新聞通訊之外，路透社也發展起其他業務，主要是收集和發布商業金融消息，爲公司企業提供「商業電訊稿」（Commercial Telegraph-Comtel）。這是路透社獨家經營的，也成爲其最大的優勢，別的通訊社都無法與之競爭。[3]由於路透社商業金融消息準確、及時、公正，遠東各地的市場交易活動基本上依賴「路透社電」，如上海的棉花交易市場就完全依靠來自倫敦的消息開展交易。有一次由於電纜發生故障，路透社無法提供其總社傳來的交易信息，竟然導致上海棉花交易停市 24 小時。[4]通過佔據壟斷地位的商業金融信息，路透社在中國獲得了豐厚的利潤。

---

1 褚曉琦：《民國時期塔斯社上海分社在華宣傳活動》，載《史林》2015 年第 3 期，第 146 頁。
2 張功臣：《中國早期的外報記者》，載《國際新聞界》1995 年 Z1 期，第 96 頁。
3 儲玉坤：《伍特公與路透上海分社》，載《新聞大學》1996 年第 2 期，第 48 頁。
4 朵豐、張永貴：《路透社遠東分社的創辦及對中國新聞通訊事業的影響》，載《新聞界》2002 年第 3 期，第 23 頁。

二、日本在華通訊社的興起

民國成立後，西方列強在中國展開了更爲激烈的利益角逐，路透社對中國新聞通訊市場長達數十年的壟斷也很快被打破。隨著新聞通訊業的發展，原有的新聞通訊市場格局發生變化，一些新興的通訊社開始打破三大國際通訊社的壟斷，強行進入三大社的勢力範圍，其他通訊社也趁機仿傚。

最早打破路透社壟斷的是日本的通訊社。1914 年 10 月，在日本駐滬總領事有吉明的支持下，日本人宗方小太郎在上海創辦東方通信社，以搜集中國消息及宣傳「大東亞主義」爲目的。宗方小太郎是日本「大陸浪人」的代表之一，1884 年作爲《紫溟新報》通訊員來華，後曾參與日本對華情報活動，並曾在華創辦《漢報》《閩報》等報紙，對中國報業相當瞭解，且深得日本官方信任。東方通信社名義上屬民營性質，實際上初期經費開支全部來自日本上海總領事館。日本駐滬總領事有吉明在給外務省的電函中指出，當時有關日本的新聞等都是由路透社提供給中國報紙，「有鑒於此，我方也應從事此種通訊事業，盡可能介紹我眞實情況，或者傳遞對我有益的報導。」[1] 1915 年日本向中國政府提出二十一條之後，中國國內輿論「排日」聲浪漸高，爲加強對華輿論宣傳，日本外務省多次召集其在華輿論機關的代理人包括宗方小太郎等開會商量對策，並決定全力支持東方通信社擴展業務。此後，東方通信社的運營費全部由日本外務省承擔。

在日本政府的支持下，東方通信社發展迅速。它在日本東京設有通信員，負責向上海發送電訊；在中國的北京、奉天、漢口設有分社，在南京、濟南派有通信員。上海的總社將他們發來的電訊翻譯成漢語和英語，以中、英、日三種語言提供給當地及外埠的中、英、日文報紙。東方通信社成立後，爲開拓新聞市場採取了一系列措施：一是通過發布一些具有轟動效應的獨家電訊引發社會關注，最成功的例子就是它曾打破袁世凱的新聞封鎖，第一時間大量發布了各地反對袁世凱稱帝的電訊。二是通過結交中國政界和報界名人以爭取客戶。三是通過減免電訊費用，以價格優勢在與路透社的競爭中取勝。這些措施的實行，使東方通信社逐漸打開了中國市場，影響日益擴大。借助通訊社這一機構，日本人漸漸獲得操縱中國報紙之便，它使日本外務省的對華宣傳由對單個「報刊操縱」，發展到對多數報刊的同時操縱。

---

1 許金生：《近代日本在華宣傳與諜報機構東方通信社研究》，《史林》2014 年第 5 期。

第二節　民國北京政府時期的在華外國通訊社

　　民國北京政府時期，西方列強加強了在華勢力範圍的爭奪。此時，無線電通信在新聞通訊事業中已獲得廣泛應用，這給後起的通訊社提供了趕超的機會。同時，由於國力的相對下降，英國對華影響力也相對降低，美日等國則相對上升。這些新形勢導致外國通訊社在華實力對比發生了顯著的變化。第一次世界大戰後，路透社在中國新聞市場的壟斷地位逐漸喪失，來自美國、日本、俄國等國的通訊社勢力則不斷擴張，各大通訊社陸續建立起駐華辦事機構，角逐中國市場的鬥爭日益激烈。

一、西方各大通訊社群雄逐鹿

　　民國北京政府時期軍閥惡鬥的混亂局面爲國外新聞機構在華業務的擴展提供了歷史性機遇，此時世界各大通訊社、英美各大報先後在上海、北京等地設立了穩定的辦事機構。[1] 它們彼此之間的競爭日益激烈。

　　1921 年，德國的海通社開始在北京發展業務，1928 年遷移至上海，1929 年正式對外發稿。[2] 1927 年，法國哈瓦斯通訊社將駐莫斯科記者黃德樂（M. Jean Fontenoy）派至上海，並於 1929 年 12 月收購了總部設在西貢的一家名爲「太平洋社」的越南通訊社，加以擴充後在遠東各重要城市設置了特派記者，隨後陸續建立起分社。同一時期，美國的兩家通訊社合眾社、美聯社也相繼進入中國新聞市場。據申時電訊社所辦《報學季刊》統計，到 1934 年 9 月，外國在華通訊社有 8 家。[3] 形形色色、身份多樣、立場和觀點各異的外國記者大量湧入中國。這些外國通訊社的稿件成爲了中國報紙的重要消息來源，尤其是在國際新聞方面甚至長期佔據壟斷地位。從客觀上來說，群雄並立的外國通訊社增加了中國報紙的信息來源，擴大了報紙的信息量，從而幫助報紙吸引到更多的讀者，並讓讀者瞭解到更加全面的信息，這對增強報紙的市場競爭力、推動報紙的發展是有一定益處的。

　　世界各大通訊社紛紛開展在華業務，反映出新聞界對中國的關注度在上升，中國成爲各大通訊社爭奪新聞的一大陣地。1922 年 11 月，美聯社社長諾伊斯來華；次年 11 月，路透社總經理瓊斯和合眾社社長畢克爾同時來華。對

1　張功臣：《外國記者與北洋軍閥》，載《國際新聞界》1996 年第 1 期，第 70 頁。
2　來豐：《中國通訊社發展史》，復旦大學博士學位論文，2002 年 5 月。
3　1935 年 1 月 1 日《報學季刊》第一卷第二期，第 45 頁。

於這三大通訊社負責人在一年內相繼訪華的原因，當時上海《大陸報》曾在一篇社論中指出：

> 三數年前，聯合通信社駐滬訪員曾接紐約總社通告，謂中國一切新聞消息在該社，尚不如西雅圖市消息之重要，此時代今已過去。外國報紙主筆及讀者均覺悟中國消息於新聞界大有關係，因此必須來華實地調查，預備一方傳佈中國消息於外國，一方以外國消息介紹於中國。[1]

在此背景下，原本在中國新聞市場佔據壟斷地位的路透社也不得不作出妥協，開始與其他外國通訊社進行合作，以維護其在中國市場上的利益。1931年3月31日，路透社宣布，它與美聯社達成協議，美聯社可以向上海的兩家英文報紙《泰晤士報》與《大陸報》提供新聞通訊。這意味著路透社承認其在中國的壟斷地位終結。[2]

二、蘇俄／蘇聯發展在華通訊社業務

1920年4月，經共產國際批准，俄共（布）遠東局派遣魏金斯基來到中國。他化名吳廷康，經李大釗介紹由北京抵達上海，會見了陳獨秀等人。俄共黨員楊明齋作為魏金斯基的翻譯也一同抵達上海。在魏金斯基的領導下，由楊明齋負責，在上海設立了中俄通訊社。中俄通訊社同共產國際和中國共產黨具有雙重的關係，既反映共產國際在中國的活動，也反映中共早期組織在上海開展的建黨活動。[3]1921年上半年楊明齋返回俄國後，中俄通訊社的業務也漸行停止。

1920年底至1921年初，蘇俄還在中國成立了華俄通訊社。有人認為華俄通訊社是中俄通訊社的延續，但實際上二者還是有很大不同的，華俄通訊社是蘇俄設在中國的通訊機構，由蘇俄方面直接負責管理。它在中國的上海、

1　任白濤：《國際通訊的機構及其作用》，上海商務印書館1939年版。見《中國人民大學新聞學院藏稀見民國新聞史料彙編》第3冊，方漢奇、王潤澤主編，國家圖書館出版社，2012年版，第207頁。

2　任白濤：《國際通訊的機構及其作用》，上海商務印書館1939年版。見《中國人民大學新聞學院藏稀見民國新聞史料彙編》第3冊，方漢奇、王潤澤主編，國家圖書館出版社，2012年版，第209頁。

3　陸米強：《「中俄」和「華俄」通信社不能混為一談》，載《世紀》2004年第6期，第61頁。另見任武雄：《中俄文化交流的見證——建黨時期的中俄通訊社和華俄通訊社》，載《上海黨史研究》1994年第6期，第37頁。

北京、哈爾濱、奉天（瀋陽）等地都建有分社，工作人員中也包括有中國人，其在上海《民國日報》上發稿一直持續到 1925 年 8 月 1 日。華俄通訊社由達羅德（總社在赤塔）和洛斯德（總社在莫斯科）兩個通訊分社合組而成；它在蘇俄直接領導和管理下工作，與共產國際有著直接的關係；它主要反映共產國際在中國開展革命活動的情況，其稿件主要來源於莫斯科和遠東的赤塔、海參崴等地。1921 年 5 月 17 日，《廣東群報》在刊登的《本報記者與華俄通訊社駐華經理之談話》一文中指出：「華俄通訊社駐華經理賀德羅夫先生偕同該社職員薛撼岳君從上海來廣州」，「二位此次來粵，打算在廣州設立華俄通訊社。」[1]薛撼岳等人之所以參加華俄通訊社的工作，據說是經李大釗介紹的。華俄通訊社北京分社社長斯雷拍克常與中共人士聯繫，瞭解中國革命動態，張國燾在《我的回憶》一書中說：1923 年中共「三大」後，「華俄通訊社北京分社社長的斯雷拍克，便與我保持經常的接觸。他曾在共產國際工作過，擔任威金斯基的助手，與我原是相識的。」「11 月初，威金斯基重來中國，道經北京前往上海。他同樣約我在斯雷拍克家單獨晤談。」[2]

　　華俄通訊社與中俄通訊社發表的大量新聞稿，從各個方面真實地介紹了十月革命後的俄國，使中國讀者瞭解到蘇俄的社會主義建設情況，以免被當時西方國家有關蘇俄的歪曲不實報導所蒙蔽。

　　1921 年夏，俄羅斯通訊社（簡稱「羅斯塔社」）北京分社社長霍多勞夫和遠東共和國通訊社記者斯托揚諾維奇對孫中山進行了採訪，這是孫中山對蘇俄記者的唯一的一次談話。在採訪中，孫中山重點談及他出任廣州國民政府大總統的原因和統一全國的信心，同時還談到了廣州政府面臨的諸多困境，並表達了對俄國革命的興趣。[3]

　　1925 年 7 月，俄羅斯通訊社改稱塔斯社，總社設在莫斯科。塔斯社積極拓展在中國的業務，先後在北京/北平、上海、廣州、漢口派駐記者。與路透社、法新社、美聯社、合眾社等通訊社的收費服務不同，塔斯社作為蘇聯官方通訊社，往往向世界各地媒體免費提供新聞稿件以宣傳蘇聯政府的主張。[4]塔斯社在中國的採訪報導活動受到蘇聯與國民黨政權關係的影響，兩

1　陸米強：《「中俄」和「華俄」通信社不能混爲一談》，《世紀》2004 年第 6 期。
2　張國燾著：《我的回憶》，東方出版社，2004 年版，第 284～285 頁。
3　張功臣：《外國記者看到的近代中國圖景》，載《國際新聞界》1996 年第 6 期，第 72 頁。
4　褚曉琦：《民國時期塔斯社上海分社在華宣傳活動》，載《史林》2015 年第 3 期，

個政府之間關係良好，則塔斯社在華業務順利開展；反之，則陷入慘淡經營甚至不能公開提供新聞報導的境地。

三、日本在華通訊社積極爲侵華政策服務

　　清末民初，帝國主義列強掀起了瓜分中國的狂潮，紛紛在華劃分勢力範圍，其中尤以英國、日本在華勢力爲強。日本帝國主義將中國視爲其侵略擴張的主要對象，不遺餘力地擴展其在華勢力，企圖打破英帝國主義在中國的主導地位。爲服務於這一侵略政策，日本的通訊社也極力擴展其在華業務，搜集中國各方面情報，影響和干擾中國輿論，爭奪中國新聞市場主導權。黃天鵬指出，「國際報業之影響於我國者，路透社之外，當屬日本之電通社與東方社，十數年來國內之外訊，大半出自該二社之手」「日人於新聞政策之注力，此舉世所周知」。[1]據統計，1929 年在華國際來去新聞電報中，日本來報和去報次數分別爲 5655 和 20695，這比其他國家的總和還要高。[2]由於日本帝國主義在中國各地的長期滲透，日本通訊社在中國獲得了廣泛的消息源，它們發布的消息常常快、靈通，其影響力越來越大。

　　進入上世紀 20 年代以後，除東方通信社外，日本電報通訊社等其他通訊社亦開始在中國擴張勢力。日本通訊社對中國新聞市場的擴張，在日本控制下的大連地區體現得尤其突出。日俄戰爭（1904～1905）後，日本帝國主義侵佔大連，相繼創辦了日、中、英文報刊，建立了設備齊全、輻射範圍很廣的廣播電臺。大連淪爲日本殖民者宣揚其侵略政策、推行殖民文化的主要輿論陣地。20 年代初，日本的通訊社也滲透到這一地區。日本電報通訊社於 1920 年 8 月在大連設立「電通社」（全稱爲「日本電報通訊社大連支局」）。1924 年 3 月，日本殖民者創辦了「帝國通訊社」；1925 年建立了「日滿通訊社」和「聯合通訊社大連支局」。[3]這些通訊社採集、編輯、刊發新聞稿件，搜集中國東北地區情報，爲日本殖民統治服務。

第 149～151 頁。

1　黃天鵬：《中國新聞事業》，上海聯合書店 1930 年版。見《中國人民大學新聞學院藏稀見民國新聞史料彙編》第 8 冊，方漢奇、王潤澤主編，國家圖書館出版社，2012年版，第 65～66 頁。

2　趙敏恒著：《外人在華新聞事業》，王海等譯，暨南大學出版社，2011 年版，第 120頁。

3　李珠：《殖民統治時期大連地區的新聞、出版發行業》，載《大連近代史研究》第 9卷，第 167～169 頁。

與此同時，爲加強情報宣傳，在日本外務省的支持下，東方通信社的規模進一步擴大。1920 年 8 月，外務省將東方通信社完全收歸其情報部經營，內部組織機構、經營內容和規模等均被更新。其總部設在東京，由伊達源一郎爲主管負責經營。改制後的東方通信社規模迅速擴大，僅北京、上海、廣東、漢口、天津分社每月的預算就達到近五萬日元，北京、上海的各種人員分別達到 18 人和 16 人。[1]之後，東方通信社逐漸演變爲日本情報機構，成爲外務省在中國的情報眼線。

第一次世界大戰後，日本政界目睹路透社、合眾社的強大實力對於英國、美國的重要作用，開始籌備在華組建「特殊的通訊社」，以便「在中國表示東京的意見」。[2]它採取了合併已有的通訊社及報社、積小成大的方式。1926 年 5 月，在日本外務省的主導下，東方通信社與日本國際通訊社合併成日本新聞聯合社，簡稱「日聯社」。

四、外國通訊社在華業務體現國際政治爭鬥

在華的外國通訊社代表其所屬國的利益，其新聞報導往往能反映出所屬國的政策主張。對這一點，中國的傳媒界也是有充分認識的，如任白濤就認爲：英國路透社態度與英國官方一致，所以我們有時由路透社的電訊，可以猜測到英國政府對於某種事件的看法。德國的海通社是德國官方對外的宣傳機關，國社黨的作風。[3]至於同盟社，雖然在表面上是公開的新聞通信機關，實質上是個日本法西斯主義者的御用造謠機關。[4]

外國記者個人對中國的政治事務也發揮了一定的影響。張功臣認爲，民國北京政府時期，紛至沓來的西方記者作爲一種有影響的勢力，雖然尚不能與在華的外交官、傳教士和商業存在比肩而立，但已漸漸組成了一個特殊的

1　許金生：《近代日本在華宣傳與諜報機構東方通信社研究》，《史林》2014 年第 5 期。
2　胡道靜：《新聞史上的新時代》，上海世界書局，1946 年版。見《中國人民大學新聞學院藏稀見民國新聞史料彙編》第 3 冊，方漢奇、王潤澤主編，國家圖書館出版社，2012 年版，第 423 頁。
3　任白濤：《國際通訊的機構及其作用》，上海商務印書館 1939 年版。見《中國人民大學新聞學院藏稀見民國新聞史料彙編》第 3 冊，方漢奇、王潤澤主編，國家圖書館出版社，2012 年版，第 227 頁。
4　任白濤：《國際通訊的機構及其作用》，上海商務印書館 1939 年版。見《中國人民大學新聞學院藏稀見民國新聞史料彙編》第 3 冊，方漢奇、王潤澤主編，國家圖書館出版社，2012 年版，第 218 頁。

專業集團，發揮了兩方面的政治作用：一是各國記者在對走馬燈般出入中國政治舞臺的北洋軍閥的追蹤與評價中，多以代言人的身份出現，在不同程度上影響著本國的對華政策；二是在頻仍的動亂中，部分英美記者被軍閥們聘為政治和宣傳顧問，就此更深地捲入令人眼花繚亂的派系之爭，形成了外國輿論在中國的一大景觀。[1]

　　因此，外國通訊社在中國的新聞報導，便屢屢出現違背新聞客觀、中立、真實原則的事情。任白濤指出，它們縱然平常時候能夠在通訊上保持住公平報導的原則，一到非常時期——特別是逢著對於其國家有利害關係的事變的時候——便不能不站在自國的立場來說話。最可怕而應特別注意的，就是其侵佔了中國的通信自主權而在中國各地任意製造傳佈的種種謠言！[2]更為嚴重的是，不少外國通訊社利用身份優勢，獲取情報，散播謠言，混淆視聽，干涉中國內政，嚴重侵害中國的國家權益，導致中外新聞傳播格局嚴重失衡。[3]這些外國通訊社在華所作所為，違背了真實、中立、客觀等新聞道德，損害了新聞機構和新聞人的聲譽，在世界新聞史上留下了不光彩的記錄。

　　這一點在日本在華通訊社身上體現得淋漓盡致。辛亥革命爆發後，日本授意其在華通訊社鼓吹「南北平分建國」，企圖分裂中國，維護其在華利益。此後中國陷入十餘年的軍閥割據混戰，日本通訊社挑撥離間、大造蠱惑人心的輿論，發揮了惡劣的影響。東方通信社實為日本外務省的宣傳機關，在1928年國民革命軍佔領北平前後，多次發布有關馮玉祥「赤化」「天津晉軍與方振武衝突」「閻錫山主張定都北京」等的稿件，挑撥中國各派軍閥之間的內戰、誤導中國民眾、阻撓中國統一，為日本對中國的侵略政策服務。類似行徑舉不勝舉。黃天鵬認為，「（東方社）十數年來秉承（日本）政府之意旨，離開報導之正軌，其成績八字以蔽之，『挑撥是非造謠惑眾』」。[4]

　　然而，即使明知日本通訊社存在這種蓄意歪曲報導的行徑，中國新聞媒

1　張功臣：《外國記者與北洋軍閥》，載《國際新聞界》1996年第1期，第70頁。

2　任白濤：《國際通訊的機構及其作用》，上海商務印書館1939年版。見《中國人民大學新聞學院藏稀見民國新聞史料彙編》第3冊，方漢奇、王潤澤主編，國家圖書館出版社，2012年版，第227頁。

3　齊輝、淡雪琴：《「中央通訊社」與抗戰時期中國報業格局的嬗變》，載《遼寧大學學報（哲學社會科學版）》2015年第2期，第104頁。

4　黃天鵬：《中國新聞事業》，上海聯合書店1930年版。見《中國人民大學新聞學院藏稀見民國新聞史料彙編》第8冊，方漢奇、王潤澤主編，國家圖書館出版社，2012年版，第66頁。

體卻仍然難以擺脫受制於人的地位:「吾人於此亦甚汗顏,己於報導無能自耘,仰給於人,明知受愚,而不能不飲鴆止渴。責於人者,正所以自責自惕也。」[1]日本通訊社的歪曲報導,甚至連它的法西斯盟友德國都表達了不滿。1937 年 11 月,同盟社報導稱德國的財閥到天津發表談話,主張日德合作、共同「開發」華北。海通社隨即發出更正,稱這是同盟社的「自由發明」,斥責「上項消息完全為日人造謠,淆亂聽聞。」[2]

第三節　民國南京政府前期的在華外國通訊社

1927 年南京國民政府成立後,政府對在華外國通訊社加強了監管。1930 年 12 月,國民政府頒布了新的《出版法》,明確規定出版物不可公開刊登下列內容:「出版品不得為下列各款之記載:一、意圖破壞中國國民黨或三民主義者;二、意圖顛覆國民政府或損害中華民國利益者;三、意圖破壞公共秩序者;四、妨害善良風俗者」。為此,外國新聞記者只有到外交部註冊之後,才能得到通訊部的正規採訪證件。政府藉此對外國記者實行控制,壓制有損於國民政府利益的新聞稿。

與此同時,國民黨也認識到,必須實現中國新聞發布權的獨立自主。為此,一方面要組建中央通訊社這一全國性官方通訊社,加快中國媒體自身建設,積極開展國際宣傳,向世界發出中國聲音;另一方面要與外國通訊社交涉,收回其在華發稿權。從 1931 年 10 月起,國民黨中央通訊社先後與路透社、美聯社、合眾社、哈瓦斯社、塔斯社等簽訂交換新聞合約,收回這些外國通訊社在華發布中文通訊稿、英文通訊稿的權利,並收回路透社、海通社在華各地無線電臺。[3]中央社上海分社開始發布英文稿,供上海各英文報紙刊登。中國報紙刊登國際電訊,不再冠以「路透社某某日倫敦電」或「哈瓦斯社某某日巴黎電」,而逐漸改成「中央社某某日倫敦電」或「中央社某某日巴

---

1 黃天鵬:《中國新聞事業》,上海聯合書店 1930 年版。見《中國人民大學新聞學院藏稀見民國新聞史料彙編》第 8 冊,方漢奇、王潤澤主編,國家圖書館出版社,2012 年版,第 66 頁。

2 任白濤:《國際通訊的機構及其作用》,上海商務印書館 1939 年版。見《中國人民大學新聞學院藏稀見民國新聞史料彙編》第 3 冊,方漢奇、王潤澤主編,國家圖書館出版社,2012 年版,第 219 頁。

3 王海、覃譯歐:《國民黨中央通訊社收回路透社在華發稿權始末》,載《對外傳播》2016 年第 7 期,第 55～57 頁。

黎哈瓦斯電」。[1]中央社逐步收回外國通訊社的發稿權，打破了外國媒體對中國新聞市場的壟斷局面。

一、日本通訊社的在華新聞活動

　　20 世紀 20～30 年代，中日兩國矛盾日益尖銳。為日本軍國主義服務的日本通訊社，與國民政府之間的矛盾也日漸激化。「九・一八」事變之後，在日軍佔領下的中國地區，日本通訊社甘當侵略當局進行新聞宣傳的工具，成為殖民統治的幫兇。

　　儘管南京國民政府為維護中國的新聞主權採取了一系列措施，但此時的日本媒體仰仗其在中國新聞市場上長期佔據的優勢地位，仍然習慣於「挑撥是非造謠惑眾」，在中日兩國發生對立衝突時，頑固地站在日方立場，為日本殖民侵略搖旗吶喊。1928 年 5 月，「濟南慘案」發生。日本當局處心積慮掩蓋其侵略罪行，全力開動其本土及在華傳媒機器，肆意造謠惑眾，極盡歪曲事實之能事。電通社報導稱「一說謂因中國方面，有暴徒圖搶，日軍組織為其動機」，東方社竟斷言「以中國兵之搶掠為起因」，煽動日本民眾仇華情緒。日本方面充分利用其宣傳媒體的優勢，顛倒黑白，極大地影響到世界各國有關「濟南慘案」的輿論。作為遭受侵略的一方，中國非但不能爭取國際社會對日本進行道義譴責，甚至在日本的蓄意誣陷面前有口難辯。這一點對中國從官方到民間都是極大刺激，國際宣傳的重要性大大凸顯，此後，國民黨政府採取了一系列措施來加強輿論宣傳。[2]

　　在此背景下，國民政府多次對包括通訊社在內的日本媒體進行處分。1929 年 12 月，石友三發動浦口兵變，南京陷入混亂中，日本電報通訊社記者根據流言刊發了有關蔣介石「已經消失在空中」的不實報導。為此，電通社記者被剝奪使用中國的電報、無線電和長途電話設備的優先權，電通社記者還作出了正式道歉。1931 年 3 月，鑒於日本聯合通訊社發布有關蔣介石與胡漢民之間爭鬥的不實報導，南京政府禁止該社記者使用上海至南京的長途電話。日本記者發表聲明強烈譴責南京政府，導致雙方關係進一步惡化。南

1　胡道靜：《新聞史上的新時代》，上海世界書局，1946 年版。見《中國人民大學新聞學院藏稀見民國新聞史料彙編》第 3 冊，方漢奇、王潤澤主編，國家圖書館出版社，2012 年版，第 415 頁。

2　趙慶雲：《濟南慘案與國際宣傳》，載《山東科技大學學報（社會科學版）》2007 年第 9 卷第 5 期，第 76～79 頁。

京政府隨即禁止日本聯合通訊社記者使用中國境內的任何電報、電話及無線電設備，時間長達 8 個月之久。[1]

「九・一八」事變後，日本通訊社更是蓄意歪曲、造謠，積極爲其侵華政策搖旗吶喊。當時日本有影響的通訊社包括日本電報通訊社和日本新聞聯合社，聯合社是獲得外務省支持的通訊社，而電通社則是具有陸軍背景的，二者之間存在諸多的矛盾。爲了協調一致，外務省和陸軍最後同意設立一個一元化的國家通訊社。1936 年，日本新聞聯合社和日本電報通訊社合併成同盟通訊社。同盟社於是成爲日本官方通訊社，這標誌著日本新聞統制的大大加強。同盟社成立後，加強了對華新聞的控制和壟斷，逐漸成爲日本對華殖民統治的組成部分之一。

日本在其侵佔的中國地區實施新聞統制政策，將佔領區的新聞事業置於其法西斯軍事管制之下。在日僞統治區，日本侵略者根據其「以華制華」的侵略方針，先後炮製以僞政權名義創建的新聞通訊社，大都與日本通訊社有著密切聯繫，有的就是由其在中國的分社改建而成。如 1932 年 12 月成立的僞「滿洲國通訊社」，簡稱「國通社」，是由日本電報通訊社滿洲分社和日本新聞聯合社滿洲分社合併而成，最初隸屬於關東軍司令部。「國通社」社長、理事和監事都由日本人充任。僞滿洲國各報社、各廣播電臺的新聞節目一律採用「國通社」稿件，其他任何新聞團體和個人都不能自行發稿。[2] 這些通訊社實質上只是日本通訊社的子機關而已。

二、西方通訊社的在華新聞活動

隨著日本加緊對中國進行侵略擴張的步伐，遠東局勢日趨動盪，西方各國民眾越來越關注中國新聞。爲順應這一變化，西方通訊社加強了中國報導的力量，敏銳捕捉到從「九・一八」事變開始中國發生的一系列政治軍事局勢的變化，並報導給世界。

1931 年，「九・一八」事變爆發，路透社最早向全世界報導了這一消息，其獲知事變的時間甚至比南京政府還要早好幾個小時。1932 年 10 月，國際聯盟派出的李頓調查團發表了關於中國東北的調查書，路透社也最早發出了調

---

1 趙敏恒著：《外人在華新聞事業》，王海等譯，暨南大學出版社，2011 年版，第 18～21 頁。

2 霍學梅：《東北淪陷時期日僞對新聞的控制與壟斷》，載《東北史地》2010 年第 6 期，第 59 頁。

查書的摘要。

「九・一八」事變後，遠東局勢越來越緊張，中國新聞的重要性日益突出，西方國家加大了對中國新聞的關注力度。1931 年 10 月，法國哈瓦斯通訊社正式設分社於上海，將遠東地區作爲採訪的重點。1933 年，意大利斯丹法尼通訊社（或譯斯蒂法尼通訊社）也在上海設立了分社。[1]路透社也正式設立了南京分社，任命記者趙敏恒爲主任，這是外國通訊社首次聘請中國人擔任駐華分支機構負責人。

趙敏恒 1904 年生於南京，曾就讀於清華留美預備學堂，後赴美國留學，先後獲得密蘇里大學新聞學學士學位、哥倫比亞大學新聞學碩士學位，成爲第一位在美國獲得新聞學碩士學位的中國人。1927 年回國，先在英文《北京導報》工作。1928 年起同時擔任美聯社、路透社駐南京記者。趙敏恒探寫了不少重大新聞，以其新聞敏銳性、準確的判斷力、高超的採訪能力和新聞專業主義精神蜚聲中外。有一段時期，趙敏恒除爲路透社和美聯社工作外，還同時擔任倫敦《每日電訊報》、美國國際新聞社和世界通訊社、日本聯合通訊社、大阪《朝日新聞》、蘇聯塔斯社的兼職記者，成爲國際新聞界的明星。[2]

圖 6-1　趙敏恒（1904～1961）

1　褚曉琦：《民國時期塔斯社上海分社在華宣傳活動》，載《史林》2015 年第 3 期，第 147 頁。

2　陳玉申：《趙敏恒：「最了不起的華人記者」》，載《青年記者》2007 年第 18 期，第 114～115 頁。

1935 年 12 月，「一二·九運動」爆發，埃德加·斯諾的夫人海倫·斯諾得知黃華等人起草《平津十校學生自治會爲抗日救國爭自由宣言》後，立即找到路透社駐北平記者弗蘭克·奧利弗（Frank Oliver），想讓外國報紙刊登這份宣言，但遭到拒絕。她又把這條新聞轉給合眾社記者麥克拉肯·費希爾（McClaken Fesher），才使之得以公布於世，使北平學生運動爲西方世界所知。海倫·斯諾因而在自傳中感慨：「這件事象徵著美國人把火把從英國人手中接過來的時刻。反對法西斯軸心的戰爭也是我們的戰爭，合眾社模模糊糊地懂得這一點。昏然的大英帝國在那一天象徵性地碎落塵埃，卻像往常一樣毫無知覺。」[1]

1936 年 12 月 12 日，西安事變爆發。事變當日，國民政府要員張道藩打電話給路透社南京分社負責人趙敏恒，打聽路透社在西安的情況。趙敏恒在隨後的查證過程中，以敏銳的新聞嗅覺，根據隴海鐵路火車只通到華陰、西安與南京之間聯繫中斷等蛛絲馬蹟，判斷出西安發生兵變，並率先進行了報導。此時，甚至南京政府官方也不得不向路透社打聽有關西安的消息。[2]

外國通訊社長期把持、控制中國新聞市場，剝削和掠奪中國新聞機構，榨取豐厚利潤，甚至以劃分勢力範圍的方式來瓜分中國市場，嚴重損害了中國的新聞自主性，阻礙了中國新聞機構的健康發展，迫使後者以一種扭曲的形態艱難成長。舊中國半殖民地半封建社會的性質在新聞領域也充分地體現出來。從這一角度來看，外國通訊社對舊中國新聞市場的操縱和掠奪，本質上是西方列強對華殖民侵略在新聞領域的體現。外國通訊社不僅在新聞領域對中國進行干預，更嚴重的是，它們還對中國政治事務進行直接干涉，損害中國主權和獨立。中國通訊社與外國通訊社之間反壓迫與壓迫、反壟斷與壟斷、反殖民與殖民的鬥爭，成爲舊中國與西方列強之間鬥爭的重要組成部分。

第四節　民國南京政府中後期的在華外國通訊社

民國南京政府時期，隨著日本逐步擴大對華侵略，西方各國在華利益遭受重大威脅，英美蘇等國與日本之間的矛盾日益突出。20 世紀 30～40 年代，

1　張功臣：《與中國革命同行——三十年代前後美國在華記者報導記略》，載《國際新聞界》1996 年第 3 期，第 65 頁。

2　陳玉申：《趙敏恒：「最了不起的華人記者」》，載《青年記者》2007 年第 18 期，第 115 頁。

世界各主要國家逐漸分化爲法西斯和反法西斯兩大陣營，這一世界性趨勢深刻影響到外國通訊社的在華業務。外國在華通訊社也日益鮮明地演變成兩個陣營，一個是日本及法西斯軸心國的通訊社，另一個是各反法西斯同盟國的通訊社。

　　這兩個對立陣營的正式形成是在太平洋戰爭爆發之後。1941 年 12 月 7 日，日軍偷襲美軍基地珍珠港，美國太平洋艦隊遭受重大損失。美國、英國隨即向日本宣戰，太平洋戰爭爆發。已經全面抗戰四年多的中國向日本正式宣戰，日本的法西斯盟國德國和意大利亦向美國宣戰。1942 年元旦，中美英蘇等 26 個國家在美國華盛頓舉行會議，簽署《聯合國家宣言》，各國保證以全部軍事和經濟資源與法西斯國家作戰，這標誌著國際反法西斯統一戰線最終形成。世界主要國家正式演變成兩個根本對立的陣營，相應的，各國通訊社也演變成兩個根本對立的陣營。

一、日本及法西斯軸心國通訊社的在華新聞活動

　　1937 年 7 月 7 日「盧溝橋事變」爆發，日本發動全面侵華戰爭。1938 年 3 月日本頒布「國家總動員法」，全面實行戰時體制。內閣情報局成爲日本軍國主義負責統制宣傳的中樞權力機關。戰爭期間，日本軍國主義政府制定了一系列旨在限制新聞出版活動的法規，其中包括《不穩文書臨時管理法》(1936 年)、《軍用資源秘密保護法》（1939 年）、《國防保安法》（1941 年）、《言論、出版、結社等臨時管理法》（1941 年）、《新聞紙等刊載限制令》（1941 年）、《新聞事業令》（1941 年）、《戰時刑事特別法》（1942 年）等。由日本政府一手操控的御用新聞團體「新聞聯盟」（1942 年改名爲「日本新聞會」）還仿傚納粹德國的《新聞記者法》，制定了日本的《記者規章》，要求記者須「明確國家使命」，方有登記資格。這樣，日本新聞業的「國論統一指導」體制全面建立起來了。[1]

　　抗日戰爭期間，爲了控制與壟斷新聞來源，日本官方通訊社同盟社特設華文部，規定淪陷區所有日僞報紙均需採用該社的新聞通訊稿件。該通訊社還在淪陷區所有重要城市與交通要道普遍設立分社。爲了便於管理，日本同盟社將原上海支局升級爲中南總分局，主管上海、南京、廣東、香港等地的分支機構。同盟社主宰了淪陷區的新聞發布活動，積極爲日本侵略者搜集情

1　程曼麗：《外國新聞傳播史導論》，復旦大學出版社，2004 年版，第 136～137 頁。

報、美化侵略、粉飾太平、鼓吹殖民政策，成爲了日本殖民機構的重要組成部分。

在淪陷區，日本侵略者實行新聞封鎖和新聞檢查，嚴密控制新聞、言論的輸入和發布。統制新聞出版業的主要機構一般爲日軍報導部及特務機關，淪陷區的重要新聞報導都處在日軍報導部的嚴密控制之下。如爲軍事消息或日本國內新聞，則直接由日本同盟社發布。同盟社以原文送交各地日文報紙，另以中文發送各地僞報社。[1]

日本侵略者從本土招募了大批新聞工作者，派至佔領區開展新聞宣傳，並對佔領區新聞機構實施人員滲透，以加強其控制能力。同盟社人員與漢奸僞政權重要媒體人員之間進行互相交流。如同盟社的人員到僞「滿洲國通訊社」即算僞「滿洲國通訊社」人員，僞「滿洲國通訊社」人員到日本也是同盟社的成員。[2]在業務上，僞「滿洲國通訊社」在僞滿發表的新聞，拿到日本或其他外國算作同盟社的新聞，反之同盟社在日本發表的新聞，到了僞滿就成了僞「滿洲國通訊社」的新聞。可見，同盟社與僞「滿洲國通訊社」實質上是異名同體的，此即所謂的「日滿通訊網一元化」。[3]汪僞政權通訊社「中央電訊社」亦大體如此。

同盟社記者不僅僅是一般意義上的新聞記者，其在中國的活動遠遠超出了記者這一職業。他們利用個人的能力和人脈，積極爲日本侵略活動搖旗吶喊，成爲日本殖民當局的御用文人。其中較有代表性的有松本重治。

松本重治 1923 年畢業於東京大學法學系，後赴美留學。1932 年，他加入日本新聞聯合社並來到上海，先後擔任聯合社上海支局長、同盟社上海支局長、同盟社編輯局長等職務。在來上海之前，聯合社向松本重治下達了「對抗中方的排日言論」「把維護日本的榮譽放在第一位」等命令。爲此，松本同時扮演新聞記者和日本政府情報人員等角色。松本廣泛結交上海各界具有代表性的知名人士以獲取中國軍政消息，利用其準確的消息源搶報了諸多重大事件，包括 1933 年的「福建事變」、1936 年的「西安事變」等。他在新聞報導中美化了日軍南京大屠殺暴行，並參與了誘降汪精衛的活動。作爲一名新

1 郭貴儒、陶琴：《日僞在華北新聞統制述略》，載《民國檔案》2003 年第 4 期，第 70 頁。

2 張貴：《東北淪陷 14 年日僞的新聞事業》，載《新聞研究資料》1993 年第 1 期，第 180 頁。

3 何蘭：《日本對僞滿洲國新聞業的壟斷》，載《現代傳播》2005 年第 3 期，第 35 頁。

聞記者，松本受日本軍國主義思想毒害極深，以致於到了 20 世紀 70 年代，他在回憶錄還聲稱南京大屠殺被誇大了。其行為完全喪失了一名新聞記者應有的良知。[1]

太平洋戰爭爆發後，在日軍侵佔的中國地區，報紙只能採用同盟社及由汪偽、偽滿洲國和納粹德國、意大利等法西斯政權開辦的通訊社稿件，而不准採用英、美、蘇等反法西斯盟國通訊社的稿件。如在上海，日軍佔領公共租界後，控制了《申報》。先是禁止該報採用美國合眾社、美聯社的稿件，不久又禁止採用路透社、塔斯社稿件。而德國法西斯海通社的稿件則源源不斷向《申報》發送，納粹新聞宣傳機關人員還每週舉行新聞報導會。[2]

二、西方反法西斯同盟國通訊社的在華新聞活動

20 世紀 30～40 年代，在日本侵略者步步緊逼下，西方各通訊社在中日關係上的立場逐漸轉變，反映中國人民反抗侵略的正義鬥爭、揭露日軍的殘暴成為報導的主流。以太平洋戰爭的爆發為標誌，英美等國通訊社完全站到中國人民一邊，宣傳報導各國抗擊日本法西斯侵略的正義鬥爭。反法西斯同盟各國在華通訊社的新聞報導為鞏固反法西斯同盟、打垮日本侵略者、爭取抗戰和第二次世界大戰勝利作出了一定的貢獻。1946 年後，隨著解放戰爭的節節勝利，美英法等國通訊社在華經營日益困難，最終不得不與帝國主義勢力一道撤離中國大陸。

（一）全面抗戰爆發後西方通訊社在國統區的活動

隨著日本逐步擴大對中國的侵略，英美等國在華北、上海等地的利益受到越來越大的威脅，各國政府對日本侵華的態度也發生變化，逐漸趨於支持中國反對日本侵略，西方各大通訊社的立場也隨之轉變，揭露和譴責了日軍的殘暴行徑，並加大了對中國軍民英勇抗擊侵略的正面報導力度。日本發動的這場慘無人道的侵略戰爭及中國人民遭受的深重苦難，給西方媒體的中國報導業務注入了一股新鮮血液，使其變得更加健全和公允。[3]

包括通訊社在內的西方新聞機構對中國抗戰的重視，首先體現在其在華

1　王天定：《松本重治與「同盟」上海支局——侵華戰爭前後一個日本記者在上海的經歷》，載《新聞大學》1999 年第 3 期，第 61～63 頁。
2　申報史編寫組：《敵偽劫奪時期的申報》，載《新聞研究資料》1983 年第 6 期，第185 頁。
3　張功臣：《抗戰初期西方記者的報導》，載《新聞愛好者》1996 年第 10 期，第 22 頁。

機構和記者人數的大量增加上。1937 年 8 月 13 日，淞滬會戰爆發。上海戰事初起，一大批西方記者就來到這裡，大部分是有過在中國從事報導經歷的記者，其中包括美聯社的吉姆·米爾斯（G. Mils）、莫里斯·哈里斯（Morris Harris）和耶茨·麥克丹尼爾（Yates McDaniel），合眾社的傑克·貝爾登（J. Pierden）、巴德·伊金斯（B.Ekins）和該社遠東編輯約翰·莫里斯（John Morris），路透社的萊斯利·史密斯（L. Smith）。這樣，西方在華記者人數達到了近代以來的高峰。[1]

1938 年 6 月，武漢會戰爆發。在四個多月的會戰期間，數十位外國記者雲集武漢開展報導，其中包括路透社記者喬·強賽洛（John C. Chancell）和史密斯、美聯社記者費希（F. W. Fisher）和莫飛（Murphy）、合眾社記者麥克丹尼爾、塔斯社記者格里高·費多羅維奇等。10 月，武漢淪陷，國民政府遷往重慶，外國各大通訊社主要的駐華機構也隨遷至重慶。抗戰爆發前，重慶並無常駐外國通訊社及外國記者，但重慶成為陪都後，這個偏僻的西南霧都逐漸成為遠東戰場新聞的最重要的來源地。到 1942 年年初，常駐重慶的西方新聞機構有 23 家；到抗戰末期，常駐重慶的外國記者達 30 餘人，每月還有 10～20 人左右的流動記者到來。其中包括諸多西方通訊社記者，如美聯社的慕沙霸、司徒華，路透社的趙敏恒、包亨利，法新社的馬可仕，合眾社的王公達，塔斯社的葉夏明等等。抗戰期間，美國記者是外國記者中人數最多的，至少有 35 名美國記者曾在中國報導過戰爭。[2]這些西方記者的工作是卓有成效的，其報導範圍廣泛，既揭露了日本侵略者的兇殘，也展現了中國軍民的英勇抗戰精神和中國民眾遭受的深重災難，有助於世界人民瞭解到中國抗戰的真實面貌。

1937 年 9 月，日軍飛機轟炸廣州。路透社播發了該社記者「親自前往觀察了廣州市遭日機破壞的地區」而採寫的報導，描述了廣州遭襲後的慘狀，其中包括「幾百名哭泣的婦女正在廢墟中爬著，尋找他們親人殘骸」「昨天和今天的恐怖」「血肉模糊的殘骸」等語句，[3]筆觸細膩、富有感染力，字裏行間充滿了對受害民眾的同情和對侵略者的憤慨。

1939 年 5 月 3～4 日，日軍飛機從武漢起飛，對重慶市中心區進行狂轟濫

1　張功臣：《抗戰初期西方記者的報導》，載《新聞愛好者》1996 年第 10 期，第 20 頁。
2　張威：《抗戰時期的國民黨對外宣傳及美國記者群》，載《杭州師範大學學報（社會科學版）》2008 年第 5 期，第 36 頁。
3　張功臣：《抗戰初期西方記者的報導》，載《新聞愛好者》1996 年第 10 期，第 22 頁。

炸，並大量使用燃燒彈，導致中國軍民重大傷亡。已轉任路透社重慶分社社長的趙敏恒從長江中的英國軍艦上發出有關大轟炸的消息，揭露了日軍的殘酷無情。

1941 年 12 月～1942 年 1 月，在中日第三次長沙會戰中，國民黨軍隊在薛岳將軍指揮下取得重大勝利，擊斃擊傷日軍數萬人。路透社、美聯社、塔斯社等外國新聞機構對長沙大捷進行了報導。[1]時值日軍偷襲珍珠港、太平洋戰爭爆發後不久，在日軍席捲東南亞、英美等國軍隊節節敗退的背景下，有關長沙大捷的報導大大鼓舞了反法西斯國家的士氣。

1942～1943 年，河南發生大饑荒。美國合眾社記者、攝影師哈里森·福爾曼，前往饑荒最嚴重的鄭州、洛陽、許昌等地採訪，親眼目睹了難民吃樹皮、逃荒乃至活活餓死的悲慘情景。他以一位新聞記者的良知拍攝了大量照片，真實記錄下一幕幕饑荒圖景，為研究大饑荒提供了珍貴的一手資料。

1943 年 11 月，路透社重慶分社社長趙敏恒在赴倫敦途中經停埃及開羅，正值蔣介石、羅斯福、丘吉爾在開羅舉行中、美、英三國首腦會議，趙敏恒率先發出獨家新聞報導，比美聯社早了 14 個小時，比盟國官方正式公布消息早了 24 個小時。對於趙敏恒首發中美英三國首腦會議消息這一行為，學術界存在不同意見。一種意見認為趙展現出了作為一名優秀記者的新聞敏銳性、敢於冒險的勇氣和專業主義精神[2]；另一種意見則認為這屬於違規搶發新聞、洩露機密[3]。但無論如何，路透社首發這一重大新聞，在當時的影響是巨大的。

除西方通訊社外，蘇聯塔斯社也加強了對中國抗戰的報導。蘇聯塔斯社在陪都重慶設立了遠東分社，其報導力量較強，成為戰時蘇聯在華新聞活動的中心。塔斯社駐華記者羅果夫等人常到各戰區實地採訪報導中國抗戰情況，向蘇聯國內發回大量的中國戰場見聞。

羅果夫生於 1909 年，是蘇聯共產黨員，1937 年來華擔任塔斯社遠東分社常駐中國記者，足跡遍布大半個中國，廣泛報導中國的群眾愛國運動、國共關係、游擊戰爭、黨派團體等，主要新聞作品包括《在華中前線》《在中國前線的一個村子裏》《日本侵華兩週年》《前線一帶》等。1943 年 8 月 8 日，羅

1　邵嘉陵：《愛國記者趙敏恒》，載《新聞窗》1996 年第 4 期，第 45 頁。

2　如：鮑曉明：《論民國名記者趙敏恒的新聞專業主義精神》，載《新聞世界》2010 年第 8 期；黃建東：《一代新聞奇才趙敏恒》，載《文史精華》2013 年第 8 期，等等。

3　如：陳玉申：《趙敏恒搶發開羅會議新聞之考證》，載《當代傳播》2011 年第 3 期。

果夫在莫斯科出版的《戰爭與工人階級》雜誌上發表文章，批評國民黨政府中存在投降派和失敗主義者以及襲擊八路軍和新四軍等行徑。文章獲得各界高度關注，有美國等國媒體予以轉載。延安《解放日報》也刊登了這篇文章，毛澤東還爲其專門撰寫了按語。[1]蔣介石也注意到羅果夫這篇文章，稱其爲「俄共的塔斯社積極爲中共全面轉變時作宣傳的準備」。[2]

羅果夫熱心中國抗戰文藝事業，廣泛參與中國文化活動，與茅盾、田漢、蕭紅等多位中國作家都有交往，促進了中蘇兩國文藝界的交流。1941 年羅果夫創立「蘇聯呼聲」廣播電臺，堅持反法西斯的正義立場，以德、俄、英等國語言以及上海話、廣東話播送蘇聯反法西斯戰爭消息、蘇聯文藝作品、五四以來的中國新文學作品等。[3]

1939 年 12 月 30 日，塔斯社在一條電文中對中國抗戰作了如下介紹：

中國持續對日作戰，愈戰而力量愈益堅強，已形成持久戰，志在消耗敵人。戰區擴大，日軍司令部不得不派大軍駐守其後防，因中國游擊隊與正規軍無時不在襲擊日軍之後防。中國軍隊正逐漸加強並健全其機構，在戰鬥中不斷鍛鍊，其戰鬥力已大爲提高。

中央社搜集了包括這條電文在內的蘇聯主要媒體的報導，編發成《眞理報論一九三九年中日戰爭，盛讚中國軍隊轉守爲攻》。這些報導表明了蘇聯對中國抗戰的支持態度，這對鼓舞中國軍民抗戰的士氣是有幫助的。[4]

抗戰期間，包括通訊社在內的西方媒體記者，其在華報導活動也獲得了國民政府的支持和鼓勵。國民政府充分認識到利用外籍人士和外國傳媒力量來開展輿論宣傳工作的必要性。太平洋戰爭爆發前，國民政府在國際輿論動員方面採取間接、隱蔽的方針；太平洋戰爭爆發後才轉向公開化。國民黨中宣部副部長董顯光尤其重視爭取外國記者，提出要變外國人的喉舌爲「我們的喉舌」，變外國人的筆墨爲「我們的筆墨」，要求中宣部國際宣傳處要以「店員」對待「顧客」的態度來對待外國記者。爲了接待前來中國採訪的大批外國記者，董顯光還牽頭設立了「重慶外國記者之家」。這是一家專門爲外國記者提供服務的招待所。[5]

1 毛澤東：《爲羅果夫〈對於中國政府之批評〉寫的按語》，《毛澤東新聞作品集》，新華出版社，2014 年版，第 297～298 頁。

2 李金龍：《羅果夫與中國現代文壇》，載《新文學史料》2012 年第 2 期，第 138 頁。

3 李金龍：《羅果夫與中國現代文壇》，載《新文學史料》2012 年第 2 期，第 141 頁。

4 許曄：《抗戰時期的中央通訊社》，載《檔案與建設》2009 年第 3 期，第 49 頁。

5 舒聖祺：《國民政府與英國路透社的中介人：路透社檔案史料中的著名中國記者趙

　　蔣介石本人也十分重視發揮外國記者的作用。他在 1939 年密電董顯光，要求「對於美聯社在港在滬人員尤應特別聯絡招呼，務使發出消息，有利於我」。中宣部國際宣傳處 1940 年度「勸說美國人士來華」計劃中的第一類對象，便是新聞工作者、作家、攝影師等，要「利用其以觀察所得，為我宣傳」。為此，國民政府從以下方面盡力協助外國記者工作：派員引謁國民政府黨政軍當局及有關方面負責人談話；派員引導外國記者參觀內地各項新興建設事業；派員陪同外國記者赴前線觀察並介紹「晉謁」當地軍政要員；派員陪同外國記者赴各地拍攝電影或照片；函請各地軍政當局予以便利；代向軍事機構請領採訪證明書；核發攝影執照；為外國記者拍發電訊提供便利；設法予以生活、交通便利；盡量為外國記者新聞寫作搜集材料，供其參考。[1]

　　隨著中國抗戰形勢的變化，外國記者在華的工作環境也在不斷發生變化。從抗戰爆發到國民政府撤離武漢，這一段時間國共兩黨合作較為密切、摩擦較小，外國記者在中國的新聞報導環境相對寬鬆和自由。在漢口，外國記者們除採訪國民黨政府要人外，還拜訪了八路軍駐漢口總辦事處，並在這裡見到了周恩來、葉劍英、王明、博古、吳玉章等中共領導人。[2]這有助於西方記者更全面、真實地瞭解和報導中國抗戰。

　　而國民政府遷往重慶後，外國記者隊伍雖然有所擴大，但報導空間卻明顯縮小，其原因是多方面的：國統區的新聞檢查制度日益嚴格，要求外國記者的所有新聞報導都必須通過國民黨中宣部的審查後才能發往國外，對於「不聽話」的外國記者則進行報復甚至驅逐；國共兩黨之間的矛盾和對立日漸突出，國民黨發起多次反共高潮，並對陝甘寧邊區等中共領導下的抗日根據地進行封鎖；美國出於其戰略目的一味吹捧蔣介石，等等。[3]凡此種種，導致外國記者新聞作品質量下降，深度和廣度縮小，甚至出現不少片面、歪曲的報導。

　　同時，大量湧入的外國記者良莠不齊，其自身素質和能力也存在不少問

　　敏恒（1904～1961）》，載《國史研究通訊》（臺灣）第 5 期，2013 年 12 月出版，第 132 頁。

1　古琳暉、李峻：《論抗日戰爭時期國民政府的國際輿論動員》，載《江海學刊》2005 年第 5 期，第 177 頁。

2　張功臣：《外國記者在漢口》，載《新聞愛好者》1996 年第 11 期，第 26 頁。

3　張功臣：《外國記者在戰時重慶的報導活動記略》，載《現代傳播》1996 年第 6 期，第 57～60 頁。

題。趙敏恒在其自傳《採訪十五年》中，揭露了不少外國記者在「重慶外國記者之家」中的一些醜態，包括酗酒、賭博、裸體曬日光浴、報假賬、製造假新聞等等，其中就包括合眾社和美聯社記者。這本出版於 1944 年 7 月的自傳引發了軒然大波，遭曝光的外國新聞機構紛紛向國民黨中宣部、路透社施壓，要求對趙敏恒進行處分。在各方壓力下，趙敏恒不得不於 1945 年初從路透社離職。[1]

（二）抗戰期間西方通訊社對解放區的報導

隨著抗戰形勢的變化，一些外國記者開始把目光投向中國共產黨及其領導下的抗日根據地，通過各種途徑來到延安等地，對中共領導人及根據地人民展開報導。代表人物包括埃德加·斯諾及夫人海倫·斯諾、安娜·路易斯·斯特朗、艾格尼絲·史沫特萊、詹姆斯·貝特蘭等。

圖 6-2 1944 年 6 月毛澤東、朱德等會見中外記者西北參觀團
（圖片來源：《光明日報》2015 年 8 月 19 日）

---

1 舒聖祺：《國民政府與英國路透社的中介人：路透社檔案史料中的著名中國記者趙敏恒（1904～1961）》，載《國史研究通訊》（臺灣）第 5 期，2013 年 12 月出版，第 132～133 頁。

　　1938 年 2 月，毛澤東同合眾社記者王公達談話，介紹了八路軍的抗日游擊戰情況，展示了對中國抗戰力量日益壯大並最終將奪取勝利的堅定信心，陳述了中共對國共兩黨合作抗日及勝利後合作建立新的民主共和國的主張，並對中美及其他一切反對法西斯侵略的國家進一步聯合抗敵表達了殷切的期望。[1]

　　1944 年 6 月，「中外記者西北參觀團」訪問了延安，參觀團共 20 餘人，其成員包括多位外國記者、多家中國報紙的記者以及國民黨官員。毛澤東會見了參觀團並發表講話，就記者們關心的國共談判、對歐洲反法西斯第二戰場的看法、中國共產黨有關民主、對中外關係的希望及其所作工作等問題作了答覆。[2]參觀團中包括多位外國通訊社記者，如代表美聯社的岡瑟·斯坦因，代表合眾社的哈里森·福爾曼，代表路透社的莫里斯·武道，代表塔斯社的 N. 普金科。

圖 6-3　美國記者哈里森·福爾曼鏡頭下的八路軍女護士

（圖片來源：人民網：《珍貴的照片：哈里森·福爾曼鏡頭下的延安》）

1　毛澤東：《同合眾社記者王公達的談話》，《毛澤東新聞作品集》，新華出版社，2014
　　年版，第 219～223 頁。
2　毛澤東：《會見中外記者西北參觀團的講話》，《毛澤東新聞作品集》，新華出版社，
　　2014 年版，第 312～315 頁。

「中外記者西北參觀團」記者們在延安和陝甘寧邊區進行了爲期數月的參觀訪問，打破了國民黨頑固派對邊區的新聞封鎖，向世界如實介紹了中共的抗日主張、邊區的蓬勃發展及根據地人民堅持抗戰的英勇事蹟。記者們採寫的新聞報導紛紛在西方的重要媒體上播發（如《泰晤士報》《紐約時報》《紐約論壇報》以及美國舊金山電臺等），除此之外，記者們還撰寫了多部反映在抗日解放區所見所聞的著作，如福爾曼的《紅色中國的報導》，武道的《我從陝北歸來》等。[1]

（三）抗戰期間西方反法西斯同盟國通訊社在淪陷區的活動

在淪陷區，由於日僞對新聞的嚴密控制和對抗戰宣傳活動的殘酷鎮壓，外國新聞機構對中國抗戰的報導面臨的環境相當險惡。1937 年 11 月初，由於日軍從杭州灣金山衛登陸，爲避免遭其合圍，中國軍隊從淞滬戰場撤退，上海大部淪陷。上海法租界和蘇州河以南的半個上海公共租界開始了長達四年多的「孤島」時期。在「孤島」時期，外國通訊社、外國報紙、外國期刊及廣播電臺等仍可以繼續活動，儘管這些外國新聞機構對中國抗日戰爭的態度各有不同，但大體上還能比較客觀地報導抗戰。[2]中國不少抗日報刊也以外商名義註冊，憑藉「洋旗報」身份繼續在租界內開展抗日宣傳。隨著日僞的封禁、迫害日益升級，以及租界當局的限制日漸嚴厲，上海的新聞輿論環境逐步惡化，上海失去了其作爲外國通訊社在華活動重鎮的地位。

太平洋戰爭爆發後，日軍佔領租界，上海全市淪陷，「孤島」時期結束。與日本處於交戰狀態的英美等國通訊社被迫停止了在上海的活動，尚未與日本處於交戰狀態的蘇聯通訊社仍然留在上海。反法西斯同盟國家通訊社在華活動的重心完全轉移到國統區。

1941 年 3 月，塔斯社上海分社創辦俄文《時代週刊》，中共江蘇省委與其商議出版《時代週刊》中文版，以蘇商時代出版社名義出版。該刊中文版於 8 月 20 日創刊，斷斷續續，一直持續到 1945 年 1 月。1941 年 9 月，時代出版社編印了英文《每日戰訊》，1942 年 11 月又出版了《蘇聯文藝》月刊。這些刊物借助蘇聯在中日戰爭中的中立地位，不正面介入中日戰爭報導，主要報

---

1 樊繼福、袁武振：《原來還另有一個中國啊——新民主主義革命時期外國記者在陝活動及其影響》，載《新聞知識》2005 年第 4 期，第 49～50 頁。

2 馬光仁：《上海新聞界的抗日宣傳》，載《上海黨史研究》1995 年第 S1 期，第 137 頁。

導國際反法西斯戰爭、蘇聯衛國戰爭及蘇聯國內生產建設情況等，擴大國際反法西斯統一戰線，幫助上海人民瞭解國際形勢，增強抗戰勝利信心。[1]

（四）抗戰勝利後外國通訊社的在華業務

太平洋戰爭爆發後，隨著日本與英美等國進入戰爭狀態，在被日軍侵佔的中國地區，英美等國的通訊社被迫停止活動。在上海等新聞事業發達的地區，新聞報導完全被日僞及德意等法西斯國家通訊社所壟斷。抗戰勝利後，路透社、美聯社、合眾社、塔斯社等反法西斯盟國通訊社迅速恢復了在上海等地的發稿活動。

抗戰勝利前後，國共合作成爲世界媒體報導的熱點，外國通訊社也就此展開了採訪報導。1945 年 9 月，毛澤東對路透社駐重慶記者甘貝爾書面提出的 12 個問題進行答覆，內容涉及避免國共內戰、通過談判達成協定、組建聯合政府、建立「自由民主的中國」等。[2]

1945 年 11 月，美聯社記者羅德里克隨美國軍事觀察團到達延安，負責報導國共談判中中共方面的情況，撰寫了不少反映延安眞實面貌的報導。他先後對毛澤東、周恩來、朱德等中共領導人進行過訪談，還在 1946 年 3 月親眼目睹了毛澤東在延安機場會見來華調停的美國總統特使馬歇爾的情景。[3]1947 年 3 月，由於國民黨軍隊進犯，羅德里克才被迫離開延安。合眾社記者傑克·貝爾登也於 1946 年 12 月到達晉冀魯豫邊區，1948 年初離開。從抗戰到解放戰爭時期，多位外國記者以「他者」身份深入中共領導下的抗日根據地、解放區，通過採訪領導人、農民群眾、普通士兵，撰寫了許多紀實新聞作品。作品揭示了中共與國民黨的差異，反映出中共的執政理念、執政行爲、執政績效和精神面貌，向世界人民展示了一個全新的中共形象，包括「改變貧農的處境」「人人平等」「厲行節約」「贏得了人心」等等。[4]

內戰爆發後，由於物價飛漲、供應緊張等原因，外國通訊社在華處境日益艱難。從 1946 年 4 月起，外國通訊社因職員要求加工資而發生多次罷工，

1　馬光仁：《上海新聞界的抗日宣傳》，載《上海黨史研究》1995 年第 S1 期，第 141 頁。

2　毛澤東：《答路透社記者甘貝爾問》，《毛澤東新聞作品集》，新華出版社，2014 年版，第 373～375 頁。

3　方延明、宋韻雅：《耄耋老人的中國情結　一位資深美聯社記者——羅德里克的跨世紀回憶》，載《對外大傳播》2007 年第 11 期，第 53 頁。

4　李金錚：《知行合一：外國記者的革命敘事與中共形象》，載《河北學刊》2016 年第 36 卷第 2 期，第 46～49 頁。

通訊社正常活動已難以維持。1948 年 7 月，美聯社、路透社又因新聞稿費與上海報業公會發生衝突，上海報業公會甚至一度決定各大報紙全部暫停採用這兩家通訊社稿件，最終，兩大通訊社不得不作出讓步。在內外矛盾夾擊下，外國通訊社經營陷入困境。法新社上海分社於 1947 年 8 月 1 日宣布停止發稿，拉開了外國通訊社在華業務走向消亡的序幕。[1]

1948 年 11 月 8 日，中共中央頒布了《關於新解放城市中中外報刊通訊社的處理辦法》。其中規定：對外國通訊社，外國記者，外國人出版的報紙、刊物的處理辦法如下：（1）外國通訊社非經中央許可不得在解放區發稿，並一律不得私設收發報臺。（2）外國記者停留解放區繼續其記者業務者，應根據外交手續向人民民主政府請求許可，並不得私設收發報臺，其發出之稿件，應受中央所指定之機關檢查。（3）外國人非經中央許可不得在解放區出版報紙與刊物，原已出版者亦須報告中央處理。[2]

1949 年 2 月 20 日，中共中央在《關於停止外國通訊社、記者、報紙雜誌的活動和出版給平津兩市委的指示》中，進一步明確了在解放區內停止外國通訊社活動的原則，指出：由於目前軍事時期的情況，所有外國通訊社及外國記者均不得在本市進行活動，所有外僑均不得在本市主辦報紙或雜誌。為此，本會特通告現在北平（天津）的各外國通訊社、新聞社、新聞處的組織及人員，自即日起停止對本市及外埠發行新聞稿的活動（天津加：各外僑所主辦的報紙自即日停止出版發行）；各外國通訊社及外國報紙、雜誌的記者，自即日起停止採訪新聞及拍發新聞電報的活動。[3]據此，外國通訊社也隨著帝國主義在華勢力的腳步一道撤離了新中國。

同時，作為美國政府在華宣傳機構的美國新聞處，也從 1949 年起逐步停止了活動。美國新聞處是美國從太平洋戰爭時期起就在中國運營的宣傳機構，其宣傳目標包括維持和鼓勵中國軍民的士氣，培育中國的大國意識，促進中國積極參與美國主導的二戰後國際安排，擴大美國政治和文化影響力，樹立美國的正面形象等。其總部設在上海，共設 11 個站點，形成了覆蓋全中國的宣傳網絡，在二戰後美國對華政策中扮演了重要角色。1949 年 6 月，中共中央禁止美國新聞處在華開展活動；7 月中旬前後，北平、天津、漢口、

1　馬光仁：《舊上海通訊社的發展》，載《新聞研究資料》1992 年第 4 期，第 163 頁。
2　《中國共產黨宣傳工作文獻選編》，學習出版社，1996 年版，第 749 頁。
3　《中國共產黨宣傳工作文獻選編》，學習出版社，1996 年版，第 796 頁。

上海、南京的美國新聞處正式關閉；截至 11 月，廣州、迪化（今烏魯木齊）、重慶、昆明的美國新聞處關閉，只有臺北和香港的兩處站點仍然保留。美國新聞處在中國大陸的宣傳活動全部結束。[1]

1　翟韜：《戰後初期美國新聞處在華宣傳活動研究》，載《史學集刊》2013 年第 2 期，第 118～127 頁。

結語：民國時期新聞通訊業發展歷程的得失思考

　　民國時期中國新聞通訊業的發展，從最初零星而微弱興起於東南沿海城市，到後來遍及全國大多重要城市，再到隨著國內時局和戰爭進程，大多數通訊社逐漸淡出歷史舞臺。這一歷史進程，既有中西文化的交流與碰撞，又有社會政治環境的深刻影響，也有新聞通訊業自身發展規律的不斷探索，從一個側面反映了中國近代新聞事業發展的基本脈絡。

一、新聞通訊業發展歷程中的中西文化交流與碰撞

　　不可否認，民國時期的中國新聞通訊業，與中國近代報業、近代廣播等一樣，都是伴隨著西方列強的殖民擴張、在中西文化交流與碰撞過程中誕生與發展起來的。

　　眾所周知，通訊社是在西方誕生與興起的，也是從西方傳入中國的。19世紀中後期，隨著英國、法國、德國殖民擴張的不斷推進，歐洲三大通訊社路透社、哈瓦斯社、沃爾夫社紛紛擴大業務範圍、瓜分世界新聞市場。根據1870年歐洲三大通訊社與美聯社共同簽訂的「連環同盟」協定，遠東地區被劃入路透社的勢力範圍。1872年，路透社在上海成立了遠東分社，開始在中國從事新聞傳播活動。路透社遠東分社的成立，實質上就是西方殖民侵略與擴張的產物，它的最終目的是為本國殖民政策服務。路透社曾長期獨佔中國新聞通訊市場，在中國新聞史上佔據了非常獨特的地位和深遠的影響。通訊社在西方的誕生與發展，特別是路透社對中國新聞事業的影響，使國人對通訊社這一新生事物有所瞭解，並逐漸認識到通訊社在推動新聞事業發展中的

重要作用，進而於 20 世紀初期開始了自辦新聞通訊社的嘗試與探索。1904年駱俠挺在廣州創辦中興通訊社，由此開啓了國人自辦通訊社的歷史。民國成立後，隨著政治環境與新聞自由政策的實施，通訊社事業也獲得了較快發展。

在中國新聞通訊業的發展歷程中，西方通訊社無論在工作理念、運行模式、管理經驗，還是在通信技術等方面，無疑都爲中國同行提供了非常重要的啓示與借鑒。中國的一些有識之士，如最早在海外開創通訊社業務的王慕陶，與歐洲新聞界來往密切，力求通過中外新聞交流更好地宣傳中國、促進中國與世界的交融。一些外國通訊社在華開展業務時也聘用中國人參與其中，其中最有名的當屬趙敏恒，他曾爲路透社、美聯社等多家外國通訊社工作和撰稿，並擔任路透社駐華分支機構負責人，探寫了不少重大新聞，以敏銳的新聞眼光、準確的判斷力和高超的採訪能力著稱。西方通訊社在發稿時往往採用先進的電報通信手段，使新聞見報更加快速便捷，這一點最初中國國內新聞媒體只能望而興歎，卻根本無力企及。然而，隨著中國早期通信事業的發展，一些有實力的中國通訊社開始在報導中嘗試借助電報局發稿或建立自己的無線電臺，如中央通訊社從上世紀 30 年代起建立全國無線電通訊網，初步實現新聞當天傳送各地。中央社最早使用的電臺，便是來自接收路透社的電臺。

儘管民國時期中國通訊社事業發展迅速，數量眾多，但在華外國通訊社在中國對內對外新聞發布體系中仍長期佔據非常重要的位置。特別是在國際新聞傳播方面，外國通訊社一直佔有絕對優勢。外國通訊社長期把持、控制中國新聞市場，剝削和掠奪中國新聞機構，榨取豐厚利潤，甚至以劃分勢力範圍的方式來瓜分中國市場，嚴重損害了中國的新聞自主性，阻礙了中國新聞機構的健康發展，迫使後者以一種扭曲的形態艱難成長。「吾人一披閱中國之新聞紙，則英國半官方式『路透社電』之消息，連篇累牘，全報新聞之來源，幾全爲『路透社』電所佔有，而國際新聞尤甚」。[1]

在華外國通訊社有著鮮明的國別屬性。來自不同國家的通訊社代表各自國家，爲其母國擴張對華利益服務，其報導方針、側重點、視角等隨母國對華政策的變遷而波動。這些通訊社站在各自立場之上，爲維護各自政府的利

---

1 黃棪夢：《外人在中國經營之通訊業》，黃天鵬編，《新聞學刊全集》，光新書局，1930年版，第 113、114 頁。

益，經常發布對中國含有蠱惑煽動、顛倒是非、混淆視聽的報導。「吾國報紙，歐美情勢及外交消息皆取材外電，彼多為己國之利害計，含有宣傳煽惑之作用，故常有顛倒是非變亂真偽之舉」，甚至有人用「中國太上新聞界」來比喻這些通訊社在中國新聞業中的位置。[1]一些外國通訊社在中國搜集軍政情報，結交權貴顯要，挑動不同派系、軍閥之間的爭鬥。如日本通訊社蓄意歪曲、造謠，積極為其侵華政策搖旗吶喊，尤其是在日本軍事佔領下的地區，日本通訊社儼然成為殖民統治政權的組成部分之一。

面對外國通訊社對中國新聞自主權的侵害，中國新聞機構積極謀求發展壯大，發出中國自己的聲音，維護中國新聞事業獨立自主。中央社等國民黨新聞機構通過交換新聞等方式逐步收回外國通訊社的部分發稿權；新華社等紅色通訊社積極傳播中國共產黨的政策主張，發布愛國、反侵略、反獨裁的新聞信息，這都是中國新聞機構爭取獨立自主、自強不息的象徵。中國通訊社與外國通訊社之間反壓迫與壓迫、反壟斷與壟斷、反殖民與殖民的鬥爭，成為舊中國與西方列強之間輿論鬥爭的一個重要組成部分。

二、社會政治環境對新聞通訊業的深刻影響

民國時期，連年的軍閥混戰、外敵侵略、國內戰爭等因素，導致社會政治環境始終動盪不安。在這樣的亂世之中，國內新聞通訊業的發展不可避免地受到極大的影響。

1、通訊社數量畸形膨脹的背後

民國時期，全國各種通訊社從僅有零星幾家到後來數目繁多，有的一省之內便先後出現過數百家通訊社，通訊社的增長數量和速度受到當時政治經濟文化等社會環境的較大影響。

辛亥革命推翻了滿清王朝的封建專制統治，國內民主、自由氣氛高漲，新聞自由的觀念也逐漸深入人心。民國初年，南京臨時政府通過立法手段建立起與西方先進國家接軌的新聞自由體制。言論自由政策為報業發展提供了良好機遇，迎來了報業發展的黃金時代。空前的報刊出版高潮，為通訊社的發展提供了廣闊的新聞市場。儘管後來國民黨當局不斷加強對新聞事業的統

1　王潤澤：《20 世紀 20～30 年代中國通訊社發展狀況——兼論紅中社的創辦背景》，《光榮與夢想——「新華社 80 年歷程回顧與思考」學術研討會文集》，新華出版社，2011 年版，第 70 頁。

制，通過建立新聞檢查、審查等制度法規限制新聞出版自由，但國民爭取言論出版自由的行動始終貫穿著民國社會的發展歷程。

在民國這個多事之秋，國內政局的不斷變幻以及民族危機的不斷加深，使得民眾反帝愛國熱情的不斷高漲，人們對時政新聞和相關信息的關注度日益增長。民國時期，各地報紙的數量雖然也很多，但由於自身採集能力有限，很難提供大量人們急需瞭解的時效性強的新聞，因而能夠為多家報紙提供新聞信息的通訊社便應運而生。通訊社成為新聞信息的集散和批發機構，與報紙構成了業務上相互依存、共生共長的密切關係，有的通訊社與報社在組織上也是一體的，如申時電訊社與時事新報、大陸報、大晚報的「四社」聯合體，再如中國共產黨領導的新華通訊社與延安解放日報社等。

創辦通訊社的簡便易行也是其數目迅速增長的重要原因之一。當時，創辦通訊社所需人員不多，設備相對簡單，手續也較方便。民國時期，政局動盪使得政府對社會的控制被削弱，中央政府對各地的管理和控制長期相對比較鬆散，很多地方辦通訊社的手續非常簡便、花銷也不多。有些地方為了鞏固地方勢力、籠絡失意文人，還為開辦通訊社提供一些補助，使得通訊社的生存發展一度有著較大空間，數量增長迅速。

2、通訊社的發展良莠不齊。

民國時期，全國新聞通訊社的數量雖然很多，但總體上發展良莠不齊，較成規模、較有影響的通訊社為數不多。

這一時期出現了在全國較有影響的通訊社，其中比較典型的有國民黨的中央通訊社和共產黨的新華通訊社。這兩家通訊社都擁有用於播發新聞的大功率無線電臺及連接總社與分社的無線電通訊網，還有一定數量的國內分社與海外分社，播發的新聞電訊國內外均有抄收。中央通訊社在民國後期已有一定的國際影響力，曾被認為是世界五大通訊社之一。在民營通訊社中，國聞通訊社和申時電訊社等發展較成規模，上世紀二三十年代在國內頗具影響，他們的經驗為後來新聞通訊業的發展提供了寶貴的借鑒。此外，還有一些曾在歷史上產生一定影響的通訊社如國際新聞社、全民通訊社等，它們在一定歷史時期為推動社會發展作出了貢獻。

民國時期出現的大多數通訊社都是地方性的小型新聞機構，其特點包括：1、組織規模小，一般僅有幾個人，有的通訊社一人兼社長、編輯、校對、外勤記者；2、設備簡陋，很多通訊社只有一部油印機、一塊謄寫版就

能開展業務；3、新聞來源較爲狹窄，除少數通訊社能收發國際電訊、國內外電訊外，大多數通訊社僅能採訪地方新聞；4、發稿量小，一般通訊社都是採用複寫和油印的方式，每日發稿一次或者兩次，每次供給消息十多條或者幾十條。絕大多數通訊社不能按日發稿，就是能按日發稿的也只有幾則消息而已。甚至有個別通訊社只是徒有其名，並未眞正開展新聞業務。

一般而言，通訊社的經濟來源是靠賣通訊稿收入來維持的。然而，由於中國社會積貧積弱，很多報社經營狀況也並不好，加之一些通訊社自身稿件質量不高，單單依靠賣通訊稿很難維持其收入。於是，一些通訊社爲謀求生存，便同政客、軍人、資本家等發生密切關係，去求得不正當的津貼。而一旦拿了這種津貼，通訊社便成爲可以利用的新聞機關。其結果就是「通訊社行市之濫，近年已降至極點，軍閥政客之欲欺騙民眾也，必辦一通訊社，以爲宣傳；貪官污吏欲遮飾罪惡也，必辦一通訊社，以爲掩護，效力既宏；馴致街坊流痞，鄉下土豪，亦彼此辦一通訊社，以爲敲詐善良之工具。」[1]這種通訊社對我國新聞通訊事業沒有任何的推進作用，反而敗壞了通訊社的名聲。

爲改善通訊社創設過多、發展良莠不齊的情況，一些地方曾採取措施取締不合格通訊社，但由於種種原因，收效並不明顯。

3、通訊社的興衰多與政治因素有關

民國時期社會政治環境的動盪，時而催生新聞通訊社的產生，時而也導致新聞通訊社的衰亡。

民國初期，西方的言論自由理念被引入中國，中國新聞事業迎來飛速發展時期。相對寬鬆的政治環境，以及報業的空前發展，爲通訊社提供了較大生存空間，各地先後湧出了一批新聞通訊社。1913 年，袁世凱妄圖復辟帝制，遭到新聞界輿論的強烈反對，於是袁世凱出臺了不少限制新聞自由的規定，通過武力對反對自己的新聞機構和人員進行殘酷壓制，發生了中國新聞史上著名的「癸丑報災」。這一事件後，通訊社的發展也受到極大影響，基本陷入沈寂狀態。

隨著袁世凱的倒臺，在五四運動前後，國內曾經出現創辦通訊社的高潮，許多知識分子出於愛國熱情紛紛創辦通訊社等機構，與報紙聯合一致反對帝國主義對我國主權的踐踏。20 年代後，軍閥連年混戰，社會動盪和反帝

1　《四川省志・報業志》第 148 頁，四川人民出版社，1996 年版。

愛國運動的興起，促進了新聞通訊業的全面發展。這一時期中國通訊社數量大增，並且出現了一些較有影響的民營通訊社，但新聞通訊業的發展仍不可避免地被打上政治烙印。如胡政之創辦的國聞通訊社聲稱「完全是根據經濟設立的」，不與資本實力或政黨聯合。但實際上該社最初是受軍閥資助和扶持而建立的，軍閥勢力只想將其作爲反對直系軍閥的宣傳輿論工具。由於皖系軍閥戰敗後政治格局的變化，失去軍閥資助的國聞通訊社後來漸漸無力支持運營費用開銷，最後只好結束新聞通訊業務。張竹平創辦的申時通訊社，曾是當時國內最具規模和力量的民營通訊社。該社後因在福建事變中與反蔣勢力發生聯繫，於 1935 年被孔祥熙官僚資本強行收購劫奪，抗戰全面爆發後停辦，成爲政治與戰爭的犧牲品。這兩家國內規模較大的民營通訊社尚且如此，那些民國歷史上爲數眾多的中小通訊社的命運更是可想而知了。

30 年代，政黨通訊社漸成規模，特別是在國民黨的大力扶持下，中央通訊社實力不斷上升，逐漸控制了國內新聞通訊市場，成爲當時國內最強大的通訊社。中央社的迅速崛起，一方面打破了外國通訊社對中國新聞信息的壟斷，另一方面也相對擠佔了國內其他通訊社的生存空間，有的民營通訊社因業務萎縮只得被迫關門。

1937 年盧溝橋事變後，中國進入全面抗戰時期，隨著大片國土的淪陷，淪陷區很多通訊社也紛紛被迫關閉或遷移。日本侵略者在淪陷區實施法西斯新聞統制的政策，控制和壟斷新聞來源，杜絕多種聲音，一些堅持抗日宣傳的新聞通訊社及其工作人員遭到日僞特務機構的迫害。抗日戰爭期間，國民黨當局通過頒布一系列戰時法規，加強了對新聞界的控制。國民政府曾於1942 年公布《國家總動員法》，規定「政府於必要時，得對報館、通訊社之設立，報紙、通訊稿及其他印刷物之記載，加以限制、停止或命其爲一定之記載」。[1]1943 年後又先後頒布《非常時期報社通訊社雜誌社登記管制暫行辦法》《非常時期軍辦報社通訊社雜誌社登記管制暫行辦法》《新聞記者法》等。特別是國民黨當局實行的新聞檢查制度，爭議極大，民怨頗深，不斷遭到新聞界的反對與抗爭。與眾多中小通訊社在困境中苦苦掙扎的情形截然不同的是，中央通訊社在國民黨當局的刻意扶持下，逐漸形成了支配全國報業的強大力量，對全國各報的影響力和權威感加深，國民黨憑藉中央通訊社間接控制了中國的新聞輿論權。

---

1 黃瑚：《中國近代新聞法制史論》，復旦大學出版社，1999 年版，第 168 頁。

抗戰勝利後，原日僑通訊社被取締，其資產設備多由國民黨中央通訊社接收，中央社的力量進一步加強。民國後期，隨著國內政治經濟形勢和戰爭的發展，民營通訊社發展日益衰落，新中國成立前一些國民黨系統的通訊社亦紛紛退出歷史舞臺，中國新聞通訊業的發展即將迎來新的歷史時期。

三、新聞通訊業對自身發展規律的艱難探索

儘管民國時期的新聞通訊社大多如曇花一現，規模和影響十分有限，但其中仍有一些新聞人是滿懷理想和熱情投入這一事業的，他們對於新聞通訊業的自身發展規律進行了有益的探索。

邵飄萍是中國新聞史上第一個重視通訊社，並以通訊社為依託成功開展新聞採訪和報導活動的著名記者。早在 1915 年留學日本期間，他就曾與友人共同創辦東京通信社，向國內各報發稿。東京通信社關於中日秘密交涉「二十一條」的新聞，在國內引起強烈反響，有力推動了反日倒袁愛國運動的開展。回國後，邵飄萍看到中國報紙在新聞報導方面無所作為和外國通訊社任意左右我國重要新聞的情況，頗以為恥，遂於 1916 年在北京創辦新聞編譯社，以內幕、獨家新聞取勝，頗得各報好評。新聞編譯社雖然規模較小，無力向全國發稿，但其辦社經驗和新聞編輯格式等卻為其後不少通訊社提供了較好的範本。

國聞通信社是民國時期較有影響的民營通訊社之一，1921 年創辦於上海。胡政之曾闡述其創辦國聞通信社的緣由為「中國因報界組織不完全之故，報導歧出真相難明，同在一國而南北之精神隔絕，同在一地而甲乙所傳有別。吾人慾謀新聞事業之改進，捨革新通信機關殆無他道。同人創立茲社，志趣在此。將欲本積年之經驗，訪真確之消息，以社會服務之微忱，助海內同志走宏業。」[1]胡政之曾設想將國聞通信社建設成為全國性、國際性通訊社，並在運營中積極踐行這一理念。國聞通信社不僅在上海建有總社，還在北京、漢口、瀋陽等城市建立了分社，並在國內及日本招聘特約通信員。為提高發稿速度，國聞社還利用電報發送新聞，是我國最早利用電訊報導新聞的幾家通訊社之一。其發稿範圍也由國內逐步擴展到國外。國聞社事業發展和業務建設的這些有益探索，使其一度成為國內通訊社的佼佼者。然而，胡政之關於通訊社建設的設想最終卻未能持續貫徹。由於支持國聞社運營的皖系

---

1 戈公振：《中國報業史》，中國新聞出版社，1985 年版，第 256 頁。

軍閥在政治軍事鬥爭中失勢，胡政之雖然完全控制了國聞社的大權，但卻面臨經費上的難題，加之胡政之後來工作重心逐漸轉向報紙方面，國聞社最終於 1936 年停辦。

1924 年在上海創辦的申時電訊社，上世紀 30 年代初期曾是國內最具規模和力量的民營通訊社。1934 年申時社成立 10 週年之際，其創辦人張竹平曾發表期許稱該社「力謀各地報業之便利，蔚成全國最得力最忠誠之採訪機關」，「俾與外籍通訊機關競雄於國際舞臺」。[1]在張竹平等人的用心經營下，申時社業務發展迅速。其專任採訪記者遍布全國各重要城市不下 30 餘處，初步建成了具有一定規模的國內外新聞通訊網。申時社通過供應多種新聞信息產品、擴大服務範圍等方式，發展了一大批報刊用戶。在經營管理方面，申時社積極借鑒先進的現代經營理念，以規範運營管理為基礎，開我國通訊社企業化之先河，同時探索推進集團化建設，在新聞報導和經營業務上進行資源整合、聯合協作。申時社關於專業通訊社的探索，為後來通訊事業的發展提供了寶貴的實踐經驗，有效推進了通訊事業現代化的進程。但申時電訊社自身發展仍受制於殘酷的社會政治環境，最終淪為政治鬥爭的犧牲品，於1937 年抗戰全面爆發後停辦。

國民黨的中央通訊社從 1924 年初創時期幾個人組成的小機構，逐漸發展成為民國時期國內規模最大的通訊社，進而促進了當時中國報業的興盛發展。在中央社的發展歷程中，30 年代的大改組有著非常重要的意義。1932年，蕭同茲奉命接手中央社時曾提出「工作專門化、業務社會化、經營商業化」的要求，主張建立專業無線電臺和發展全國通訊網。在蕭同茲的領導下，中央社從全國通訊網建設、電訊設備配置、國外站點設立三方面著手改組，逐步擺脫了原來黨務管理模式，成為獨立經營的新聞事業，確立了國家通訊社地位。中央社還先後收回外國通訊社在華發稿權，並與一些外國在華通訊社建立合作關係，通過訂立新聞交換合同，使外國通訊社在華傳遞國際新聞必須先通過中央社過濾後再傳向全國各地，同時中央社也向在華外國通訊社提供大量國內新聞。中央社的迅速崛起和發展，使國民黨在相當程度上控制了國內新聞界、掌握了輿論主導權。如果說，中央社事業的大發展源於國民黨當局的重視和支持，那麼它的衰落同樣也與國民黨政權在中國大陸的土崩

---

1 《十年來之申時電訊社》，《十年——申時電訊社創立十週年紀念特刊》，《中國人民大學新聞學院藏稀見民國新聞史料彙編》，國家圖書館出版社，2012 年 9 月版，第92 頁。

瓦解息息相關。中央社在中國大陸崛起與衰落的歷史也說明，政黨通訊社始終都不可能脫離政治因素而存在和發展。

作爲中國共產黨領導的黨中央直屬通訊社，新華通訊社從 1931 年創建以來的歷史發展中，也包含著對通訊社發展規律的不斷探索。1937 年初隨中共中央到達延安並從紅中社更名爲新華社後，其規模和業務迅速發展，影響與日俱增。博古是戰爭年代新華社任職時間最長的一位社長，1941 年至 1946 年間，他在領導黨中央機關報延安《解放日報》的同時，爲新華社的發展做出了重要貢獻。博古認爲，建設眞正的現代通訊社應建立完備的發稿系統和通訊網絡。是以新華社從抗日戰爭時期開始加強地方分社建設，無線電通信工作也取得了長足進步。對於新華社的發展目標，博古生前曾提出要準備成爲全國的通訊社。博古犧牲後不久，新華社進行了歷史上具有重大意義的一次改組。根據中共中央提出的全黨辦通訊社的精神和 1946 年 5 月通過的《新華社、解放日報暫行管理規則》，新華社和解放日報進行了大改組，重點是加強新華社的職能和業務力量，從過去以報爲主轉爲以新華社爲主。此後，隨著國內戰局發展，新華社逐漸成爲中共中央領導全國解放戰爭的最有力的新聞宣傳機構，直至新中國成立後成爲我國的國家通訊社。新華社在戰爭年代從小到大、由弱到強的發展歷程，充分體現了通訊社在政黨新聞宣傳和推動社會發展進程中的重要作用。

綜上所述，民國時期很多有識之士都已認識到建立一個強有力的全國性通訊社的重要性和必要性，一些有實力的通訊社在這方面進行了很多有益的嘗試。隨著國家和民族解放的步伐，建設集中統一的強大的國家通訊社已成爲中國新聞通訊業發展的必然選擇。而國內政治格局的深刻變化，使眾多的新聞通訊社在經歷了大浪淘沙般的興衰存亡考驗之後，大多黯然淡出歷史舞臺，而中國新聞通訊業新的發展格局和一個集中統一的強大國家通訊社，正隨著戰爭勝利的曙光和中華人民共和國即將成立的光明前景走向一個新的時代。

引用文獻

一、檔案和資料性著作（以文獻標題首字漢語拼音爲序）

1. 《報導戰線》（日本），改造社，1941 年。
2. 《成都市志・報業志》，四川辭書出版社，1999 年版。
3. 《〈大衆日報〉回憶錄》第一輯，山東人民出版社，1998 年版。
4. 敵僞資料特輯，河北省檔案館藏。
5. 《復興的廣東》，僞《中山日報》社編印，1941 年 8 月。
6. 《廣東省志・新聞志》，廣東人民出版社，2000 年版。
7. 《廣西通志・報業志》，廣西人民出版社，2007 年版。
8. 《國際新聞社回憶》，湖南人民出版社，1987 年版。
9. 《河南省志・新聞報刊志》，河南人民出版社，1994 年版。
10. 《湖南新聞志》，湖南出版社，1993 年版。
11. 《湖北省志・新聞出版》，湖北人民出版社，1993 年版。
12. 《呼和浩特史料》，呼和浩特地方志辦公室，1986 年版。
13. 《江蘇省志・報業志》，江蘇古籍出版社，1999 年版。
14. 《李伯釗文集》，解放軍出版社，1989 年版。
15. 《聯共（布、共產國際與中國國民革命運動（1920～1925)》，北京圖書館出版社，1997 年版。
16. 《毛澤東新聞工作文選》，新華出版社，2014 年版。
17. 《毛澤東新聞作品集》，新華出版社，2014 年版。
18. 《蒙疆年鑒》，（張家口）蒙疆新聞社，1944 年版。
19. 《蒙疆特殊會社概觀》，（張家口）蒙疆聯合委員會，1938 年版。

20. 《南京報業志》，學林出版社，2001 年 6 月版。

21. 《山東省志‧報業志》，山東人民出版社，1993 年版。

22. 《山西通志‧新聞出版志‧報業篇》，中華書局，1999 年版。

23. 《上海新聞志》，上海社會科學院出版社，2000 年版。

24. 《上海通訊社成立二週年紀念特刊》，上海通訊社，1948 年 7 月 7 日編印發行。

25. 《四川省志‧報業志》，四川人民出版社，1996 年版。

26. 《偽滿史料叢書‧偽滿文化》，吉林人民出版社，1993 年版。

27. 《武漢市志‧新聞志》，武漢大學出版社，1991 年版。

28. 汪偽宣傳部檔案，第二歷史檔案館藏。

29. 《汪穰卿筆記》，汪康年，中華書局，2007 年版。

30. 《汪穰卿先生傳記》，汪詒年，1938 年鉛印版。

31. 《新華社回憶錄》，新華出版社，1986 年版。

32. 《新華社六十年》，新華出版社，1991 年版。

33. 《新華社 80 年輝煌歷程》，新華出版社，2011 年版。

34. 《新聞學刊全集》，黃天鵬編，光新書局，1930 年。

35. 《徐鑄成回憶錄》，北京三聯書店，1998 年版。

36. 《學鈍室回憶錄》，李璜，傳記文學出版社，1973 年版。

37. 《1924：中央社，一部中華民國新聞傳播史》，中央通訊社編，2011 年版。

38. 《一大回憶錄》，知識出版社，1980 年版。

39. 《浙江省新聞志》，浙江人民出版社，2007 年版。

40. 《浙江省輿論概況》，中國國民黨浙江省委員會，1933 年 5 月印行。

41. 《中國共產黨新聞工作文件選編》，新華出版社，1980 年版。

42. 《中國共產黨宣傳工作文獻選編》，學習出版社，1996 年版。

43. 《中國人民大學新聞學院藏稀見民國新聞史料彙編》，國家圖書館出版社，2012 年版。

44. 《中國新聞實用大辭典》，新華出版社，1996 年版。

45. 《中央社六十年》，中央社六十週年社慶籌備委員會，1984 年版。

46. 中央通訊社檔案，中國第二歷史檔案館藏。

二、學術專著（以責任者首字漢語拼音爲序）

1. 陳紀瀅：《胡政之與大公報》，掌故出版社，1974 年 12 月。

2. 程曼麗：《外國新聞傳播史導論》，復旦大學出版社，2007 年版。

3. 方漢奇主編：《中國新聞事業通史》，中國人民大學出版社，2000 年版。

4. 方漢奇主編：《中國新聞事業編年史》，福建人民出版社，2000 年版。

5. 方漢奇、李矗主編：《中國新聞學之最》，新華出版社，2005 年版

6. 馮志翔：《蕭同茲傳》，臺北傳記文學出版社，1975 年版。

7. 戈公振：《中國報學史》，中國文史出版社，2015 年版。

8. 郭汾陽：《鐵肩辣手——邵飄萍傳》，浙江人民出版社，2006 年版。

9. 胡道靜：《新聞史上的新時代》，上海世界書局，1946 年版。

10. 華德韓：《邵飄萍傳》，杭州出版社，1998 年版。

11. 黃瑚：《中國近代新聞法制史論》，復旦大學出版社，1999 年版。

12. 黃天鵬：《中國新聞事業》，上海聯合書店，1930 年版。

13. 晉察冀日報史研究會編：《晉察冀日報史》，人民出版社，1993 年版。

14. 馬光仁主編：《上海新聞史》，復旦大學出版社，2014 年版。

15. 馬明主編：《山西新聞通訊社百年史》，新華出版社，1999 年版。

16. 閔大洪：《傳播科技縱橫》，警官教育出版社，1998 年版。

17. 任白濤：《國際通訊的機構及其作用》，上海商務印書館，1939 年版。

18. 邵飄萍：《實際應用新聞學》，京報館，1923 年版。

19. 王敬主編：《延安〈解放日報〉史》，新華出版社，1998 年版。

20. 新華社新聞研究所編：《光榮與夢想——「新華社 80 年歷程回顧與思考」學術研討會文集》，新華出版社，2011 年版。

21. 新華通訊社史編寫組：《新華通訊社史》第一卷，新華出版社，2010 年版。

22. 郵電史編輯室編：《中國近代郵電史》，人民郵電出版社，1984 年版。

23. 余子道、曹振威、石源華、張雲：《汪偽政權全史》，上海人民出版社，2006 年版。

24. 曾虛白：《中國新聞史》，（臺北）三民書局，1984 年版。

25. 張允侯等編：《五四時期的社團》，三聯書店，1979 年版。

26. 趙敏恒：《外人在華新聞事業》，王海等譯，暨南大學出版社，2011 年版。

27. 中共黨史人物研究會編：《中共黨史人物傳》第九卷，陝西人民出版社，1983 年版。

28. 周培敬：《中央社的故事》，三民書局，1991 年版。

三、**報刊資料**（以報刊題名首字漢語拼音為序，1949 年 10 月 1 日前的報刊標明出版地）

1. 《百年潮》

2. 《報學季刊》（上海）

3. 《成都報刊史料專輯》

4. 《重慶報史資料》

5. 《大公報》（香港）

6. 《大連近代史研究》

7. 《檔案與建設》

8. 《檔案與史學》

9. 《當代傳播》

10. 《對外傳播》

11. 《東北史地》

12. 《東方雜誌》（上海）

13. 《國際新聞界》

14. 《國史研究通訊》

15. 《國聞週報》（上海）

16. 《廣東史志》

17. 《杭州師範大學學報》（社會科學版）

18. 《河北師範大學學報》（哲學社會科學版）

19. 《河北學刊》

20. 《紅色中華》（瑞金）

21. 《華僑華人歷史研究》

22. 《吉首大學學報》（社會科學）

23. 《江海學刊》

24. 《近代史研究》

25. 《抗日戰爭研究》

26. 《蘭臺世界》

27. 《遼寧大學學報》（哲學社會科學版）

28. 《民國檔案》

29. 《青年記者》

30. 《人民政協報》

31. 《山東科技大學學報》（社會科學版）

32. 《上海黨史研究》

33. 《少年中國》（北京）

34. 《社會科學戰線》

35. 《申報》（上海）

36. 《史林》

37. 《史學集刊》

38. 《世紀》

39. 《文史精華》

40. 《文史月刊》

41. 《武漢大學學報》（社會科學版）

42. 《武漢文史資料》

43. 《現代傳播》

44. 《新聞愛好者》

45. 《新聞春秋》

46. 《新聞窗》

47. 《新聞大學》

48. 《新聞界》

49. 《新聞世界》

50. 《新文學史料》

51. 《新聞研究資料》

52. 《新聞知識》

53. 《學理論》

54. 《浙江傳媒學院學報》

55. 《中國記者》

四、學位論文

1. 來豐：《中國通訊社發展史》，復旦大學博士學位論文，2002 年 5 月。

後　記

　　2013 年 8 月，我在哈爾濱參加第八屆世界華文傳媒與華夏文明國際學術研討會。會議期間，南京師範大學倪延年教授盛情邀請我參加他主持的國家社科基金重點項目「中華民國新聞史」研究。

　　我跟倪老師相識已久，經常在一些學術研討會上碰到並進行一些學術上的交流。倪老師關於中國新聞法制史的研究在學界很有影響，他的治學嚴謹和精深給我留下了深刻印象。他說之所以請我參加「中華民國新聞史」研究的項目，主要是因為我在通訊社史研究方面的成果比較多、也較有影響。其實，當時我內心還是有一些糾結的，由於工作的原因，我的研究領域幾乎一直都在新華社社史這方面，對於新聞史上的其他通訊社基本沒怎麼研究過。而且據我所知，國內這方面的研究也很少，可以借鑒和查閱的材料非常有限。當時，由於單位機構調整，我也正想進一步拓展研究領域、提升新聞理論水平，能夠參與「中華民國新聞史」研究這樣的重大課題對我也是很好的學習機會。倪老師的鼓勵使我堅定了參與這一課題研究的信心。後來，南京師範大學新聞與傳播學院還邀請我供職的新華社新聞研究所，還有中國人民大學新聞學院、中國傳媒大學新聞學院等作為合作單位，共同參與國家社科基金重大項目「中華民國新聞史」的申報。

　　不久，倪延年老師擔任首席專家的課題「中華民國新聞史」順利通過評審，成為 2013 年度國家社科基金重大項目。倪老師主持的課題組吸納了國內多位頂尖的新聞史研究專家，也包括不少優秀青年學者，參與人數達數十人，主要來自全國各高校和研究單位。

　　作為子課題負責人，我也很快組建了自己的研究團隊，主要是我所在的

新華社新聞研究所新聞理論與新聞史研究室的同事。除我以外,他們幾位都長期從事新聞理論研究工作。國家社科基金重大項目「中華民國新聞史」研究的子課題「民國時期的新聞通訊業」研究成為我們一起承擔的重點工作之一。

1994 年北京廣播學院新聞系畢業後,我分配至新華社新聞研究所工作,一直從事新聞史研究工作。期間曾在中國社會科學院研究生院在職進修並取得碩士學位。我曾參與《新華通訊社史》第一卷、《新華社 80 年輝煌歷程》《新華社烈士傳》等圖書的編撰工作,並先後在新聞學術期刊發表論文 130 多篇,其中大部分與新華社歷史有關。參與「中華民國新聞史」的課題,對我來說是一個新的挑戰。首先是我以前的研究主要圍繞新華社歷史展開,在新華社歷史研究這一領域我對自己還是比較有信心的,但要完整體現民國時期新聞通訊業的發展歷程,我之前還缺乏這種宏觀研究的歷練和積澱。其次,通訊社的史料非常分散,不像一些有影響的報紙資料那麼集中,而且以往這方面的研究成果並不多,我過去接觸的主要是新華社的有關史料,而對於其他通訊社的史料則缺少瞭解的渠道。另外,因為工作一直比較忙,我們可用於課題研究的時間和精力也比較有限。幸好雖然幾經周折,但終不負使命,這一子課題最後還是如期完成了。

本書主要分為從書總序、導論、第一章 民國時期新聞通訊業發展的歷史背景、第二章 民國時期國民黨系統的新聞通訊業、第三章 民國時期共產黨領導的新聞通訊業、第四章 民國時期的民營新聞通訊業、第五章 日偽政權統治下的新聞通訊業、第六章 民國時期在華外國通訊社及業務發展、結語 民國時期新聞通訊業發展歷程的得失思考、後記,共十個部分。其中,叢書總序由課題組首席專家倪延年老師撰寫,「民國新聞專題史研究叢書」各分冊統一刊載,導論、第一章、第二章、第三章第一節、第三章第二節、第三章第五節、結語、後記由萬京華執筆,第三章第二節和第三章第三節由白繼紅執筆,第四章由王會執筆,第五章由李成執筆,第六章由譚林茂執筆。萬京華負責全書統稿和修改。王會、譚林茂負責資料工作。

在課題研究過程中,我們主要採取了專題研究的方式,對國民黨、共產黨、民營、日偽、外國在華通訊社分別進行研究,課題組先後在《現代傳播》《中國出版》《新聞春秋》等新聞學術期刊和《民國新聞史研究》論文集等出版物發表相關論文 10 餘篇,並積極參加了一些學術研討和交流。

　　感謝「中華民國新聞史」課題組首席專家倪延年教授及編纂委員會、顧問委員會的各位專家、學者對我們這個子課題的悉心指導和幫助！感謝新華社新聞研究所領導的大力支持！感謝研究室同志們的傾情投入！雖然新聞理論與新聞史研究室現已再度分爲兩個獨立的研究處室，但在過去幾年的業務交融中，我們彼此都受益匪淺，並且在共同的事業中收穫了深厚的友誼。本書除正文中引用參考文獻外，亦根據需要利用了少量配圖，主要選自《中央社六十年》《新華社六十年》《新華社 80 年輝煌歷程》等圖、畫冊及部份網上資源，新華社圖書館的同事亦提供了史料方面的支持與幫助，在此對有關朋友、學者及專家前輩一併表示感謝！

　　由於能力和水平所限，我們的研究尚有不足之處，歡迎提出寶貴意見和建議，以推動相關研究的繼續深入和完善。

萬京華

二〇一九年十月